U0106055

公共经济与管理专业系列教材

政府与非营利组织会计

主　编　徐曙娜

副主编　陈明艺

上海财经大学出版社

图书在版编目(CIP)数据

政府与非营利组织会计/徐曙娜主编;陈明艺副主编.—上海:上海
财经大学出版社,2006.9
（公共经济与管理专业系列教材）
ISBN 7-81098-737-2/F·683

Ⅰ.政…　Ⅱ.①徐…②陈…　Ⅲ.单位预算会计-高等学校-教材
Ⅳ.F810.6

中国版本图书馆 CIP 数据核字(2006)第 111279 号

□ 责任编辑　刘光本
□ 封面设计　周卫民

ZHENGFU YU FEIYINGLI ZUZHI KUAIJI
政 府 与 非 营 利 组 织 会 计

主　编　徐曙娜
副主编　陈明艺

上海财经大学出版社出版发行
（上海市武东路 321 号乙　邮编 200434）
网　　址:http://www.sufep.com
电子邮箱:webmaster @ sufep.com
全国新华书店经销
上海财经大学印刷厂印刷
上海宝山周巷印刷厂装订
2006 年 9 月第 1 版　2006 年 9 月第 1 次印刷

787mm×960mm　1/16　25.75 印张　532 千字
印数:0 001-4 000　定价:33.00 元

前　言

　　近几年来,我国的预算管理制度改革正如火如荼地进行着:从国库集中收付制度改革、政府采购制度改革、部门预算制度改革到 2006 年推出的政府收支分类改革。这些预算管理制度的改革影响着我国政府与非营利组织会计的发展和变化。但是,我国财政部并没有因此而较大幅度地修改《财政总预算会计制度》、《行政单位会计制度》和《事业单位会计制度》。同时,各地预算管理制度的改革内容不尽相同,财政总预算会计和行政事业单位会计的改革也不尽相同。

　　为了能够全面地反映我国政府与非营利组织会计的全貌,并能与国外的政府与非营利组织会计做一个比较,本书分三篇介绍政府与非营利组织会计:第一篇包括第一、二两章,主要介绍政府与非营利组织会计的基本理论和基本概念,并从总体上比较了我国预算会计与国外的政府与非营利组织会计的不同,同时也从总体上概括了现代预算管理制度改革对我国预算会计的影响。第二篇包括第三、四、五、六、七、八、九、十、十一、十二、十三和十四章,主要介绍我国的政府会计和国外的政府会计,我国的政府会计又分为财政总预算会计和行政单位会计。从第三章到第八章介绍我国的财政总预算会计,前面五章主要介绍现行财政总预算会计制度,而第八章则介绍预算管理制度改革下财政总预算会计制度的发展和变化。第九章到第十三章介绍我国的行政单位会计,前面四章介绍现行的行政单位会计制度,第十三章则介绍预算管理制度改革下行政单位会计制度的发展和变化。第十四章介绍美国的政府会计。第三篇包括第十五、十六、十七、十八、十九、二十和二十一章,主要介绍国内外非营利组织会计,包括我国的事业单位会计和民间非营利组织会计,并以学校和医院为例介绍了我国事业单位会计与国外非营利组织会计的不同。本书有以下四个特点:

　　1. 紧密联系我国预算会计的发展和变化。本书不仅介绍现行的预算会计制度和民间非营利组织会计制度,还介绍了我国现代预算管理制度改革下预算会计制度的发展和变化,尤其包括了最新的改革内容。为了有利于读者更好地了解和掌握我国的预算会计,本书采用了分块介绍的方式介绍现行预算会计制度和不同预算管理制度改革下预算会计的发展和变化。

　　2. 引入预算管理基础理论。这是本书的一大显著特点。编者认为预算会计是政府预算管理的工具,了解预算管理基础理论是深入理解和掌握预算会计的前提条件,所以将预算管理基础理论穿插在整本教材中。

3. 注重中外政府会计和非营利组织会计的比较。本书虽然以介绍我国的政府会计和非营利组织会计为主要内容，但为了使读者更好地了解我国政府与非营利组织会计与国外政府与非营利组织会计的不同，对国外的政府与非营利组织会计也做了简单的介绍。

4. 注重实际操作。本书不仅在正文中有大量的案例，还在每一章中安排了一定的复习思考题和练习题，有利于读者及时复习和巩固。

本书可以作为高等院校的教材，也可以作为财政总预算会计人员、行政事业单位会计人员的培训用书。

本书由徐曙娜拟定大纲并统稿。写作分工如下：

徐曙娜、李娟（第一、二章）

徐曙娜（第三、四、八、九、十、十一、十二、十三、十四章）

祝梅娟（第五章）

程北男（第六、七章）

陈明艺、孙芸（第十五、十六、十七、十八章）

陈明艺（第十九、二十章）

陈明艺、徐曙娜（第二十一章）

编　者

2006 年 9 月

目 录

第三篇　非营利组织会计

第 一 篇

政府与非营利组织会计原理

在本篇中,我们主要介绍政府与非
营利组织会计的基本概念和基本理论。

第一章　政府与非营利组织会计概述

会计是以货币为主要计量单位,运用一整套观察、计量、登记、传送的专门方法,对企事业、机关团体单位的经济活动进行连续、系统、全面、综合的反映与监督,促进提高经济效益的一项经济管理活动。会计一般分为企业会计和非营利组织会计。由于广义的非营利组织包括政府和狭义的非营利组织,所以后者在国外又称为政府与非营利组织会计,而在我国一般包括预算会计和民间非营利组织会计。但我国的预算会计与国外的政府与非营利组织会计有着很大的不同,具体分析见第一章第二节。在本章中我们主要介绍我国的预算会计、国外的政府与非营利组织会计及两者之间的区别,以及我国预算管理制度改革下预算会计的新发展。当然,我国的民间非营利组织会计也是我国的政府与非营利组织会计的组成部分,但由于我国民间非营利组织的薄弱,相应地这一会计在我国不如预算会计那样受重视。为了避免重复,对我国民间非营利组织会计的概述将在第二十章论述。

第一节　我国的预算会计概述

一、预算会计的概念

预算是一个国家在一定时间内,为了实现其职能,筹集所需资金以及利用这些资金的财政收支计划,是国家筹集、分配和管理财政资金的重要工具,它往往经过一定的法律程序,具有一定的法律地位,也是国家实现财政政策的重要手段。无论是社会主义国家,还是资本主义国家,都要有预算。

预算的特点主要体现在以下几个方面:

(1)法定性

法定性是指国家预算的形成和执行都是以宪法、法律和规章为依据的。任何国家的预算都必须由立法机关审核批准,并接受立法机关的监督,这突出表明了国家预算的法定性。我国国家预算法案每年要提请全国人民代表大会审查、批准,经过批准后的国家预算具有法律效力,各级人民政府、各部门、企事业单位都要按照国家预算的规定执行,并保证各项收支计划的圆满完成。在市场经济体制下,政府预算要有制度规定是重要的,即"法治"而不是"人治",更重要的是要使政府行为的制度条件符合市场经济体制的要求。

（2）公开性

公开性是指国家预算的形成和执行是透明的，是受公众监督的。政府虽然是预算编制和执行的主体，但本质上是公众的"受托人"，因此国家预算必须向公众公开。当然为了国家安全，也有相应的保密规定。同时，国家预算收支的立法也是透明的。

（3）完整性

完整性是指所有政府收支都应在政府预算中得到反映。这就是说，国家预算要全面反映政府活动的范围和方向。我国 2007 年将要实行的新的政府收支分类改革，就已经将所有的财政资金（包括预算内资金、预算外资金、社会保险基金）都包括在政府预算之内。

为了更好地追踪和管理预算全过程，就需要会计记录。而预算会计就是对国家预算资金活动过程及其结果所实施的一种管理活动。其核算监督的对象是社会再生产过程分配领域预算资金的活动情况，这需要同属于非物质生产部门的各级政府财政会计和行政单位会计、事业单位会计共同完成。我国的预算会计以 1950 年政府部门正式发布预算会计规范为标志。

概括来说，我国的预算会计是各级政府、使用预算拨款的各级行政单位和各类事业单位以货币为主要计量单位，运用复式记账法等一系列专门方法，对国家预算资金活动过程及其结果，进行连续、系统、全面、综合的反映和控制，以提高资金使用效益，促进国家预算圆满实现，它是一种专业会计。

具体来说，我国的预算会计包括以下四个方面的含义：

1. 预算会计的主体是各级政府及各级行政和各类事业单位。预算会计也因此可以分为财政总预算会计、行政单位会计和事业单位会计。

2. 预算会计的核算对象主要是国家预算资金的运动过程和结果。但从我国的实际情况来看，财政资金被人为地分为预算内资金和预算外资金，所以会让人误解，以为预算会计核算的是预算内资金，其实不然。正如我们前面分析的，预算应该具有完整性，应该包括所有预算内、外的资金，所以即便我国对预算内、外资金分别管理，实行不同的管理方法和管理制度，但预算会计的核算还是包括全部的预算内、外资金。当然预算会计的核算对象不仅仅包括收入、支出和结余，还包括相应的资产和负债。具体地讲，财政总预算会计是核算各级政府预算内外的收入、支出和结余，以及由此而形成的资产和负债；行政单位会计是核算行政单位预算内外的收入、支出和结余，以及由此而形成的资产和负债；事业单位会计是核算事业单位预算内外的收入、支出和结余，以及由此而形成的资产和负债，同时事业单位会计还核算事业单位的经营性资金的收支、结余和相应的资产和负债。

3. 从学术上看，预算会计是一种专业的会计。与其他会计一样，是以会计学原理为基础的一门专业会计。

4. 预算会计作为预算管理的工具之一，将随着预算管理理念的变化、预算管理制度的变迁而发展。最近，我国的预算管理制度正经历着巨大的变化，国库集中收付制度、政府采购、部门预算以及最新的政府收支分类都影响着预算会计的发展。同时国外政府会计的很多优点也影响我国预算会计的变革和发展。

二、我国预算会计的职能与特点

(一)预算会计的职能

预算会计的职能,由预算会计的对象、性质和特点以及预算管理的要求决定。预算会计的基本职能主要有:

1. 反映预算收支执行情况,为管理国家预算提供可靠信息资料

预算会计,是国家预算执行的会计。在国家预算收支过程中,要运用一系列特有的科学方法,对各项预算收支进行计算、记录,及时、正确、完整地反映预算收支的执行情况,以便有关部门利用所提供的信息资料,管好国家预算。

2. 监督预算收支活动,合理使用预算资金,提高预算资金使用效益

预算会计,在对预算资金活动的全过程中,实行会计监督和指导,使预算资金按照核定预算、计划的内容使用,随时检查是否遵守国家有关法令、法规,掌握预算资金的使用情况和事业完成进度,了解预算资金收支动态,严格预算支出范围,以保证预算资金合理、节约、有效使用,充分发挥预算资金的作用。

3. 分析预算执行情况,促进国家预算的圆满实现

预算会计,应及时、完整、准确地编制各种会计报表(旬、月、季、年)。运用报表所提供的综合数据,结合预算、计划进行分析,及时了解预算收支任务的完成情况,协助国库按时收纳、划分和报告各项预算收入,检查各项预算资金的使用情况,总结经验,发现问题,提出措施,以保证国家预算的圆满实现。

4. 妥善调度财政库存,保证预算资金的及时供应

各级财政部门在预算执行中,根据库存资金状况,有计划地调度和及时做好资金供应,是有效使用预算资金的重要手段。由于地区间经济发展不平衡和预算收支的季节性,从而形成地区间预算库存不平衡,需要上级财政部门统一调度库款,以补余缺。因此,必须掌握预算收支规律,分别轻重缓急,有条不紊地、妥善灵活地做好财政库存的调拨,保证资金及时供应,促进各地区、各部门、各单位事业和工作的正常进行。

(二)预算会计的特点

我国预算会计是独立于我国企业会计的另一重要的会计分支,其相对于微观的企业会计而言,有其鲜明的特点,主要反映为如下几点:

1. 会计核算基础主要是以收付实现制为主

我国的预算会计体系中财政总预算会计、行政单位会计一般都是以收付实现制为会计核算基础。事业单位会计中非经营业务部分是以收付实现制为会计核算基础,经营业务部分则是以权责发生制为会计核算基础。而企业会计一般都是以权责发生制为会计核

算基础。当然随着我国预算管理制度的变化和发展,我国的预算会计也在发生着重大的变化,有些地方预算支出中的项目支出已经开始实行权责发生制,如上海市级预算会计、中央各部门预算会计等。

2. 会计要素、会计等式与企业会计不同

我国预算会计的会计要素分为五类,即资产、负债、净资产、收入和支出。而企业会计的会计要素则是资产、负债、所有者权益、收入、费用和利润。会计要素的不同主要是由以下几个原因引起的:一是预算会计与企业会计核算基础不同,前者以收付实现制为主,后者以权责发生制为主;二是会计主体的性质不同,预算会计的会计主体没有具体的所有者,但企业会计的会计主体有具体的所有者,即便是国有企业也有国资委作为所有者代表;三是预算会计与企业会计核算的业务性质不同,前者核算的业务主要是以非营利性业务为主,而后者核算的业务则是营利性的。

会计要素的不同引起了会计等式的不同,预算会计的会计等式是:资产＋支出＝负债＋净资产＋收入,而企业会计的会计等式为:资产＝负债＋所有者权益(静态);资产＋费用＝负债＋收入＋所有者权益(动态)。预算会计的会计等式并没有静态和动态之分,因为期末结转后,预算会计的收入支出余额不一定为零。

3. 核算预算收支和余超,一般不进行成本核算

预算会计是核算、反映和监督预算资金运动及其结果的会计。预算资金的筹集、分配、划拨、使用基本上是无偿的。预算资金的运动程式是预算资金的收入、支出和结余或超支,一般不进行成本核算,而是从预算收支平衡的结果来考核国家预算收支执行情况及其结果,从中挖掘增加收入、节约支出的潜力,提高预算资金的使用效果。

4. 预算会计具有宏观管理功能

预算会计是一种宏观管理信息系统和管理活动。预算会计核算的重要内容之一是政府财政总预算收入和总预算支出,而政府财政总预算收入和总预算支出主要着眼于国民经济和社会发展,因此,预算会计是一种政府宏观管理的经济信息。鉴于此,预算会计在核算政府财政总预算收入和财政总预算支出的过程中,扮演着宏观管理信息系统和管理活动的角色。

上述预算会计特点,是就现阶段多数行政事业单位和财政机关而言的。目前,部分有收入来源的科研、卫生、文化单位,已开始核算成本费用,计算收益。随着经济改革的深化,将会对事业、行政单位会计特点产生影响。

另外,需要强调的是:预算会计一般虽不进行成本核算,但应有成本观念,讲求预算资金使用效果,加强预算资金控制。合理、节约、有效地使用预算资金,不断提高预算资金使用效益。讲求经济效益,是预算会计发挥其职能作用的重要内容。

三、我国预算会计的组成体系

预算会计是为更好地实现预算管理目标服务的。国家预算按照收支管理范围,分为总预算和单位预算。与此相协调,预算会计也分为总预算会计和单位预算会计(又可分为行政单位会计和事业单位会计)。

(一)我国国家预算组成体系

我国实行一级政府建立一级预算的原则。我国由中央、省、市(地区级)、县、乡五级政府组成,我国国家预算相应也有中央、省、市(地区级)、县、乡五级预算组成。不具备设立预算条件的乡,经省级政府确定,可以暂不设立乡预算。我国预算按照级次范围的不同,有中央政府预算和地方预算、部门预算和单位预算、本级预算和各级总预算之分。[①]

中央政府预算即中央预算,由中央各部门(含直属单位)的预算组成,中央预算在政府预算中居于主导地位。地方预算由各省、自治区、直辖市总预算组成。地方预算收入主要来源于政府税收中属于地方的税收等,反映着发展地方经济和文化教育事业以及地方行政经费等所需要的资金,它是政府预算的组成部门,在政府预算中居于重要地位。

部门预算由本部门机关预算和所属各单位预算组成。单位预算指列入部门预算的国家机关、社会团体和其他单位的收支预算,它是政府预算的重要组成部分,又分为主管单位预算、二级单位预算和基层单位预算。单位预算是处理国家财政与行政事业单位预算资金缴拨的基本依据。

本级预算由本级政府各部门(含直属单位)的预算组成。各级总预算由本级预算和汇总的下一级总预算组成,没有下一级预算的,总预算即指本级预算。

图1—1、图1—2可以表示我国国家预算体系。

(二)我国预算会计组成体系

为了组织各级总预算的执行,除财政部门以外,还需要其他有关部门的参与。比如预算资金的收入、拨出是由中国人民银行代理的国库经办的,各项税收是由税务机关征缴的,重点建设项目的拨款由政策性银行办理。事实上,国库会计、税收会计及政策性银行的拨款会计等都对总预算的执行情况进行反映和监督,并为总预算会计提供项目收支的数据资料。所以从某种意义上来说,国库会计、税收会计及拨款会计等属于广义的预算会计范畴,并同总预算会计、单位预算会计形成一个有机的预算会计体系。但从传统意义上讲,一般都只将财政总预算会计、行政单位会计和事业单位会计作为预算会计的组成体系。本教材也采用这一观点。具体来讲,我国的预算会计包括以下三部分:

(1)财政总预算会计

财政总预算会计是指各级政府财政部门核算和监督政府预算执行和各项财政性资金

① 刘虹、廖爱兰:《政府预算》,中山大学出版社1998年版,第23～25页。

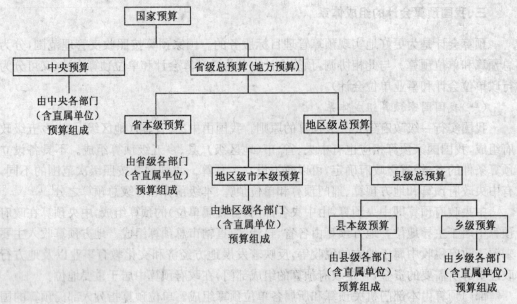

图1—1　国家预算体系

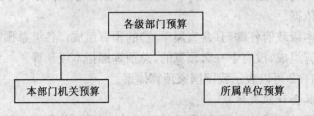

图1—2　部门预算体系

收支活动情况及结果的专业会计,其主要职责是进行会计核算,反映预算执行,实行会计监督,参与预算管理,合理调度资金。对应于我国的预算体系构成,根据"一级政权、一级预算"的原则,我国财政总预算会计的管理体系分为五级,在各个财政部门设立总预算会计。

(2)行政单位会计

行政单位会计是指我国各级行政机关和实行行政职能管理的其他机关(包括各级权力机关、审判机关和检察机关)、政党及人民团体核算和监督本单位财务收支活动情况及结果的专业会计,是预算会计的一个组成部分。行政单位会计组织系统根据国家机构建制和经费领报关系,分为主管会计单位、二级会计单位和基层会计单位三级。

(3)事业单位会计

事业单位会计是指各类事业单位核算和监督本单位财务收支活动情况及结果的专业会计。与行政单位会计一样,事业单位会计组织系统根据国家机构建制和经费领报关系,分为主管会计单位、二级会计单位和基层会计单位三级。由于事业单位行业类别繁多,各行业间业务运营和财务收支活动差别悬殊,事业单位会计又进一步分为科学事业单位会计、高等学校会计、医院会计、文化事业单位会计等。

这里需要解释的是,预算单位按照经费领报关系可以分为主管会计单位、二级会计单位和基层会计单位。主管会计单位是指向财政部门直接领报经费,并发生预算管理关系的单位,其负责分口预算资金的全面管理,并按业务负责汇总全系统的报表;二级会计单位是指向主管会计单位或上级会计单位领报经费,并发生预算管理关系,下面有所属会计单位的单位,其负责对所属下级会计单位的会计指导、资金管理、汇总会计报表等工作;基层会计单位是指向上级会计单位领报经费,并发生预算管理关系,下面没有所属会计单位的单位;直接向同级财政领报经费,下面没有所属会计单位的单位视同基层会计单位。基层会计单位只核算本单位的资金。

四、我国预算会计的发展趋势

我国的财政总预算会计制度、行政单位会计制度、事业单位会计制度是 20 世纪 90 年代制定和实施的,这在当时对于我国预算会计体系建立、加强财政资金核算力度具有重大促进作用。但是,随着经济改革的不断深入、随之而来的政府职能重新定位以及客观环境的变化,我国预算会计改革也势在必行,总的说来,预算会计呈现如下发展趋势:

(一)预算会计体系将变得更为合理

我国目前的预算会计主要是"追踪拨款和拨款使用"的核算体系,缺乏对整个支出环节的监督,导致财政资金使用效率不高。随着我国公共财政框架的逐步建立和国库集中收付制度、政府采购制度等改革不断深入,预算资金管理模式将发生变化,资金使用效率和宏观调控能力将加强。行政单位会计核算对象的逐步改变决定了财政总预算会计业务将大幅增加,导致其在预算会计体系中的主导地位更加突出。在这种条件下,新的预算会计体系将由政府会计和非营利组织会计构成。具体来说,是将财政总预算会计和行政单位会计合二为一,建立以一级政府为主体、以支出周期各阶段为核心的政府会计。但随着事业单位改革的深入,事业单位会计也将向非营利组织会计靠拢。

(二)扩大预算会计的核算范围

我国目前预算会计核算范围主要是财政资金运动过程,而对资产、负债的核算不算全面,尤其缺乏政府的或有负债。所以一方面应完善对政府资产、负债的核算,另一方面则应该增加政府的或有负债的核算,比如贷款担保、未决诉讼、对陷入严重财务困境的国有企业进行财政支持的可能性等。

（三）对固定资产核算更为合理

对于行政单位，将根据国家的固定资产目录，采用通行的方法计提折旧，折旧数额在备查簿中登记；对于事业单位的固定资产，将计提专用基金——修购资金改为计提折旧，同时冲减固定基金，但不计入支出。对于各类单位，都应增加固定资产的购买、使用和处置的明细账，并根据绩效管理的要求，采用相关的固定费用配比方法。

（四）增加预算数和实际数的对比

在预算会计系统的相应预算科目中记录数据，包括预算和实际的差额。这样就可以随时追踪预算资金的使用情况，并通过将预算数与实际数对比来及时了解资金使用效率等情况。

（五）某些传统收入和资金管理账户将取消

在公共财政框架下，国库集中收付制度所要求的国库单一账户制度要求各单位将收入直接划入国库单一账户；资金使用时，也直接从国库账户中拨付，因此，预算单位的各种预算外资金收入账户和财政资金管理账户将随之取消。

（六）现金收付制基础转变为权责发生制或修正的权责发生制基础

我国预算会计目前所遵循的现金收付制核算基础存在不区分收益性支出和资本性支出、没有反映预算单位真实的财务状况、不适应新的预算管理的要求等诸多弊端，因此现行的现金收付制度宜先改为修正的应计制，待时机成熟时再改为全面的应计制。具体做法是在修正应计制下，确认与计量主要的资产和负债类别，同时为核算或有负债提供空间，待时机成熟后，转为全面的应计制。

（七）政府会计报告信息量提高

目前我国没有实行政府财务报告制度，预算会计信息主要是通过政府的预算和决算形式来间接地发布给立法机关与公众的，但是随着公共预算管理制度改革的不断推进和预算管理的要求，政府的会计报告中应增加固定资产以及固定资产折旧、国债未来还本付息负担、社会保障基金的未来负债、政府担保形成的隐形债务等方面的内容，这不仅与预算改革相配套，而且增加了资金使用透明性和效率性。

第二节　国外的政府与非营利组织会计概述

前面一节简单介绍了我国的预算会计，本节将介绍在国外与我国预算会计相同地位的政府与非营利组织会计。我国的预算会计与国外的政府与非营利组织会计有着很多的不同。美国的政府与非营利组织会计非常具有典型性，所以本书所介绍的国外政府与非营利组织会计主要是美国的政府与非营利组织会计。

一、国外的政府与非营利组织的概念

一般认为，所有社会组织按照是否以营利为目的，可分为营利组织和非营利组织两大类。非营利组织顾名思义就是不以营利为目的的组织。政府机构也属于广义的非营利组织。在国外，目前对广义的非营利组织的称谓并不统一，归纳起来，主要有政府与非营利组织、政府、非营利组织、公立单位等几种。在本书中，我们运用"政府与非营利组织"这一称谓表示广义的非营利组织，而用非营利组织来表示狭义的非营利组织。

1. 美国财务会计准则委员会在其1980年12月发布的财务会计概念公告第四辑《非营利组织编制财务报告的目的》中指出，非营利组织的主要特征有：

(1)大部分资财来源于资财的供给者，他们不期望收回或据以取得经济上的利益；

(2)业务运营的目的，主要不是为了获取利润或利润等同物而提供产品或劳务；

(3)不存在可以出售、转让、赎回，或一旦机构清算，可以分享一份剩余资财的明确的所有者利益。

2. 政府与非营利组织与营利组织比较，存在着一定的区别：

(1)政府与非营利组织不是为了获利而组建，而是为了提供服务或完成一定业务量，营利组织组建的目的就是为了获得利润；

(2)非营利组织取得收入的主要途径是税收、捐赠、会费及固定税款等，营利组织获得收入是通过销售产品或提供劳务；

(3)非营利组织的收入只有在符合某种条件时才可以开支，这些条件受政府和捐赠人的约束和限制，而营利组织的开支很少受到某种条件的约束和限制。

二、国外政府与非营利组织的主要形式

政府与非营利组织的主要形式有如下几类：

1. 政府机构，如联邦、州、县、市、镇、村和其他地方政府机关，包括特别行政区；

2. 教育组织，如幼儿园、小学、中学、职业技术学校以及学院和大学等；

3. 健康和福利组织，如医院、疗养院、儿童保护组织、红十字会等；

4. 宗教组织；

5. 慈善组织；

6. 基金会，如为教育、宗教或慈善目的而组织的隔日信托和有限公司；

7. 政府企业或者说是公立企业、国有企业、国营企业。

目前在国外，在上述组织或单位中，通常将诸如教育组织、健康和福利组织、宗教组织、慈善组织和各种基金会等组织合称为非营利组织，而且还按照所有权性质区分为公立和私立两种。对于公立非营利组织和公立企业，通常也将它们视为政府的一个组成单位。

三、国外的政府与非营利组织财务报告的目标

按照美国财务会计准则委员会 1980 年公布的《非营利组织编制财务报告的目的》，非营利组织财务报告的目的为：

1. 财务报告应向现在和潜在的资财供给者和其他用户，在分配资财给非营利组织、作出合理决策时提供有用的信息；

2. 财务报告应向现在和潜在的资财提供者以及其他用户，提供有助于评估某一非营利组织提供服务及其持续提供这些服务能力的信息；

3. 财务报告应向现在和潜在的资财供给者和其他用户，提供为评估某一非营利组织的管理人员履行其操持经管责任和其他方面业绩有用的信息；

4. 财务报告应当提供关于某一非营利组织的经济资源、债务和净资产，以及各种交易事项对这些方面变动的影响；

5. 财务报告应提供报告期内的业绩信息；

6. 财务报告应提供如何获取和使用现金或其他流动资产、借款及其偿还，以及可能影响资财流动性的信息；

7. 财务报告应列示有助于使用者理解财务信息的说明和解释。

四、国外的政府与非营利组织会计的特殊性

政府与非营利组织会计的特殊性表现在下面四个方面：

1. 基金和基金会计的使用

提供给政府与非营利组织的财务资源一般都是有限定的，所以政府与非营利组织通过建立基金控制限定资源的使用，并保证其遵从法律和行政要求。基金是独立的财务和会计主体，包括现金和非现金资源以及相关的负债。基金是一套拥有自平衡账户的财务和会计主体，用于记录现金和其他经济资源，相关的负债和剩余权益或余额及其变动，基金的划分遵从特定规则、限制和约束，并以进行特定活动和实现一定目标为目的。多数政府与非营利组织所使用的两种典型的基金会计主体是：

(1)动本(政府)基金：核算可能在其"非经营型"活动中耗费的流动资产、相关负债、净资产的变化及余额。

(2)留本(权益)基金：核算其"经营型"活动中的收入、费用、资产、负债和权益，以及一些信托基金。

2. 预算和预算会计的使用

动本(政府)基金通常并不具有耗用其资源的权利，在多数政府与非营利组织中，特别是在政府中，开支只能在拨款或类似的管委会授权的限额之内进行。所以每项动本基金一般都要编制一个固定币值预算，申请管委会批准，一经管委会批准，预算支出预计就成

为限定的拨款。所以预算具有重要的意义,它对于政府与非营利组织尤其是政府的未来活动发挥着规划、控制、评价的重要作用,因而为政府当局、立法机构、社会公众、新闻媒体等各方关注。为了控制和证明预算的执行,特别是对政府而言,在动本基金账户体系中建立预算账户是常见的做法。另一方面,留本(权益)基金业可能不是由固定币值预算控制,而是由弹性预算控制,就像在企业中运用的那样。在这种情况下,并不使用预算账户。但多数以固定币值预算控制其留本基金的政府与非营利组织也使用预算账户。

3. 会计核算基础的特殊性

会计核算基础一般有四类:现金制(即现收现付制)、修正的现金制(即修正的现收现付制)、修正的应计制(即修正的权责发生制)、应计制(即权责发生制)。

现金制,即以现金的实际收付时间作为确认、记录和报告交易的基础。它适合处理实际发生现金流量的交易。如果现金流量并未实际发生,不予记录,也就是以收到现金的时间和金额来确认收入的实现,以现金支付的时间和金额来确认支出的实现。

修正的现金制,即追加一个确认年末付款的额外期间。例如财政年度结束后的 30 天为额外期间,那么在这 30 天内发生的应由上年承担的支付,也确认为上年的支出,而不作为新年度的支出;30 天以后支付的上年费用,还是确认为新年度的支出。

修正应计制,即以取得收入的权利、承担政府义务所发生的时间作为确认、记录和报告交易的基础。具体来说,在收入上采用现金制,而在支出上采用应计制。

应计制,即完全的权责发生制,收入和支出以应收到或应支付时确认。具体来说,引起收入的交易一旦发生,不管是否真正有现金流入都确认为收入已经实现;引起费用的交易一旦发生,不管现金是否流出,都确认为支出的实现。

目前大部分国家仍然采用传统的现金制或修正现金制,但越来越多的国家开始引入应计制。美国的政府会计和非营利组织会计主要采用应计制和修正应计制,而且政府还必须对承诺作出记录,即政府必须在契约签订时,记录这一契约责任。

4. 其他特殊性

与企业会计一样,政府与非营利组织的留本(权益)基金会计的"成本"计量焦点是"费用",也就是预算期内消耗的资产的成本。与此相反,动本(政府)基金会计的"成本"计量焦点是"支出",也就是预算期内为以下目的消耗的财务资源的金额:

(1)日常运营(如工资、公用事业等);

(2)资本支出(取得固定资产);

(3)长期借款本金的偿还和计付利息。

更为特殊的是,在动本基金中支出被定义为"已发出货物或已提供的劳务的成本(无论是否支付),包括日常经营成本、未被列为偿债基金负债的借款偿还金额和资本支出",因此,在动本基金会计中非常重要的"支出"一词不能与营利权益会计定义的"费用"一词相混淆。

固定资产一般不是可供专用的财务资源,通常从动本基金会计主体中分离出来单独列示和核算。类似地,不是某一特定基金负债(而是整个政府的负债)的未到期长期借款也可以列入单独的非基金会计主体中。

五、国外的政府与非营利组织会计的组成体系

美国的政府与非营利组织分为政府、非营利组织两部分,前者包括联邦政府和地方政府;后者包括公立的非营利组织和私立的非营利组织。联邦政府及其公立非营利组织会计单独适用一套会计制度,由会计总局(the General Accounting Office)制定;州及地方政府及其公立非营利组织的会计由政府会计准则委员会制定;私立非营利组织会计则适用另一套会计准则,由财务会计准则委员会制定。同时,会计总局还声明:政府会计准则委员会公布的各项公告和准则以及财务会计准则委员会制定准则中的适用部分完全可以在最大可能的程度上作为联邦机构的会计准则。

美国政府会计中使用的基金,是一个独立的会计主体。每项基金,都有自己的资产、负债、收入、支出或费用,以及基金余额或基金权益,并有自己的一套完整的财务报表。在每个政府组织中,设置的各个基金,都有一个完整的会计核算和一套完整的会计报表。与此同时,整个政府组织还有一套完整的财务报告,整个政府组织称为"财务报告主体"。

正如前面提到的一般的政府与非营利组织会计中有动本和留本两大类基金。但具体机构又有不同的情况,例如联邦政府一般有政府基金、权益基金和信托基金,具体见本书第二章第一节;公立的高等院校会计又包括流动基金、固定资产基金、信托及代理基金;医院会计一般分为陪同基金和捐赠人限定基金等。

六、国外政府与非营利组织会计的会计原则

美国的政府会计准则委员会在其颁布的第 1 号公告中,规定了州及地方政府会计的12 条会计原则。

1. 会计和报告能力

政府会计系统必须使下列两者成为可能:依照公认会计原则,合理列示和充分披露政府单位的基金和账户组的财务状况及运营成果;确认和证实政府单位对财务法规和合同条款的遵守。

会计系统必须为公认会计原则报告和遵守法律的报告提供数据并不意味着两个会计系统。相反,账户可以以其中一个为基础,需要时通过将账户转为另一种基础,会计系统就可提供所需的另一套数据。由于公认会计原则报表通常仅在年末编制,账户平时建立在预算基础(或其他法律基础)上,以便于日常控制的实施和期中报告的编制。

2. 基金会计体系

政府会计系统应按基金组织和运作;基金是一系列自我平衡账户的财务和会计实体,

这些账户记录现金和其他资源,相关的负债和剩余权益或余额及其变动,基金的划分遵从特定规则、限制和约束,并以进行特定活动和实现一定目标为目的。

3. 基金的种类

政府机构的基金通常包括以下几类:

(1)政府基金:政府基金是为符合法律要求而设置的,用来处理法律许可的收入和支出。政府基金并不向享有其服务的用户索取费用。它又可分为普通基金、特种收入基金、基本建设项目基金、偿债基金和特征税捐基金。

(2)权益基金:权益基金是一种需要服务用户支付费用的基金。由于向用户提供服务而收取服务成本,或收取超过或低于服务成本的费用,权益基金有与营利组织相类似的特性。权益基金又可分为两种:企业基金和内部服务基金。

(3)信托基金:信托基金是用来处理某一政府机构以受托人或代理人身份持有的资产。信托基金可分为动本信托基金、留本信托基金、养老信托基金、代理基金等。

4. 基金的数量

政府机构应建立和保有法律、合理的财务管理所需要的那些基金;由于不必要的基金会导致僵化、复杂和效率低下的管理,仅应建立与法律和运营要求相一致的最小数目的基金。换句话说,应在满足法律规定、运营要求和基金分类基本原则的前提下,设立尽可能少的基金。

5. 固定资产和长期负债的会计处理

应明确区分下列两者的不同:基金固定资产和普通固定资产;基金长期负债和普通长期负债。

与权益基金或信托基金相关的固定资产应在这些基金中核算,不必独立出来。而政府单位所有其他固定资产均应在普通固定资产账户组中核算。相应地,与权益基金或信托基金相关的长期负债应在这些基金中核算,不必独立出来。政府单位所有的其他未到期普通长期负债,包括政府以某种形式承担义务的特种税债务,均应在长期债务账户组中核算。

6. 固定资产计价

固定资产应按成本入账。若无法确定固定资产成本,以估计成本计价入账。受赠固定资产应按照受赠时的公允价值入账。

7. 固定资产折旧

普通固定资产的折旧不应在政府基金账户中记录。该折旧可在成本会计体系中记录,也可在成本确定分析中计算;累计折旧可以记录在普通固定资产账户组中。

在权益基金中核算的固定资产,其折旧也应记入该基金中。若信托基金需计量费用、净利润和资本保全,则在信托基金中核算的固定资产的折旧也应予以确认。

8. 政府会计的权责发生制

在计量财务状况和运营成果时，应视情况使用修正权责发生制或权责发生制。

(1)政府基金收入和支出应按修正权责发生制确认。收入应在其可取得且计量的会计期间确认。若计量，支出应在发生基金负债的会计期间确认；但普通长期债务的未到期利息(和本金)除外，它们应在到期时确认。

(2)权益基金收入和费用应按权责发生制确认。收入应在其被赚得和可计量的会计期间确认；若可计量，费用应在其发生的会计期间确认。

(3)信托基金收入和费用或支出(视情况而定)应按与基金会计计量目标一致的基础确认。留本信托基金和养老信托基金应按权责发生制核算。

(4)转账应在基金间应收应付项目发生的会计期间予以确认。

9. 预算、预算控制和预算报告

每个政府单位都应有年度预算；会计系统应为适当的预算控制提供基础；对有年度预算的政府基金，应在其适当的财务报表或附表中包括预算比较表。

在政府会计系统中实施预算控制必须开设包括估计收入、拨款、保留支出、保留支出准备等预算账户。这些账户既包括总分类账户，也包括按照预算中的收入、支出项目开设的明细分类账户(保留支出准备除外)。与估计收入相对应反映实际的账户是收入账户，与拨款、保留支出相对应反映实际的账户是支出账户，保留支出账户则是为了反映各种基金余额中已经准备支出的数额，以免将来可能发生超支。在为反映和控制预算执行情况的各总分类账户中，估计收入、收入账户分别用来登记年度的估计总收入和实际总收入，拨款、保留支出、支出账户分别用来反映年度内的总拨款(即授权的预计支出)、保留支出(已经预定但尚未收到的商品或服务的预计成本)和实际支出。这些账户除本身反映了有关收支的预算与实际数据外，还同时对各收支明细账具有控制作用。

10. 转账、收入、支出和费用的划分

基金间转账和发行普通长期债务的收入不属于基金收入、支出或费用；政府基金收入应按基金和来源分类，支出应按基金、功能(或项目)、组织单位、活动、特征和支出项目分类；权益基金收入和支出应按与类似企业组织、功能或活动相同的方式分类。

11. 相同的术语和分类

每个基金的预算、账户和财务报告中，都应一致使用相同的术语和分类。

12. 财务报告

应编制恰当反映财务状况及其执行成果的中期财务报表，以便进行经营管理控制，立法监督以及在必要或被要求时，对外界提出报告；

应编制包括政府单位所有基金和账项的综合年度财务报告，包括个别基金报表及其汇编报表，财务报表的注释、附表、文字说明及统计表；

除年度财务报告外，可另编通用财务报告，包括基本财务报表及其注释，以公允反映财务状况和经营成果。

七、我国预算会计和国外政府与非营利组织会计的不同点

我国预算会计和西方国家大致相同,都运用于除营利企业之外的机构,但由于政府组织形式不同等原因,我国预算会计和国外政府与非营利组织会计又有着不同之处:

1. 会计主体不同

美国的政府与非营利组织会计基本目标是反映政府依法履行公共财政资源财务受托责任。它一方面采用基金模式,每一个基金都是一个会计主体;另一方面,整个政府组织拥有一套完整的财务报告,因此,美国政府与非营利组织会计可以说是双主体,基金是小会计主体,而每级政府是大会计主体;中国预算会计体系将资产、负债、权益等要素统一起来核算,虽然也设立基金,但各基金并不分开按照其对应的资产、负债、净资产进行核算,因此,中国的预算会计主体是单一主体。

另一方面,西方发达国家没有类似中国预算会计体系中的行政单位会计和财政总预算会计之分,只有一个统一的政府会计。因为西方国家大多实行国库单一账户制度,政府所有的财政收入直接缴入国库,政府所有的财政支出均通过这一账户直接划入商品或劳务提供商账户。而中国将政府预算与政府使用资金分开核算,前者体现在财政总预算会计,后者体现在行政单位会计。

2. 会计核算基础不同

西方非营利组织不采用收付实现制,而根据基金的具体情况采用权责发生制或修正的权责发生制;我国财政总预算会计和行政单位会计则以收付实现制为核算基础,事业单位一般采用收付实现制,但经营性收支业务核算可采用权责发生制(民间非营利组织一般采用权责发生制核算)。

3. 会计规范的模式不同[①]

会计规范指的是会计主体对会计交易与事项处理所应遵循的规范,大体上可区分为准则规范和制度规范。所谓准则规范,是指由权威的会计主管部门或会计组织定期或不定期发布会计准则,用以指导和规范具体的会计活动。目前发达国家普遍采用这一模式,政府会计也是如此。长期以来我国的预算会计一直采取制度规范的模式;政府通过制定预算会计制度对会计主体的会计活动进行规范和约束。

实践证明,与制度规范相比,准则规范更具有灵活性和适应性,因而采用这一模式的国家和政府越来越多。目前我国的企业财务会计也采用这一国际通行的模式,但预算会计中继续沿用传统的制度规范模式。从发展趋势来看,借鉴国际经验和在企业财务会计中的经验,在预算会计中以准则规范取代制度规范的时机和条件正在逐步成熟。

4. 会计核算范围不同

---

① 王雍君:《政府预算会计问题研究》,经济科学出版社 2004 年版,第 134～135 页。

国外的政府会计尤其是美国的政府与非营利组织会计不仅对拨款和支付作出记录，还对预算、承诺作出记录，如果实行应计制会计，还对验收承付作出记录。而我国的预算会计只对拨款和支付作出记录，预算、承诺和验收承付都不做记录。

5. 会计资本保全不同

西方的政府与非营利组织较重视资本保全，通常认为，会计资本保全意味着期末净资产的财务金额等于或大于其净资产的期初财务金额；我国对于这方面重视不够，例如没有对固定资产折旧、存货盘盈盘亏等会计问题作出明确规定。

第三节 现代预算管理制度改革对预算会计的影响

近年来，我国一直致力推进以政府采购、国库集中收付、部门预算改革为主要内容，以财政支出管理为核心的公共预算管理制度改革，它涉及预算观念、预算体系、预算管理方式的改变，具体内容是：

(1)以推进政府采购为主的财政支出管理改革。政府采购制度指各级政府及其所属机构为了开展日常政务活动或为公众提供公共服务的需要，在财政监督下，以法定的形式、方法和程序，对货物、工程或服务的购买。这种采购制度将政府采购活动透明化和公开化，最大限度地杜绝了"寻租"行为的发生，加强了预算收支的透明度，减少了财政资金的使用成本，提高了财政资金的使用效益。

(2)以实行国库单一账户为核心的国库管理制度改革。国库集中收付制度包括国库集中收付制度和收入收缴管理制度，它由财政部门代表政府设置国库单一账户体系，所有的财政性资金通过国库单一账户体系收缴、支付和管理，这从根本上改变了财政资金管理分散、各支出部门和支出单位多头开户、重复开户的混乱局面，有利于财政部门对资金加强统一调度和管理。

(3)以部门预算为主的预算编制改革。部门预算以每个部门为预算编制的基本组织形式，通过"一个部门一本账"、"预算内外资金统筹"等举措全面详细地反映了各政府部门的收支情况；同时它又引入零基预算、绩效预算、综合管理定额和支出标准等概念和方法，使预算更科学、合理、客观。2007年我国将实行新的政府收支分类，包括收入分类、支出功能分类和支出经济分类。

上述这些改革将对预算资金管理产生深远的影响，而预算会计是以财政资金为核算对象的，因此这一改革必定会对预算会计产生深远影响。

(一)权责发生制开始在部分财政资金中得到使用

2001年财政部发布了《财政总预算会计制度暂行补充规定》。该补充规定指出：财政总预算会计核算以收付实现制为主，但中央财政总预算会计的个别事项可以采用权责发生制。中央财政总预算会计采用权责发生制的事项有：

1. 预算已经安排，由于政策性因素，当年未能实现的支出；

2. 预算已经安排，由于用款进度等原因，当年未能实现的支出；

3. 动支中央预备费安排，因国务院审批较晚，当年未能及时拨付的支出；

4. 为平衡预算需要，当年未能实现的支出；

5. 其他。

中央财政总预算会计采用权责发生制仅限于上述事项，除此之外其他事项均不得采用权责发生制。

财政总预算会计采用权责发生制对上述事项进行会计核算时，平时不做账务处理。待年终结账，经确认当年确实无法实现财政拨款，需结转下一年度支出时，应借记"一般预算支出"等科目，贷记"暂存款"科目；下年度实际支付时，借记"暂存款"科目，贷记"国库存款"等科目。

另外，上海市政府在 2005 年 11 月发布了《上海市市本级项目资金会计核算办法（试行）》。该办法根据《上海市市本级项目支出预算管理暂行办法》有关规定，对相关项目资金试行权责发生制会计核算方式。

（二）国库集中收付制度实行后，很多会计传统被打破

1. 国库集中收付制度下，直接支付打破了原有的按预算级次拨款的原则

我国的国库集中收付制度首先把财政支出分为：工资支出，购买支出（除工资支出、零星支出之外购买服务、货物、工程项目等支出），零星支出，转移支出；其次按照不同的支付主体，对不同类型的支出分别实行财政直接支付和财政授权支付。

（1）财政直接支付

预算单位按照批复的预算和资金使用计划，向财政国库支付执行机构提出支付申请，经财政国库支付执行机构审核无误后，向代理银行发出支付令，并通知中国人民银行，通过代理银行进入全国银行清算系统实时清算，财政资金从国库单一账户划拨到收款人的银行账户。实行财政直接支付的支出包括工资支出、购买支出、转移支出。转移支出（中央对地方专项转移支出除外）支付到用款单位，其他支出支付到收款人。财政直接支付主要通过转账方式进行，也可以采用"国库支票"支付。财政国库支付执行机构根据预算单位的要求签发支票，并将签发给收款人的支票交给预算单位，由预算单位转给收款人。收款人持支票到其开户银行入账，收款人开户银行再与代理银行进行清算。每日营业终了前由国库单一账户与代理银行进行清算。

（2）财政授权支付

预算单位按照批复的预算和资金使用计划，向财政国库支付执行机构申请授权支付的月度用款限额，财政国库支付执行机构将批准后的限额通知代理银行和预算单位，并通知中国人民银行国库部门。预算单位在月度用款限额内，自行开具支付令，通过财政国库支付执行机构转由代理银行向收款人付款，并与国库单一账户清算。实行财政授权支付

的支出包括未实行财政直接支付的购买支出和零星支出。

目前,实行直接支付的工资、政府采购资金可以由政府直接支付给收款人,而不必像以往那样通过预算级次层层下拨,最后由用款单位支付。所以,实行直接支付的支出在财政总预算中可以直接做支出处理。

2. 国库集中收付制度下原始凭证的保存发生了变化

我国实行国库集中收付制度,会计核算主要包括集中核算和分散核算两种。在传统的预算制度下,各行政事业单位根据业务的原始凭证登记入账;而在实行国库集中收付制度下,各行政事业单位不再保存原始凭证,开支的各种原始凭证送交财政部门审核以拨付资金,只保留对账单据。实施集中核算、集中支付、集中管理的单位,原始凭证由国库核算中心保管;实行集中收付、分散核算的单位,则由预算单位会计机构保管。

3. 国库集中收付制度加强了对整个财政收支的监管控制,同时扩大了财政总预算会计的范围

在国库集中收付制度下,所有财政资金都必须纳入国库单一账户体系管理,收入直接缴入国库或财政专户,支出则通过国库单一账户体系将资金支付给劳务或货物供应商,因此在国库单一账户下,财政不仅对拨款额度进行监督管理,也对财政资金的最后使用进行管理。特别是直接支付方式实现的支出纳入财政总预算范围内,说明财政总预算会计管理的范围将变宽,逐步向原单位预算会计延伸,体现出预算会计核算的细化和对财政资金使用全过程的监控。

(三)政府采购制度弥补了我国预算会计以预算单位作为会计主体的缺陷

在我国以往预算会计体系中,财政总预算会计、行政单位会计、事业单位会计都是"各自为政",从财政拨付下来的资金到了政府部门、行政单位和事业单位后,就实行三套不同的会计制度,分别用不同的方法对支出和使用情况进行核算,决算时又运用各自的会计制度编制决算报表,上报财政部门。在这一过程中,资金使用和财政监督的脱节使得财政资金使用监督不流畅,导致最终形成的财务报告缺乏整体性和连贯性,弱化了预算会计对财政资金核算和监督的功能。而在政府采购制度下,预算会计的核算主要围绕国库单一账户进行,所以资金收入和支付都必须通过设在中央银行的国库专户核算;在劳务或商品购买方面,则根据财政部门提供的付款凭据进行资金核算,根据劳务完成或采购品入库情况入账,在编送会计报表时,同时提供资金收支情况和劳务完成或采购品入库情况,这就弥补了上述传统预算会计体系的缺陷。

复习思考题

1. 我国预算会计的体系由哪些内容构成?
2. 我国预算会计与国外政府与非营利组织会计有什么不同?
3. 我国 2006 年预算管理制度的改革和发展对预算会计有什么影响?

4. 什么是我国的预算会计？

5. 国外的政府与非营利组织会计有什么特殊性？

6. 我国预算会计的职能和特点是什么？

7. 我国预算的组成体系是怎么样的？

第二章 我国政府与非营利组织会计的基本理论

在这一章中,将介绍我国和国外政府与非营利组织会计的一些基本理论,包括政府与非营利组织会计准则或会计制度、会计记账基础、基本前提、一般原则、会计要素、会计等式和核算方法等。

第一节 我国政府与非营利组织会计准则(或会计制度)和记账基础

一、政府与非营利组织会计准则(或会计制度)

(一)我国的政府与非营利组织的会计制度

1. 预算会计制度

我国的预算会计是实行制度规范,而不是准则规范,所以没有预算会计准则,只有预算会计制度。现有的预算会计制度由财政总预算会计制度、行政单位会计制度和事业单位会计制度组成,具体来说,主要分为以下几个部分:

(1)总预算会计制度

我国现行的《财政总预算会计制度》是1997年制定的,2001年财政部又发布了《财政总预算会计制度暂行补充规定》。1997年制定的《财政总预算会计制度》分为13个部分:总则、一般原则、资产、负债、净资产、收入、支出、会计科目、会计结账和结算、会计报表的编审、会计电算化、会计监督、附则。主要内容我们将在后面的章节中详细介绍。2001年制定的《财政总预算会计制度暂行补充规定》主要是规定中央预算的一些内容可以实行权责发生制。具体内容我们在前面第一章第三节中已做介绍。2006年4月针对2007年将要实行的新的政府收支分类,财政部出台了《财政部关于政府收支分类改革后财政总预算会计预算外资金财政专户会计核算问题的通知》,对财政总预算会计的收支明细进行了一定的调整。

(2)行政单位会计制度

《行政单位会计制度》于1998年1月1日开始执行,总计11章63条,是行政单位在业务活动中进行会计处理的基本依据。它分别从总则、一般原则、资产、负债、净资产、收入、支出、会计科目、年终清理结算和结账、会计报表的编审、附则11个方面对行政单位会计处理过程中应遵循的原则和方法进行了论述。具体内容我们也将在后面的章节中详细介绍。2006 年 4 月，针对 2007 年将要实行的新的政府收支分类，财政部出台了《财政部关于政府收支分类改革后行政单位会计核算问题的通知》，对行政单位的收支明细进行了一定的调整。

（3）事业单位会计制度

《事业单位会计制度》于 1997 年 7 月 17 日颁布，该制度分为总说明、事业单位通用会计科目、年终清理结算和结账、会计报表编审四个部分，对事业单位会计处理过程中应遵循的原则和方法进行了论述。具体的内容将在后面详细介绍。

2. 我国的民间非营利组织会计制度

《民间非营利组织会计制度》规定，在中华人民共和国境内依法成立的，同时又满足该组织不以营利为目的、资源提供者向该组织投入资源不取得经济回报、资源提供者不享有该组织的所有权三个条件的非营利组织，就是我国所界定的民间非营利组织的概念，包括社会团体、基金会、民办非企业单位和寺院、宫观、清真寺、教堂等宗教活动场所。

民间非营利组织会计是指各类民间非营利组织对其预算资金及经营收支过程和结果进行全面、系统、连续地核算和监督的专业会计。在《民间非营利组织会计制度》颁布前，我国并没有专门针对民间非营利组织的会计制度，导致民间非营利组织会计系统没有条理和规范，这对民间非营利组织会计的发展也很不利。《民间非营利组织会计制度》的颁布统一了民间非营利组织会计的标准，规范了民间非营利组织会计的做法，提高了民间非营利组织财务活动的透明度，对民间非营利组织会计的进一步发展和完善起到了重要作用。

《民间非营利组织会计制度》于 2004 年 8 月 18 日正式颁布，2005 年 1 月 1 日起在我国全面实施，总计 8 章 76 条，分别从总则、资产、负债、净资产、收入、费用、财务会计报告、附则等方面，对民间非营利组织在会计处理过程中所遵循的具体原则和方法作了说明。该制度还规定我国的民间非营利组织会计的会计核算基础是权责发生制。具体内容在后面章节有详细的介绍。

（二）国外的政府与非营利组织会计的会计准则

正如前文提到的，西方国家的政府与非营利组织会计的会计规范模式主要是准则规范。西方政府与非营利组织会计可以并列地分为政府会计和具体的非营利组织会计。在美国，联邦政府及其公立非营利组织会计单独适用一套会计制度，由会计总局（the General Accounting Office）制定；州及地方政府及其公立非营利组织的会计适用一套会计准则，由政府会计准则委员会制定；私立非营利组织会计则适用另一套会计准则，由财务会计准则委员会制定。本书主要介绍州及地方政府会计和某些具体的公立非营利组织的会计。

二、政府与非营利组织会计的记账基础

（一）会计的记账基础

现行世界上通行的会计记账基础有四类，即现金制（即现收现付制）、修正的现金制（即修正的现收现付制）、修正的应计制（即修正的权责发生制）、应计制（即权责发生制）。

（二）我国预算会计的记账基础

1. 财政总预算会计的记账基础。按照我国 1997 年颁布的《财政总预算会计制度》，我国各级政府的财政总预算会计应该实行现收现付制，但 2001 年颁布的《财政总预算会计制度暂行补充规定》规定财政总预算会计核算以收付实现制（即现收现付制，又称为现金制）为主，但中央财政总预算会计的个别事项可以采用权责发生制（即应计制）。事实上有些地方的项目支出已经开始实行权责发生制，如上海市本级项目支出。

2. 行政单位会计的记账基础。按照我国 1998 年实行的《行政单位会计制度》，该制度规定我国行政单位会计实行收付实现制。

3. 事业单位会计的记账基础。我国的事业单位按照业务性质实行不同的会计核算基础。对于非经营性业务实行收付实现制，而经营性业务则实行权责发生制。

（三）我国民间非营利组织会计的记账基础

目前我国的《民间非营利组织会计制度》第 7 条规定："非营利组织的会计核算一般以权责发生制为基础。凡是当期已经实现的收入和已经发生或应当负担的费用，不论款项是否收付，都应当作为当期的收入和费用；凡是不属于当期的收入和费用，即使款项已在当期收付，也不应当作为当期的收入和费用。"因为权责发生制原则有助于对民间非营利组织的业务活动和财务状况作出全面、客观的反映，满足会计信息使用者的需要。

（四）西方国家的政府与非营利组织会计的记账基础

目前大部分国家仍然采用传统的现金制或修正现金制，但越来越多的国家开始引入应计制。美国的政府会计和非营利组织会计主要采用应计制和修正应计制。

第二节　我国政府与非营利组织会计的基本前提与会计原则

一、我国政府与非营利组织会计核算的基本前提

政府与非营利组织会计的基本前提是指政府与非营利组织进行会计处理时所依据的会计假设，包括以下四个方面：

1. 会计主体

会计主体指政府与非营利组织会计工作特定的空间范围。由于政府与非营利组织会计主要由财政总预算会计、行政单位会计、事业单位会计和民间非营利组织会计构成，所

以从会计主体上来说主要由各级政府、各类行政事业单位以及各类民间非营利组织构成。需要注意的是，政府财政总预算会计的主体是各级政府，而不是各级政府的财政部门。因为财政总预算各项收支的收取和分配是各级政府的职权范围，财政部门只是代表政府执行预算，充当经办人的角色。

2. 持续性

持续性指假设一个会计主体将在可预期的未来持续有各种活动发生。虽然政府及行政事业单位主要不以营利为目的，但其开展各项公共活动不仅不能带来盈利，而且要耗费一定的资源。如果不作这样的假设，我们很难想像一个社会能够延续下去。在这个前提下，会计主体将按照既定用途使用资产，按照既定的和约条件清偿债务，并且在此基础上选择会计原则和会计政策。如果非营利组织不能持续下去，则必须改变会计核算的原则和方法，并在财务会计报告中作出相应披露。

3. 会计分期

会计分期指将政府与非营利组织会计主体持续运行的时间人为地划分成时间阶段，以便分阶段结算账目、编制会计报表。实行会计分期的作用在于能够对连续、相等的会计期间中会计主体的财务状况及其变动以及经营成果进行核算，并据以编制会计报告。会计期间分为年度、季度和月份，并都采用公历日期。例如，《民间非营利组织会计制度》第74条规定："非营利组织的财务会计报告分为年度、季度和月度财务会计报告。"

4. 货币计量

货币计量指政府与非营利组织会计的核算对象能够以货币方式加以度量，在实际操作中以人民币作为记账本位币。如果发生外币收支，应当在发生收支时按照中国人民银行公布的当日人民币外汇汇率折算为人民币核算。对于业务收支以外币为主的行政事业单位和民间非营利组织，也可以选定某种外币作为记账本位币；但在编制会计报表时，应当按照编报日期的人民币外汇汇率折算为人民币反映。例如，《民间非营利组织会计制度》第5条规定："非营利组织的会计核算以人民币为记账本位币，发生的外币业务应当折算为人民币。"

二、我国政府与非营利组织会计核算的一般原则

根据财政部制定的《财政总预算会计制度》、《行政单位会计制度》、《事业单位会计制度》和《民间非营利组织会计制度》，我国政府及非营利组织会计的基本原则主要包括：客观性原则，相关性原则，可比性原则，一贯性原则，及时性原则，收付实现制原则，配比原则，专款专用原则，实际成本原则，重要性原则等。这些原则的执行对于保证政府与非营利组织会计体系全面、正确地反映我国财政状况具有重要指导意义。

1. 真实性原则

也叫客观性原则，指会计核算应当以实际发生的经济业务为依据，客观真实地记录、

反映各项业务活动的实际收入和支出状况。真实性原则是对会计核算工作和会计信息的基本质量要求。因为会计的工作成果是国家有关管理部门及相关单位进行决策和管理的依据,倘若提供的会计信息是虚假的,不但不能反映客观事实,而且还可能导致信息使用者因为不真实的信息而作出错误的决策,造成不应有的损失,这就要求会计信息反映的财务状况和经营成果必须真实可靠。会计真实性原则的具体要求是:在确认会计事项时,必须依据实际发生的经济业务;在计量记录会计事项时,不得伪造数量、金额;在会计报告中,必须如实反映情况,不得加以掩饰。

2. 相关性原则

亦称适应性原则,是指会计信息应当符合国家宏观经济管理的要求,满足预算管理和有关方面了解单位财务状况及收支情况的需要,并有利于单位加强内部管理。这个原则的具体要求是:会计信息应该有价值,既能够反映过往的经济业务情况,又能够帮助信息使用者对未来事项作出预测,并对使用者作出决策提供帮助。例如,上级财政拨付给下级单位的财政拨款,上级单位必须对这笔拨款的使用情况有所了解,以便监督资金的使用效率和效果,而拨款使用情况必须从下级单位的财务报告中获得,这样财务信息就具有相关性。如果财务信息没有反映出对使用者的价值,无法帮助使用者作出相关决策,那么该财务信息就不具备相关性。

3. 一贯性原则

指会计核算方法应当前后各期保持一致,不得随意改变。如确有必要改变,应将改变情况、原因及对会计报表的影响在会计报告中说明。因为不论是在什么单位,会计核算方法都有多种选择,例如存货计价就有个别计价法、先进先出法、后进先出法、加权平均法和移动加权平均法,在众多会计政策选择中,会计主体必须根据自身实际情况作出选择,一经选定,一般不得随意变更;当有证据表明会计主体变更会计政策后能够更加客观、真实地反映自身财务状况等信息时,会计政策和核算方法才能变更,同时,这种变更必须按照有关制度的要求反映在会计报表附注中。例如,《民间非营利组织会计制度》第7条规定:"非营利组织的会计核算方法前后各期应当保持一致,不得随意变更。如有必要变更,应当将变更的情况、原因和对单位财务收支情况及结果的影响在会计报表附注中予以说明。"坚持一贯性原则,有利于使用者理解会计信息以及对可比期间的会计信息进行对比。

4. 可比性原则

指会计核算应当按照规定的方法进行,以利于同一单位前后各期以及不同单位之间的比较分析,使民间非营利组织会计建立在相互可比的基础之上。因为每个会计主体必定是处于不同的地区,而且根据会计分期的假设,每个会计主体自身还存在不同的会计期间,为有效地使用会计信息和会计资料,必须使在同一会计期间不同会计主体以及同一会计主体在不同会计期间的会计信息具有可比性,以便发现其中对决策者有用的信息。例如,《民间非营利组织会计制度》第8条规定:会计核算应当按照规定的会计处理方法进行,会计信息应当口径一致、相互可比。必须指出的是,可比性原则需要一贯性原则的保障。

5. 及时性原则

指会计核算应当及时进行,会计报告必须及时反映过往会计期间的财务状况、经营成果和现金流量。因为会计信息的一个重要作用就是帮助使用者作出决策,如果会计信息没有及时反映经济业务的情况,那么延误的会计信息就失去了对使用者的参考价值。因此,及时性原则要求会计信息具有时效性。而且,及时性原则也要求作到:收集会计信息的及时性、处理会计信息的及时性以及传递会计信息的及时性。也就是说,会计人员能够及时收集经济业务的发生情况,并且迅速作出会计处理,同时将会计信息及时传递给会计信息使用者。例如,《民间非营利组织会计》第8条规定:会计核算应当及时进行,不得提前或延后。值得指出的是,及时性原则与会计分期假设有关,需要科学地划分支出和收入的时间界限,以便于及时处理。

6. 专款专用原则

指对于指定用途的资金,应当按照规定的用途使用,不能擅自改变用途、挪作他用。此项原则对于规范政府和行政事业单位的行为具有相当重要的意义,因为政府和行政事业单位的专款专用资金一般都来于上级单位的拨款,而且这部分资金是有特定用途的,只有坚持专款专用才能保证上级任务的完成。如果随意挪动专项款,必定导致项目不能如期完成,降低了资金使用效率,浪费了国家财政资金,而且更容易导致贪污腐败现象的发生。

7. 实际成本原则

亦称历史成本原则或原始成本原则,指各项财产物资应当按照取得时的实际成本计价,除了国家另有规定之外,不得自行调整其账面价值。财产价值的确认原则一般有实际成本原则、公允价值原则、重置成本原则等。之所以主要以实际成本来确认资产的价值,主要是由于会计核算的作用之一就是客观地反映出会计主体在某一会计期间的真实情况,而实际成本原则恰恰最能符合这一要求,因为实际成本就是会计主体的真实、实际的资源流出。鉴于此,实际成本原则优于其他计价原则。当然,实际成本原则主要是反映过去交易的客观性,它最大的不足是不能体现现有资产的现实价值。但是,这一不足可以根据我国有关制度规范的要求和特殊规定或运用相关的修正性原则来弥补,如计提资产减值准备。因此,实际成本原则仍然是资产计价的主要原则。例如,《民间非营利组织会计制度》规定,资产在取得时应当按照实际成本计量,但本制度有特别规定的,按照特别规定的计量基础进行计量。其后,资产账面价值的调整,应当按照本制度的规定执行。除法律、法规和国家统一的会计制度另有规定的外,民间非营利组织一律不得自行调整资产账面价值。

8. 重要性原则

指会计信息和资料应当全面反映财务状况、收支情况及其结果；对于重要的业务，应当单独反映。这一点也可以从会计信息和资料使用者角度来理解：由于使用者的主要目的是根据有关的会计信息作出判断和决策，而这一过程主要是根据资料当中的重要信息来完成的，其他对决策没有影响或影响很小的次要信息可以忽略不计。我们可以从性质和数量两个方面理解"重要性"：在性质上，如果某一事项会对使用者的决策产生影响，即使其金额较小，也必须作为重要事项将其列报；在数量上，如果事项所涉及的金额较大，则必须将其作为重要事项予以列报。根据这一原则，会计资料中应当详细列报会计主体业务活动中的重要信息，对于次要信息可以不列报或合并后以简略的方式列报。只有这样，才能有利于使用者从会计资料中迅速提炼出有用的信息。例如，《民间非营利组织会计制度》第八条规定："会计核算应当遵循重要性原则的要求，对资产、负债、净资产、收入、费用等有较大影响，并进而影响财务会计报告使用者据以作出合理判断的重要会计事项，必须按照规定的会计方法和程序进行处理，并在财务会计报告中予以充分披露；对于非重要的会计事项，在不影响会计信息真实性和不至于误导会计信息使用者作出正确判断的前提下，可适当简化处理。"

第三节 我国政府与非营利组织会计的基本要素与会计等式

一、我国政府与非营利组织会计的基本要素

会计的基本要素是将会计对象分解成若干基本的要素，政府与非营利组织会计的基本要素是会计内容的具体化，是对会计对象的进一步分类。它有利于设置会计科目，对有关核算内容进行确认、计量和报告，也有利于准确设计会计报表的种类、格式和列示方式。政府与非营利组织会计的基本要素包括：

1. 资产

资产是指政府、行政事业单位或民间非营利组织掌管或使用的能以货币计量的经济资源，包括各种财产、债权和其他权利。

资产一般具有以下三个特点：

（1）资产是由政府、行政事业单位或民间非营利组织过去的交易或事项形成的。这是指资产必须是现实的资产，它是来自于政府、行政事业单位或民间非营利组织过去发生的交易或事项，而不是预期、计划的资产，也就是说资产的存在基础必须以实际发生的经济交易事项为依据。因为预期的资产并没有反映会计主体真实的财务状况。

（2）资产是政府、行政事业单位或民间非营利组织所拥有的，或者虽然不能拥有但也是其能够控制的。资产只有被会计主体所拥有或控制，会计主体才能够获得和支配资产运动而带来的收益，资产在会计主体中的价值以及会计主体对资产的主人地位才得到体

现。

（3）资产能够为政府、行政事业单位和民间非营利组织带来经济利益或服务潜力。经济利益是指直接或间接流入会计主体的现金或现金等价物。服务潜力是指虽没有获得现金或现金等价物，但是能够为某一对象提供服务，履行相关的职能。如果资产不能达到这一要求，也就不符合资产的确认条件，因此应该将其从账面上注销。

财政总预算会计的资产包括国库存款、其他财政存款、有价证券、在途款、暂付款、与下级往来、预拨经费、基建拨款、财政周转金放款、借出财政周转金、待处理财政周转金等。

行政单位会计的资产包括现金、银行存款、有价证券、暂付款、库存材料、固定资产等。

事业单位会计的资产包括现金、银行存款、应收票据、应收账款、预付账款、其他应收款、借出款、材料、产成品、对外投资、固定资产、无形资产等。

民间非营利组织会计的资产包括流动资产、长期投资、固定资产、无形资产和受托代理资产。

2. 负债

政府、行政事业单位和民间非营利组织负债是指政府、行政事业单位或民间非营利组织承担的能以货币计量、需以资产偿付的债务。

负债一般具有以下三个特点：

（1）负债是由政府、行政事业单位或民间非营利组织过去的交易或事项形成的。同资产的第一个特点一样，负债必须是现实的负债，它是来自于政府、行政事业单位或民间非营利组织过去发生的交易或事项，而不是预期、计划的负债，也就是说负债的存在基础必须以实际发生的经济交易事项为依据。因为预期的负债并没有反映会计主体真实的财务状况。

（2）负债是政府、行政事业单位或民间非营利组织承担的现实义务。现实义务表明这种负债已经发生，而且在现在或将来都对政府、行政事业单位或民间非营利组织形成一种制约，政府、行政事业单位或民间非营利组织必须于现在或将来予以清偿。

（3）负债的清偿将导致政府、行政事业单位或民间非营利组织经济利益的流出和服务活动的履行。经济利益的流出和服务活动的履行也就是政府、行政事业单位或民间非营利组织资产的减少。例如，某事业单位存在一项须以现金偿还的债务，当事业单位清偿债务时，就导致其现金的减少和该笔债务的消失。

财政总预算会计的负债包括暂存款、与上级往来、借入款、借入财政周转金等。

行政单位会计的负债包括应缴预算款、应缴财政专户款和暂存款等。

事业单位会计的负债包括借入款项、应付票据、应付账款、预收状况、其他应付款、应缴预算款、应缴财政专户款和应交税金等。

民间非营利组织会计的负债包括流动负债、长期负债和受托代理负债等。

3. 净资产

政府、行政事业单位或民间非营利组织净资产是指政府、行政事业单位或民间非营利组织的资产减去负债后的差额。

政府、行政事业单位或民间非营利组织净资产的特点主要是指当政府、行政事业单位或民间非营利组织净资产增加时,其表现形式为资产增加或负债减少;当政府、行政事业单位或民间非营利组织净资产减少时,其表现形式为资产减少或负债增加。

财政总预算会计的净资产包括预算结余、基金预算结余、专用基金结余、预算周转金、财政周转基金等。

行政单位会计的净资产包括固定基金和结余。

事业单位会计的净资产包括事业基金、固定基金、专用基金、事业结余、经营结余、结余分配等。

民间非营利组织会计的净资产包括限定性净资产和非限定性净资产。

4. 收入

政府、行政事业单位和民间非营利组织收入是指政府、行政事业单位或民间非营利组织为实现其职能或开展业务活动,依法取得的非偿还性资金。一般具有以下两个特点:

(1)政府、行政事业单位和民间非营利组织收入的增加将导致净资产增加,进而导致资产增加或负债减少(或两者兼而有之),并且最终导致政府、行政事业单位和民间非营利组织经济利益的增加或服务潜力增强。

(2)政府、行政事业单位和民间非营利组织收入确认是建立在收付实现制原则和权责发生制原则基础之上的。在收付实现制原则下,政府、行政事业单位和民间非营利组织只要收到资金,就必须确认收入,而不管该笔资金所依托的经济事项是否发生于当期;在权责发生制下,政府、行政事业单位和民间非营利组织只要经济事项发生于当期,并符合一定条件,就必须确认该事项所产生的收入,而不管收入所带来的资金当期有没有收到。

财政总预算会计的收入包括一般预算收入、基金预算收入、专用基金收入、调拨收入和财政周转金收入。

行政单位会计的收入包括拨入经费、预算外资金收入和其他收入。

事业单位会计的收入包括财政补助收入、上级补助收入、拨入专款、事业收入、经营收入、其他收入和附属单位缴款等。

民间非营利组织会计的收入包括捐赠收入、会费收入、提供服务收入、政府补助收入、商品销售收入和投资收益等。

5. 支出

政府、行政事业单位和民间非营利组织支出指政府、行政事业单位或民间非营利组织为实现其职能或开展业务活动,对财政资金的再分配或所发生的各项资金耗费或损失。

与收入的特点相类似,政府、行政事业单位和民间非营利组织的支出主要有以下几方面特点:

（1）政府、行政事业单位和民间非营利组织支出的增加将导致净资产减少，进而导致资产减少或负债增加（或两者兼而有之），并且最终导致政府、行政事业单位和民间非营利组织经济利益的减少或服务潜力减弱。

（2）政府、行政事业单位的支出确认是建立在收付实现制原则和权责发生制原则基础之上的。在收付实现制原则下，政府、行政事业单位只要支付了资金，就必须确认支出，而不管该笔资金所依托的经济事项是否发生于当期；在权责发生制下，事业单位只要经济事项发生于当期，并符合一定条件，就必须确认该事项所产生的支出，而不管事项所需支出的资金是否在当期支出。

财政总预算会计的支出包括一般预算支出、基金预算支出、专用基金支出、补助支出、调拨支出和财政周转金支出。

行政单位会计的支出包括经费支出、拨出经费和结转自筹基建。

事业单位会计的支出包括拨出经费、事业支出、经营支出、其他支出、销售税金、上缴上级支出、对附属单位补助和结转自筹基建等。

另外需要重点说明的是，由于民间非营利组织采用完全权责发生制，所以其会计要素已演变成资产、负债、净资产、收入和费用。前面四项名称与预算会计完全相同，但第五项会计要素"支出"被"费用"替代，这也是权责发生制的标志。

民间非营利组织会计的费用包括业务活动成本、管理费用、筹资费用和其他费用。

二、我国政府与非营利组织会计的会计等式

政府与非营利组织会计等式，亦称政府与非营利组织会计平衡公式，是指政府与非营利组织各会计要素之间客观存在的必然相等关系，其会计平衡等式为：

（1）资产＋支出＝负债＋净资产＋收入

（2）资产＝负债＋净资产＋（收入－支出）

（3）收入－支出＝净资产变动额

任何一个预算会计主体在其活动中，随着收支业务的发生，都会引起资产、负债、净资产、收入、支出的不断变化，但都不会破坏会计等式，它是永远平衡的。

第四节　我国政府与非营利组织会计的核算方法

一、我国政府与非营利组织会计的会计科目

政府与非营利组织会计科目是对其要素的具体内容所作的进一步分类。设置预算会计科目，有利于将政府财政总预算及行政事业单位中大量经济内容相同的业务归为一类，组织会计核算，取得相应的会计信息。由于我国的政府与非营利组织会计要素有资产、负

债、净资产、收入和支出(民间非营利组织为费用)5项,因此,我国的政府与非营利组织会计科目也分为资产、负债、净资产、收入和支出(民间非营利组织为费用)5类。

我国的政府与非营利组织会计科目可分为总账科目和明细科目。

总账科目在会计要素下直接开设,反映相应会计要素中有关内容的总括信息。例如,在财政总预算会计的资产会计要素下,开设"国库存款"、"其他财政存款"等总账科目;在行政单位会计的收入会计要素下,开设"拨入经费"等总账科目,在支出会计要素下,开设"经费支出"等总账科目;在事业单位会计的收入会计要素下,开设"财政补助收入"等总账科目,在支出会计要素下,开设"事业支出"等总账科目;在民间非营利组织会计的收入会计要素下,开设"提供服务收入"等总账科目,在支出会计要素下,开设"业务活动成本"等总账科目。

明细科目在总账科目下开设,反映总账科目的明细信息。例如,在财政总预算会计的"国库存款"总账科目下,开设"一般预算存款"、"基金预算存款"等明细科目;在行政单位会计的"拨入经费"总账科目下,开设"拨入经常性经费"、"拨入专项经费"等明细科目;在事业单位会计的"事业支出"总账科目下,开设"基本工资"、"补助工资"、"公务费"、"业务费"等明细科目。在民间非营利组织会计的"提供服务收入"总账科目下,开设"非限定性收入"和"限定性收入"等明细科目;在"业务活动成本"总账科目下,开设"提供服务成本"、"商品销售成本"等明细科目。

预算会计科目配有编号。对于国家统一规定的预算会计科目及其编号,各级财政总预算和行政事业单位会计不得擅自更改或将编号打乱重编。

二、我国政府与非营利组织会计的记账方法

记账方法是指运用一定的记账符号、记账规则来编制会计分录和登记账簿的方法。

(一)记账方法的分类

在会计的发展历程中,记账方法经历了以下几种:

1. 单式记账法

单式记账法是一种简单的记账方法,它对会计主体所发生的经济业务只在一个账户中进行登记。它的优点是简单和便于操作,缺点是不能全面反映经济业务的内容,而且各个账户之间缺乏联系,不利于发现错误和舞弊。

2. 复式记账法

复式记账法是将会计主体所发生的经济业务以相等的金额在两个或两个以上账户中进行登记的方法。用这种方法登记以后就形成会计分录。它的优点是能够全面、清晰地反映经济业务的内容,而且各个账户之间存在联系,便于检查和核对。根据记账符号、账户结构、记账规则和试算平衡四项内容的不同,复试记账法又分为借贷记账法、增减记账法和资金收付法。

我国预算会计自 1996 年起普遍采用资金收付法,自 1998 年对预算会计进行改革后开始采用借贷记账法。

(二)借贷记账法的具体内容

政府与非营利组织会计采用国际通用的借贷记账法。所谓借贷记账法,是指以"借"和"贷"作为记账符号来记录和反映会计要素增减变动情况及其结果的一种复式记账法。

1. 记账符号

借贷记账法以"借"和"贷"作为记账符号,反映的内容概括起来就是"增加"和"减少",具体意义必须看账户的性质。在会计实务中,"借"、"贷"是用于会计分录当中,在"借"和"贷"两个字后面接着就是相关的会计科目名称。值得指出的是,"借"和"贷"是会计中的专用术语,代表的只是记账的一种符号,并没有原来文字所表示的意思。

2. 账户结构与记账规则

账户是会计中反映各会计科目的期初余额、本期发生额、期末余额信息的一种格式,对于初学者,它有利于其正确编制会计分录。会计中,账户一般采用"丁"字型格式,分为左右两栏,左边是借方,右边是贷方。

在借贷记账法中,"借"表示资产和支出类账户的增加,以及负债、净资产和收入类账户的减少或转销;"贷"表示资产和支出类账户的减少或转销,以及负债、净资产和收入类账户的增加。在确定了借贷方向和会计科目后,就在两个或多个会计科目后面登记相同的经济业务金额。

借贷记账法在账户中的运用及规则如表 2—1 所示。

表 2—1　　　　　　　　借贷记账法在政府与非营利组织会计中的运用

借　方	贷　方
资产类账户的增加 支出类账户的增加 负债类账户的减少 净资产账户的减少 收入类账户的减少或转销	负债类账户的增加 净资产账户的增加 收入类账户的增加 资产类账户的减少 支出类账户的减少或转销

下面举例说明如何根据记账规则在政府与非营利组织会计中应用借贷记账法。

【例 1】 收到应缴预算收入 1 000 000 元存入银行。这项经济业务引起负债类账户"应缴预算收入"增加 1 000 000 元和资产类账户"银行存款"增加 1 000 000 元,所以应在负债类账户"应缴预算收入"贷记 1 000 000 元,同时在资产类账户"银行存款"借记 1 000 000 元,其会计分录为:

借:银行存款　　　　　　　　　　　　　　　　1 000 000

贷:应缴预算收入　　　　　　　　　　　　　　　　1 000 000

【例2】 某事业单位用事业经费购置汽车一辆,价格 250 000 元,用银行存款支付。这项经济业务引起支出类账户"事业支出"增加 250 000 元,资产类账户"银行存款"减少 250 000 元,资产类账户"固定资产"增加 250 000 元和净资产类账户"固定基金"增加 250 000元,所以应在支出类账户"事业支出"借记 250 000 元,资产类账户"银行存款"贷记 250 000 元。同时在资产类账户"固定资产"借记 250 000 元,净资产类账户"固定基金"贷记 250 000 元,其会计分录为:

借:事业支出 　　　　　　　　　　　　　　　　　　　250 000
　　贷:银行存款 　　　　　　　　　　　　　　　　　　　　　250 000
借:固定资产 　　　　　　　　　　　　　　　　　　　250 000
　　贷:固定基金 　　　　　　　　　　　　　　　　　　　　　250 000

【例3】 某事业单位职工借现金 5 000 元作差旅费。这项经济业务引起资产类账户"暂付款"增加 5 000 元,资产类账户"现金"减少 5 000 元,所以应在资产类账户"暂付款"借记 5 000 元,资产类账户"现金"贷记 5 000 元,其会计分录为:

借:暂付款 　　　　　　　　　　　　　　　　　　　　5 000
　　贷:现金 　　　　　　　　　　　　　　　　　　　　　　　5 000

3. 试算平衡

由于借贷记账法是将相同的金额在两个或两个以上会计科目中加以登记,以形成会计分录,因此,借贷记账法一个最基本的特点就是:借贷两方金额相等,用另一句话概括就是"有借必有贷,借贷必相等"。

(1)试算平衡等式

由于每笔分录中的借、贷方金额相等,因此在将会计分录登入相关账户后,全部账户的本期借方发生额合计数与本期贷方发生额的合计数必然相等;依此类推,全部账户的期末借方余额合计数与期末贷方余额合计数也相等。我们可以把以上内容概括成三个等式来表明试算平衡的关系:

①会计分录试算平衡公式

　　　　　　　　借方账户金额＝贷方账户金额

②发生额试算平衡公式

　　　　全部账户本期借方发生额合计数＝全部账户本期贷方发生额合计数

③余额试算平衡公式:

　　　　全部账户期末借方余额合计数＝全部账户期末贷方余额合计数

(2)试算平衡表

在会计实务中,一般是通过编制试算平衡表来检查试算平衡的,时间一般是在月末,因为此时各个账户的本月发生额和月末余额已经计量,拥有可利用的现成资料。以行政单位为例,总账科目试算平衡表如表 2—2 所示。

表 2—2

会计科目	期初余额	本期发生额		本期余额	
		借　方	贷　方	借　方	贷　方
现金					
银行存款					
暂付款					
经费支出					
拨出经费					
暂存款					
拨入经费					
结余					
合计					

如果试算平衡表的本期发生额和本期余额栏的借贷方金额不相等,则表示账户的记录或计算有错误。但是,如果试算平衡表的本期发生额和本期余额栏的借贷方金额相等,我们却不能得出账户记录或计算正确的结论,因为即使某些错误发生,试算平衡的三个公式也依然成立,例如将分录中的借贷方金额由 20 000 写成 2 000,在这种情况下,虽然数字有错误,但由于分录中的借贷方金额仍然相等,所以试算仍然是平衡的;再如,分录中数字没有错误,但是借贷的方向弄错了,在这种情况下,也是不能通过试算平衡来发现问题的。虽然试算平衡存在一些不足,但是瑕不掩瑜,它对检查会计记录等工作是否存在错误还是有很大帮助的。

三、我国政府与非营利组织的会计凭证

设置会计科目,明确记账方法,是为了正确地将经济业务进行分类,并采取科学的方法进行记账,但是记账必须有根有据。因此,任何一项经济业务都应当取得或填制会计凭证,只有根据合法的会计凭证,才能记账。

会计凭证是记录经济业务、明确经济责任的书面证明,是登记账簿的依据。会计凭证按其填制程序和用途,可分为原始凭证和记账凭证两种。

（一）原始凭证

原始凭证又称"单据",是经济业务发生时取得的,是用来证明经济业务实际发生或完成情况的具有法律效力的书面文件,是会计事项的惟一合法凭证。根据原始凭证,据以填制记账凭证和账簿。

1. 原始凭证的主要内容和要素

政府和非营利组织会计原始凭证主要由以下要素组成:

（1）凭证的名称、填制日期及编号;

（2）填制凭证的单位名称及填制人；

（3）受证单位的名称；

（4）经济业务的具体内容；

（5）相关的签字与盖章；

（6）其他内容。

2. 原始凭证的种类

原始凭证是多种多样的，有的是由外单位填制的称外来原始凭证，有的是由本单位或职工填制的自制原始凭证。由于财政总预算会计和行政事业单位、民间非营利组织会计的主要业务不同，前者主要不直接办理预算收支，原始凭证大部分是其他单位报送上来的报表；后者主要是直接办理预算收支，原始凭证大部分是反映经济业务活动的凭证。

各级财政总预算会计的原始凭证主要包括：

（1）国库报来的各种收入日报表及其附件，如各种"缴款书"、"收入退还书"、"更正通知书"等；

（2）各种拨款和转账收款凭证，如预算拨款凭证，各种银行汇款凭证等；

（3）主管部门报来的各种非包干专项拨款支出报表和基本建设支出月报；

（4）其他由经济业务产生的相关凭证。

各类行政事业单位会计的原始凭证主要包括：

（1）收款凭证；

（2）借款凭证；

（3）预算拨款凭证；

（4）固定资产调拨单或出、入库单；

（5）库存材料或材料出、入库单；

（6）开户银行转来的收、付款凭证；

（7）往来结算凭证；

（8）各种税票；

（9）其他相关的会计记账凭证。

以下以行政单位为例来说明其会计原始凭证的相关内容。行政单位在日常会计处理上，经常使用的几种主要原始凭证是以下几种：

（1）支出报销凭证

各种支出报销凭证是行政单位核算"实际支出"的依据。从外单位取得的原始单据必须具备对方收款单位名称、收款人签名或盖章、填制凭证的日期以及合计金额，合计金额要用汉字大写并盖有填制单位的公章。自制的单据，要由经办人写明支出的理由和用途，并有报销人和单位负责人或其授权人的签名盖章。购买实物的单据，必须有验收人签章。支付款项单据必须有收款单位和收款人的收款证明。

一些经常发生的支出报销,如差旅费等,应填制由财政部门统一格式的"报销单"报销,其原始单据作为附件,附在"报销单"后面。一次支出的单据较多时,可编制"支出报销凭证汇总单"进行账务处理,将原始单据附在后面。如果附件较多也可以单独装订保管,并在"汇总单"上注明。

(2)收款凭证

行政单位收到各项收入,必须开给对方收款收据。收据的字迹要清楚,金额数字不得涂改,并加盖单位财会专用公章和经办人印章,才能有效。收款收据要连号使用,填写时一式三联。一联作为存根,不得撕下,第二联作为入账依据,第三联给交款单位或交款人作为收据。如果因填写错误而作废时,要全份保存注销,并加盖"作废"标记。各单位对各种收款收据,要指定专人负责收发登记和保管。其格式如表2—3所示。

表 2—3   收款凭证格式
收款收据

收款日期　　　　　　　　　　年　　月　　日　　　　　　　　　编号

今收到_____	
交来_____	
人民币(大写)_____	
收款单位　　　　　　　收款人　　　　　　　　　经手人	
(公章)_____　　(签章)_____　　(签章)_____	

(3)往来结算凭证

往来结算凭证,包括暂存款、暂付款、应收款、应付款等往来款项凭证,是行政单位各项资金往来结算的书面证明。

支付暂付款时,应由借款人填写一式三联借款单,填明姓名、用途、借款金额等,并由单位负责人或授权人审批签章。借款单第三联必须连在记账凭证上,作为付款依据。收回借款时,借款单第一联退还借款人,第二联作为会计填写记账凭证结算借款的依据。借款单据不准作为支出报销的依据。其格式如表2—4所示。

(4)银行结算凭证

银行结算凭证包括向银行送存现金的凭证、现金支票、转账支票、信汇、付款委托书和票汇及银行结算凭证,由银行统一印制,各单位向银行购用。但存取款、拨款单据一律不准作为支出报销的依据。

(5)材料收付凭证

材料收付凭证是核算材料收、发、存的原始凭证。购进时填制"收料单"办理入库手续,库存材料付出时,填制"出库单"办理出库手续。材料付出业务较多的单位,可以按期编制"发生材料汇总表"核算材料的收付。

表 2—4 　　　　　　　　　　　　　　**借款凭证格式**

借款凭证

年　　月　　日　　　　　　　　　　　　　编号

借款单位		
借款金额（大写）		
借款事由	报销事由	核销金额＿＿＿＿＿＿ 交回金额＿＿＿＿＿＿ 补付金额＿＿＿＿＿＿ 出纳＿＿＿＿月　　日

会计主管　　　　复核　　　　制单　　　　记账

（6）拨款凭证

上级单位对所属会计单位拨付经费，采用划拨资金办法，应填写银行印制的"付款委托书"或"信汇委托书"，通知银行转账。

（7）其他能够证明经济业务发生的单据、表册、经济合同、文件等都可以作为原始凭证

各种原始凭证，除文件外，都不得以复制件代替，外文或少数民族文字的原始凭证应当翻译成中文。

会计人员对不真实、不合法的原始凭证，不予受理，对记载不准确、不完整的原始凭证予以退回，要求更正补充。

（二）记账凭证

记账凭证是根据审核无误的原始凭证，按照账务核算要求，分类整理后编制的会计凭证，它是确定会计分录、登记账簿报表的依据。

1. 记账凭证的主要内容和要素

政府与非营利组织会计的记账凭证主要由以下要素组成：

（1）记账凭证的名称和日期；

（2）经济业务的主要内容；

（3）会计科目的名称（企业总账科目和明细账科目）；

（4）会计分录的方向和金额；

（5）凭证的类别和编号；

（6）过账的标记；

(7)所附原始凭证或其他资料的张数；

(8)凭证所应具备的签字与盖章。

2. 记账凭证的种类

由于财政总预算会计和行政事业单位、民间非营利组织会计经济业务的不同,它们的记账凭证也有所差异。

(1)财政总预算会计的记账凭证,其格式如表2—5、表2—6所示。

表2—5   记账凭证(格式一)

总号_____

年   月   日

分号_____

对方单位	摘 要	借 方		贷 方		金 额	记账符号
		科目编号	科目名称	科目编号	科目名称		

会计主管   记账   稽核   制单

表2—6   记账凭证(格式二)

总号_____

年   月   日

分号_____

摘 要	总账科目	明细科目	借方金额	贷方金额	记账符号

会计主管   记账   稽核   制单

(2)行政事业单位会计的记账凭证按所涉及对象及运动方向的不同,通常分为收款凭证、付款凭证和转账凭证。其格式如表2—7、表2—8、表2—9所示。

表 2—7 **收款凭证格式**

收款凭证

出纳编号＿＿＿＿＿＿＿

借方科目： 年 月 日 制单编号＿＿＿＿＿＿＿

对方单位（或缴款人）	摘 要	贷方科目		金 额	记账符号	
		总账科目	明细科目			
						附凭证
						张
合计金额						

会计主管 记账 稽核 出纳 制单

表 2—8 **付款凭证格式**

付款凭证

出纳编号＿＿＿＿＿＿＿

借方科目： 年 月 日 制单编号＿＿＿＿＿＿＿

对方单位（或缴款人）	摘 要	借方科目		金 额	记账符号	
		总账科目	明细科目			
						附凭证
						张
合计金额						

会计主管 记账 稽核 出纳 制单

表 2—9　　　　　　　　　　　　转账凭证格式

转账凭证

出纳编号＿＿＿＿＿＿

年　　月　　日　　　　　　制单编号＿＿＿＿＿＿

对方单位	摘　要	借　方		贷　方		金　额	记账符号
		总账科目	明细科目	总账科目	明细科目		

附凭证　张

会计主管　　记账　　稽核　　出纳　　制单　　领/缴款人

3. 记账凭证的编制方法

(1)记账凭证一般根据每项经济业务的原始凭证编制。当天发生的同类会计事项可以适当归并后编制。不同会计事项的原始凭证,不得合并编制一张记账凭证,也不得把几天的会计事项加在一起作一张记账凭证。

(2)记账凭证必须附有原始凭证。一张原始凭证涉及几张记账凭证的,可以把原始凭证附在主要的一张记账凭证后面,在其他记账凭证上注明附有原始凭证的记账凭证的编号。结账和更正错误的记账凭证以及总预算会计预拨经费转列支出,可以不附原始凭证,但必须经主管人员签字。

(3)记账凭证必须根据审核无误的原始凭证编制,其各项内容必须填列齐全,各种签名和盖章不可或缺。

(4)总账科目下的明细科目,如需要列入记账凭证,可将明细科目的名称和金额同时列在"明细科目名称"栏内。明细科目的金额不能填列在记账凭证的"金额"栏内。

(5)填制记账凭证的文字必须清晰、工整,不得潦草。记账凭证由指定人员复核。

(6)记账凭证按照制单的顺序,每月编一个连续号。月终连同每个记账凭证后附的原始凭证装订成册,并加盖有关人员印章及公章,妥善保管。记账凭证封面格式如表2—10所示。

表 2—10　　　　　　　　　　　　　　　记账凭证封面

（单位名称）

时　间		年　　　月		
册　数		本　月　共　册		本册是第　　册
张　数		本册自第　　号至第　　号		

会计主管　　　　　　　　　　　　装订人

四、我国政府与非营利组织的会计账簿

会计账簿是由具有一定格式、互相联系的账页组成，用来序时地、分类地记录和反映各项经济业务的会计簿记。

（一）会计账簿的种类

政府与非营利组织会计账簿的种类主要有总账和明细账两种。

1. 总账

总账是指按总分类账户开设账页的会计簿籍。总账是反映资产、负债、净资产、收入和支出会计要素的总括情况，平衡账务，控制和核对各种明细账以及编制预算会计报表的主要依据。

总账的格式采用三栏式，具体如表 2—11 所示。

表 2—11　　　　　　　　　　　　　　　总　账

会计科目：　　　　　　　　　　　　　　　　　　　　　　　　　　　　第　页

年		凭证号	摘　要	借方金额	贷方金额	余　额	
月	日					借或贷	金　额

2. 明细账

明细账是指按明细分类账户开设账页的会计簿籍。明细账是用以反映总账明细情况的账簿。

政府与非营利组织会计明细账的种类主要有收入明细账、支出明细账和往来款项明细账等。由于财政总预算、行政单位、事业单位和民间非营利组织中有关收入、支出和往

来款项的业务内容存在一定的差异,因此,财政总预算、行政单位、事业单位和民间非营利组织设置的收入明细账、支出明细账和往来款项明细账的具体种类也不尽相同。

在财政总预算会计中,收入明细账主要包括一般预算收入明细账、基金预算收入明细账、专用基金收入明细账、上解收入明细账和财政周转金收入明细账;支出明细账主要包括一般预算支出明细账、基金预算支出明细账、专用基金支出明细账、补助支出明细账和财政周转金支出明细账;往来款项明细账主要包括暂付款明细账、暂存款明细账、与下级往来明细账、财政周转金明细账和借出财政周转金明细账。

在行政单位会计中,收入明细账主要包括拨入经费明细账、预算外资金收入明细账和其他收入明细账;支出明细账主要包括拨出经费明细账、经常性支出明细账和专项资金支出明细账;往来款项明细账主要包括暂付款明细账和暂存款明细账。

在事业单位会计中,收入明细账主要包括财政补助收入明细账、事业收入明细账、经营收入明细账、拨入专款明细账、附属单位缴款明细账和其他收入明细账;支出明细账主要包括拨出经费明细账、拨出专款明细账、专项资金支出明细账、事业支出明细账、经营支出明细账和对附属单位补助明细账;往来款项明细账主要包括应收账款明细账、其他应收款明细账、应付账款明细账和其他应付款明细账。

会计明细账的格式可以采用三栏式,也可以采用多栏式。

三栏式明细账的基本格式如表 2—11 所示,多栏式明细账的格式如表 2—12 所示。

表 2—12　　　　　　　　　　　　　　　　明细账

明细科目或户名:　　　　　　　　　　　　　　　　　　　　　　　第　　页

年		凭证号	摘　要	借　方	贷　方	余　额	借(贷)方余额分析
月	日						

3. 日记账

日记账又称序时账,是指按照会计主体经济业务发生的先后次序,按时间依次进行登记的账簿。其用途主要是结算和控制各项货币资金,分为现金日记账和银行存款日记账。为了管理的需要,日记账不采用活页账,而多采用三栏式的订本账。其格式如表 2—13 所示。

日记账

三栏式银行存款和现金日记账

现金出纳(银行存款)账　　　　　　　　　　　第　　页

年		凭单号	摘　要	对方会计科目名称	借　方	贷　方	余　额
月	日						

(二)政府与非营利组织会计账簿的使用要求

由于会计账簿是政府与非营利组织经济业务的具体记录,因此,对其使用也有严格的要求:

1. 除财政总预算会计中按放款期限设置的财政周转金放款明细账可以跨年度使用之外,其他会计账簿的使用以每一会计年度为限。对于账簿的启用,应该填写"经管人员一览表"和"账簿目录",并将其附于账簿扉页。格式如表2—14、表2—15所示。

表 2—14　　　　　　　　　　　　经管人员一览表

单位名称			
账簿名称			
账簿页数	从第	页起至第　　页止共　　页	
启用日期		年　　月　　日	
会计机构负责人		会计主管人员	
经管人员		经管日期	移交日期
接办人员		接管日期	监交日期

表 2—15　　　　　　　　　　　　账户目录

科目编号和名称	页　　号	科目编号和名称	页　　号

2. 登记会计账簿必须及时准确、日清月结,文字和数字的书写必须清晰整洁。

3. 手工记账不得使用铅笔、圆珠笔,必须使用蓝、黑墨水笔,其中红色墨水只能用于登记收入负数、划线、改错、冲账。

4. 会计账簿必须按照编定的页数连续记载,不得隔页、跳行。如因工作疏忽发生跳行或隔页时,应当将空行、空页划线注销,并由记账人员签字盖章。

5. 会计账簿应根据经审核的会计凭证登记。记账时,将记账凭证的编号记入账簿内;记账后,在记账凭证上用"√"符号予以标明,表示已经将其入账。

6. 会计账簿如填写错误,不得随意更改,应当按照规定的方法采用划线更正法、红字冲正法或补充登记法进行更正。

7. 各种账簿记录应该按月结账,计算出本期发生额和期末余额。

（三）政府与非营利组织会计账簿的错误更正方法

由于记账人员疏忽或其他原因,会计账簿很有可能出现填写错误的现象,在这种情况下,不得采用挖补、涂抹、刮擦或修正液等方法来弥补,而必须按照规定的方法更正。

1. 划线更正法

划线更正法是在错误的文字或数字正中横划一条红线表示注销,然后将正确的文字或数字用蓝字写在划线的上面,并在更正处加盖记账人员的图章。

这种方法适合于在结账之前,发现了账簿记录文字或数字的错误,而记账凭证本身没有错误。

2. 红字更正法

红字更正法是指在原错记的账户中用红字冲去原来的数字,再在应计的账户中补记相同的数字,并在更正处加盖记账人员的图章。具体做法是先用红字填制一张与原错误记账凭证内容完全相同的记账凭证,并根据这张凭证以红字入账,然后再用蓝字填制一张正确的记账凭证,并根据这张凭证以蓝字入账。

这种方法适合于在月份结账后,发现账簿登记串户,但记账凭证并无错误的情况。另外,如果发现由于记账凭证错误而使账簿登记发生错误,则不论在月份结账前后,均使用这种方法。

五、我国政府与非营利组织的会计报表

政府与非营利组织的会计报表是指政府与非营利组织根据相关会计凭证以及账簿,采用一定的方法、按照一定的格式编制的反映政府与非营利组织在某一时点的财务状况,在某一会计期间的收入、支出情况和财产变动情况等的书面报告。

（一）我国政府与非营利组织会计报表的种类

政府与非营利组织会计报表常见的分类是根据反映经济内容的不同,划分为以下几种:

1. 资产负债表

资产负债表反映的是政府与非营利组织在某一会计时点财务状况,它是资产、负债和净资产情况的总括反映。这一会计时点一般是期末,可以是月末、季末和年末。

2. 收入支出表

收入支出表反映的是政府与非营利组织在某一会计期间的收入与支出情况,以反映其业务活动的成果。这一会计期间一般是月份、季度和年度。

3. 预算执行情况表

预算执行情况表是政府与非营利组织根据预算内容而编制的反映预算执行情况的书面报告。编制预算执行情况表有利于政府与非营利组织对比预算数与实际数及其差异,找出原因,提高资金使用效率;也有利于政府与非营利组织的上级单位评价其管理层的经营管理能力,以及对政府与非营利组织的绩效考核。

4. 财务状况变动表

财务状况变动表是反映政府与非营利组织在某一期间内财务状况变动的书面报告,是对该期间内政府与非营利组织财务状况变动的具体描述。这一会计期间一般是月份、季度和年度。

另外,根据编报的时间,政府与非营利组织会计报表也可分为旬报、月报、季报和年报;按编制范围,又可分为本级报表和汇总报表。

(二)我国政府与非营利组织会计报表的编制要求

政府与非营利组织的会计报表是政府与非营利组织经济业务的基本反映,也是供上级考核的基本依据。政府与非营利组织编制会计报表时必须遵循以下要求:

1. 会计报表中的数字必须真实、完整。"真实"是指会计报表所反映的经济事项都是政府与非营利组织客观发生的,据以反映的数字没有虚构成分;"完整"是指会计报表反映了政府与非营利组织的所有经济业务情况,据以反映的数字没有遗漏任何经济事项。这一点是要求政府与非营利组织会计报表没有高估或低估经济事项。

2. 会计报表中的数字运算必须准确。政府与非营利组织会计报表中的数字除了要符合真实、完整性要求外,还必须正确地加以运算,保持会计报表各项目以及各会计报表之间钩稽关系。

3. 报送及时。这一点要求政府与非营利组织在会计期间结束时及时编制会计报表,并如期报出会计报表。

由于政府与非营利组织的具体经济业务内容存在一定的差异,所以它们的会计报表在格式、编报项目等方面也有所不同。关于政府与非营利组织会计报表的具体论述及编制方法将在以下章节中予以详细介绍。

六、我国政府与非营利组织账务处理程序

政府与非营利组织的经济活动从原始凭证到形成会计报表的过程就是账务处理程序，这一过程涉及组织账簿、运用记账程序和记账方法等手段。政府与非营利组织的具体账务处理程序如下：

1. 根据原始凭证填制记账凭证，对于现金业务，由出纳根据原始凭证填制现金日记账，并编制库存现金日报表，然后据以编制记账凭证。

2. 根据记账凭证直接登记总账，或根据记账凭证定期编制科目汇总表，然后根据该科目汇总表填制总账，对于发生明细核算的业务，在填制总账的同时还要填制明细账。

3. 对现金日记账、明细账、总账以及有关账户核对正确，再根据总账科目和明细账编制会计报表。

有关政府与非营利组织会计的账务处理程序如图2—1所示。

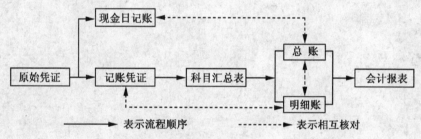

图2—1 我国政府与非营利组织会计的账务处理程序

复习思考题

1. 我国政府与非营利组织会计的会计原则是哪些？

2. 我国政府与非营利组织会计包括哪些会计制度？

3. 会计核算基础有哪几类？我国预算会计采用什么会计核算基础？

4. 我国政府与非营利组织会计的会计前提包括哪些？

5. 我国政府与非营利组织会计的会计要素包括哪些？

6. 我国政府与非营利组织会计的会计等式是怎样的？

7. 各类行政事业单位会计的原始凭证包括哪些？

8. 我国财政总预算会计的原始凭证包括哪些？

9. 什么是记账凭证？一般分为哪几类？

10. 记账凭证的基本内容包括哪些？

11. 我国政府与非营利组织会计的账务处理程序是怎样的？

12. 我国政府与非营利组织会计报表的编制要求是什么？

第 二 篇

政 府 会 计

从性质上来看,我国的政府会计主要由财政总预算会计和行政单位会计组成。第三、四、五、六、七、八章介绍我国的财政总预算会计。第九、十、十一、十二、十三章介绍我国的行政单位会计,第十四章介绍国外的政府会计。

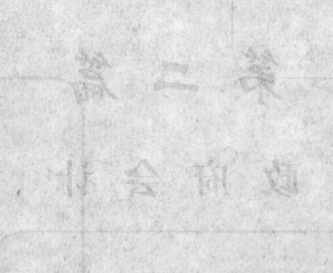

第三章 财政总预算会计概述

第一节 财政总预算会计的概念、任务和特点

一、财政总预算会计的概念

我国 1997 年度《财政总预算制度》指出：总预算会计是各级政府财政部门核算、反映、监督政府预算执行和财政周转金等各项财政性资金活动的专业会计。财政总预算会计的组成体系与国家的预算管理体系一致。按照《中华人民共和国预算法》的规定，根据一级政府一级预算的原则，我国的预算体系总共分为五级，即中央，省、自治区、直辖市，设区的市、自治州，县、自治县、不设区的市、市辖区，乡、民族乡、镇等五级预算。与之相对应，我国的财政总预算体系也分为五级，每一级独立的预算都设立一级财政总预算会计。五级财政总预算会计包括：财政部设立的中央财政总预算会计，省（自治区、直辖市）财政厅（局）设立的省级财政总预算会计，市（地、州）财政局设立的市级财政总预算会计，县（市）财政局设立的县级财政总预算会计，乡（镇）财政所设立的乡级财政总预算会计。各级财政总预算会计都设在该级政府的财政管理机构内，执行对该级政府的经济财务活动的统一核算、全面监督管理工作。

二、我国财政总预算会计的特点

我国财政总预算会计具有以下 3 个特点：

1. 财政总预算会计与预算管理制度有着密切的联系。国库集中收付制度、政府采购制度和部门预算（包括政府收支分类改革）的出台，使财政总预算会计的核算也发生了一定的变化。

2. 财政总预算会计以收入、支出核算为主，一般不进行成本核算，也没有相应的实物资产及保管、使用方面的核算，这与行政事业单位会计和企业会计都不同。

3. 财政总预算会计的核算以收付实现制为主，但个别事项可以采用权责发生制。而企业会计和民间非营利组织会计都采用权责发生制。

三、财政总预算会计的任务

财政总预算会计是预算管理中一项专业性较强的经常性工作,同时也是整个预算管理体系的重要组成部分,它与预算工作、财务工作具有同样重要的作用。除了拨款、记账、报表等经常性工作以外,财政总预算会计还担负着综合性的预算会计组织工作,例如协调总预算会计与行政单位、事业单位会计核算工作,对国库款项进行调度保证预算支出资金的需要,制定各项预算会计制度、国库制度等。

具体地讲,财政总预算会计的主要职责是进行会计核算,反映预算执行,实行会计监督,参与预算管理,合理调度资金。基本任务如下:

1. 处理总预算会计的日常核算事务。办理财政各项收支、资金调拨及往来款项的会计核算工作;及时组织年度政府决算、行政事业单位预算的编审和汇总工作,进行上下级财政之间的年终结算工作。

2. 调度财政资金。根据财政收支的特点,妥善解决财政资金库存和用款单位需求之间的矛盾,在保证按计划及时供应资金的基础上,合理调度资金,提高资金使用效益。

3. 实行会计监督,参与预算管理。通过会计核算和反映,提出预算执行情况分析,并对总预算、部门预算和单位预算的执行实施会计监督。

协调参与预算执行的国库会计、收入征解会计等之间的业务关系,共同做好预算执行的核算、反映和监督工作。

4. 组织和指导本行政区域预算会计工作。省、自治区、直辖市(含计划单列城市,下同)总预算会计在与本制度不相违背的前提下,负责制定或审定本行政区域预算会计有关具体核算办法的补充规定;组织预算会计人员的培训活动;组织检查、辅导本单位会计和下级总预算会计工作,不断提高政策、业务水平。

5. 做好预算会计的事务管理工作。负责预算会计的基础工作管理,参与预算会计人员专业技术资格考试、评定及核发会计证工作。

四、财政总预算会计与其他预算会计的关系

(一)与行政、事业单位会计的关系

作为政府预算体系的三个主要组成部分,三者有着密切的联系:

首先,在拨款上,财政总预算会计与行政、事业单位会计有着直接联系。财政对行政、事业单位的拨款及单位上缴财政的各项预算内外收入,都要通过总预算会计及单位预算会计进行办理。

其次,在报表编制上,总预算会计要根据单位预算会计编制的月报或季报及年报进行汇总,并据以编制预算执行月报、季报和财政决算报表。

再次,行政、事业单位预算是政府预算的重要组成部分,单位会计和总预算会计必须

相互配合,共同为强化预算管理服务。

三者除了以上联系以外,作为不同的专业会计,它们在以下几个方面有着区别:

1. 会计主体不同

总预算会计的会计主体为各级人民政府,而单位会计的主体则是相应的行政单位和事业单位。行政单位按照经费报领关系又分为主管会计单位、二级会计单位和基层会计单位三级,而事业单位根据预算编报的级次又分为二级会计单位和基层会计单位。

2. 核算原则不同

根据相关的规定,总预算会计与行政、事业单位会计采用不同的核算原则。为了使会计信息的监督价值更大,总预算会计采用的是收付实现制,行政单位会计也采用收付实现制,但事业单位会计原则上采用权责发生制。采用权责发生制更有利于准确反映事业单位的经营成果。

3. 核算对象不同

总预算会计核算的对象是预算资金的集中过程、分配过程和预算执行的结果。单位预算会计核算的对象则是预算资金的领拨、使用、单位创收及预算执行的结果。

4. 核算内容的重点不同

总预算会计日常核算的主要内容是预算收入,对预算支出日常办理的业务较少,只在月末做一次性的账务处理,内容比较笼统。而行政事业单位预算会计日常核算的重点则是经费支出,对支出的核算具体而实际。

5. 核算系统业务联系不同

总预算会计的业务既有上下级总预算会计间的联系,又有与本级单位预算会计的联系,包括管理和指导本级单位预算会计的工作;同时,总预算会计还要与同级国库会计、收入机关等发生横向业务联系。行政事业单位预算会计的业务联系则只是纵向的、按预算级次发生的上下级单位之间的联系,比较简单明确。

(二)与收入征解会计、国库会计的关系

收入征解会计包括税收会计、农业税会计、关税会计等。收入征解会计、国库会计和财政总预算会计都是核算、反映和监督各级财政预算执行的会计,也是财政预算管理的重要基础,它们具有共同的目的——为圆满完成中央预算和地方预算服务。三个方面在工作中要互相配合、密切协作,才能使国家的财、税、库等方面顺利运行。

当然三者的工作性质、内容等也有很大的区别:财政总预算会计具有核算、反映、监督本级财政预算资金的集中和分配情况的职能,全面掌握着本级财政预算收支的情况,处于综合地位;收入征解会计是核算、反映、监督政府预算中各项资金的征收、缴纳过程的专业会计,处于专业地位;国库会计则是具体办理预算收支缴拨的机构。由此可见三者在具体职能上是有区别的。

第二节 我国预算会计的会计理论

一、财政总预算会计的一般原则

1997年的《财政总预算会计制度》规定我国财政总预算会计应该遵循以下原则：[①]

(1)客观真实原则。总预算会计核算应当以实际发生的经济业务为依据，如实反映财政收支执行情况和结果。

(2)相关性原则。总预算会计信息，应当符合预算法的要求，适应国家宏观经济管理和上级财政部门及本级政府对财政管理的需要。

(3)可比性原则。总预算会计核算应当按照规定的会计处理方法进行。

(4)全面性原则。财政部门管理的各项财政资金（包括一般预算资金、纳入预算管理的政府性基金、专用基金、财政周转金等）都应当纳入总预算会计核算管理。

(5)一致性原则。总预算会计处理方法前后各期应当一致，不得随意变更。如确有必要变更，应将变更的情况、原因和对会计报表的影响在预算执行报告中说明。

(6)及时性原则。总预算会计核算应当及时进行。

(7)清晰性和重要性原则。总预算会计记录和会计报表应当清晰明了，便于理解；对于重要的经济业务，应当单独反映。

(8)收付实现制原则。总预算会计核算以收付实现制为基础。

(9)专款专用原则。凡是有指定用途的资金，必须按规定用途使用。

二、财政总预算会计的会计核算基础

1997年的《财政总预算会计制度》规定，财政总预算会计实行收付实现制原则。但2001年财政部发布了《财政总预算会计制度暂行补充规定》，该补充规定指出：财政总预算会计核算以收付实现制为主，但中央财政总预算会计的个别事项可以采用权责发生制。中央财政总预算会计采用权责发生制的事项有：

1. 预算已经安排，由于政策性因素，当年未能实现的支出。是指国债投资项目支出，年初中央财政预算总盘子中已经安排，执行中由于国家计委未能按预算足额下达投资计划等原因，需作结转处理。

2. 预算已经安排，由于用款进度的原因，当年未能实现的支出。是指参加国库单一账户试点单位，由于用款进度的原因，年终有一部分资金留在财政总预算会计账上拨不出去，为了不虚增财政结余，需作结转处理。对于不实行国库单一账户试点的单位，财政总

---

① 原则的名称是编者加入的。

会计不得作结转处理。

3. 动支中央预备费安排,因国务院审批较晚,当年未能及时拨付的支出。

4. 为平衡预算需要,当年未能实现的支出。是指补充偿债基金支出,为了平衡预算,需要根据当年赤字规模和债务收支情况,确定补充偿债基金的具体数额,作为当年支出处理。

5. 其他。主要是指除上述情况之外,根据国务院领导批示精神,需作结转处理的事项。

财政总预算会计采用权责发生制仅限于上述事项,除此之外其他事项均不得采用权责发生制。

财政总预算会计采用权责发生制对上述事项进行会计核算时,平时不作账务处理。待年终结账,经确认当年确实无法实现财政拨款,需结转下一年度支出时,应借记"一般预算支出"等科目,贷记"暂存款"科目;下年度实际支付时,借记"暂存款"科目,贷记"国库存款"等科目。

另外,上海市政府在 2005 年 11 月发布了《上海市市本级项目资金会计核算办法(试行)》,该办法根据《上海市市本级项目支出预算管理暂行办法》有关规定,对相关项目资金试行权责发生制会计核算方式。

三、财政总预算会计的会计要素和会计科目

(一)财政总预算会计的会计要素

财政总预算会计的会计要素包括资产、负债、净资产、收入和支出等五项。

1. 资产

资产是一级财政掌管或控制的能以货币计量的经济资源,包括财政性存款、有价证券、暂付及应收款项、预拨款项、财政周转金放款、借出财政周转金以及待处理周转金。

2. 负债

负债是一级财政所承担的能以货币计量、需以资产偿付的债务,包括应付及暂收款项、按法定程序及核定的预算举借的债务、借入财政周转金等。

3. 净资产

净资产是指资产减去负债的差额,包括各项结余、预算周转金及财政周转基金等。

4. 收入

财政收入是国家为实现其职能,根据法令和法规所取得的非偿还性资金,是一级财政的资金来源;收入包括一级预算收入、基金预算收入、专用基金收入、资金调拨收入和财政周转金收入等。

一般预算收入是通过一定的形式和程序,有计划、有组织地由国家支配,纳入预算管理的资金。

基金预算收入是按规定收取,转入或通过当年财政安排,由财政管理并具有指定用途的政府性基金等。各项基金预算收入以缴入国库数或总预算会计实际收到数额为准。

专用基金收入是指总预算会计管理的各项专用基金,如粮食风险基金。专用基金收入以总预算会计实际收到数额为准。

资金调拨收入是根据财政体制规定在各级财政之间进行资金调拨以及在本级财政各项资金之间的调剂所形成的收入,包括补助收入、上解收入和调入资金。补助收入是上级财政按财政体制规定或因专项需要补助给本级财政的款项。上解收入是按财政体制规定由下级财政上交给本级财政的款项。调入资金是为平衡一般预算收支,从预算外资金结余调入预算的资金,以及按规定从其他渠道调入的资金。乡(镇)财政部门收到由预算外资金财政专户拨付的自筹资金,视同调入资金处理,但乡镇财政的统筹资金不得作为调入资金,调入预算。资金调拨收入应按上级财政部门的规定或实际发生数额记账。

财政周转金收入是指财政部门在办理财政周转金借出或放款业务中收取的资金占用费收入和利息收入。财政周转金收入按实际收到数额记账。

5. 支出

财政支出是一级政府为实现其职能,对财政资金的再分配,包括一般预算支出、基金预算支出、专用基金支出、资金调拨支出和财政周转金支出等。

一般预算支出是国家对集中的预算收入有计划地分配和使用而安排的支出。

基金预算支出是用基金预算收入安排的支出。基金预算支出的会计事务处理,比照预算支出的有关规定办理。

专用基金支出是用专用基金收入安排的支出。

资金调拨支出是根据财政体制规定在各级财政之间进行资金调拨以及在本级财政各项资金之间的调剂所形成的支出。资金调拨支出包括补助支出、上解支出、调出资金等。补助支出是本级财政按财政体制规定或因专项需要补助给下级财政的款项及其他转移支付的支出。上解支出是按财政体制规定由本级财政上缴给上级财政的款项。调出资金是为平衡一般预算收支而从基金预算的地方财政税费附加收入结余中调出,补充一般预算的资金。资金调拨支出按上级财政部门的规定或实际发生数额记账。

财政周转金支出是指地方财政部门从上级借入财政周转金所支付的占用费以及在周转金管理使用过程中按规定开支的相关费用。

(二)财政总预算会计的会计科目

《财政总预算会计制度》规定,会计科目是各级总预算会计设置账户、确定核算内容的依据。各级总预算会计必须按以下要求使用会计科目:

1. 各级总预算会计应按本制度规定设置会计科目,按本科目使用说明使用。不需要的可以不用,但不得擅自更改科目名称。

2. 明细科目的设置,除本制度已有规定者外,各级总预算会计可根据需要,自行设置。

3. 为便于编制会计凭证、登记账簿、查阅账目和实行会计电算化,本制度统一规定了会计科目编码。各级总预算会计不得随意变更或打乱科目编码。

4. 总预算会计在填制会计凭证、登记账簿时,应填列会计科目的名称或者同时填列名称和编码,不得只填编码,不填名称。

5. 有关财政周转金的会计核算,可由各级财政的预算部门或专门管理机构按本制度规定的科目办理。

财政总预算会计的具体会计科目如表3—1所示。

表3—1 财政总预算会计科目表

序号	编码	科目名称
一、资产类		
1	101	国库存款
2	102	其他财政存款
3	104	有价证券
4	105	在途款
5	111	暂付款
6	112	与下级往来
7	121	预拨经费
8	122	基建拨款
9	131	财政周转金放款
10	132	借出财政周转金
11	133	待处理财政周转金
二、负债类		
12	211	暂存款
13	212	与上级往来
14	222	借入款
15	223	借入财政周转金
三、净资产类		
16	301	预算结余
17	305	基金预算结余
18	307	专用基金结余
19	321	预算周转金
20	322	财政周转基金
四、收入类		
21	401	一般预算收入
22	405	基金预算收入
23	407	专用基金收入
24	411	补助收入
25	412	上解收入
26	414	调入资金
27	425	财政周转金收入

序号	编码	科目名称
五、支出类		
28	501	一般预算支出
29	505	基金预算支出
30	507	专用基金支出
31	511	补助支出
32	512	上解支出
33	514	调出资金
34	524	财政周转金支出

复习思考题

1. 我国财政总预算会计的特点有哪些?
2. 我国财政总预算会计的任务是什么?
3. 财政总预算会计与其他预算会计之间存在什么样的关系?
4. 财政总预算会计的一般原则是什么?
5. 财政总预算会计的会计核算基础是什么?
6. 财政总预算会计的会计要素有哪些?

第四章 财政总预算会计的资产

《财政总预算会计制度》第 20 条规定:"资产是一级财政掌管或控制的能以货币计量的经济资源。包括财政性存款、有价证券、暂付及应收款项、预拨款项、财政周转金放款、借出财政周转金以及待处理周转金等。"

财政总预算会计所核算的资产,是由一级财政所掌管的货币资金和债权两者组成的。货币资金包括财政存款(国库存款和其他财政存款)、有价证券、在途款等;债权包括暂付款、与下级往来、预拨经费、基建拨款、财政周转金放款、借出财政周转金、待处理财政周转金等。

第一节 财政性存款

一、财政性存款应遵循的原则

财政性存款,是财政部门代表政府所掌管的财政资金,包括国库存款和其他资金存款。财政存款的支配权属于同级财政部门,并由财政会计负责管理,统一收付。财政总预算会计在管理财政性存款中,应当遵循以下原则:

1. 集中资金,统一调度。各种应由财政部门掌管的资金,都应纳入财政会计的存款户。在资金调度中,应首先根据事业进度和资金使用情况,保证满足计划内各项正常支出的需要;其次,要尽量发挥资金效益,把资金用活用好。

2. 严格控制存款开户。财政部门的预算资金除财政部有明确规定者外,一律由总预算会计统一在国库或指定的银行开立存款账户,不得在国家规定之外将预算资金或其他财政性资金任意转存其他金融机构。财政周转金因其存款的特殊性,可在中国人民银行批准的金融机构开设计息的存款户。未设国库的乡(镇)财政,可以在其他金融机构开户;粮食风险基金等专用基金经财政部批准也可以在相应的其他金融机构开户。

3. 根据核定的年度预算或季度分月计划拨付资金,不得办理超预算、无计划的拨款。尤其在行政事业单位预算包干、财政总预算"以拨列支"的情况下,必须严格执行预算和用款计划,以加强源头控制。

4. 转账结算,不提现金。财政总预算会计的各种会计凭证不得用以提取现金。因为财政的职能是分配资金,不直接使用资金,虽然财政机关也经办一部分直接支出,但都不涉及现金结算,这种支出与预算单位花钱办事存在原则性区别。操作的出纳机关是国库,财政总预算会计不需要也不应当专设"出纳"。财政机关自身的行政经费属于单位预算会计管理范畴,财政总预算会计不能兼办自身行政经费的单位会计核算业务。

5. 在存款余额内支取,不能透支。财政预算资金与银行信贷资金是两个不同的资金筹集和分配渠道。银行与存款客户是一种有偿的信用关系。因此,财政的各种国库存款只能在存款余额内支取,银行不能透支垫付。不得透支还能够促使各级财政部门做好季节间的资金调度工作,确保财政收支平衡。

二、科目设置

各级财政机关均由财政总预算会计在同级国库或指定银行开立"国库存款"和"其他财政存款"两个账户。所以,财政总预算会计也应设置"国库存款"和"其他财政存款"两个科目。

(一)国库存款

"国库存款"科目核算各级财政总预算会计在国库的预算资金(含一般预算和基金预算)存款,本科目借方登记国库存款增加数,贷方登记国库存款减少数。本科目借方余额反映国库存款的结存数。本科目可按一般预算存款和基金预算存款进行明细核算。

一般预算存款相对于基金预算存款而言,政府基金纳入预算管理后,因其管理要求和原来的预算内资金有所不同,必然另设一套基金预算科目,并由此衍生出"基金预算存款"。基金虽然纳入预算,但有较强的专用性,特别是十三项数额较大的政府性基金都有其专门用途,而且要掌握"先收后用"的原则,以避免相互留用。

(二)其他财政存款

其他财政存款科目核算各级财政总预算会计未列入国库存款科目反映的各项财政性存款。包括各级财政周转金、未设国库的乡(镇)财政存入专业银行的预算资金存款以及部分由财政部指定存入专业银行的专用基金存款等。本科目借方登记其他财政存款增加数;贷方登记其他财政存款减少数。本科目借方余额,反映其他财政存款的实际结存数,其年终余额结转下年。

为了便于分类管理,"其他财政存款"总账科目下应按交存地和资金性质分设明细账。按资金性质分,"其他财政存款"科目核算的内容主要有"财政周转金存款"、"专用基金存款"和未设国库的乡(镇)财政"预算资金存款"三项。这三项内容不是每一个地方财政都有的,如有的地区财政周转金已另设专门机构管理,财政总预算会计就不必设置"财政周转金存款"这个明细科目;县以上财政及已建立国库的乡(镇)也不需设置"预算资金存款"这个明细科目。

三、账务处理

(一)国库存款

财政总预算会计"国库存款"按照下面几种情况入账:

1. 总预算会计收到预算收入时,根据国库报来的预算收入日报表入账。

2. 收到上级预算补助时,根据国库转来的有关结算凭证入账。

3. 办理库款支付时,根据支付凭证回单入账。

4. 有外币收支业务的总预算会计应按外币的种类设置外币存款明细账。发生外币收支业务时,应根据中国人民银行公布的人民币外汇汇率折合为人民币记账,并登记外国货币金额和折合率。年度终了,应将外币科目余额按照期末国家颁布的人民币外汇汇价折合为人民币,作为外币账户期末人民币余额。调整后的各种外币账户人民币余额与原账面余额的差额,作为汇兑损益列入有关支出科目。

(二)其他财政存款

财政总预算会计"其他财政存款"按照下面两种情况入账:

1. 总预算会计应根据经办行报来的收入日报表或银行收款通知入账。

2. 总预算会计支付其他财政存款时,应根据有关支付凭证的回单入账。

【例1】 某市财政局发生如下业务:

(1)收到中心支库报来市级预算收入日报表和所附的缴款书,所附各县上报的分成收入计算表,列明收到市级预算收入 700 000 元,所属县上解收入 100 000 元。该市财政总预算会计应编制的会计分录如下:

收到市级预算收入 700 000 元

　　借:国库存款——一般预算存款　　　　　　　　　　　　　　　700 000

　　　　贷:一般预算收入　　　　　　　　　　　　　　　　　　　　700 000

收到县上解收入 100 000 元

　　借:国库存款——一般预算存款　　　　　　　　　　　　　　　100 000

　　　　贷:上解收入　　　　　　　　　　　　　　　　　　　　　　100 000

(2)开出拨款凭证拨付市卫生局 450 000 元,用于该局卫生设备的技术改造。该市财政总预算会计应编制的会计分录如下:

　　借:一般预算支出　　　　　　　　　　　　　　　　　　　　　450 000

　　　　贷:国库存款——一般预算存款　　　　　　　　　　　　　450 000

(3)市财政局借给所属县财政局临时周转款项 100 000 元。该市财政总预算会计应编制的会计分录如下:

　　借:与下级往来　　　　　　　　　　　　　　　　　　　　　　100 000

　　　　贷:国库存款——一般预算存款　　　　　　　　　　　　　100 000

（4）为平衡预算收支从基金预算结余调入资金 200 000 元。该市财政总预算会计应编制的会计分录如下：

借：国库存款——一般预算存款	200 000
贷：调入资金	200 000

同时：

借：调出资金	200 000
贷：国库存款——基金预算存款	200 000

（5）从上级财政部门取得专用基金收入 500 000 元。该市财政总预算会计应编制的会计分录如下：

借：其他财政存款——专用基金存款	500 000
贷：专用基金收入	500 000

（6）收到国库报来的城镇公用事业附加收入 450 000 元。该市财政总预算会计应编制的会计分录如下：

借：国库存款——基金预算存款	450 000
贷：基金预算收入	450 000

（7）根据批准的预算，市财政从一般预算资金中划转 500 000 元设置财政周转基金。该市财政总预算会计应编制如下的会计分录：

借：一般预算支出	500 000
贷：国库存款——一般预算存款	500 000

同时：

借：其他财政存款——财政周转金存款	500 000
贷：财政周转基金	500 000

（8）市财政局将财政周转金 200 000 元贷放给使用单位 G 公司。该市财政总预算会计应编制如下的会计分录：

借：财政周转金放款——G 公司	200 000
贷：其他财政存款——财政周转金存款	200 000

第二节 在途款

一、在途款的概念

由于库款的报解需要一定的邮递时间，年终就会存在国库经收处或各级国库已经在年前收纳，以及在清理期缴纳应属于本年收入的款项，但尚未转到支库或尚未报解到各该上级国库的各种收入，这些款项被称为在途款。

二、科目设置

为了在年终决算中全面反映各级实际收入总额,解决上、下年度间的库款结算问题,各级总会计应设置"在途款"科目。"在途款"科目核算决算清理期和库款报解整理期内发生的上下年度收入、支出业务及需要通过本科目过渡处理的资金款。

三、账务处理

决算清理期内收到属于上年度收入时,借记本科目,贷记"一般预算收入"、"补助收入"、"上解收入"等收入科目;收回已拨用款单位的拨款或已列支出时,借记本科目,贷记"预拨经费"或"预算支出"等科目;冲转在途款时,贷记"国库存款"科目,贷记本科目。

【例2】 某市财政局发生如下业务:

(1)市财政局在年终库款清理中,收到国库报来的上年预算收入 90000 元。该市财政总预算会计应编制的会计分录如下:

在上年度的账上应记:

借:在途款 90 000

　　贷:一般预算收入 90 000

在本年度的账上应记:

借:国库存款——一般预算存款 90 000

　　贷:在途款 90 000

(2)市财政局整理期内收到属于上年度的基金预算收入 95 000 元。该市财政总预算会计应编制的会计分录如下:

在上年度的账上应记:

借:在途款 95 000

　　贷:基金预算收入 95 000

在本年度的账上应记:

借:国库存款——基金预算存款 95 000

　　贷:在途款 95 000

第三节　有价证券

一、有价证券核算的主要内容及要求

有价证券是中央财政以信用方式发行的国家公债。各级财政只能用各项财政结余购买国家指定由地方各级政府购买的有价证券。为了适当集中各方面的财力进行国家建设,我国自 1981 年开始向企业、机关、团体、部队、事业单位、城乡居民个人和地方政府发行国库券和其他有价证券。由中国人民银行代理国家财政发行,地方政府可利用自有的预算资金结余和预算外资金结余购买中央政府发行的各种有价证券。中央政府向地方政府发行国库券等有价证券,是中央财政向地方财政借款的一种方法,是平衡中央预算收支的有效措施,也是控制和压缩地方支出规模的辅助手段。

有价证券应按取得时实际支付的价款记账,购入有价证券(含债券收款单)应视同货币妥善保管。当期取得有价证券的兑付利息及转让有价证券取得的收入与账面成本的差额,记入当期收入。

财政总预算会计管理和核算有价证券的要求是:

(1)只能用各项财政结余资金(包括一般预算结余和基金预算结余)购买国家指定的有价证券。

(2)支付购买有价证券的资金不能列作支出。

(3)当期有价证券兑付的利息及转让有价证券取得的收入与账面成本的差额,应记入当期收入。原来用一般预算结余购买的,作一般预算收入入账;原来用基金预算结余购买的,作基金预算收入入账。

(4)有价证券(含债券收款单)要视同货币一样妥善保管。

二、科目设置

为核算各级政府按国家统一规定用各项财政结余购买的有价证券,应设置"有价证券"科目。该科目借方登记有价证券的增加数,贷方登记有价证券的减少数,期末贷方余额反映有价证券的实际库存数。本科目应按有价证券种类设置明细账。

三、账务处理

各级财政购入有价证券,借记本科目,贷记:"国库存款"、"其他财政存款"科目,到期兑换有价证券时,其兑付本金部分,借记"国库存款"、"其他财政存款"科目,贷记"有价证券"科目。利息收入通过有关收入科目核算。

【例 3】 某市财政局发生如下业务:

(1)用预算结余资金购买有价证券 100 000 元。该市财政总预算会计应编制的会计分录如下:

借:有价证券——一般预算结余购入　　　　　　　　　　　　　　100 000
　　贷:国库存款——一般预算存款　　　　　　　　　　　　　　　　100 000

(2)用基金预算结余购入有价证券 80 000 元。该市财政总预算会计应编制的会计分录如下:

借:有价证券——基金预算结余购入　　　　　　　　　　　　　　80 000

贷:国库存款——基金预算存款 80 000

(3)兑付上年用一般预算结余购买的有价证券本金 40 000 元和利息 4 000 元。该市财政总预算会计应编制的会计分录如下:

借:国库存款——一般预算存款 44 000

贷:有价证券——一般预算结余购入 40 000

一般预算收入 4 000

(4)兑付上年用基金预算结余购买的有价证券本金 90 000 元和利息 9 000 元。该市财政总预算会计应编制的会计分录如下:

借:国库存款——基金预算存款 99 000

贷:有价证券——基金预算结余购入 90 000

基金预算收入 9 000

第四节 暂付及应收款项

暂付及应收款项,属于往来结算中形成的债权,包括在预算执行过程中上下级财政结算形成的债权,以及对预算单位借垫款形成的债权。具体而言,包括暂付款和与下级往来。

一、暂付款的核算

暂付款是应收暂付各种款项的总称。它是待结算资金,既可能收回,也可能转为支出。在没有收回或转为支出以前,财政拥有债权,转为支出或清理收回后,债权消失。对暂付款应及时办理清理、结算。该作预算拨款和预算支出的款项,应当及时办理转账手续。

财政总预算会计核算的暂付款虽具有暂付的一般性质,但仅限于部门对所属预算单位和其他单位的临时急需借款和其他应收暂付款项。它不包括上级或下级财政的往来款项和借出、借入的财政周转金。

为了核算各级财政部门借给所属预算单位或其他单位临时急需的款项,总预算会计应设置"暂付款"科目。该科目借方登记暂付款的增加数,贷方登记暂付款的减少数。本科目应及时清理结算。年终,原则上应无余额。本科目应按资金性质及借款单位名称设置明细账。

借给所属预算单位或其他单位临时急需的款项时,借记"暂付款"科目,贷记"国库存款"、"其他财政存款"科目;收回或转作预算支出时,借记"国库存款"、"其他财政存款"或有关支出科目,贷记"暂付款"科目。

【例4】 某市财政局发生如下暂付款业务:

(1)市财政局临时借给市教育局 340 000 元,用于修理危险校舍。该市财政总预算会计应编制的会计分录如下:

借:暂付款——教育局   340 000

  贷:国库存款——一般预算存款   340 000

(2)市财政局借给市供电局急需款项 200 000 元,用于该局下属企业的设备改造。该市财政总预算会计应编制的会计分录如下:

借:暂付款——供电局   200 000

  贷:国库存款——一般预算存款   200 000

(3)借给市教育局的 340 000 元转作经费拨款,财政总预算会计转作一般预算支出。该市财政总预算会计应编制的会计分录如下:

借:一般预算支出   340 000

  贷:暂付款——教育局   340 000

(4)市供电局偿还临时借款 200 000 元。该市财政总预算会计应编制的会计分录如下:

借:国库存款——一般预算存款   200 000

  贷:暂付款——供电局   200 000

二、与下级往来的核算

财政上下级往来款项有两种情况:一是由于财政资金的补助、上解结算事项等形成的应补未补、应解未解款项,从而发生的债权或债务。二是上下级财政之间财政资金周转调度的结果。预算收入和预算支出在年度内并不总是平衡的,财政总预算在年度的收支过程中有可能在某个时期出现支出大于收入的状况,此时,如果动用了预算周转金,预算收支仍不能平衡,下级财政可以向上级财政申请短期借款,上级财政也可以向有结余的下级财政借入款项。这些款项就是财政之间的往来款项。

这种往来结算的特点是:既可能是上级财政欠下级财政,也可能是下级财政欠上级财政。所以不论是"与上级往来"还是"与下级往来",都是双重性质的账户,有时是债权有时是债务,但在一般情况下,多数表现为下级财政对上级财政的欠款,因此,将"与下级往来"列为资产类,而"与上级往来"则列为负债类。

为了核算与下级财政的往来结算款项,总预算会计应设置"与下级往来"科目。该科目借方记债权发生和增加,债务的减少和清偿。贷方记债权的减少和回收,债务发生和增加。本科目借方余额,反映下级财政应归还本级财政的款项;本科目贷方余额,反映本级财政欠下级财政的款项。

各级财政机关,借给下级财政款项时,借记"与下级往来"科目,贷记"国库存款"科目。体制结算中应由下级财政上交的收入数,借记"与下级往来"科目,贷记"上解收入"科目。

借款收回,转作补助支出或体制结算应补助下级财政数时,借记"国库存款"、"补助支出"等有关科目,贷记"与下级往来"科目。

【例 5】 某市财政局发生如下与下级往来业务:

(1)市财政局同意所属 A 县财政局申请,借给临时周转金 250 000 元。该市财政总预算会计应编制的会计分录如下:

借:与下级往来——A 县	250 000	
贷:国库存款——一般预算存款		250 000

(2)将借给所属 A 县的往来款项 100 000 转作对该县的补助。该市财政总预算会计应编制的会计分录如下:

借:补助支出——A 县	100 000	
贷:与下级往来——A 县		100 000

(3)收到所属 C 县财政归还市财政临时借款 50 000 元。该市财政总预算会计应编制的会计分录如下:

借:国库存款——一般预算存款	50 000	
贷:与下级往来——C 县		50 000

(4)年终,市财政局收到所属 B 县财政局的对账单列示市财政局尚欠 B 县财政补助 450 000 元。该市财政总预算会计应编制如下的会计分录:

借:补助支出——B 县	450 000	
贷:与下级往来——B 县		450 000

(5)年终,市财政局收到所属 D 县财政局的对账单列示 D 县尚欠市财政局的上解款 850 000 元。该市财政总预算会计应编制如下的会计分录:

借:与下级往来——D 县	850 000	
贷:上解收入——D 县		850 000

第五节 预拨款项

一、预拨款项的概念

预拨款项是按规定预拨给用款单位的待结算资金,包括预拨经费和基建拨款。

预拨经费是用预算资金预拨给用款单位的款项。凡年度预算执行中总预算会计用预算资金预拨出应在以后各期列支的款项以及会计年度终了前预拨给用款单位的下年度经费款,均应作为预拨经费管理。预算拨款属于待结算资金,是预算资金再分配的开始。

发生预拨经费主要有两种特殊情况:一是交通不便的边远地区,当期汇款不能及时到达,影响单位按时支付,需要上级单位提前在上一个月拨付下一个月的经费;二是上年预拨属于下年预算的经费。如今冬明春水利经费,已列入下年的农田水利计划,但须在今年抓紧准备或施工。在此情况下,往往需要提前拨付,但又不能在本年度列为支出。

基建拨款是预拨给受托经办基本建设支出的专业银行或拨付基本建设财务管理部门的基本建设款项。总预算会计按基本建设计划拨给经办基本建设支出的专业银行或基本建设财务管理部门经办的经办建设拨款和贷款,构成了"基建拨款"的内容。

各项预拨款应按实际预拨数额记账。预拨经费(不含预拨下年度经费)应在年终前转列支出或清理收回。基建拨款应按建设单位银行支出数(限额部分)和拨付建设单位数(非限额部分)转列支出账。对行政事业单位拨款,应按照单位领报关系转拨。凡有上级主管部门的单位,不能作为主管会计单位,直接与各级财政部门发生领报关系。

二、科目设置

财政总预算会计在核算预拨款项时应设置"预拨经费"和"基建拨款"两个科目。

"预拨经费"用来核算财政部门预拨给行政事业单位,尚未列作本期总预算支出的经费。如果拨出的是本期的经费,就直接记入有关支出科目。"预拨经费"科目借方登记财政拨款数,贷方登记到期的转列支出数和各单位缴回财政机关数,借方余额反映尚未转列支出或尚待收回的预拨借方数。本科目应按拨款单位设置明细账。

"基建拨款"科目用来核算拨付经办基本建设支出的专业银行或拨付基本建设财务管理部门的基本建设拨款和贷款数,直接拨给建设单位的基本建设资金,不通过本科目核算。本科目的借方登记财政拨款数,贷方登记基本建设财务管理职能部门或基本建设支出的专业银行报来的拨付建设单位数以及缴回财政数。借方余额反映尚未列报支出的拨款数。本科目应按拨款单位设置明细账。

三、账务处理

财政机关预拨经费时借记"预拨经费"科目,贷记"国库存款——一般预算存款"科目;转列支出或收到缴回财政部门数时,借记"一般预算支出"或"国库存款——一般预算存款"等科目,贷记"预拨经费"科目。

财政机关拨付基建款项时,借记"基建拨款",贷记"国库存款——一般预算存款"科目;收到基本建设财务管理职能部门或基本建设支出的专业银行报来的拨付建设单位数以及缴回财政数借记"一般预算支出"、"国库存款——一般预算存款"等有关科目,贷记"基建拨款"科目。

【例6】 某市财政局发生如下业务:

(1)市财政局根据下年度计划和水利局申请预拨给下年度农田水利经费500 000元,根据国库退回的拨款凭证回单,该市财政总预算会计应编制的会计分录如下:

借:预拨经费——水利局　　　　　　　　　　　　　　　　　　　500 000

贷:国库存款——一般预算存款　　　　　　　　　　　　　　500 000

(2)市财政局根据下年度计划,拨付教委下年度教育经费200 000元,根据国库退回的拨款凭证回单,该市财政总预算会计应编制的会计分录如下:

借:预拨经费——教育局　　　　　　　　　　　　　200 000

　　贷:国库存款——一般预算存款　　　　　　　　　　　　　200 000

(3)上年预拨给卫生局的经费300 000元,其中200 000元转为支出,余额100 000元上缴。该市财政总预算会计应编制如下的会计分录:

借:一般预算支出　　　　　　　　　　　　　　　　200 000

国库存款——一般预算存款　　　　　　　　　　　100 000

　　贷:预拨经费——卫生局　　　　　　　　　　　　　　　　300 000

(4)市财政局拨存建行3 000 000元用于拨付建设单位的基建款。该市财政总预算会计应编制如下的会计分录:

借:基建拨款——建设银行　　　　　　　　　　　3 000 000

　　贷:国库存款——一般预算存款　　　　　　　　　　　　3 000 000

(5)市财政局收到建设银行报送的日报表,列示拨付建设单位款项数为2 000 000元。该市财政总预算会计应编制如下的会计分录:

借:一般预算支出　　　　　　　　　　　　　　　2 000 000

　　贷:基建拨款——建设银行　　　　　　　　　　　　　2 000 000

(6)市财政局拨给某基建管理部门的基本建设款为450 000元。该市财政总预算会计应编制如下的会计分录:

借:基建拨款——某基建管理部门　　　　　　　　450 000

　　贷:国库存款——一般预算存款　　　　　　　　　　　　450 000

(7)市财政局收到某基建管理部门报来的基本建设拨款报表数为450 000元。该市财政总预算会计应编制如下的会计分录:

借:一般预算支出　　　　　　　　　　　　　　　450 000

　　贷:基建拨款——某基建管理部门　　　　　　　　　　　450 000

(8)市财政局直接拨给市卫生局基本建设款50 000元。该市财政总预算会计应编制如下的会计分录:

借:一般预算支出　　　　　　　　　　　　　　　50 000

　　贷:国库存款——一般预算存款　　　　　　　　　　　　50 000

第六节 财政周转金放借的核算

一、财政周转金放款的核算

财政周转金放款是直接贷付给用款单位的财政有偿资金。这部分资金由需要款项的单位提出申请,经财政部门审查同意后签订合同,采取有借有还的形式,财政部门按合同发放,用款单位必须到期归还。各级财政部门必须加强对财政周转金的管理和核算工作,选择经济效益好的单位或项目贷放资金,监督各单位按计划使用资金,及时归还贷款,防止周转金的周而不转。对遭受较为严重的自然灾害、还款确有困难的使用单位,在国家规定的范围内,财政部门可以同意贷放的周转金予以暂时挂账,或最终予以豁免。

为了核算财政对用款单位的有偿资金的拨出、贷付及收回情况,财政总预算会计应设置"财政周转金放款"科目。该科目的借方登记贷给用款单位的数额,贷方登记收回数或坏账数。余额在借方,反映财政总预算会计掌握的对用款单位的财政有偿资金放款数。本科目应按拨(放)款的对象及放款期限设分户明细账,对于周转金放款业务较多的地区,可以由总预算会计或周转金管理机构进行总分类核算,财政业务部门进行明细核算。财政周转金的贷付和回收应按实际发生数额记账。

将财政周转金贷放给用款单位时,借记"财政周转金放款",贷记"其他财政存款";收回时,借记"其他财政存款",贷记"财政周转金放款"。

【例7】 某市财政局发生如下业务:

(1)市财政局将财政周转金100 000元借A公司。该市财政总预算会计应编制如下的会计分录:

借:财政周转金放款——A公司　　　　　　　　　　　　　　　　100 000

　　贷:其他财政存款　　　　　　　　　　　　　　　　　　　　　　100 000

(2)市水利局归还借的财政周转金50 000元。该市财政总预算会计应编制如下的会计分录:

借:其他财政存款　　　　　　　　　　　　　　　　　　　　　　50 000

　　贷:财政周转金放款——水利局　　　　　　　　　　　　　　　　50 000

二、借出财政周转金的核算

借出财政周转金是指上级财政部门借给下级财政部门用于周转使用的有偿资金。

为了核算上级财政部门借给下级财政部门周转金的借出和收回情况,财政总预算会计应设置"借出财政周转金"科目。该科目借方登记借给下级财政部门周转金的数额,贷方登记下级财政部门的归还数,余额在借方,反映借出财政周转金尚未收回数。本科目应按借款对象设置明细账。财政周转金的借出和回收,应按实际发生数额记账。

借给下级财政部门周转金时,借记"借出财政周转金"科目,贷记"其他财政存款"科目;下级财政部门归还时,借记"其他财政存款"科目,贷记"借出财政周转金"科目。

【例8】 某市财政局发生如下业务:

(1)市财政局借给所属的 A 县财政局财政周转金 1 200 000 元。该市财政总预算会计应编制如下的会计分录:

借:借出财政周转金——A 县　　　　　　　　　　　　　1 200 000
　　贷:其他财政存款　　　　　　　　　　　　　　　　　　　1 200 000

(2)市财政局收到所属的 B 县财政局归还以前借的财政周转金 560 000 元。该市财政总预算会计应编制如下的会计分录:

借:其他财政存款　　　　　　　　　　　　　　　　　　560 000
　　贷:借出财政周转金　　　　　　　　　　　　　　　　　　560 000

三、待处理财政周转金的核算

待处理财政周转金是指财政周转金放款超过约定的还款期限,经审核已成呆账但尚未按规定程序报批核销的财政周转金。

财政总预算会计应设置"待处理财政周转金"科目,用来核算经审核已成为呆账但尚未按规定程序报批核销的逾期财政周转金转入和核销情况。本科目借方登记经批准转入的逾期未还的周转金数额,贷方登记按规定程序报批核销的数额,余额在借方反映尚待核销的待处理资金数。本科目应按欠款单位名称设明细账。待处理财政周转金应按实际转入数额记账。

逾期未还的周转金经批准转入时,借记"待处理财政周转金"科目,贷记"财政周转金放款"科目;按规定程序报经核销时,借记"财政周转基金"科目,贷记"待处理财政周转金"科目。

【例9】 某市财政局发生如下业务:

(1)市财政局贷给 A 公司财政周转金 100 000 元。经审核已成为呆账,尚未按规定程序报批核销。该市财政总预算会计应编制如下的会计分录:

借:待处理财政周转金——A 公司　　　　　　　　　　100 000
　　贷:财政周转金放款——A 公司　　　　　　　　　　　　100 000

(2)A 公司的呆账按规定程序报批核销。该市财政总预算会计应编制如下的会计分录:

借:财政周转基金　　　　　　　　　　　　　　　　　　100 000
　　贷:待处理财政周转金——A 公司　　　　　　　　　　　100 000

(3)市财政局贷给 B 公司的财政周转金 50 000 元。经审核已成为呆账,尚未按规定程序报批核销。该市财政总预算会计应编制如下的会计分录：

借：待处理财政周转金——B公司 50 000

贷：财政周转金放款——B公司 50 000

(4)B公司的呆账经过努力收回了 25 000 元，其余按规定程序报批核销。该市财政总预算会计应编制如下的会计分录：

借：其他财政存款 25 000

财政周转基金 25 000

贷：待处理财政周转金——B公司 50 000

复习思考题

1. 财政性存款的管理原则是什么？

2. 在途款是怎么产生的？具体又应该如何核算？

3. 财政总预算会计管理和核算有价证券的要求是什么？

4. 财政总预算会计中财政上下级往来款有哪几种情况？

5. 预拨经费产生的原因是什么？

6. 财政周转金相关资产科目是哪些？

练习题

练习财政总预算会计资产的核算

1. 某县财政收到国库报来的 3 月 15 日的县级预算收入报表，本日收到一般预算收入 12.12 万元。

2. 某县财政收到国库报来 4 月 10 日的县级预算收入报表，本日一般预算收入与退库相抵，出现红字 5.9 万元。

3. 某市财政局收到国库报来的基金预算收入日报表，列明收入为 5.5 万元。

4. 根据某县水利局申请，预拨给下年度农田水利经费 55 万元。收到国库预算拨款凭证回单。

5. 某市拨付一笔专用基金给下属单位用于某一专门项目资金 40 万元。

6. 某县财政局在预算期间发现有一笔一般预算收入款 87 万元，未到"国库存款"账上，属于"在途款"。

7. 承上题，半个月后，上笔在途款已收入国库。

8. 某县预拨给未设国库的某乡镇财政的预算资金 44 万元，县总预算会计凭开出的信汇凭证国库回单做分录。

9. 某市财政局用预算结余购买有价证券 35 万元，用基金预算结余购买有价证券 12 万元。

10. 某县到期兑付用基金预算结余购买的有价证券，收到本金 10 万元，利息 1.5 万元。

11. 7 月 10 日，乙县当年省财政补助款 112 万元，申请省财政调度款 100 万元，经领导批准同意拨付。

12. 年终经过体制结算，累计省对乙县专项 1 100 补助万元，年终结算补助（包括税收返还补助）1 300 万元，专项上解省 100 万元，已累计拨付乙县调度款 1 000 万元，乙县预抵税收返还专款余额 1 000

万元。

13. 某市财政局向市教委发放紧急借款 22 万元,用于修理危险教室。

14. 按上题,经批准,市财政局同意将上述借款转作本月经费拨款。

15. 某市财政局拨付给市建设银行基本建设资金 350 万元。月末,该市财政局收到建设银行报送的月报表,列报拨付建设单位款项为 300 万元。

16. 根据放款合同和职能部门签发的放款申请书,贷付某用款单位农业建设资金 10 万元,收到银行支付凭证回单。

17. 收到该用款单位还来周转金 10 万元,并收资金占用费 0.5 万元。

18. 某项贷款为 50 万元,逾期已久,不能收回,经审查已成呆账,在尚未报批前,先作为待处理资金。

19. 承上题,上述呆账按规定程序报批核销。

20. 某市财政局根据下级财政部门的申请借给其临时周转金 32 万元,期限 1 年。

要求:编制相关会计分录。

第五章 财政总预算会计的负债和净资产

第一节 财政总预算会计的负债

总预算会计核算的负债是一级政府财政所承担的、需要以资产偿还的债务。财政虽然是分配部门,但是在执行预算的过程中,存在着发行公债、向上级财政借用调度资金和周转金等经济业务,由此形成了应清偿的债务。其内容一般有四个方面:一是按法定程序及核定预算举借的公债;二是因预算资金调度需要向上级财政借入调度款和预抵税收返还收入;三是向上级财政借入的财政周转金;四是收到不明性质的款项以及暂存其他需要清理结算的款项。应设置的科目分别为"借入款"、"与上级往来"、"借入财政周转金"、"暂存款"等。

一、借入款

借入款是按法定程序及核定的预算举借的债务,包括中央财政按全国人民代表大会批准的数额举借的国内和国外债务,以及地方财政根据国家法律或国务院特别规定举借的债务。上下级之间的临时借垫款项及暂存款项,不在本科目核算。

"借入款"科目用来核算中央财政和地方财政按照国家法律、国务院规定向社会以发行债券等方式举借的债务。本科目贷方登记发行债券款或举借款;借方登记到期偿还的款项;余额在贷方,反映尚未偿还的债务。本科目应按债券种类或债权人设置明细账。

二、与上级往来

与上级往来是指财政年度期间,上下级财政尚未结算或决算时,本级财政与上级财政间的款项往来。它反映了上下级财政之间的无息债务关系。

"与上级往来"是与上级财政的"与下级往来"相对应的科目。如前所述,实际工作中,财政补助、上解等事项一般到年终才确认记账,平时本级财政按上级财政欠拨数申请上级财政拨入调度,故本科目反映向上级财政借款调度周转等事项,表现为债务。因此,在负债类设"与上级往来"科目,发生向上级借款时记贷方,还款和发生上级欠拨补助时记借方。贷方余额反映尚未归还上级财政的款项,借方余额反映上级财政欠拨本级的情况,表现为债权,此时,在资产负债表上可用红字反映。

三、暂存款

暂存款是指临时发生的应付、暂收和收到不明性质的款项,经查明确认,须支付、归还或转账,故其具有债务性质。

"暂存款"科目用来核算各级财政临时发生的应付、暂收和收到不明情况的款项。本科目贷方登记收到的款项,借方登记冲转退还或转作收入的款项;余额在贷方,反映尚未结清的暂存款数额。本科目应按资金性质、债权单位或款项来源设置明细账。

四、借入财政周转金

借入财政周转金是指本级财政向上级财政借入的财政周转资金,是财政周转金在上下级财政间的融通。各级财政不得向社会上融通资金;同时,也要把预算资金的"与上级往来"与"借入财政周转金"严格区分开来。

"借入财政周转金"科目用来核算地方财政部门向上级财政部门借入有偿使用的财政周转金。"借入财政周转金"是一种债务,在总账上设置"借入财政周转金"科目,借入时,债务发生,借记"其他财政存款"等科目,贷记本科目;归还时,借记本科目,贷记"其他财政存款"等科目。借方余额反映尚未归还的借入周转金。根据实际需要,本科目可按债权单位及资金用途分类,设借入财政周转金明细账。

五、核算举例

【例1】 中央财政按规定程序向全国发行国库券 50 000 万元,期限 1 年,年利息率 7%。记:

借:国库存款	500 000 000
贷:借入款	500 000 000

【例2】 中央财政清偿去年发行的 1 年期国库券 50 000 万元,年利息率 7%。记:

借:借入款	500 000 000
一般预算支出——利息支出	35 000 000
贷:国库存款	535 000 000

【例3】 某市收到省财政拨付的预算调度款 2 000 万元,收到时,记:

借:国库存款	20 000 000
贷:与上级往来	20 000 000

【例4】 年终结算,该市各项补助合计 270 万元,根据结算通知单,在原借调度款中转账,该市记:

借:与上级往来	2 700 000

　　　　　　　贷:补助收入　　　　　　　　　　　　　　　　　　　　　2 700 000

【例5】　该市将欠款430万元归还省财政,记:

　　　　　　　借:与上级往来　　　　　　　　　　　　　　　　　　　　4 300 000

　　　　　　　　　贷:国库存款　　　　　　　　　　　　　　　　　　　4 300 000

【例6】　某市财政局收到某行政单位交来性质不明的暂收款20万元。记:

　　　　　　　借:国库存款　　　　　　　　　　　　　　　　　　　　　200 000

　　　　　　　　　贷:暂存款　　　　　　　　　　　　　　　　　　　　200 000

【例7】　承上例,经查明上述暂收款中有14万元为该单位合法的罚款收入,另外6万元为不合法罚款,退回原单位。记:

　　　　　　　借:暂存款　　　　　　　　　　　　　　　　　　　　　　200 000

　　　　　　　　　贷:一般预算收入　　　　　　　　　　　　　　　　　140 000

　　　　　　　　　　　国库存款　　　　　　　　　　　　　　　　　　　 60 000

【例8】　某市财政局向上级财政部门申请借入有偿使用的财政周转金100万元,期限为1年,记:

　　　　　　　借:其他财政存款　　　　　　　　　　　　　　　　　　1 000 000

　　　　　　　　　贷:借入财政周转金　　　　　　　　　　　　　　　1 000 000

【例9】　承上例,上述有偿使用的财政周转金到期偿付本金和资金占用费5万元。记:

　　　　　　　借:借入财政周转金　　　　　　　　　　　　　　　　10 000 000

　　　　　　　　　财政周转金支出——占用费支出　　　　　　　　　　 50 000

　　　　　　　　　贷:其他财政存款　　　　　　　　　　　　　　　　1 050 000

第二节　财政总预算会计的净资产

　　总预算会计核算的净资产,是一级政府所掌握的资产净值,也就是资产减负债后的净值。财政总预算会计核算的净资产是本级政府财政部门所掌管的资产净值,它包括各项结余、预算周转金及财政周转基金等,增加时列为贷方,减少时列为借方。贷方余额反映一级财政的净资产。财政净资产一年结算一次。

　　从会计等式来看,净资产是指资产减去负债后的差额。财政总预算会计核算的净资产,一方面可表示各级政府可支配的结余资金和周转资金,另一方面也可表示各级政府为配合财政资金的分配而设置的有偿使用的周转金,即包括各项结余、预算周转金和财政周转基金。

　　为了反映和监督各级财政净资产的增减变动及结存情况,需按各项净资产分别设置"预算结余"、"基金预算结余"、"专用基金结余"、"预算周转金"和"财政周转基金"等基本科目。

一、结余

各项结余是财政收支的执行结果,是下年度可以结转使用或重新安排使用的资金,包括一般预算结余、基金预算结余和专用基金预算结余等。

各项预算必须分别核算,不得混淆。各项结余应每年结算一次,年终将各项收入与相应的支出冲销后,即成为该项资金的当年结余。当年结余加上上年年末滚存结余为本年年末滚存结余。

为了反映和核算各项结余,必须设置"预算结余"、"基金预算结余"、"专用基金结余"三个科目。

"预算结余"科目是用来核算各级财政预算收支的年终执行结果的。该科目贷方登记年终从"一般预算收入"、"补助收入——一般预算补助"、"上解收入"、"调入资金"等科目转入的预算收入的数额;借方登记从"一般预算支出"、"补助支出——一般预算补助"、"上解支出"等科目转入的预算支出的数额;余额在贷方,反映本年的预算滚存结余数(含有价证券)。根据本年度预算结余增设(提取)周转金时,借记"预算结余"科目,贷记"预算周转金"科目。

"基金预算结余"科目是用来核算各级财政管理的政府性基金收支的年终执行结果。该科目贷方登记年终从"基金预算收入"、"补助收入——基金预算补助"科目转入的基金预算收入的数额;借方登记年终从"基金预算支出"、"补助支出——基金预算补助"、"调出资金"等科目转入的基金预算支出的数额;余额在贷方,反映本年基金预算滚存结余数。

"专用基金结余"科目用来核算总预算会计管理的专用基金收支的年终执行结果。该科目贷方登记从"专用基金收入"科目转入的数额;借方登记年终从"专用基金支出"科目转入的数额;余额在贷方,反映本年专用基金的滚存结余数。

二、预算周转金

预算周转金是指各级财政为平衡预算年度内季节性收支差异,保证按支出预算及时用款而设置的周转金。

预算收支在全年平衡的情况下,月份和季度之间也是不平衡的,不是收大于支,就是支大于收。这是因为:一是收入和支出的季节性是不同的,而且往往年初收入较少而支出较大;二是收入逐日收取的,支出则是月初就要拨付的;三是征收、报解、转拨的途中,各级国库之间、国库与单位的开户行之间的运行也需要一定时日。所以,为了平衡季节性收支,必须设置相应的预算周转金。

预算周转金一般从本级财政预算净结余中设置和补充,但新办单位在没有财力的情况下一般由上级财政部门拨入。根据预算法实施条例,预算周转金按本级财政总支出的

4%设置。

预算周转金专作预算周转之用,不能作支出安排,也不能任意转为结余。

为了核算预算周转金,设置了"预算周转金"科目。"预算周转金"科目用来核算各级财政设置的用于平衡季节性预算收支差额周转使用的资金。预算周转金应根据《中华人民共和国预算法》的要求设置,并不得随意减少。设置和补充预算周转金时,借记"预算结余"科目,贷记"预算周转金"科目。

三、财政周转基金

财政周转基金是财政设置的用于有偿使用的基金,它反映了一级地方财政金规模。

地方财政周转基金的来源,一是按国家制度规定,由本级财政预算安排的有偿使用,在列报预算支出的同时转入;二是年终结算后将周转金收入(占用费收入和利息收入)减周转金支出(资金占用费支出和业务费)后的净收入转入。财政周转基金的设置和补充,要按《地方财政周转金管理暂行办法》办理。

为了核算财政周转基金,设置"财政周转基金"科目。"财政周转基金"科目用来核算各级财政部门设置的有偿使用资金。该科目贷方登记预算资金或用财政周转金收入补充的增加数额;借方登记赎回或核销的无法收回的数额;余额在贷方,反映财政部门财政周转基金总额,年终余额应结转至下年。该科目可根据实际需要设置相应的明细账。

四、核算举例

【例10】 年终,某省各项收入余额如下:

一般预算收入	10 000 万元
基金预算收入	200 万元
专用基金收入	67 万元
补助收入	500 万元
一般预算补助	270 万元
基金预算补助	230 万元
上解收入	40 万元
调入资金	23 万元

(1)将有关一般预算收入的项目转入结余时,原列贷方的各项预算收入转入借方,结余则列为贷方:

借:一般预算收入	100 000 000
补助收入——一般预算补助	5 000 000
上解收入	400 000
调入资金	230 000

贷:预算结余 15 630 000

(2)将基金收入余额转入结余时,原列贷方的有关基金预算收入余额转入借方,基金结余列为贷方:

借:基金预算收入 2 000 000

补助收入——基金预算补助 2 300 000

贷:基金预算结余 4 300 000

(3)将专用基金收入转入结余时,原列贷方的专用基金收入余额转入借方,专用基金结余列贷方。

借:专用基金收入 670 000

贷:专用基金结余 670 000

【例11】 年终,某省各项支出余额如下:

一般预算支出	12 000 万元
基金预算支出	200 万元
专用基金支出	76 万元
补助支出	312 万元
一般预算补助	290 万元
基金预算补助	22 万元
上解支出	100 万元
调出资金	18 万元

(1)将各项预算支出转入结余时,原列借方的各项预算支出转入贷方,各项结余则列为借方:

借:预算结余 123 900 000

贷:一般预算支出 120 000 000

补助支出——一般预算补助 2 900 000

上解支出 1 000 000

(2)将基金支出转入结余时,原列有关基金支出的借方余额转入贷方,基金预算结余列为借方:

借:基金预算结余 2 400 000

贷:基金预算支出 2 000 000

补助支出——基金预算补助 220 000

调出资金 180 000

(3)将专用基金支出转入结余时,原列基金支出的借方余额转入贷方,专用基金结余列为借方。

借:专用基金结余 760 000

　　　　　贷:专用基金支出　　　　　　　　　　　　　　　　　　760 000

　　【例 12】　某市财政局按规定设置的用于平衡季节性预算收支差额周转使用的预算周转金 60 万元。

　　　　借:预算结余　　　　　　　　　　　　　　　　　　　600 000

　　　　　贷:预算周转金　　　　　　　　　　　　　　　　　600 000

　　【例 13】　某乡镇财政开始设预算周转金,收到县财政拨来的预算周转金 20 000 元,记:

　　　　借:国库存款　　　　　　　　　　　　　　　　　　　20 000

　　　　　贷:预算周转金　　　　　　　　　　　　　　　　　20 000

　　【例 14】　某县经批准,用预算结余的 890 000 元增设预算周转金,记:

　　　　借:预算结余　　　　　　　　　　　　　　　　　　　890 000

　　　　　贷:预算周转金　　　　　　　　　　　　　　　　　890 000

　　【例 15】　某市财政局用预算资金 570 000 元(其中一般预算支出 260 000 元,基金预算支出 310 000 元),增补有偿使用周转基金。记:

　　　　借:一般预算支出　　　　　　　　　　　　　　　　　260 000

　　　　　　基金预算支出　　　　　　　　　　　　　　　　　310 000

　　　　　贷:国库存款　　　　　　　　　　　　　　　　　　570 000

　　　　借:其他财政存款　　　　　　　　　　　　　　　　　570 000

　　　　　贷:财政周转基金　　　　　　　　　　　　　　　　570 000

复习思考题

1. 财政总预算会计的负债包括哪些内容?

2. 财政总预算会计的结余包括哪些内容?

3. 什么是预算周转金? 为什么要设置预算周转金? 预算周转金的资金来源是什么?

练习题

习题一:练习财政总预算会计负债的核算

某市财政局发生如下业务:

1. 向上级财政借入临时周转金 1 000 000 元。

2. 收到性质不清的缴款 50 000 元。

3. 归还上级财政的借款 500 000 元,剩余 500 000 转为上级对本级财政的补助(一般预算补助)。

4. 按照国家有关规定,举债 5 000 000 元。

5. 发现性质不清的缴款 50 000 元原是一般预算收入。

要求:编制相关会计分录。

习题二:练习财政总预算会计净资产的核算

某市财政局发生如下业务:

1. 经上级机关批准,从预算结余中提取 100 000 元补充预算周转金。
2. 上级拨入 100 000 元补充本市财政的预算周转金。
3. 用预算周转金支付卫生局的经费 500 000 元。
4. 年未,相关的收入、支出账户的余额如下

一般预算收入	800 万元
基金预算收入	200 万元
专用基金收入	50 万元
补助收入	300 万元
一般预算补助	200 万元
基金预算补助	100 万元
上解收入	100 万元
调入资金	50 万元
一般预算支出	600 万元
基金预算支出	130 万元
专用基金支出	48 万元
补助支出	150 万元
一般预算补助	100 万元
基金预算补助	50 万元
上解支出	120 万元
调出资金	50 万元

要求:编制相关会计分录。

第六章 财政总预算会计的收入和支出

第一节 财政总预算会计的收入

财政收入是国家为实现其职能,根据法令和法规所取得的非偿还性资金,是一级财政的资金来源。财政总预算收入包括一般预算收入、基金预算收入、专用基金收入、资金调拨收入和财政周转金收入。

一、一般预算收入

一般预算收入是通过一定的形式和程序,有计划、有组织地由国家支配、纳入预算管理的资金。

（一）一般预算收入的管理

1. 一般预算收入的组织机构

在我国,为了保证预算收入的顺利执行,设立了专门的征收机关和出纳机关来共同负责组织预算收入。

（1）征收机构

政府预算经过法定程序批准之后就必须正确地组织实施。根据现行规定,国家预算收入分别由各级财政部门、税务部门和海关负责管理、组织征收或监缴,这些机构通称为征收机构。

①财政部门

财政部门是预算执行的管理机构,是预算收入执行的统一负责部门,其职责定位较为宏观,所以征收职能相对薄弱。由财政部门负责征收的项目包括:牧业税、耕地占用税、农业特产税、契税、行政规费收入、罚没收入、国有资产经营收益、债务收入以及对计划内亏损补贴等。其范围涵盖了绝大部分的非税收入和税收收入中的个别税种。

②海关

海关主要负责征收关税、由海关代征的进口产品的消费税、增值税以及海关罚没收入等。

③税务部门

税务部门主要负责征收工商税收、企业所得税和国家规定由税务部门负责征收的其他预算收入。其范围涵盖了除财政部门负责征收的一般预算收入和海关代征的税收收入之外,其余的税收收入和税收附加收入。

④其他

凡不属于上述范围的预算收入,以国家规定负责管理征收的单位为征收机构,如公安、法院、检察院等。未经国家批准,不得自行增设征收机构。

（2）出纳机构

国家金库（简称国库）是预算收入的出纳机构。它是国家预算资金惟一的收纳、划分、报解的专门机构。一切预算收支都要通过国库进行入库和拨付。我国目前实行的是代理国库制,中国人民银行代理国家金库。

①国库的机构设置

我国国家金库的组织机构是按照国家财政管理体制设立的,本着国家统一领导、分级管理的原则,一级财政设立一级国库。目前,我国的国库分为总库、分库、中心支库、支库四级。由中国人民银行总行负责经理总库;各省、自治区、直辖市分行设置分库;在各地（市）中心支行设立中心支库;在县（市）支行设置支库。在支行以下的办事处、分理处、营业所可以设立国库经收处。较大的省辖市分（支）行所属办事处根据需要可以设立支库。各省、自治区、直辖市分行及其所属的各级国库,既是中央国库的分支机构,又是各级地方财政的国库。国库的业务工作实行垂直领导,分库以下各级国库的工作应该直接对上级国库负责。下级国库应该定期向上级国库报告工作情况,上级国库可以直接布置检查下级国库工作。

②国库的职责和权限

国库工作是国家预算管理工作的重要组成部分,是办理国家预算收支的重要基础工作。根据《中华人民共和国国家金库条例实施细则》的有关规定,国库的基本职责包括:准确及时地收纳各项预算收入;按照财政制度的有关规定和银行的开户管理办法,为各级财政机关开立账户;对各级财政库款和预算收入进行会计账务核算;分析预算的执行情况;组织管理并且检查下级国库以及国库经收处的工作,总结交流经验,解决存在的问题;办理国家交办的同国库有关的其他工作。

国库的权限包括:监督预算收入的缴库;正确执行预算收入划分和留解比例规定;按照规定办理收入退库;监督财政存款的开户和财政库款的支拨;拒绝办理违反国家规定的事项;拒绝受理不符合规定的凭证。

2. 一般预算收入各管理环节的相关规定

（1）一般预算收入列报基础

各级总预算会计的一般预算收入通常以本年度缴入基层国库（支库）的数额为准。总预算会计凭国库报送的本级财政"一般预算收入日报表"及所附有关凭证入账。县本级和县以上各级财政的各项一般预算收入均以缴入基层国库的数额为准。设有乡镇国库的地区，乡镇财政的本级收入以乡镇国库收到数为准。未设乡镇国库的地区，乡镇财政的本级收入数以乡镇财政总预算会计收到的县级财政返还数为准。基层国库在年度库款报解整理期内收到经收处报来上年度收入，记入上年度账；整理期结束后，收到上年度收入一律记入新年度账。

（2）一般预算收入缴库

预算收入的缴库是国家将一部分国民收入转化为预算资金的程序、手续和过程。

①一般预算收入的缴库方式

为了保证应缴的各级政府一切预算收入及时、足额地缴入各级国库，就要根据应缴款的企业、单位和个人的具体情况规定相应的缴库方式。2001 年以前，我国预算收入缴库方式分为就地缴库、集中缴库、自收汇缴这三种方式。

2001 年 3 月 16 日，财政部、中国人民银行联合签发了《财政国库管理制度改革试点方案》的通知，该方案规定将财政收入的收缴分为直接缴库和集中汇缴两种方式。直接缴库是由缴款单位或缴款人按照有关法律法规规定，直接将应缴款收入缴入国库或预算外资金财政专户。集中汇缴是由征收机关按照有关法律法规规定，将所收的应缴收入汇总缴入国库或预算外资金财政专户。目前，该试点正在逐年扩大实施范围。

②一般预算收入的缴款凭证

预算收入缴库时，都应该填写相应的缴纳凭证（"缴款书"），它是国库办理预算收入收纳的惟一合法的原始凭证，也是财政部门、征收机关、缴款单位核算预算收入，检查预算收入完成情况，进行记账、统计的重要原始资料。缴款单位或缴款人缴纳的各种预算收入，有现金缴款或转账缴款两种形式，但是不论采取哪种形式，都必须按规定填写"缴款书"。

"缴款书"分为"一般缴款书"和"税收通用缴款书"两种。

"一般缴款书"一式五联。各联的用途如下：第一联，收据，由国库经收处收款盖章后退还缴款单位或缴款人；第二联，付款凭证，由缴款单位的开户银行作付出传票；第三联，收款凭证，由国库作收入传票；第四联，回执，由国库收款盖章后退给征收机关；第五联，报查，由国库收款盖章后退给财政机关（自收汇缴的退基层税务机关）。

"税收通用缴款书"一式六联。各联用途如下：第一至四联用途与一般缴款书相同；第五联报查，由国库收款盖章后退基层征收机关；第六联存根，由基层税务机关留存。

"一般缴款书"格式如表 6—1 所示，"税收通用缴款书"格式略。

表6-1

年　月　日填制　　　　　　　　　　　字　号

收款单位	财政机关		缴款单位	全　称													
	预算级次			账　户													
	收款国库			开户银行													

缴款期限 年 月 日	预算科目名称(全称)			年度	月份	金　额										备注
	款	项	目			亿	千	百	十	万	千	百	十	元	角	分	
	合　计																
	金额人民币(大写)																
	缴款单位公章 复核人　填制人			上列款项已收妥并划转收款单位 国库(银行)盖章 审核员　记账员　出纳员 年　月　日													

（3）一般预算收入划分

在我国,国家的各项职能是由各级政府合作完成的,各级政府都分别承担着一定的政治、经济任务。因此中央与地方政府之间,以及地方各级政府之间,必须通过明确的预算收入划分来保证其行使应有职能的财力。预算收入在各级财政之间的划分作为国家预算管理的一项基本内容,是实现国家预算分级管理,确保财权、事权统一,解决中央财政和地方财政之间分配关系的核心内容。一般预算收入的划分是国库按照国家预算管理体制的规定,将收纳入库的一般预算收入在中央预算与地方预算之间,以及各级地方预算之间进行计算划分。按照"分税制"财政体制中预算管理体制的规定,预算收入一般可划分为中央预算固定收入、地方预算固定收入和共享收入。

①中央预算的固定收入

按照现行财政体制划分,属于中央预算固定收入的主要有:关税,海关代征消费税和增值税,消费税,中央企业所得税,地方银行和外资银行及非银行金融机构(包括信用社)

①　薛健主编:《预算会计实务》,高等教育出版社2000年版。

所得税,铁道部门、各银行总行、各保险公司等集中缴纳的收入(包括营业税、所得税、利润和城市维护建设税),中央企业上缴利润等。

②地方预算的固定收入

属于地方预算固定收入的主要有:营业税(不含铁道部门、各银行总行、各保险公司集中缴纳的营业税),地方企业上缴利润,个人所得税,城镇土地使用税,城市维护建设税(不含铁道部门、各银行总行、各保险总公司集中缴纳的部分),房产税,车船使用和牌照税,印花税,屠宰税,农牧业税,农业特产税,耕地占用税,契税,土地增值税,国有土地有偿使用收入等。

③共享收入

共享收入是指上下级财政之间共同参与分享的预算收入。我国现行的共享收入主要有:增值税,资源税,企业所得税和证券交易印花税。其中增值税中央分享 75%,地方分享 25%,资源税按资源品种划分中央预算与地方预算的分享份额。

至于一般预算收入在地方各级财政之间的划分,则由上一级财政制定本级与下级财政之间的财政管理体制,按照规定的方法划分执行。因为各地方的情况不同,其划分的方法也不尽相同。

(4)一般预算收入报解

一般预算收入的报解要求通过国家金库向上级国库和财政部门报告一般预算收入情况,并将属于上级财政的预算收入解缴到中心支库、分库和总库。整个过程包含两层意思:“报”是要国库向各级财政机关报告预算收入的情况,使各级财政机关掌握预算收入的进度和情况;“解”就是要国库在对各级预算收入进行划分并办理收入分成之后,将财政库款解缴到各级财政的国库存款账户上。一般预算收入的划分和解缴工作,均由各级国库负责进行,原则上采取逐级划分报解办法。但支库收入的中央一般预算收入和省级一般预算固定收入可直接向分库报解。

支库是基层金库,各级预算收入款项应该以缴入支库作为正式入库;国库经收处的收纳行为只是代收性质,不能作为正式入库。支库在每日营业终了时,应先将缴款书按预算级次分开,然后分别按照政府预算收支科目汇总,编制“一般预算收入日报表”。

中心支库一般预算收入的报解主要包括中心支库直接收纳的一般预算收入的报解和所属各支库收纳后上报的一般预算收入的报解。

“一般预算收入日报表”的格式如表6—2所示。

表 6—2   一般预算收入日报

级次   年   月   日   第   号

预算科目	本日收入
合计	

国库盖章   复核   制表

（5）一般预算收入退库

一般预算收入的退库是指按照国家规定将已经缴入国库的一般预算收入退给指定的缴款单位或个人。凡是缴纳入库的预算收入，就是国家预算资金。它是归国家所有、由国家统一支配的，除同级财政机关外，任何单位和个人无权动用。但是在某些特殊的情况下又不得不进行退库，所以对预算收入的退库，必须加强管理、监督和审核。

①办理一般预算收入退库的范围

根据财政部规定，属于下列范围的可以按照国家规定的审批程序办理收入退库：由于工作上的疏忽，发生技术性差错而需要退库的；改变企业隶属关系办理财务结算而需要退库的；企业超缴结算退库；弥补企业的计划亏损和政策性亏损退库；财政部明文规定或专项批准的其他退库项目。

②收入退库的手续和方法

预算收入的退库必须遵循规定的手续。各单位和个人申请退库，应首先向财政、征收机关填具退库申请书。接下来，退库申请书经财政机关或财政机关授权的主管收入机关审核批准后，在退库申请书上签署审批意见和核定退库金额，并填写"收入退还书"，加盖财政部门拨款印鉴或县以上税务机关公章后，交申请单位或申请人，据以向指定的国库办理退库。

"收入退还书"是通知国库退付款项的惟一合法凭证。它一式五联：第一联报查，由办理退库的国库盖章后，退还给签发机关以备查据；第二联付款凭证，由办理退库的国库作付出传票，也就是退库的凭证；第三联收入凭证，由收款单位的开户行作收入传票；第四联收款通知，由收款单位开户行通知收款单位作收账记录；第五联付款通知，由国库随收入日报表报送给退款的财政机关。

收入退还书(报查)[1]

填发日期　　年　　月　　日　　　　　　　　编号

收款单位	全　称		退库单位	机关全称	
	账　户			预算级次	
	开户银行			退库国库	

预算科目名称			金　额								退库原因
款	项	目	百	十	万	千	百	十	元	角	分
合　计											
金融人民币(大写)											
(填发机关盖章)				退库情况记录							
负责人　　　复核人　　　经办员											

(6)一般预算收入错误更正

各级财政部门、税务机关、海关、国库和缴款单位,在办理预算收入的收纳、退还和报解的时候,都应该认真负责,防止出现差错。如果不慎发生了差错,则不论是发生在本月还是以前月份,都应该在发现的当月办理更正手续。对于不同类型的错误应该采取不同的方法进行更正。

①缴款单位多缴或少缴预算收入的更正

如果多缴了预算收入,可以由征收机关签发"收入退还书",经批准后可将多缴的部分退还原缴款单位,亦可作抵补缴款单位以后的缴款之用。少缴预算收入的则应该由征收机关加开缴款凭证,通知缴款单位按照少缴数额补缴预算收入。国库会计和财政总预算会计作为正常预算收入处理。

②其他错误的更正

除了发生上述错误之外,在工作中还有可能发生预算科目填写错误和预算级次划分错误。当发生这两种错误时,应该按规定填写"更正通知书",其格式如表6—4所示[2]。

---

① 薛健主编:《预算会计实务》,高等教育出版社2000年版。

② 李海波、刘学华编著:《新编预算会计》,立信会计出版社2000年版,第328页。

表 6—4

更正通知书

年　月　日　　　　　　　　　　　　字第　　号

凭证项目 原交及更正项目	缴款单位	凭　　证					预算级次	预算科目	金　额
		名称	年	月	日	字号			
原交事项									
更正事项									
收入征收机关					国　库				
名　　　称					名　　　称				
负责人盖章		更正日期及公章			负责人盖章		更正日期及公章		
经手人盖章		更正日期及公章			经手人盖章		更正日期及公章		

由征收机关填制的"更正通知书"一式三联：第一联由征收机关留存；二、三联送国库审核签章后，第二联由国库留存，凭此更正当日收入的账表；第三联随收入日报表送同级财政机关。由国库填制的"更正通知书"一式三联：第一联由国库留存，凭此更正当日收入账表；第二联随收入日报表报送同级财政机关；第三联随收入日报表送征收机关。

如果是因为国库办理分成留解、划解库款造成的错误，则应该由国库另编冲正传票予以更正。

一般情况下，如果是缴款书的预算级次、预算科目等在填写时发生错误，那么应该由征收机关填写更正书送国库更正；如果是国库在编制收入日报表时发生的错误，则应该由国库填写更正书进行更正；国库在办理库款分成上解时发生的错误，由国库更正。

（7）一般预算收入的对账

预算收入在反映财政预算执行情况方面具有重要意义，因此各级国库与同级财政部门、征收机关必须按照《国库条例实施细则》按期进行对账，以保证各级财政收入数字基础的统一，财、税、库三方面收入数字准确一致。

每月终了时要进行月份对账。支库应该在 3 日内根据有关账簿余额，按照款级预算科目编制月份预算收入对账单一式四份。送财政和征收机关核对相符并盖章后，以上两机关各留一份。另两份退回支库，由支库留存一份，并报中心支库一份。中央和省级预算收入对账单直接报送分库。如果发现错误，则应该在月后 6 日之内通知国库更正。中心支库、分库、总库直接收纳的预算收入对账工作，也应该按上述方法处理。

年度终了时，要进行年度对账。各经收处应该在为期 10 天的库款报解整理期内将年末前所收款项报至支库，列入当年收入决算。支库应该在年终后 20 天内，按照预算级次分别编制预算收入年度决算表，一式四份送财政、征收机关核对。财政和征收机关应该在5 日内核对签章完毕，并各留存一份，将剩余两份退回支库。支库留存一份，另一份如果属于中央或省级预算收入的就报分库,如果属于地(市)级预算收入的报中心支库。中心支库和分库年终对账程序与支库相似。

(二)一般预算收入的内容和会计处理

1. 一般预算收入的内容

财政部每年会制定《政府收支科目》,来规定财政收支的科目。

根据 2005 年《政府预算收支科目》,我国的一般预算收入包括:

(1)增值税。反映按《中华人民共和国增值税暂行条例》征收的国内增值税、进口货物增值税和经审批的出口货物增值税。

(2)消费税。反映国家税务局按《中华人民共和国消费税暂行条例》征收的国内消费税、进口消费税和经审批退库的出口消费品消费税。

(3)营业税。反映税务部门按照《中华人民共和国营业税暂行条例》征收的营业税。

(4)企业所得税。反映税务部门按照《中华人民共和国企业所得税暂行条例》征收的企业所得税和依照《中华人民共和国外商投资企业和外国企业所得税法》征收的外商投资企业和外国企业所得税。

(5)企业所得税退税。反映财政部门按照"先征后退"的政策审批退库的企业所得税。

(6)个人所得税。反映地方税务局按照《中华人民共和国个人所得税法》征收的个人所得税。

(7)资源税。反映按照《中华人民共和国资源税暂行条例》征收的资源税。

(8)固定资产投资方向调节税。反映地方税务局按照《中华人民共和国固定资产投资方向调节税暂行条例》征收的固定资产投资方向调节税。

(9)城市维护建设税。反映按照《中华人民共和国城市维护建设税暂行条例》征收的城市维护建设税。

(10)房产税。反映地方税务局按照《中华人民共和国房产税暂行条例》征收的房产税。

(11)印花税。反映按照《中华人民共和国印花税暂行条例》征收的印花税。

(12)城镇土地使用税。反映地方税务局按照《中华人民共和国城镇土地使用税暂行条例》征收的城镇土地使用税。

(13)土地增值税。反映地方税务局按照《中华人民共和国土地增值税暂行条例》征收的土地增值税。

(14)车船使用牌照税。反映地方税务局按照《中华人民共和国车船使用税暂行条例》和《车船使用牌照税暂行条例》征收的车船使用税和牌照税。

(15)船舶吨位税。

(16)车辆购置税。

(17)屠宰税。反映地方税务局征收的屠宰税及屠宰税款滞纳金、罚款收入。

（18）筵席税。反映地方税务局征收的筵席税和筵席税税款滞纳金、罚款收入。

（19）关税。反映海关按照《中华人民共和国进出口关税条例》征收的关税和财政部按照"先征后退"的政策审批退库的关税。

（20）农业税。反映按照《中华人民共和国农业税暂行条例》征收的农业税。

（21）农业特产税。反映按照《国务院关于对农业特产征收农业税的规定》征收的农业特产税。

（22）牧业税。反映按照地方法规征收的牧业税。

（23）耕地占用税。反映按照《中华人民共和国耕地占用税暂行条例》征收的耕地占用税。

（24）契税。反映按照《契税暂行条例》征收的契税。

（25）国有资产经营收益。它是国家作为国有资产所有者身份取得的收入，源于占有、使用和依法处置境内国有资产所产生的收益中按照规定应该上缴国家预算的部分，是国家的财产收益。其具体内容包括国有企业上缴的税后利润，国有资产转让收入，有限责任公司、股份有限公司、联营企业、港澳台商投资企业、外商投资企业中的国有资产收益以及其他国有资产经营收益。

（26）国有企业计划亏损补贴。它是财政补贴的重要组成部分，是为了保证某些国民经济发展所必需同时又存在亏损的企业正常的经营活动而在财政上给予的补助。通常是按照年初计划允许从预算收入中退库拨补的补贴，而不是无限度的。

（27）行政性收费收入。反映了纳入预算管理的行政性收费收入。

（28）罚没收入。反映各级行政、司法机关和法律、法规授权执行罚没的机构依据法律、法规进行罚款后上缴预算的收入。

（29）海域场地矿区使用费收入。反映国有土地使用权有偿使用收入、陆上石油矿区使用费、海域使用费、海上石油矿区使用费和外商投资企业场地使用费收入。

（30）专项收入。反映根据特定需要由国务院批准或由国务院授权有关部门批准设置、征集并纳入预算管理的某些有专门用途的收入，如排污费收入、城市水资源费收入、教育费附加收入、矿产资源补偿费收入等。

（31）其他收入。它是指除了上述各类一般预算收入之外的一些零星收入，如按照规定取得利息收入、捐赠收入、外事服务收入等。

（32）一般预算调拨收入。它是用以反映预算收入在上下级之间、上下年度之间、一般预算与基金预算之间的调拨关系。它包括一般预算补助收入、一般预算上解收入、一般预算上年结余收入和一般预算调入资金等内容。

2. 一般预算收入的核算

为了有效地核算一般预算收入，各级财政总预算会计应该设置"一般预算收入"科目对各级财政机关组织的纳入一般预算的各项收入加以核算。该账户的核算内容是本年度缴入基层国库的各项财政一般预算收入,属于收入类科目。通过贷方记录国库当日报来的各项一般预算收入的增加数,当收入数为负数时以红字记入(采用计算机记账的用负数表示);借方用来记录年终结转数。该科目平时余额在贷方,反映一般预算收入累计数。年终时,通过借记该科目来将该科目贷方余额全部转入"预算结余"科目的贷方,至此,"一般预算收入"科目余额为零。在操作过程当中,该科目应该按照《政府预算收支科目》的规定设置相应的明细账。

对于未建立国库的乡(镇)的总预算会计来说,应该根据征收机关(如税务所)报送的"一般预算收入日报表"登记收入辅助账,待收到县财政返回收入时,再作收入的账务处理。

【例1】 某市财政收到国库报送的一般预算收入日报表,见表6—5。

表6—5 某市一般预算收入日报

×年×月×日 单位:元

预算科目	本日收入
营业税	170 000
个人所得税	73 000
城市维护建设税	16 000
屠宰税	8 000
农业特产税	10 000
契税	60 000
合计	337 000

应该编制分录:

借:国库存款——一般预算存款 337 000

贷:一般预算收入 337 000

然后再按照一般预算收入日报表中所列的各项收入登记一般预算收入的明细账:

——营业税 170 000

——个人所得税 73 000

——城市维护建设税 16 000

——屠宰税 8 000

——农业特产税 10 000

——契税 60 000

【例2】 某市财政收到国库报送的一般预算收入日报表,见表6—6。

表6—6 某市一般预算收入日报

×年×月×日

单位:元

预算科目	本日收入
个人所得税	73 000
城市维护建设税	16 000
国有企业计划亏损补贴	−120 000
合计	−31 000

应该编制分录:

借:国库存款——一般预算存款　　　　　　　　　　−31 000

　　贷:一般预算收入　　　　　　　　　　　　　　　　−31000

（负号数字也可以用红字表示）

然后再按照一般预算收入日报表中所列的各项收入登记一般预算收入的明细账:

——个人所得税　　　　　　　　　　　　　　　　73 000

——城市维护建设税　　　　　　　　　　　　　　16 000

——国有企业计划亏损补贴　　　　　　　　　　−120 000

【例3】　某县财政按照财政体制结算向所属某个未设国库的镇财政拨付一般预算收入资金74 000元。

该县财政总预算会计应该作如下会计分录:

借:一般预算收入　　　　　　　　　　　　　　　　74 000

　　贷:国库存款——一般预算存款　　　　　　　　　74 000

而该镇财政总预算会计应该作如下会计分录:

借:其他财政存款——预算资金存款　　　　　　　　74 000

　　贷:一般预算收入　　　　　　　　　　　　　　　74 000

【例4】　某市财政年终将"一般预算收入"科目的贷方余额3 590 000元全部结转,那么财政总预算会计应该编制如下会计分录:

借:一般预算收入　　　　　　　　　　　　　　　3 590 000

　　贷:预算结余　　　　　　　　　　　　　　　　3 590 000

二、基金预算收入

基金预算收入是指按国家有关规定收取、转入或通过当年财政安排,纳入财政预算管理,具有指定用途的政府性基金。

（一）基金预算收入的内容、划分和管理

基金预算收入的分类与政府预算收支科目中的基金预算收入科目（除基金预算调拨

收入科目外)相一致。根据 2002 年《政府预算收支科目》,基金预算收入的主要内容包括:

1. 工业交通部门基金预算收入类。它包括电力建设基金收入、三峡工程建设基金收入、养路费收入、公路客货运附加费收入、铁路建设基金收入、民航基础设施建设基金收入、邮电附加费收入、港口建设费收入、市话初装基金收入、民航机场管理建设费收入、下放港口以港养港收入、烟草商业专营利润收入、碘盐基金收入、散装水泥专项资金收入、贴费收入、邮政补贴专项资金收入、墙体材料专项基金收入、铁路建设附加费收入、煤代油基金收入等。

2. 商贸部门基金收入类。包括国家蚕丝绸发展风险基金收入和外贸发展基金收入。

3. 文教部门基金收入类。包括农村教育附加费收入、文化事业建设费收入、地方教育附加收入、地方教育基金收入。

4. 社会保险基金收入类。包括基本养老保险基金收入、失业保险基金收入、基本医疗保险基金收入、工伤保险基金收入、生育保险基金收入。

5. 农业部门基金收入类。包括新菜地开发基金收入、育林基金收入、灌溉水源灌排工程补偿费收入、中央水利建设基金收入、地方水利建设基金收入、库区维护建设基金收入。

6. 土地有偿使用收入类。包括国有土地使用权有偿使用收入和新增建设用土地有偿使用费收入。

7. 政府住房基金收入类。包括上缴管理费用、住房金融利润和其他收入。

8. 其他部门基金收入类。包括旅游发展基金收入、援外合资合作基金收入和对外工程保函基金收入。

9. 地方财政税费附加收入类。包括农牧业税附加收入、城镇公用事业附加收入、渔业建设附加收入、其他附加收入。

与一般预算收入相似,基金预算收入也是按照财权与事权相结合的原则,根据一定的方法在中央与地方以及地方各级之间进行划分。其中,中央的基金预算收入包括:三峡工程建设基金收入、铁路建设基金收入、民航基础设施建设基金收入、港口建设费收入、市话初装费基金收入、烟草商业专营利润收入、碘盐基金收入、财政补贴专项资金收入、煤代油基金收入、商贸部门基金收入等。地方基金预算收入包括:养路费收入、公路客货运附加费收入、下放港口以港养港收入、散装水泥专项资金收入、农村教育费附加收入、墙体材料专项基金收入、铁路建设附加费收入、地方教育附加收入、地方教育基金收入等。中央与地方共享的基金收入包括:电力建设基金收入、邮电附加费收入、贴费收入、文化事业建设费收入、民航机场管理建设费收入等。

基金预算收入在缴库、退库、错误更正方法和管理要求等方面,与一般预算收入基本相似。除了农村教育费附加收入由税务机关或财政部门征收,文化事业建设费收入由税务机关征收之外,其余各项基金预算收入均由财政部派驻各地专员办事机构会同财政部门或经财政部门委托的部门负责征收管理。

（二）基金预算收入的核算

由于基金是专用性较强的资金,所以财政总预算会计在管理和核算基金预算收入时应该遵循先收后支、自求平衡和专款专用、分项核算两条原则。

财政总预算会计应该设置"基金预算收入"总账科目,用以对基金预算收入业务进行核算。该科目的贷方记录取得的基金预算收入和基金预算收入在银行中的存款利息收入,并且应该按照《政府预算收支科目》中的基金预算收入科目设置明细账。该科目平时是贷方余额,反映当年基金预算收入的累计数。到年终转账的时候,则应该将该科目的贷方余额全部转入"基金预算结余"科目中,借记"基金预算收入"科目,贷记"基金预算结余"科目。

【例5】 某市财政总预算会计收到国库报来的"基金预算收入日报表"及其附件,列示收到养路费收入43 000元,根据有关的凭证,应该编制如下的分录:

借:国库存款——基金预算存款　　　　　　　　　　43 000

贷:基金预算收入——养路费收入　　　　　　　　　　43 000

【例6】 某市财政总预算会计收到基金预算收入在银行的存款利息5 000元,根据有关的凭证应该编制如下分录:

借:其他财政存款　　　　　　　　　　5 000

贷:基金预算收入　　　　　　　　　　5 000

【例7】 某市财政年终将"基金预算收入"科目的贷方结余970 000转入"基金预算结余"科目,应该编制如下分录:

借:基金预算收入　　　　　　　　　　970 000

贷:基金预算结余　　　　　　　　　　970 000

三、专用基金收入

专用基金收入是指财政总预算会计管理的各项具有专门用途的资金收入,例如粮食风险基金收入。它是由财政部门按照规定设置的或由上级财政部门拨入的具有专门用途的基金构成的。与基金预算收入相似,专用基金在管理上同样要求专款专用,不得随意改变用途,同时也要做到先收后支,量入为出。与基金预算收入不同的是,专用基金收入是在基金预算收入之外单独管理的资金,并不要求缴入国库,而是应该在专业银行设立专户。

为了核算专用基金收入业务,财政总预算会计应该设置"专用基金收入"科目。当从上级财政部门或本级预算支出安排中取得专用基金收入的时候,借记"其他财政存款",贷记"专用基金收入";退回专用基金时借记"专用基金收入",贷记"其他财政存款"。年终转账时,应该将该科目的贷方余额全部转入"专用基金结余"。转账之后,"专用基金收入"余额为零。

【例8】 某市财政收到省财政拨入的粮食风险基金 200 000 元,应该编制会计分录如下:

借:其他财政存款——专用基金存款   200 000

  贷:专用基金收入——粮食风险基金   200 000

【例9】 某市财政通过本级预算支出安排"粮食风险基金"的配套资金 360 000 元,应该编制如下会计分录:

借:一般预算支出   360 000

  贷:国库存款——一般预算存款   360 000

借:其他财政存款——专用基金存款   360 000

  贷:专用基金收入——粮食风险基金   360 000

【例10】 某市财政年终将"专用基金收入"的贷方余额 670 000 转入"专用基金结余",应该编制如下会计分录:

借:专用基金收入   670 000

  贷:专用基金结余   670 000

四、资金调拨收入

(一)资金调拨收入的内容

所谓资金调拨,是指根据现行财政体制规定,在中央与地方、地方各级财政之间,因共享收入的分配、体制结算和转移支付等原因而产生的上下级财政资金调拨,以及同级财政因平衡预算收支而发生的资金调拨事项。这是合理分配财力、健全财政职能、严格按财政体制办事、保证预算实现的必要手段。资金调拨主要有两种情况:一是通过补助、上解和预算指标追加、追减等方式将资金在不同级次的财政之间进行转移;二是在本级财政不同性质的资金之间进行相互的调拨行为。在预算执行过程中,各级财政因资金调拨形成的收入称为资金调拨收入,它主要包括"补助收入"、"上解收入"和"调入资金"等。

补助收入是下级财政收到的,由上级财政按财政体制规定或因专项需要补助的款项,主要有税收返还收入、体制补助收入、专项拨款补助收入等。其中税收返还收入是指按照财政体制规定由上级财政从预算收入中返还给本级财政的款项;体制补助收入是指预算支出大于预算收入的地区,由上级财政按照财政体制规定补助给本级财政的款项;专项拨款补助是指没有纳入预算包干体制,按照规定年终单独结算,由上级财政专项补助的款项,以及一些临时性的特殊单项补助款项。如因为自然灾害、价格调整、企业上划等影响造成下级财政减收增支的,可由上级给予专项拨款补助。

上解收入是上级财政收到下级财政按财政体制规定解缴的款项。按照具体内容又可以分成体制上解和专项上解两类。其中体制上解是由各级国库按照体制的规定,并根据预算收入的入库情况,将一部分款项从下级预算收入中直接划解给本级财政。专项上解是下级财政部门按照规定要求专项上解的款项和其他一次性、临时性的上解款项。

调入资金是指为了平衡一般预算收支,从预算外资金结余调入一般预算的资金,以及按照规定从其他途径调入的资金。

（二）资金调拨收入的核算

为了核算上级财政部门拨来的补助款,财政总预算会计应该设置"补助收入"、"上解收入"、"调入资金"等科目。

当财政部门收到上级拨入的补助款的时候,应该借记"国库存款",贷记"补助收入";当财政部门与上级往来款中的一部分转作上级补助收入的时候,应该借记"与上级往来",贷记"补助收入";退还上级补助的时候,应该借记"补助收入",贷记"国库存款"。"补助收入"平时一般是贷方余额,用以表示上级补助收入的累计数。年终时"补助收入"全部的贷方余额必须转入"预算结余",此时借记"补助收入",贷记"预算结余"。该科目应该按照补助资金的性质设置相应的明细账,如一般预算补助和基金预算补助。

当财政部门收到下级上解款的时候,应该借记"国库存款",贷记"上解收入";如果退还上解收入,则应该借记"上解收入",贷记"国库存款"。该科目一般是贷方余额,用以表示下级上解给本级的收入的累计数。年终的时候应该将"上解收入"全部的余额转入"预算结余"科目,借记"上解收入",贷记"预算结余"。相应地,明细账应该按照上解地区和资金的性质设置。

当财政部门调入资金的时候,应该借记"国库存款",贷记"调入资金"。年终的时候应该将该科目的余额全部转入"预算结余",借记"调入资金",贷记"预算结余"。

【例11】 某市财政收到省级财政一般预算补助 160 000 元,基金预算补助 220 000 元,应该编制如下会计分录:

借:国库存款——一般预算存款	160 000
——基金预算存款	220 000
贷:补助收入——一般预算补助	160 000
——基金预算补助	220 000

【例12】 某省财政通知某市财政将原来借给市财政的 150 000 元转作对市财政的一般预算补助款,则市财政应该编制如下分录:

借:与上级往来	150 000
贷:补助收入——一般预算补助	150 000

【例13】 某市财政年终将补助收入贷方余额 470 000 元（其中一般预算补助 310 000 元,基金预算补助 160 000 元）转入结余。应该编制如下会计分录:

借:补助收入——一般预算补助	310 000
——基金预算补助	160 000

　　　　　　贷：预算结余　　　　　　　　　　　　　　　　　　　　310 000
　　　　　　　基金预算结余　　　　　　　　　　　　　　　　　　160 000

【例14】　某市收到甲县上解的一般预算款 390 000 元，应该编制如下的会计分录：

　　　　借：国库存款——一般预算存款　　　　　　　　　　　390 000
　　　　　　贷：上解收入——甲县　　　　　　　　　　　　　　390 000

【例15】　某市财政年终将"上解收入"980 000 全部转入预算结余，应该编制如下会计分录：

　　　　借：上解收入　　　　　　　　　　　　　　　　　　　980 000
　　　　　　贷：预算结余　　　　　　　　　　　　　　　　　　980 000

【例16】　某市财政为了平衡一般预算，从预算外资金节余中调入资金 170 000 元，应该编制如下会计分录：

　　　　　　借：国库存款——一般预算存款　　　　　　　　　170 000
　　　　　　　贷：调入资金　　　　　　　　　　　　　　　　170 000

【例17】　某市财政在年终的时候将"调入资金"贷方余额 330 000 元转入"预算结余"，应该编制如下会计分录：

　　　　　　借：调入资金　　　　　　　　　　　　　　　　　330 000
　　　　　　　贷：预算结余　　　　　　　　　　　　　　　　330 000

五、财政周转金收入

　　财政周转金是指财政部门按照有关规定，通过财政周转金的借出和放款业务，向资金使用单位收取的资金占用费和周转金在银行的利息收入。这里值得一提的是，财政周转金并不是以增值为目的，因此财政部门向资金使用单位收取的资金占用费一般会低于银行贷款的利息。之所以要收取资金占用费，主要是为了使资金的使用单位具有责任感以使用好资金，同时也可以适当弥补可能的损失，减少周转金的贬值。

　　为了核算财政周转金收入，财政总预算会计应该设置"财政周转金收入"科目。该科目下再设立"利息收入"和"占用费收入"两个明细账。在取得财政周转金收入的时候，应该借记"其他财政存款"，贷记"财政周转金收入——利息收入"；在取得占用费收入的时候，应该借记"其他财政存款"，贷记"财政周转金收入——占用费收入"。年终结账的时候，首先应该通过借记"财政周转金收入"，贷记"财政周转金支出"来将"财政周转金支出"的余额转入"财政周转金收入"的科目；然后将当年财政周转金收支的结余数全部转入"财政周转基金"科目，借记"财政周转金收入"，贷记"财政周转基金"。[①]

　　【例18】　某市财政局收到财政周转金使用单位交来的资金占用费 9 000 元，还有银

---

① 　参见《财政总预算会计制度》第八章第五十六条第 425 号科目。

行转来的财政周转金存款利息 34 000 元,应该编制如下的会计分录:

  借:其他财政存款——财政周转金存款   43 000

    贷:财政周转金收入——占用费收入   9 000

      财政周转金收入——利息收入   34 000

【例 19】 某市财政年终结账时将"财政周转金收入"贷方余额 110 000 元转出,应该编制如下会计分录:

  借:财政周转金收入   110 000

    贷:财政周转基金   110 000

第二节　财政总预算会计的支出

财政支出是各级政府为了实现其职能,将所筹集到的财政资金有计划地进行分配,是对财政资金的运用。各级财政总预算会计核算的财政支出的内容包括一般预算支出、基金预算支出、专用基金支出、资金调拨支出和财政周转金支出。

一、一般预算支出

(一)一般预算支出的概念和内容

一般预算支出是指各级政府对集中的一般预算收入有计划地进行分配和使用而安排的各项支出。预算支出项目的具体划分和内容,按《国家预算支出科目》办理。

根据 2005 年《政府预算收支科目》,一般预算支出包括以下内容:

1. 基本建设支出。这是指列入国家基本建设投资额范围内的各项支出,例如基本建设拨款支出、基建有偿使用支出、基建贷款贴息支出等。

2. 企业挖潜改造资金。这是指由国家预算拨款,用于企业挖潜、革新和改造方面的资金支出。

3. 地质勘探费。这是反映地质勘探单位的勘探工作费用支出的。

4. 科技三项费用。这是指由预算安排的新产品试制费、中间试验费、重要科学研究补助费这三项科学技术支出费用。

5. 流动资金。这是指列入中央预算,由财政部统一拨付的核工业和航天工业的流动资金,还有地方用自筹资金建设的纳入预算的企业,由财政拨付的自有流动资金。

6. 农业支出。它反映财政用于种植、畜牧、水产、农机、农垦、农场、农业产业化经营组织,乡镇企业等方面的支出。

7. 林业支出。它反映财政用于林业系统的各项支出、森林救灾、天然林保护、退耕还林、森林生态效益、防沙治沙等方面的支出。

8. 水利、气象支出。它反映财政用于水利、气象等部门的事业费。

9. 工业交通部门的事业费。这是国家预算用于工业交通等部门所属的不直接从事物质资料生产和交通运输业务,但又直接或间接为生产建设服务的勘探设计、科研、技工校、中等专业学校等事业机构经费以及干部培训费等的部分。

10. 流通部门的事业费。这是国家拨付给商业、物资粮食、外贸、供销社等部门所属的事业机构的经费。

11. 文体广播事业费。这是国家用于文化、出版、文物、体育、档案、广播电影电视等方面的事业费和其他文体广播事业费。

12. 教育支出。它反映普通教育、职业教育、成人教育、广播电视教育、留学教育、特殊教育和其他教育事业费。

13. 科学支出。这是各级科委归口管理的科学事业费以及中国社会科学院系统的科学事业费。

14. 卫生医疗支出。它包括卫生部以及地方卫生部门的事业费、中医事业费、食品药品监督管理、行政事业单位医疗支出方面的费用。

15. 其他部门的事业经费。它包括除上述各部门以外的其他部门的事业费,主要有税务、统计、财政、审计、工商、旅游、华侨、社会保障、海关、纪检监察、农业综合开发、行政机关、党派团体、国有资产管理部门等的事业费。

16. 抚恤和社会福利救济费。这是国家用于抚恤事业、社会福利事业、残疾人事业、自然灾害救济事业的支出。

17. 行政事业单位离退休经费。

18. 社会保障补助支出。这主要包括财政对社会保险基金的补贴支出、社会保险经办机构经费、城镇就业补助费、国有企业下岗职工基本生活保障补助、补充全国社会保障基金支出、国有企业关闭破产补助支出。

19. 国防支出。这是国家用于国防建设的费用,包括军事、国防科研、民兵建设、专项工程等经费。

20. 行政管理费。这是国家预算拨款的行政管理方面的费用,包括人大经费、政府机关经费、政协经费、党派团体机关经费等。

21. 外交外事支出。这主要包括外交支出、国际组织支出、偿付外国资产支出、地方外事费、对外宣传费、边境联检费等。

22. 武装警察部队支出。

23. 公检法司支出。这是国家用于公安、安全、检察院、法院、司法、监狱、劳教、缉私警察等方面的支出。

24. 城市维护费。这是指用城市维护建设税和地方机动财力拨款等安排的城市维护建设支出。主要包括道路、给水、供气、路灯等公共设施的维护费,园林绿化设施维护费,中小学校舍维修补助费,公共环境卫生补助费,以及城市其他公用事业和公共设施的维护费。

25. 政策性补贴支出。这是经国家批准的价格补贴，如粮食风险基金、国家粮油价差补贴、农业生产资料价差补贴、学生课本价差补贴等。

26. 对外援助支出。

27. 支援不发达地区支出。这是指国家少数民族地区补助费、支援不发达地区发展资金、农业建设专项补助资金以及边境建设事业补助费和民族工作经费。

28. 海域开发建设和场地使用费支出。这是指用海域使用金安排海域开发建设、保护和管理等方面的支出，以及港澳台商和外商投资企业场地使用费收入安排的支出。

29. 车辆税费支出。这是指用车辆购置税收入安排的国家交通项目资金，老汽车更新改造的补助支出、征管人员经费以及划转水利建设基金的支出等。

30. 债务利息支出。这是国内债务付息和国外债务付息等方面的支出。

31. 专项支出。这是指用专项收入安排的支出，包括排污费、城市水资源费、教育费附加支出、矿产资源补偿费支出。

32. 其他支出。这是指国家预算安排的除上述各项支出之外的零星支出。

33. 总预备费。这是指按预算支出总额的一定比例设置的后备基金，是各级总预算中不规定具体用途的备用基金。

(二)一般预算支出的列报口径和管理规定

1.《财政总预算会计制度》对于一般预算支出的列报口径有以下具体的规定：

(1)实行限额管理的基本建设支出按用款单位银行支出数列报支出。不实行限额管理的基本建设支出按拨付用款单位的拨款数列报支出。

(2)对行政及事业单位的非包干性支出和专项支出，平时按财政拨款数列报支出，清理结算收回拨款时，再冲销已列支出。对于收回以前年度已列支出的款项，除财政部门另有规定者外，应冲销当年支出。

(3)除以上两款以外的其他各项支出均以财政拨款数列报支出。

(4)凡是预拨以后各期的经费，不得直接按预拨数列作本期支出，应作为预拨款处理。到期后，按以上三项规定的列报口径转列支出。

2. 财政总预算会计按拨款数办理预算支出必须认真做到以下几点：

(1)严格执行《中华人民共和国预算法》。办理拨款支出必须以预算为准。预备费的动用必须经同级人民政府批准。

(2)对主管部门(主管会计单位)提出的季度分月用款计划及分"款"、"项"填制的"预算经费请拨单"，应认真审核。根据经审核批准的拨款申请，结合库款余存情况按时向用款单位拨款。

(3)总预算会计应根据预算管理要求和拨款的实际情况，分"款"、"项"核算、列报当期预算支出。

（4）主管会计单位应按计划控制用款，不得随意改变资金用途。"款"、"项"之间如确需调剂，应填制"科目流用申请书"，报经同级财政部门核准后使用。总预算会计凭核定的流用数调整预算支出明细账。

（5）总预算会计不得列报超预算的支出；不得任意调整预算支出科目；未拨付的经费，原则上不得列报当年支出。因特殊情况确需在当年预留的支出，应严格控制，并按规定的审批程序办理。

（三）一般预算支出的核算

为了对一般预算支出的各项业务进行有效的核算，财政总预算会计应该使用"一般预算支出"科目。

总预算会计办理预算直接支出时，借记"一般预算支出"科目，贷记"国库存款"等有关科目；将预拨行政事业单位经费转列支出时，借记"一般预算支出"科目，贷记"预拨经费"科目；办理基本建设支出时，实行限额管理的，根据建设银行报来的银行支出数借记"一般预算支出"科目，不实行限额管理的，根据拨付用款单位数，借记"一般预算支出"科目。支出收回或冲销转账时，借记有关科目，贷记"一般预算支出"科目。年终，"一般预算支出"科目借方余额应全数转入"预算结余"科目，借记"预算结余"科目，贷记"一般预算支出"科目。"一般预算支出"科目平时借方余额，反映预算支出累计数。此外该科目还应该根据《国家预算收支科目》中的"一般预算支出科目"（不含一般预算调拨支出类）分"类"、"款"、"项"设明细账。

【例20】 经财政主管业务机构核准，某市财政总预算会计开出拨款凭证，拨付市属国有企业挖潜改造资金 110 000 元。应该根据相关的凭证编制如下的会计分录：

  借：一般预算支出   110 000
    贷：国库存款——一般预算存款   110 000

【例21】 经财政主管业务机构核准，某市财政总预算会计开出拨款凭证，拨付市气象局事业费 90 000 元。应该根据相关的凭证编制如下的会计分录：

  借：一般预算支出   90 000
    贷：国库存款——一般预算存款   90 000

【例22】 经财政主管业务机构核准，某市财政总预算会计开出拨款凭证，拨付市属卫生部门事业费 160 000 元，中医药管理部门的事业费 70 000 元，行政事业单位医疗经费 150 000 元。应该根据相关的凭证编制如下的会计分录：

  借：一般预算支出   380 000
    贷：国库存款——一般预算存款   380 000

【例23】 经财政主管业务机构核准，某市财政总预算会计开出拨款凭证，拨付该市抚恤事业费 65 000 元，社会福利事业费 113 000 元，残疾人事业费 140 000 元。应该根据相关的凭证编制如下的会计分录：

借：一般预算支出 318 000
  贷：国库存款———一般预算存款 318 000

【例24】 经财政主管业务机构核准，某市财政总预算会计开出拨款凭证，拨付该市行政事业单位离退休经费783 000元。应该根据相关的凭证编制如下的会计分录：

借：一般预算支出 783 000
  贷：国库存款———一般预算存款 783 000

【例25】 经财政主管业务机构核准，某市财政总预算会计开出拨款凭证，拨付该市社会保险基金补贴支出230 000元，社会保险经办机构经费107 000元，城镇就业补助费337 000元，国有企业下岗职工基本生活保障补助495 500元。应该根据相关的凭证编制如下的会计分录：

借：一般预算支出 962 500
  贷：国库存款———一般预算存款 962 500

【例26】 经财政主管业务机构核准，某市财政总预算会计开出拨款凭证，拨付该市人大经费100 000元，政府机关经费464 000元，政协经费172 000元，党派团体机关经费346 000元。应该根据相关的凭证编制如下的会计分录：

借：一般预算支出 1 082 000
  贷：国库存款———一般预算存款 1 082 000

【例27】 经财政主管业务机构核准，某市财政总预算会计开出拨款凭证，拨付该市道路、给水、供气、路灯等公共设施的维护费336 000元，园林绿化设施维护费279 000元，中小学校舍维修补助费175 300元，公共环境卫生补助费87 900元。应该根据相关的凭证编制如下的会计分录：

借：一般预算支出 778 200
  贷：国库存款———一般预算存款 778 200

【例28】 某市财政总预算会计将上年末预拨给市公安局的经费370 000元转列支出。应该根据相关的凭证编制如下的会计分录：

借：一般预算支出 370 000
  贷：预拨经费 370 000

【例29】 某市财政上月已经将某单位的经费31 000元列入一般预算支出，经过审查不应该由一般预算资金支付，应该编制如下的会计分录：

借：国库存款———一般预算存款 31 000
  贷：一般预算支出 31 000

再根据收回经费的预算科目，登记一般预算支出的明细账。

【例30】 某市财政总预算会计在年终将"一般预算支出"科目的借方余额11 570 000全部转入"预算结余"科目。应该编制如下的会计分录：

借:预算结余　　　　　　　　　　　　　　　11 570 000
　　贷:一般预算支出　　　　　　　　　　　　　11 570 000

二、基金预算支出

(一)基金预算支出的内容

基金预算支出科目核算各级财政部门用基金预算收入安排的支出。其具体内容与基金预算收入相对应,其分类与政府预算收支科目中的基金预算支出科目相一致(不含基金预算调拨支出类)。根据 2002 年《政府预算收支科目》,基金预算支出的主要内容包括:

1. 工业交通部门基金预算支出类。它包括电力建设基金支出、三峡工程建设基金支出、养路费支出、公路客货运附加费支出、铁路建设基金支出、民航基础设施建设基金支出、邮电附加费支出、港口建设费支出、市话初装基金支出、民航机场管理建设费支出、下放港口以港养港支出、烟草商业专营利润支出、碘盐基金支出、散装水泥专项资金支出、贴费支出、邮政补贴专项资金支出、墙体材料专项基金支出、铁路建设附加费支出、煤代油基金支出等。

2. 商贸部门基金支出类。包括国家蚕丝绸发展风险基金支出和外贸发展基金支出。

3. 文教部门基金支出类。包括农村教育附加费支出、文化事业建设费支出、地方教育附加支出、地方教育基金支出。

4. 社会保险基金支出类。包括基本养老保险基金支出、失业保险基金支出、基本医疗保险基金支出、工伤保险基金支出、生育保险基金支出。

5. 农业部门基金支出类。包括新菜地开发基金支出、育林基金支出、灌溉水源灌排工程补偿费支出、中央水利建设基金支出、地方水利建设基金支出、库区维护建设基金支出。

6. 土地有偿使用支出类。包括国有土地使用权有偿使用支出和新增建设用土地有偿使用费支出。

7. 政府住房基金支出类。包括上缴管理费用、住房金融利润和其他支出。

8. 其他部门基金支出类。包括旅游发展基金支出、援外合资合作基金支出和对外工程保函基金支出。

9. 地方财政税费附加支出类。包括农牧业税附加支出、城镇公用事业附加支出、渔业建设附加支出、其他附加支出。

(二)基金预算支出的管理与核算

基金预算支出应该按照规定的用途开支,并做到先收后支,量入为出。其会计事务处理,比照一般预算支出的有关规定办理。

发生基金预算支出的时候,应该借记"基金预算支出"科目,贷记"国库存款"或"其他财政存款"等有关科目;支出收回或冲销转账时,借记有关科目,贷记"基金预算支出"科目。年终,"基金预算支出"科目借方余额应该全数转入"基金预算结余"科目,因此应该借记"基金预算结余"科目,贷记"基金预算支出"科目。本科目平时借方余额,反映基金预算支出累计数。此外,还应该根据"基金预算支出科目"(不含基金预算调拨支出类)设置"基金预算支出"科目的明细账。

【例31】 某市财政根据基金预算拨付给文教部门 797 000 元,其中农村教育附加费支出 210 000 元,文化事业建设费支出 198 000 元,地方教育附加支出 139 000 元,地方教育基金支出 250 000 元。应该编制如下的会计分录:

借:基金预算支出   797 000

    贷:国库存款——基金预算存款   797 000

【例32】 某市财政根据基金预算拨付给社会保险部门 2 029 000 元,其中基本养老保险基金支出 790 000 元,失业保险基金支出 470 000 元,基本医疗保险基金支出 592 000 元,工伤保险基金支出 90 000 元,生育保险基金支出 87 000 元。应该编制如下的会计分录:

借:基金预算支出   2 029 000

    贷:国库存款——基金预算存款   2 029 000

【例33】 某市财政根据基金预算拨付给农业部门 925 000 元,其中新菜地开发基金支出 113 000 元,育林基金支出 170 000 元,灌溉水源灌排工程补偿费支出 146 000 元,地方水利建设基金支出 496 000 元。应该编制如下的会计分录:

借:基金预算支出   925 000

    贷:国库存款——基金预算存款   925 000

【例34】 某市财政根据基金预算拨付地方财政税费附加支出 211 000 元,其中农牧业税附加支出 37 000 元,城镇公用事业附加支出 174 000 元。应该编制如下的会计分录:

借:基金预算支出   211 000

    贷:国库存款——基金预算存款   211 000

【例35】 年终,某市财政将"基金预算支出"科目的借方余额 6 178 000 元全部转入"基金预算结余"科目。应该编制如下的会计分录:

借:基金预算结余   6 178 000

    贷:基金预算支出   6 178 000

三、专用基金支出

"专用基金支出"科目用于核算各级财政部门用专用基金收入安排的支出。该科目在管理上同样应该做到按照规定的用途开支,先收后支,量入为出。

发生专用基金支出的时候,应该借记"专用基金支出"科目,贷记"国库存款"(对于根据国家规定将基金存在指定银行的,应为"其他财政存款")科目;支出收回时,做相反的会计分录。年终转账的时候,应该将本科目余额全部转入"专用基金结余"科目,借记"专用基金结余"科目,贷记"专用基金支出"科目。本科目平时借方余额,反映专用基金支出累计数。

【例 36】 某市财政根据相关的文件,向粮食管理部门拨付粮食风险基金 260 000 元,用以平抑市场粮价。应该编制如下的会计分录:

借:专用基金支出——粮食风险基金　　　　　　　　　　　260 000
　　贷:其他财政存款——专用基金存款　　　　　　　　　　260 000

【例 37】 年终,某市财政将"专用基金支出"科目的借方余额 410 000 元全部转入"专用基金结余"科目。应该编制如下的会计分录:

借:专用基金结余　　　　　　　　　　　　　　　　　　　410 000
　　贷:专用基金支出　　　　　　　　　　　　　　　　　　410 000

四、资金调拨支出

(一)资金调拨支出的内容

资金调拨支出是根据财政体制规定在各级财政之间进行资金调拨以及在本级财政各项资金之间的调剂所形成的支出。资金调拨支出包括补助支出、上解支出、调出资金等。

补助支出是本级财政按财政体制规定或因专项需要补助给下级财政的款项及其他转移支付的支出。该科目具体内容包括:税收返还支出,按原财政体制结算应补助给下级财政的款项,专项补助或临时性补助。其中,税收返还支出是我国实行"分税制"改革之后为了照顾地方的利益,由上级预算收入返还给下级财政的资金形成的上级财政的支出;按原财政体制结算应补助给下级财政的款项,是上级财政部门按照定额或者其他的形式拨付给预算支出大于预算收入的地区的财政资金;专项补助或临时性补助则是在财政体制之外,由上级财政部门拨给下级财政部门的款项。

上解支出是按财政体制规定由本级财政上交给上级财政的款项。该科目具体包括:按体制由国库在本级预算收入中直接划解给上级财政的款项,以及按体制结算补解给上级财政款项和各种专项上解款项。

调出资金是为平衡一般预算收支而从基金预算的地方财政税费附加收入结余中调出,补充一般预算的资金。

(二)资金调拨支出的核算

为了核算补助支出,财政总预算会计应该设置"补助支出"总账科目。发生补助支出或从"与下级往来"科目转入的时候,借记"补助支出"科目,贷记"国库存款"、"与下级往来"科目;支出退转的时候,作相反的会计分录,借记"国库存款"、"与下级往来"科目,贷记"补助支出"科目。年终的时候,该科目借方余额应转入"预算结余"科目冲销,借记"预算结余"科目,贷记"补助支出"科目。该科目平时借方余额,反映补助支出累计数。此外,还应该按照补助地区设置"补助支出"明细账;有基金预算资金补助下级财政的地区,应分设一般预算补助和基金预算补助明细账。

为了核算上解支出,财政总预算会计应该设置"上解支出"总账科目。发生上解支出的时候,借记"上解支出"科目,贷记"国库存款"等有关科目;支出退转时,借记有关科目,贷记"上解支出"科目。年终的时候,"上解支出"科目借方余额转入"预算结余"科目,借记"预算结余"科目,贷记"上解支出"科目。"上解支出"本科目平时借方余额,反映上解支出累计数。此外,该科目一般可以不设明细账。

为了核算调出资金,财政总预算会计应该设置"调出资金"总账科目。当调出基金预算结余的时候,借记"调出资金"科目,贷记"调入资金"科目。凡是一般预算与基金预算分设存款账户的地区,应同时调整国库存款的明细账。年终转账的时候,应该将本科目借方余额转入"基金预算结余"科目,借记"基金预算结余",贷记"调出资金"科目。此外,资金调拨支出应该按照上级财政部门的规定或实际发生数额记账。

【例38】 某市财政向其下属甲县拨付一般预算补助 220 000 元,根据基金预算向其下属的乙县拨付基金预算补助 60 000 元。应该分别编制如下的会计分录:

借:补助支出——一般预算补助——甲县	220 000
贷:国库存款——一般预算存款	220 000
借:补助支出——基金预算补助——乙县	60 000
贷:国库存款——基金预算存款	60 000

【例39】 某市财政按照体制规定,上解省财政一般预算存款 560 000 元。应该编制如下的会计分录:

借:上解支出	560 000
贷:国库存款——一般预算存款	560 000

【例40】 某市财政在年终决算的时候,发现预算支出大于预算收入,出现赤字 270 000元,为了平衡一般预算,经批准从基金预算的结余中调出 270 000 元弥补一般预算赤字。应该编制如下的会计分录:

借:调出资金	270 000
贷:国库存款——基金预算存款	270 000

同时还应该编入:

借:国库存款——一般预算存款	270 000
贷:调入资金	270 000

【例41】 年终,某市财政将"补助支出"科目的借方余额 540 000 元转入"预算结余"科目。将"上解支出"科目的借方余额 20 000 000 转入"预算结余"科目。将"调出资金"科目的借方余额 396 000 元转入"基金预算结余"科目。应该分别编制如下的会计分录:

借:预算结余	540 000

	贷:补助支出		540 000
借:预算结余		20 000 000	
	贷:上解支出		20 000 000
借:基金预算结余		396 000	
	贷:调出资金		396 000

五、财政周转金支出

财政周转金支出是指地方财政部门从上级借入财政周转金所支付的占用费以及周转金管理使用过程中按规定开支的相关费用。

为了核算借入上级财政周转金支付的占用费及周转金管理使用过程中按规定开支的相关费用支出情况,财政总预算会计应该设置"财政周转金支出"总账科目,并且该科目应该设置"占用费支出"、"业务费支出"二个明细科目。"占用费支出"用来核算因借入上级财政周转金而支付的资金占用费;"业务费支出"用来核算委托银行放款支付的手续费以及经财政部门确定的有关费用支出。

在支付占用费的时候,应该借记"财政周转金支出——占用费支出"科目,贷记"其他财政存款"科目;支付手续费的时候,应该借记"财政周转金支出——手续费支出"科目,贷记"其他财政存款"科目。

"财政周转金支出"科目平时借方余额表示已支付的周转金占用费及手续费。年终结账的时候将该科目借方余额转入"财政周转金收入"科目冲销,借记"财政周转金收入"科目,贷记"财政周转金支出"科目。年终结账后本科目无余额。此外,财政周转金支出应按实际支付数额记账。

【例42】 某市财政借入上级财政周转金,支付财政周转金占用费170 000元。向财政周转金开户银行支付财政周转金放款手续费23 000元。应该分别编制如下的会计分录:

借:财政周转金支出——占用费支出	170 000	
贷:其他财政存款——财政周转金存款		170 000
借:财政周转金支出——业务费支出	23 000	
贷:其他财政存款——财政周转金存款		23 000

【例43】 年终,某市财政将"财政周转金支出"科目借方余额375 000元转入"财政周转金收入"科目。应该编制如下的会计分录:

| 借:财政周转金收入 | 375 000 | |
| 贷:财政周转金支出 | | 375 000 |

复习思考题

1. 我国财政总预算会计所核算的收入包括哪些内容？
2. 什么是一般预算收入？一般预算收入包括哪些内容？
3. 负责组织一般预算收入的机构有哪些？
4. 我国现行制度规定预算收入缴库方式有哪些？
5. 在我国一般预算收入是怎样在中央和地方之间划分的？
6. 什么是基金预算收入？基金预算收入包括哪些内容？
7. 什么是专用基金收入？它与基金预算收入的异同点在哪里？
8. 什么是资金调拨收入？资金调拨收入包括哪些内容？
9. 什么是财政周转金收入？财政周转金收入包括哪些内容？
10. 财政总预算会计核算的财政支出包括哪些内容？
11. 什么是一般预算支出？一般预算支出有哪内容？
12. 一般预算支出列报口径和管理有哪些要求？
13. 什么是基金预算支出？基金预算支出包括哪些内容？
14. 什么是专用基金支出？
15. 什么是资金调拨支出？资金调拨支出包括哪些内容？

练习题

练习一：一般预算收入的核算

某市财政在 2004 年发生如下的经济业务：

(1)某日收到国库报来的一般预算收入日报表，其中增值税 180 000 元，营业税 100 000 元，个人所得税 78 000 元，房产税 116 000 元，印花税 95 800 元，农业税 146 000 元。

(2)某日收到国库报来的一般预算收入日报表，其中消费税 163 000 元，城镇土地使用税 84 000 元，国有企业计划亏损补贴 335 000 元。

(3)年终将"一般预算收入"科目的贷方余额 4 210 000 元全部结转。

要求：根据以上经济业务编制会计分录。

练习二：基金预算收入和专用基金收入的核算

某市财政在 2004 年发生如下的经济业务：

(1)某日财政总预算会计收到国库报来的"基金预算收入日报表"及其附件，列示收到农村教育附加费收入 35 000 元，文化事业建设费收入 120 000 元，地方教育附加收入 146 000 元，地方教育基金收入 140 000 元。

(2)某日财政总预算会计收到基金预算收入在银行的存款利息 13 000 元。

(3)年终将"基金预算收入"科目的贷方结余 2 500 000 转入"基金预算结余"科目。

(4)某日市财政收到省财政拨入的粮食风险基金 310 000 元。

(5)市财政通过本级预算支出安排"粮食风险基金"的配套资金 360 000 元。

(6)年终将"专用基金收入"的贷方余额 930 000 元转入"专用基金结余"。

要求:根据以上经济业务编制会计分录。

练习三:资金调拨收入的核算

某市财政在 2004 年发生如下的经济业务:

(1)市财政收到省级财政一般预算补助 130 000 元,基金预算补助 350 000 元。

(2)省财政通知市财政将原来借给市财政的 320 000 元转作对市财政的一般预算补助款。

(3)年终将补助收入贷方余额 1 560 000 元(其中一般预算补助 750 000 元,基金预算补助 810 000 元)转入结余。

(4)市财政收到丙县上解的一般预算款 220 000 元。

(5)市财政年终将"上解收入"1 300 000 元全部转入预算结余。

(6)市财政为了平衡一般预算,从预算外资金结余中调入资金 230 000 元。

(7)市财政在年终的时候将"调入资金"贷方余额 180 000 元转入"预算结余"。

要求:根据以上经济业务编制会计分录。

练习四:一般预算支出的核算

某市财政在 2004 年发生如下的经济业务:

(1)市财政根据预算,拨付检察院机关经费 120 000 元,检察院业务费 198 000 元,其他经费 11 000 元;拨付公安局机关经费 174 000 元,公安局业务费 253 000 元,其他经费 7 000 元。

(2)市财政收到基建财务处的拨款月报,当月基本建设支出,其中交通基建支出 171 000 元,教育基建支出 284 000 元,文化基建支出 131 000 元。

(3)市财政局根据预算向市教育局拨付教育事业费 763 400 元,其中中学经费 273 400 元,小学经费 376 900 元,职业教育经费 74 100 元,特殊教育经费 39 000 元。

(4)市财政局根据预算拨付文化事业费 116 000 元,出版事业费 135 000 元,文物事业费 78 000 元,体育事业费 182 100 元,广播电影电视事业费 336 000 元。

(5)市财政上月已经将某单位的经费 46 000 元列入一般预算支出,经过审查不应该由一般预算资金支付,经通知已经收回。

(6)年终,市财政总预算会计将"一般预算支出"科目的借方余额 27 570 000 元全部转入"预算结余"科目。

要求:根据以上经济业务编制会计分录。

练习五:基金预算支出和专用基金支出的核算

某市财政在 2004 年发生如下的经济业务:

(1)市财政根据基金预算拨付给教育部门 428 000 元,其中农村教育附加费支出 90 000 元,地方教育附加支出 178 000 元,地方教育基金支出 160 000 元。

(2)市财政根据基金预算拨付给社会保险部门 1 450 000 元,其中基本养老保险基金支出 660 000 元,失业保险基金支出 320 000 元,基本医疗保险基金支出 470 000 元。

(3)市财政根据基金预算拨付给农业部门 263 000 元,其中新菜地开发基金支出 93 000 元,地方水利建设基金支出 170 000 元。

(4)市财政根据基金预算拨付地方财政税费附加支出 211 000 元,其中农牧业税附加支出 37 000 元,城镇公用事业附加支出 174 000 元。

(5)年终,市财政将"基金预算支出"科目的借方余额 1 870 000 元全部转入"基金预算结余"科目。

(6)市财政根据相关的文件,向粮食管理部门拨付粮食风险基金 117 000 元。

(7)年终,市财政将"专用基金支出"科目的借方余额 330 000 元全部转入"专用基金结余"科目。

要求:根据以上经济业务编制会计分录。

练习六:资金调拨支出的核算

某市财政在 2004 年发生如下的经济业务:

(1)市财政向其下属丁县拨付一般预算补助 134 000 元,根据基金预算向其下属的丙县拨付基金预算补助 70 000 元。

(2)市财政按照体制规定,上解省财政一般预算存款 270 000 元。

(3)市财政在年终决算的时候,发现预算支出大于预算收入,出现赤字 190 000 元,为了平衡一般预算,经批准从基金预算的结余中调出 190 000 元弥补一般预算赤字。

(4)年终,某市财政将"补助支出"科目的借方余额 230 000 元转入"预算结余"科目。将"上解支出"科目的借方余额 11 000 000 元转入"预算结余"科目。将"调出资金"科目的借方余额 241 000 元转入"基金预算结余"科目。

要求:根据以上经济业务编制会计分录。

第七章 财政总预算会计的会计报表

第一节 财政总预算会计主要报表编制前的准备工作

一、年终清理与结算

各级总预算会计,在会计年度结束前,应当全面进行年终清理结算。年终清理结算的主要事项如下:

1. 核对年度预算

预算数字是考核决算和办理收支结算的依据,也是进行会计结算的依据。年终前,各级总预算会计,应配合预算管理部门把本级财政总预算与上、下级财政总预算和本级各单位预算之间的全年预算数核对清楚。追加追减、上划下划数字,必须在年度终了前核对完毕。为了便于年终清理,本年预算的追加追减和企事业单位的上划下划,一般截至11月底为止。各项预算拨款,一般截至12月25日为止。

2. 清理本年预算收支

凡属本年的一般预算收入,都要认真清理,年终前必须如数缴入国库。督促国库在年终库款报解整理期内,迅速报齐当年的预算收入。应在本年预算支领列报的款项,非特殊原因,应在年终前办理完毕。

清理基金预算收支和专用基金收支。凡属应列入本年的收入,应及时催收,并缴入国库或指定的银行账户。

3. 组织征收机关和国库进行年度对账

年度终了后,按照国库制度的规定,支库应设置十天的库款报解整理期(设置决算清理期的年度,库款报解整理期相应顺延)。各经收处12月31日前所收款项均应在"库款报解整理期"内报达支库,列入当年决算。同时,各级国库要按年度决算对账办法编制收入对账单,分送同级财政部门、征收机关核对签章。保证财政收入数字的一致。

4. 清理核对当年拨款支出

各级总预算会计对本级各单位的拨款支出应与单位的拨款收入核对清楚。对于当年安排的非包干使用的拨款,其结余部分应根据具体情况处理。属于单位正常周转占用的资金,可仍作为预算支出处理;属于应收回的拨款,应及时收回,并按收回数相应冲减预算支出。属于预拨下年度的经费,不得列入当年预算支出。

5. 清理往来款项

各级财政的暂收、暂付等各种往来款项,要在年度终了前认真清理结算,做到人欠收回,欠人归还。应转作各项收入或各项支出的款项,要及时转入本年有关收支账。

6. 清理财政周转金收支

各级财政预算部门或周转金管理机构应对财政周转金收支款项、上下级财政之间的财政周转金借入借出款项进行清理。同时对各项财政周转金贷放款进行清理。财政周转金明细账由财政业务部门核算的,各预算部门或周转金管理机构应与业务部门的明细账进行核对,做到账账相符。

7. 进行年终财政结算

各级财政要在年终清理的基础上,结清上下级财政总预算之间的预算调拨收支和往来款项。要按照财政管理体制的规定,计算出全年应补助、应上解和应返还数额,与年度预算执行过程中已补助、已上解和已返还数额进行比较,结合借垫款项,计算出全年最后应补或应退数额,填制"年终财政决算结算单",经核对无误后,作为年终财政结算凭证,据以入账。

年终财政决算结算单格式如表7-1所示。

表7-1 　　　　　　　　　　　某市年终财政决算结算单

	项　目	金额		项　目	金额
市财政决算平衡情况	一、收入总计 　其中:决算收入 　　税收返还 　　专项补助 　　结算补助 　　上年结余 二、支出总计 　其中:决算支出 　　体制上解支出 　　专项上解支出 三、年终滚存结余 　(扣除预算周转金)		资金结算情况	一、应得资金数 二、已得资金数 三、应上解数 四、应欠补助数	

各级总预算会计,对年终决算清理期内发生的会计事项,应当划清会计年度。属于清理上年度的会计事项,记入上年度账内;属于新年度的会计事项,记入新账。要防止错记漏记。

二、年终结账

经过年终清理和结算,把各项结算收支记入旧账后,即可办理年终结账。年终结账工作一般分为年终转账、结清旧账和记入新账三个环节,依次做账。

1. 年终转账

计算出各账户12月份合计数和全年累计数,结出12月末余额,编制结账前的"资产负债表"。再将应对冲转账的各个收入、支出账户余额,填制12月份的记账凭证(凭证按12月份连续编号,填制实际处理日期),分别转入"预算结余"、"基金预算结余"和"专用基金结余"科目冲销。将当年"财政周转金支出"转入"财政周转金收入"科目冲销,并将财政周转金收支相抵后的余额转入"财政周转基金"。

2. 结清旧账

将各个收入和支出账户的借方、贷方结出全年总计数,然后在下面划双红线,表示本账户全部结清。

对年终有余额的账户,在"摘要"栏内注明"结转下年"字样,表示转入新账。

3. 记入新账

根据本年度各个总账账户和明细账户年终转账后的余额编制年终决算"资产负债表"和有关明细表(不编记账凭证),将表列各账户的余额直接记入新年度有关总账和明细账各账户预留空行的余额栏内,并在"摘要"栏注明"上年结转"字样,以区别新年度发生数。

决算经本级人民代表大会常务委员会(或人民代表大会)审查批准后,如需更正原报决算草案收入、支出数字时,则要相应调整旧账,重新办理结账和记入新账。

第二节　财政总预算会计报表的编制

一、财政总预算会计报表的概述

总预算会计报表是各级预算收支执行情况及其结果的定期书面报告,是各级政府和上级财政部门了解情况、掌握政策、指导预算执行工作的重要资料,也是编制下年度预算的基础。各级总预算会计必须定期编制和汇总预算会计报表。

总预算会计报表主要包括资产负债表、预算执行情况表、财政周转金报表、预算执行情况说明书及其他附表等。其他附表有基本数字表、行政事业单位收支汇总表以及所附会计报表。

各级总预算会计报表按旬、按月、按年编报。旬报、月报和年报的报送期限及编报内容应根据上级财政部门具体要求和本行政区域预算管理的需要办理。

各级总预算会计报表要做到数字正确,报送及时,内容完整。

（1）各级总预算会计要加强日常会计核算工作，督促有关单位及时记账、结账。所有预算会计单位都应在规定的期限内报出报表，以便主管部门和财政部门及时汇总。

（2）总预算会计报表的数字，必须根据核对无误的账户记录汇总。切实做到账表相符，有根有据。不能估列代编，更不能弄虚作假。

（3）总预算会计报表要严格按照统一规定的种类、格式、内容、计算方法和编制口径填制，以保证全国统一汇总和分析。汇总报表的单位要把所属单位的报表汇集齐全，防止漏报。

在各级财政总预算会计的报表中，年报是最重要的。总预算会计的年报即各级政府决算，反映着年度预算收支的最终结果。各级总预算会计在财政部门首长的领导下，参与或具体负责组织下列决算草案编审工作：

（1）参与组织制定决算草案编审办法。根据上级财政部门的统一要求和本行政区域预算管理的需要，提出年终收支清理、数字编列口径、决算审查和组织领导等具体要求，并对财政结算、结余处理等具体问题规定处理办法。参与组织制定本级单位决算草案编审办法。

（2）参与制发或根据上级财政部门的要求结合本行政区域的具体情况转（制）发本行政区域财政总决算统一表格和本级单位决算统一表格。协同财务部门设计基本数字表及其他附表。

（3）办理全年各项收支、预拨款项、往来款项等会计对账、结账工作。

（4）对下级财政部门和同级单位预算主管部门布置决算草案编审工作，并督促检查其及时汇总报送决算。

（5）审查、汇总所属财政决算草案收支各表，并负责全部决算草案的审查汇总工作。

（6）编写决算说明书，向上级财政部门汇报决算编审工作情况，进行上下级财政之间的财政体制结算以及财政总决算的文件归档工作。

二、财政总预算会计报表的编制

1.资产负债表

在财政总预算会计的报表中，资产负债表是用来反映各级人民政府财政资金状况的报表，其内容包含了某一特定日期各级政府控制的资产、承担的债务以及拥有的净资产。

资产负债表按照"资产＋支出＝负债＋净资产＋收入"的平衡公式设置。左方为资产部类，右方为负债部类，两方总计数相等。该表的年初数是根据上年末资产负债表中有关项目的"年末数"填列。如果报表的内容和上年相比有所变化，就应该根据本年的编报要求分析调整上年"年末数"，而后填列"年初数"。本表的"期末数"根据总账报告期末的余额填列，并且应该做到账表相符。在编制资产负债表年报的时候，应该在进行年终转账之前，根据各账户余额编制年终结账之前的资产负债表；经过试算平衡之后，将有关支出类和收入类账户余额分别转入有关结余账户；结余账户结账后再编制年终结账后的资产负债表,即年终决算报表。各级总预算会计应先编出本级财政的资产负债表,然后与经审核无误的所属下级总预算会计汇总的资产负债表汇总编成本地区财政汇总的资产负债表。在汇编中,将本级财政的"与下级往来"和下级财政的"与上级往来"、本级财政的"上解收入"和下级财政的"上解支出"、本级财政的"补助支出"和下级财政的"补助收入"等核对无误后互相冲销,以免重复汇总。

资产负债表一般只要求编制月报和年报。因为各类支出以及收入类账户只有在年终才可以将累计余额分别转入结余账户,所以月报中会反映收入和支出的各项目数字。资产负债表的月报和年报格式如表7—2和表7—3所示。

表7—2　　　　　　　　　　　　　　资产负债表(月报)

编报单位　　　　　　　　　　年　月　日　　　　　　　　　金额单位

资产部类			负债部类		
科目名称	年初数	期末数	科目名称	年初数	期末数
资产			负债		
国库存款			暂存款		
其他财政存款			与上级往来		
有价证券			借入款		
在途款			借入财政周转金		
暂付款			负债合计		
与下级往来			净资产		
预拨经费			预算结余		
基建拨款			基金预算结余		
财政周转金放款			专用基金结余		
借出财政周转金			预算周转金		
待处理财政周转金			财政周转基金		
资产合计			净资产合计		
支出			收入		
一般预算支出			一般预算收入		
基金预算支出			基金预算收入		
专用基金支出			专用基金收入		
补助支出			补助收入		
上解支出			上解收入		
调出资金			调入资金		
财政周转金支出			财政周转金收入		
支出合计			收入合计		
资产部类总计			负债部类总计		

表 7-3   资产负债表(年报)

编报单位   年   月   日   金额单位

资产部类			负债部类		
科目名称	年初数	期末数	科目名称	年初数	期末数
资产			负债		
国库存款			暂存款		
其他财政存款			与上级往来		
有价证券			借入款		
在途款			借入财政周转金		
暂付款			负债合计		
与下级往来			净资产		
预拨经费			预算结余		
基建拨款			基金预算结余		
财政周转金放款			专用基金结余		
借出财政周转金			预算周转金		
待处理财政周转金			财政周转基金		
			净资产合计		
资产部类总计			负债部类总计		

2. 预算执行情况表

预算执行情况表是用以反映预算收支执行情况的报表。该报表向有关方面传达了预算执行进度、收支构成、各级财力的形成以及分配的情况。按照编制时间可以分为旬报、月报和年报。

预算收支旬报用来反映从月初至本旬为止的预算收支的主要完成情况。一般要求在每月上、中旬后报送,下旬免报。旬报报送要求及时、迅速、简明扼要。旬报的内容、报送时间由财政部根据情况规定,并逐级布置。一般是按照当年《政府预算收支科目》,收入列报"类"和其中主要的"款",支出则只需要列报合计数和其中的基本建设支出等几类。旬报的格式如表 7-4 所示。

表 7—4 预算收支旬报

编制单位　　　　　　　　　　　　年　月　日　　　　　　　　　　金额单位

项　目	金　额	项　目	金　额
收入合计		支出合计	
增值税		基本建设支出	
消费税		教育事业费支出	
营业税		行政事业费支出	
……		……	

预算收支月报用以反映从年初至本月末止的预算收支完成情况。按收支配比要求，具体分为一般预算收入月报、一般预算支出月报、基金预算收支月报。也可以将一般预算收支与基金预算收支合并编报。具体报表格式及报送时间，由财政部根据情况规定，并逐级布置。月报参考格式如表7—5所示。

表 7—5 预算收支月报

年　　月份预算收入月报　　　　　　　　　　金额单位：

预算科目	当月数	累计数	预算科目	当月数	累计数
……	……	……	……	……	……

年　　月份预算支出月报　　　　　　　　　　金额单位：

科目名称	本月完成数	累计完成数	科目名称	本月完成数	累计完成数
……	……	……	……	……	……

预算收支年报是各级政府决算，是反映整个预算年度内政府预算收支执行情况以及结果的报表。预算收支年报分为年度财政收支决算总表、收入决算明细表、支出决算明细表、基金预算收支决算总表和基金收支明细表等。年报各种报表及附表的格式，根据财政部有关决算编报的规定办理。

预算收支决算总表是用以总括反映各级财政部门预算收支的执行情况和结余情况的报表。该表应该按照当年《政府预算收支科目》对收入与支出的分类填列"预算数"、"调整预算数"和"决算数"。"预算数"根据当年安排的收支预算数填列；"调整预算数"是在当年预算数的基础上，根据预算收支调整后的调整预算收支合计数填列；"决算数"根据年终预算收入明细账、预算支出明细账、预算结余账等记录和下级财政预算收支总表有关数字填列。若项目出现负数，则在该数字前加"—"号。例如，"企业所得税退税"和"国有企业计划亏损补贴"类科目的数字一般为负数。在汇总本级财政收支决算总表与下级财政收支决算总表的时候，总预算会计应该将本级与下级财政之间的对应科目进行冲销。财政收支决算总表的一般格式如表7－6所示。

表7－6　　　　　　　　　　××年财政收支决算总表

编报单位　　　　　　　　　　　　　　　　　　　　　　金额单位

收　入				支　出			
预算科目	预算数	调整预算数	决算数	预算科目	预算数	调整预算数	决算数
一、工商税收类				一、基本建设支出类			
二、农牧业税和耕地占用税类				二、企业挖潜改造资金类			
三、企业所得税类				三、简易建筑费类			
四、国有企业上缴利润类				四、地质勘探费类			
五、国有企业计划亏损补贴类				五、科技三项费用类			
六、基本建设贷款归还收入类				六、流动资金类			
七、其他收入类				七、支援农业生产支出类			
八、企业所得税退税类				八、农林、水利、气象等部门的事业费类			
九、罚没收入、行政性收费类				九、工业、交通等部门的事业费类			
				十、商业部门事业费类			
				十一、城市维护费类			
				十二、文教事业费类			
				十三、科学事业费类			
				十四、其他部门事业费类			
				十五、抚恤和社会福利救济费类			
				十六、国防支出类			
				十七、行政管理费类			

收　入				支　出			
预算科目	预算数	调整预算数	决算数	预算科目	预算数	调整预算数	决算数
				十八、武装警察部队支出类			
				十九、公、检、法、司支出类			
				二十、政策性补贴支出类			
				二十一、支援不发达地区支出类			
				二十二、其他支出类			
				二十三、总预备费类			
				二十四、农业综合开发支出类			
				二十五、卫生经费类			
				二十六、行政事业单位离退休经费类			
本年收入合计				本年支出合计			
上级补助收入				上解上级支出			
地方财政向国外借款收入				增设预算周转金			
地方政府兑付有价证券本金				地方政府向国外借款还本付息支出			
社会保障基金收入				地方政府购买有价证券			
				社会保险基金支出			
				社会保险基金支出结余			
				能源基地建设基金			
上年结余				一般预算年终滚存结余			
调入资金							
收入总计				支出总计			

一般预算收入决算明细表是用以反映各级财政部门一般预算收入决算明细情况的报表。该表的数字应该根据总预算会计登记的一般预算收入明细账的全年预算收入数填列。一般情况下,该表的预算科目应该填列到《政府预算收支科目》规定的"款"级科目,对"增值税"等科目,还需要填列到"项"级科目。在汇总本级一般预算收入决算明细表与下级一般预算收入决算明细表的时候,总预算会计应该将本级与下级财政之间的对应科目进行冲销。一般预算收入决算明细表的一般格式如表7—7所示。

表7—7　　　　　　　　　　**××年一般预算收入决算明细表**

制表单位　　　　　　　　　　　　　　　　　　　　　　　　　　　金额单位

预算科目	决算数	预算科目	决算数
一、工商税收		五、国有企业计划亏损补贴	
增值税		国有冶金工业计划亏损补贴	
国有企业增值税		国有煤炭工业计划亏损补贴	
股份制企业增值税		……	
……		六、基本建设贷款归还收入	
营业税		七、其他收入	
金融保险业营业税(地方)		利息收入	
福利企业营业税退税		基本建设收入	
……			
二、农牧业税和耕地占用税		八、企业所得税退税	
农业税		国有冶金工业所得税退税	
农业特产税		国有煤炭工业所得税退税	
牧业税		……	
……		九、罚没收入、行政性收费收入	
三、企业所得税		罚没收入	
国有冶金工业所得税		铁道罚没收入	
国有有色金属工业所得税		交通罚没收入	
国有煤炭工业所得税		……	
……		行政性收费收入	
四、国有企业上缴利润		建设行政性收费收入	
国有冶金工业利润		文化行政性收费收入	
国有有色金属工业利润		……	
国有煤炭工业利润		……	
……		本年收入合计	

一般预算支出决算明细表是用以反映各级财政部门一般预算支出决算明细情况的报表。该表的数字应该根据总预算会计登记的一般预算支出明细账的全年预算支出数填列。一般情况下,该表的预算科目应该填列到《政府预算收支科目》规定的"项"级科目。

　在汇总本级一般预算支出决算明细表与下级一般预算支出决算明细表的时候,总预算会计应该将本级与下级财政之间的对应科目进行冲销。一般预算支出决算明细表的一般格式如表 7—8 所示。

表 7—8　　　　　　　　　　××年一般预算支出决算明细表

制表单位　　　　　　　　　　　　　　　　　　　　　　　　金额单位

预算科目	决算数	预算科目	决算数
一、基本建设支出		有色金属工业流动资金	
冶金工业基建支出		石油化学工业流动资金	
基建有偿使用支出		……	
基建拨款支出		七、支援农村生产支出	
……		小型农田水利和水土保持补助费	
有色金属工业基建支出		小型农田水利补助费	
煤炭工业基建支出		水土保持补助费	
……		……	
二、企业挖潜改造资金		支援农村合作生产组织资金	
冶金工业挖潜改造资金		农村农技推广和植保补助费	
挖潜改造拨款		……	
挖潜改造贷款		八、农林、水利、气象等部门的事业费	
……		农垦事业费	
有色金属工业挖潜改造资金		技术推广费	
煤炭工业挖潜改造资金		荒地勘察设计费	
三、简易建筑费		……	
商业简易建筑费		农场事业费	
粮食简易建筑费		小型农田水利支出	
外贸简易建筑费		政策性、社会性支出	
……		……	
四、地质勘探费		农业事业费	
冶金地质勘探费		……	
有色金属地质勘探费		九、工业、交通等部门的事业费	
煤炭地质勘探费		冶金工业事业费	
五、科技三项费用		勘察设计费	
冶金工业科技三项费用		干部训练费	
有色金属工业科技三项费用		……	
煤炭工业科技三项费用		有色金属工业事业费	
……		煤炭工业事业费	
六、流动资金		……	
冶金工业流动资金		本年支出合计	

基金预算收支决算总表是用以反映各级财政部门管理的政府性基金决算收入、决算支出以及决算结余总体情况的报表。该表的预算数和决算数应该按照《政府预算收支科目》中的基金预算收支科目的分类进行填列。其中,预算数根据当年安排的基金预算收支数填列,决算数根据年终结账前基金预算收入明细账和基金预算支出明细账中的全年预算收入数和全年预算支出数填列。在汇总本级基金预算收支决算总表与下级基金预算收支决算总表的时候,总预算会计应该将本级与下级财政之间的对应科目进行冲销。

基金预算收支明细表是用以反映各级财政部门管理的政府性基金决算收入和决算支出明细情况的报表。该表的数字应该根据财政总预算会计登记的基金预算收入明细账和基金预算支出明细账的数字填列。在汇总本级基金收支明细表与下级基金收支明细表的时候,总预算会计应该将本级与下级财政之间的对应科目进行冲销。

基金预算收支决算总表和基金预算收支明细表的具体内容和编制方法,应该根据财政部有关决算编报的规定办理。其格式与一般预算收支决算总表、明细表基本相同。

除了上述报表之外,财政总预算会计在编制预算执行情况年报的时候,还应该编写预算执行情况说明书以及其他附表。这样就可以用文字和有关附表补充说明年度财政收支情况。其中预算执行情况说明书主要是根据决算收支数字,分析预算收支完成好坏的原因,总结一年预算执行中的经验和存在的问题,以及今后改进工作的措施。在编写中应该注意重点说明报表中不能反映的一些情况,抓住问题实质,既要说明问题又要简明扼要,最后随决算表一并上报。

3. 财政周转金报表

财政周转金报表主要由财政周转金收支情况表、财政周转金投放情况表、财政周转基金变动情况表组成。

第三节 财政总预算会计报表的审核与分析

一、财政总预算会计报表的审核

为了保证总预算会计报表数字的正确性、内容的完整性,并且如实反映预算执行情况,各级财政总预算会计对于本级各主管部门和下级财政部门的会计报表必须先进行认真审核,以保证报表的质量。

对会计报表的审核,主要包括政策性审核和技术性审核这两方面的内容。前者是从贯彻政策、执行制度等方面对各项预算收支执行情况及其结果进行审核,看会计报表反映的预算收支执行情况是否符合有关的法律、法规、制度;后者从会计报表数字关系、数字计算的准确程度等方面对各项预算收支执行情况及其结果进行审核。

（一）政策性审核

具体而言,政策性审核一般着重审核以下几个方面:

1. 预算收入的审核

（1）属于本年度的预算收入是否按照国家的政策、预算管理体制和有关缴款办法及时、足额地缴入国库,是否有无故拖欠、截留、挪用国库收入的现象,是否将应缴的收入以暂存款挂在往来账上等。

（2）收入退库是否符合国家规定范围,对应列作预算支出或改列预算支出的款项,如各级价格补贴、罚没办案经费等有无继续办理退库,仍做冲减收入处理,企业亏损退库控制在年度核定的计划指标内,超计划亏损退库是否经过批准等。

（3）一般预算收入与其他各项收入是否划分清楚,有无混淆各种收入的情况。

（4）年终决算收入数与 12 月份会计报表中全年累计数如有较大出入要具体查明原因,属于违反财经纪律转移资金的要及时纠正。

2. 预算支出的审核

（1）列入本年决算支出是否符合规定的年度,有无本年预拨下年度经费列入本年决算支出的情况。

（2）预算支出是否按规定的列报口径列支。

（3）审核一般预算支出与其他支出是否划分清楚,有无将一般预算支出与其他支出相混淆的情况。

（4）预算支出是否编列齐全,有无漏报现象,有无在国家核定的预算和计划之外任意扩大支出,提高标准,以及其他违反财政制度的开支。

（5）年终决算支出和 12 月份会计报表所列全年累计支出数如有较大增加要查明原因,重点查明超支和增支有无违反财经纪律的情况。

3. 预算结余的审核

（1）结转下年继续使用的资金是否符合规定,结转项目是否符合规定的范围。

（2）审核决算结余或赤字的真实性。

（二）技术性审核

具体而言,技术性审核一般着重审核以下几个方面:

1. 决算报表之间的数字是否一致。主表与附表之间、总表与明细表之间、分级表与地县表之间等都存在着许多相关的科目、数据,应该将这些科目数据核对一致。

2. 上下年度报表有关数字是否一致。

3. 上下级财政总决算之间、财政总决算之间有关上解、补助、暂收、暂付、往来以及拨款项目数字是否一致。

4. 财政总决算报表的有关数字与其他有关部门的财务决算、税收年报和国库年报等有关的数字是否一致。

5. 报表的正确、及时性和完整性。

在操作上，对总预算会计报表的审核主要有由上级财政部门审核和组织同级地方财政部门总预算会计人员联审互查这两种形式。由上级财政部门审核是经常采用的一种形式，而联审互查则有利于加快报表编审进度和互相交流经验。

对总预算会计报表审核后，如果发现有违法乱纪行为，应该提出处理意见，迅速报请有关部门。属于少报收入、多列支出方面的，要予以收缴和剔除；属于计算错误、归类错误以及列项错误等技术方面的，要予以更正。

对于县以上各级财政总预算会计而言，会计报表经审核无误后，还要根据本级和所属各级上报的会计报表进行汇总，编制汇总报表。全国的财政总预算会计报表，由乡（镇）财政总预算会计，县（市）财政总预算会计，地（市）财政总预算会计，省（自治区、直辖市、计划单列市）总预算会计逐级层层汇总编报，最后由财政部汇总编报。

在编制汇总会计报表时，应该将上下级财政之间对应科目的数字予以冲销。因为对应各个科目所反映的数字，都是上下级财政之间相互调拨资金和临时发生的往来结算关系，并不是实际的预算收入或支出。只有在上级财政会总预算会计处予以冲销，才不至于虚增收支数字。为了避免重复计列收支，需要对冲的项目包括：本级报表中的"补助支出"与所属下级报表中的"补助收入"；本级报表中的"上解收入"与所属下级报表中的"上解支出"，本级报表中的"与下级往来"与所属下级报表中的"与上级往来"。而其余各数字均将本级报表和所属下级报表中的相同科目的数字相加，得到汇总会计报表的有关数字。

二、财政总预算会计报表的分析

财政总预算会计报表集中反映了一定时期财政总预算执行的结果。它不仅为各级政府提供了预算收支执行情况的相关会计信息，而且为政府进行宏观政策的制定提供了有力的依据。但是这些报表本身不能直接说明预算执行好坏的具体原因，难以全面反映存在的问题。因此我们必须对财政总预算会计报表进行分析，查找问题产生的原因，研究解决问题的办法。

通过对总预算会计报表进行准确和全面的分析，可以及时掌握预算执行中出现的情况和问题、掌握预算活动的规律，从而进一步总结预算管理的经验，揭示矛盾，提出改进措施，加强预算管理工作。

（一）财政总预算会计报表分析的步骤和方法

财政总预算会计报表的分析过程，一般分以下几个步骤：

1. 确定分析目标

对于不同的分析内容，我们应该采用不同的分析方法，并且选择与内容相关的不同的分析资料。只有这样，我们的分析才能够有的放矢。因此，在进行会计报表分析之前应该首先确定分析目标，以便确定分析所需要的会计资料和会计信息。

2. 收集分析资料

根据分析目标,对会计报表和有关资料进行归类整理。这是进行分析的基础,分析资料的充分与否、准确与否直接关系到分析的最终结果的有效性。对于待查的问题,我们必须深入实际进行必要的调查研究。同时,我们也要加强与有关部门的联系,取得资料。例如,可以通过掌握与预算执行情况有关的国民经济和社会发展计划的执行情况、信贷计划执行情况,来分析经济形势的发展变化对预算收支的影响。

3. 抓住重点、剖析原因

应该选用适当的分析方法对所掌握的大量资料进行处理,在对各项预算收支完成情况进行全面分析的基础上,要着力对重点地区、重点单位和重点收支进行深入分析,查明对预算执行情况产生重大影响的各方面原因。

4. 撰写出分析报告

要用简明的文字对分析得出的结论予以解释说明。尤其是要对预算分析中发现的那些严重影响预算完成的因素,提出切实可行的改进措施,为领导决策和指导预算管理工作提供参考。

财政总预算会计报表的分析方法主要有对比分析法、因素分析法和比率分析法三种。其中最基本、最常用的是对比分析法。它是将两个有关的可比较的数字进行对比,来分析有关项目之间相互联系的一种方法。通过对比,可以找出差距,分析原因,为解决问题提供线索。比较分析法的主要形式有:

(1)将本期实际数(预算执行数)与预算数进行对比,以分析检查预算执行的情况和进度;

(2)将本期实际数与上期实际数或历史最高水平、历史平均水平的实际数进行对比,用其结果揭示各项预算收入、预算支出增减变化的情况和趋势,掌握预算收支的发展规律;

(3)将本地区的预算执行情况和条件大致相当的其他地区进行对比,以便发现本地区的特点和差距,从而有利于向先进地区学习经验,改进工作。

(二)财政总预算会计报表分析的内容

财政总预算会计报表分析,既包括对预算执行的总体情况进行分析,也包括对预算收支执行的具体项目进行分析。但是不论是总体分析还是具体分析,都不能局限于报表数字的罗列,而要与国家的经济政策、当前的经济形势等外部因素相结合,并找出它们之间的联系,从而掌握和预测财政形势,为经济决策提供依据。

1. 预算收支完成总情况分析

预算收支完成总情况分析是要给出一个地区在一年内通过预算完成的政府收支情况的概况。一般需要对比该地区全年收入预算数和实际完成数,计算是否有超收。如果有超收,还要计算比预算数超收的百分比。还要对比该地区全年支出预算数和实际支出数,计算是否有节约，如果有，还要计算节约的百分比。通过全年超收和节约的情况，对该地区预算收支的实际情况产生一个大体上的了解和评价。

预算收支完成总情况的好坏不能反映预算收支完成情况的详细内容，不能为制定细致可行的具体措施提供足够的信息。因此，在对总体完成情况进行分析的基础上，还要对各类预算收支的完成情况进行分析，找出哪一类收支完成情况较好，哪一类收支完成情况不好，是哪几类收支的完成情况决定了预算收支的总体完成情况。此外，还要对不同类别收支的影响因素作进一步分析，从而为制定政策措施提供详细的资料。

2. 预算收入完成情况的分析

我国预算收入主要来自于工商企业上缴的税金、利润等。因此在分析预算收入时，要掌握工农业生产的发展、商业流通、物价、利率、税负等情况。在进行分析之前首先应该根据会计报表及有关资料，编制预算收入完成情况分析表，该表一般要列出增值税、消费税、营业税、外商投资企业所得税、个人所得税、城市维护建设税、其他税收，农牧业税和耕地占用税，国有企业所得税，国有企业上缴利润，国有企业计划亏损补贴以及其他收入等项目。

通过预算收入完成情况分析表，应该先看该地区本年决算收入数是比预算收入数多还是少。如果多，就要计算超额完成预算收入任务的百分比以及比上年增长的百分比，看是否有较大幅度增长。然后再逐项分析工商税收等在表格中列出的项目，跟预算相比差异的绝对数，各项差异占全部预算收入超收总额的比例，与上年实际数相比增长的百分比。接着找出各项收入中增长较多的项目，这些项目就是对预算收入的超额完成起到较大作用的项目。对于未达到预算数量的项目，就应该查找原因，分析是什么影响了这些项目所代表的经济部门的正常增长，进而总结经验、认识不足，提出改进措施。如果少，则应该在计算的基础上，分析找出哪些项目导致了预算收入不能完成；其中又有哪些项目对预算收入的影响较大；是什么因素导致上述事实的发生，如何改进。

在分析的时候，一般会着重观察以下几方面：工商税收完成情况；国有企业所得税、计划亏损补贴，国有资产经营收益，所得税退税；农业税、牧业税和耕地占用税。

工商税收收入在国家预算收入中占有较大比重，因此不仅是组织预算收入的重点，而且也是会计报表分析的重要方面。当然，影响工商税收的原因是多方面的。国民经济计划的执行情况直接影响税收任务的完成。在分析时应注意工业总产值、销售收入、社会商品流转额、运输周转量等经济指标对国家税收收入的影响。税制本身也能直接影响税收任务的完成。在分析时应注意年度预算执行中是否增设或减少了税种，税率调高还是调低，征税范围是扩大还是减少，纳税环节是否变化，减免税政策是否调整等。物价政策对税收也有较大影响。通常税收计划是根据期初的物价水平制定的，作为计税依据的产品销售价格的涨落，会影响到增值税、营业税、消费税等许多税种。除以上因素外，还有许多因素会影响到工商税收，在分析时应予以足够重视。

国有企业所得税、计划亏损补贴，国有资产经营收益，所得税退税是预算收入中另一比重较大的部分,它和国有企业实现的利润直接相关。分析这些项目的时候应该注意:工业、商业、交通运输业等生产部门生产任务完成情况的影响;大中型重点企业生产经营状况及利润实现情况;产量、质量、品种结构等国民经济重要指标的影响;税收政策、亏损补贴政策等其他因素的影响。

在对农业税、牧业税和耕地占用税进行分析的时候,应该知道农牧业税收入的多少取决于农牧业收成的好坏,即农牧业收入除受国家政策、科技投入的影响外,还受制于自然环境。耕地占用税应该从耕地占用的多少和政策的执行情况的角度进行分析。

3. 预算支出完成情况的分析

预算支出完成情况的分析,主要是分析支出预算的完成情况及其原因,分析预算支出进度同国民经济计划以及事业行政计划的完成情况是否适应,结合事业发展、工程进度、人员编制等分析预算支出的使用效果以及原因。在分析前,可预先编制预算支出完成情况表。一般会分析到基本建设支出、企业挖潜改造资金、简易建设费、科技三项费用、流动资金、支持农村生产支出、农林水利气象等部门的事业费、工业交通等部门的事业费、商业部门事业费、城市维护费、支持不发达地区支出、文教事业费、科学事业费、其他部分的事业费、抚恤和社会福利救济费、行政管理费、公检法支出、政策性补贴支出等。

和预算收入完成情况的分析相类似,我们也要对比总额以及各项支出本年完成数和本年预算数,以及上年完成数的差异,计算变化的百分比;找出对总额变化影响较大的一些项目;再具体根据当年的经济、政策及其他一些相关环境,分析对这些项目产生影响的因素;最后总结经验,提出改进措施。

我们在这里只是选取了财政总预算会计报表中的一小部分进行了提示性的简略分析,实际的情况要复杂得多,分析的内容也要广泛得多,要考虑的制约因素同样很多。真正要把握总预算会计报表分析的精髓,还是要回到实际工作中进行体验。而且在实际工作中还要辅之以对当地实际情况的具体深入的调查研究,对当时党和国家具体政策的深入领会,才能准确分析总预算会计报表,也才能够使报表的分析结果及其建议对未来预算管理的改进具有指导意义。

复习思考题

1. 在会计年度结束前,各级财政总预算会计进行年终清理结算的主要事项包括哪些?
2. 年终结账工作一般有哪三个环节?
3. 财政总预算会计报表主要包括哪些?
4. 财政总预算会计报表的审核主要包括哪些方面?应该注意哪些事项?
5. 财政总预算会计报表审核的一般步骤是什么?一般采用什么方法?

第八章　财政预算管理制度改革下的财政总预算会计

近几年来,我国的财政预算管理制度正在发生重大的变化。主要概括为三大改革:部门预算制度改革、国库集中收付制度改革和政府采购改革。正如我们前面分析财政总预算会计的特点时所指出的,财政总预算会计与财政预算管理制度有着密切的联系。既然财政预算管理制度已经发生了变化,那么作为预算管理工具的财政总预算会计势必会随着变化。本章主要介绍这三种制度下财政总预算会计的变化和核算。但是同时还需说明的是,部门预算制度改革、国库集中收付制度改革和政府采购制度改革还没有完全完善,各地的做法也不完全统一。所以,我国的财政总预算会计制度并没有做系统的修改。财政部只是出台了一些建议性的补充规定。

第一节　政府收支分类改革下财政总预算会计的变化

部门预算改革的内容很多,如按部门编制预算、细化预算、提高财政透明度、加强收支两条线管理、促进综合预算的编制等。但与财政总预算会计密切相关的是 2007 年将要实行的政府收支分类改革。

一、政府收支分类改革概述[①]

经国务院批准,政府收支分类改革将于 2007 年全面实施。从 2006 年 6 月起,各地区、各部门开始使用新的政府收支分类科目编制 2007 年预算。此次改革以构建新的政府收入分类体系、支出功能分类体系和支出经济分类体系为内容,是建国以来我国财政收支分类统计体系最为重大的一次调整,也是我国政府预算管理制度的又一次深刻创新。新的政府收支分类体系有效克服了原分类体系不能清晰反映政府收支全貌和职能活动情况的弊端,充分体现了国际通行做法与国内实际的有机结合,充分体现了市场经济条件下建立健全我国公共财政体系的总体要求,对进一步提高政府预算的透明度、强化预算管理与监督,从源头上治理腐败,促进社会主义民主政治建设等,都具有十分重要的意义。

---

① 财政部预算司编:《政府收支分类改革问题解答》,中国财政经济出版社 2006 年版,第 14～20 页。

（一）政府收支分类的概念

政府收支分类，就是对政府收入和支出进行类别和层次划分，以全面、准确、清晰地反映政府收支活动。政府收支分类科目是编制政府预决算、组织预算执行以及预算单位进行会计明细核算的重要依据。

（二）进行政府收支分类改革的原因

随着公共财政体制的逐步建立和各项财政改革的深入，我国原政府预算科目体系的不适应性和弊端日益突出，有必要进行政府收支分类改革：

一是与市场经济体制下的政府职能转变不相适应。目前我国社会主义市场经济体制已基本建立，政府公共管理和公共服务的职能日益加强，财政收支结构也发生了很大变化。但作为反映政府职能活动需要的预算收支科目，如基本建设支出、企业挖潜改造支出、科技三项费用、流动资金等仍然是按照过去政府代替市场配置资源的思路设计的。这既不能体现目前政府职能转变和公共财政的实际，也带来了一些不必要的误解，影响各方面对我国市场经济体制的认识。

二是不能清晰地反映政府职能活动。在市场经济条件下，政府的重要职能就是要弥补市场缺陷，满足社会公共需要，讲求公开、透明。政府预算必须反映公共需求，强化公共监督。但我国原预算支出类、款、项科目主要是按经费性质进行分类的，把各项支出划分为行政费、事业费等。这种分类方法使政府究竟办了什么事在科目上看不出来，很多政府的重点工作支出如农业、教育、科技等都分散在各类科目中，形不成一个完整的概念。由于科目不透明、不清晰，导致政府预算"外行看不懂，内行说不清"。

三是财政管理的科学化和信息化受到制约。按照国际通行做法，政府支出分类体系包括功能分类和经济分类。我国原有支出目级科目属于支出经济分类性质，但它涵盖的范围偏窄，财政预算中大多数资本性项目支出，以及用于转移支付和债务等方面的支出都没有经济分类科目反映。另外，原有目级科目也不够明细、规范和完整。这些对细化预算编制、加强预算单位财务会计核算以及提高财政信息化水平都有一些负面影响。

四是财政预算管理和监督职能弱化。原《政府预算收支科目》只反映财政预算内收支，不包括应纳入政府收支范围的预算外收支和社会保险基金收支等，给财政预算全面反映政府各项收支活动、加强收支管理带来较大困难，尤其是不利于综合预算体系的建立，也不利于从制度上、源头上预防腐败。

五是与国民经济核算体系和国际通行做法不相适应，既不利于财政经济分析与决策，也不利于国际比较与交流。我国货币信贷统计核算体系以及国民经济核算体系均按国际通行标准做了调整，而政府预算收支科目体系与国际通行分类方法一直存在较大差别。尽管财政部门和国家统计部门每年都要做大量的口径调整和数据转换工作，但还是难以保证数据的准确性以及与其他国家之间的可比性。

(三)政府收支分类改革的重要意义

进行政府收支分类改革,建立一套包括收入分类、支出功能分类和支出经济分类在内的、完整规范的政府收支分类体系,一是有利于全面、准确、清晰地反映市场经济条件下政府的收支活动,合理把握财政调控力度,进一步优化支出结构,提高财政运行效率;二是有利于继续深化部门预算、国库集中收付、政府采购等各项改革,增加预算透明度,强化财政监督,从源头上防止腐败;三是有利于建立与国际接轨的、高效实用的财政统计分析体系,不断推进国际合作与交流。

(四)政府收支分类改革的主要内容

以建立包括收入分类、支出功能分类和支出经济分类在内的政府收支分类体系为目标,改革主要从三个方面展开:

第一,对政府收入进行统一分类,全面、规范、细致地反映政府各项收入。收入分类全面反映政府收入的来源和性质,不仅包括预算内收入,还包括预算外收入、社会保险基金收入等应属于政府收入范畴的各项收入。从分类方法上看,原收入分类只是各种收入的简单罗列,如各项税收、行政事业性收费、罚没收入等。新的收入分类按照科学标准和国际通行做法将政府收入划分为税收收入、社会保险基金收入、非税收入、贷款转贷回收本金收入、债务收入以及转移性收入等,这为进一步加强收入管理和数据统计分析创造了有利条件。从分类结构上看,原收入分类分设类、款、项三级,改革后分设类、款、项、目四级,多了一个层次。四级科目逐级细化,以满足不同层次的管理需求。

第二,建立支出功能分类体系,更加清晰地反映政府各项职能活动。支出功能分类不再按基本建设费、行政费、事业费等经费性质设置科目,而是根据政府管理和部门预算的要求,统一按支出功能设置类、款、项三级科目,分别为17类、170多款、800多项。类级科目综合反映政府职能活动,如国防、外交、教育、科学技术、社会保障和就业、环境保护等;款级科目反映为完成某项政府职能所进行的某一方面的工作,如"教育"类下的"普通教育";项级科目反映为完成某一方面的工作所发生的具体支出事项,如"水利"款下的"抗旱"、"水土保持"等。新的支出功能科目能够清楚地反映政府支出的内容和方向,可有效解决原支出预算"外行看不懂、内行说不清"的问题。

第三,建立支出经济分类体系,全面、规范、明细地反映政府各项支出的具体用途。按照简便、实用的原则,支出经济分类科目设类、款两级,分别为12类和90多款。类级科目具体包括:工资福利支出、商品和服务支出、对个人和家庭的补助、转移性支出、基本建设支出等。款级科目是对类级科目的细化,主要体现部门预算编制和预算单位财务管理等有关方面的具体要求。如基本建设支出进一步细分为房屋建筑物购建、专用设备购置、大型修缮等。全面、明细的支出经济分类是进行政府预算管理、部门财务管理以及政府统计分析的重要手段。

（五）政府收支分类体系涵盖的范围

政府收支分类不仅涵盖了原政府预算收支科目中的一般预算、基金预算和债务预算收支，而且还纳入了社会保险基金收支和财政专户管理的预算外收支，从而形成了完整的政府收支概念。

由于此次政府收支分类改革并不改变现有预算管理方式，各级财政部门仍然要用新的政府收支分类科目继续分别编制政府一般预算、政府性基金预算和预算外收支预算等。所以财政部《政府收支分类改革方案》还专门提供了新的分类与一般预算收支科目、基金预算收支科目、债务预算收支科目的衔接，即按照新分类的某一内容应该属于原分类的一般预算收支科目、基金预算收支科目还是债务收支科目。

与此同时，各级财政部门也可用新科目进行全部政府收支的统计汇总。

（六）政府收支分类在财政管理的具体运用

政府收支分类在财政管理中主要应用于以下几个方面：

1. 编制和汇总预决算。各地区、各部门、各单位的预决算收支，都要按照政府收支分类统一规定的科目填报汇总。

2. 办理预算缴、拨款。各单位和个人都要按照政府收支分类科目填制专用凭证，办理缴、拨款，进行对账和结算。

3. 组织会计核算。各级财政总会计、各单位预算会计的收支明细账，都要按政府收支分类科目进行核算。

4. 报告预算执行情况。各地区、各部门、各单位都要按照政府收支分类科目，定期汇编总预算和单位预算收支执行情况表，以便各级人大、政府、社会公众及时了解预算收支执行情况。

5. 进行财务考核分析。行政事业单位可以综合运用支出功能分类和经济分类，对既定的行政事业计划任务和单位预算进行分析比较、绩效考核。

6. 进行财政收支统计。政府财政收支数据只有按统一的政府收支分类科目进行归集、整理，才可与有关历史数据、国际数据进行合理的对比分析。

二、新的政府收支分类

改革后的政府收支分类体系由"收入分类"、"支出功能分类"、"支出经济分类"三部分构成。

（一）收入分类

收入分类主要反映政府收入的来源和性质。根据目前我国政府收入构成情况，结合国际通行的分类方法，将政府收入分为类、款、项、目四级。其中，类、款两级科目设置情况如下：

1. 税收收入。分设20款：增值税、消费税、营业税、企业所得税、企业所得税退税、个人所得税、资源税、固定资产投资方向调节税、城市维护建设税、房产税、印花税、城镇土地使用税、土地增值税、车船使用和牌照税、船舶吨税、车辆购置税、关税、耕地占用税、契税、其他税收收入。

2. 社会保险基金收入。分设 6 款：基本养老保险基金收入、失业保险基金收入、基本医疗保险基金收入、工伤保险基金收入、生育保险基金收入、其他社会保险基金收入。

3. 非税收入。分设 8 款：政府性基金收入、专项收入、彩票资金收入、行政事业性收费收入、罚没收入、国有资本经营收入、国有资源（资产）有偿使用收入、其他收入。

4. 贷款转贷回收本金收入。分设 4 款：国内贷款回收本金收入、国外贷款回收本金收入、国内转贷回收本金收入、国外转贷回收本金收入。

5. 债务收入。分设 2 款：国内债务收入、国外债务收入。

6. 转移性收入。分设 8 款：返还性收入、财力性转移支付收入、专项转移支付收入、政府性基金转移收入、彩票公益金转移收入、预算外转移收入、上年结余收入、调入资金。

（二）支出功能分类

支出功能分类主要反映政府活动的不同功能和政策目标。根据社会主义市场经济条件下政府职能活动情况及国际通行做法，将政府支出分为类、款、项三级。其中，类、款两级科目设置情况如下：

1. 一般公共服务。分设 32 款：人大事务、政协事务、政府办公厅（室）及相关机构事务、发展与改革事务、统计信息事务、财政事务、税收事务、审计事务、海关事务、人事事务、纪检监察事务、人口与计划生育事务、商贸事务、知识产权事务、工商行政管理事务、食品和药品监督管理事务、质量技术监督与检验检疫事务、国土资源事务、海洋管理事务、测绘事务、地震事务、气象事务、民族事务、宗教事务、港澳台侨事务、档案事务、共产党事务、民主党派及工商联事务、群众团体事务、彩票事务、国债事务、其他一般公共服务支出。

2. 外交。分设 8 款：外交管理事务、驻外机构、对外援助、国际组织、对外合作与交流、对外宣传、边界勘界联检、其他外交支出。

3. 国防。分设 3 款：现役部队及国防后备力量、国防动员、其他国防支出。

4. 公共安全。分设 10 款：武装警察、公安、国家安全、检察、法院、司法、监狱、劳教、国家保密、其他公共安全支出。

5. 教育。分设 10 款：教育管理事务、普通教育、职业教育、成人教育、广播电视教育、留学教育、特殊教育、教师进修及干部继续教育、教育附加及基金支出、其他教育支出。

6. 科学技术。分设 9 款：科学技术管理事务、基础研究、应用研究、技术研究与开发、科技条件与服务、社会科学、科学技术普及、科技交流与合作、其他科学技术支出。

7. 文化体育与传媒。分设 6 款：文化、文物、体育、广播影视、新闻出版、其他文化体育与传媒支出。

8. 社会保障和就业。分设 17 款：社会保障和就业管理事务、民政管理事务、财政对社会保险基金的补助、补充全国社会保障基金、行政事业单位离退休、企业关闭破产补助、就业补助、抚恤、退役安置、社会福利、残疾人事业、城市居民最低生活保障、其他城镇社会救济、农村社会救济、自然灾害生活救助、红十字事业、其他社会保障和就业支出。

9. 社会保险基金支出。分设 6 款：基本养老保险基金支出、失业保险基金支出、基本医疗保险基金支出、工伤保险基金支出、生育保险基金支出、其他社会保险基金支出。

10. 医疗卫生。分设 10 款：医疗卫生管理事务、医疗服务、社区卫生服务、医疗保障、疾病预防控制、卫生监督、妇幼保健、农村卫生、中医药、其他医疗卫生支出。

11. 环境保护。分设 10 款：环境保护管理事务、环境监测与监察、污染防治、自然生态保护、天然林保护、退耕还林、风沙荒漠治理、退牧还草、已垦草原退耕还草、其他环境保护支出。

12. 城乡社区事务。分设 10 款：城乡社区管理事务、城乡社区规划与管理、城乡社区公共设施、城乡社区住宅、城乡社区环境卫生、建设市场管理与监督、政府住房基金支出、国有土地使用权出让金支出、城镇公用事业附加支出、其他城乡社区事务支出。

13. 农林水事务。分设 7 款：农业、林业、水利、南水北调、扶贫、农业综合开发、其他农林水事务支出。

14. 交通运输。分设 4 款：公路水路运输、铁路运输、民用航空运输、其他交通运输支出。

15. 工业商业金融等事务。分设 18 款：采掘业、制造业、建筑业、电力、信息产业、旅游业、涉外发展、粮油事务、商业流通事务、物资储备、金融业、烟草事务、安全生产、国有资产监管、中小企业事务、可再生能源、能源节约利用、其他工业商业金融等事务支出。

16. 其他支出。分设 4 款：预备费、年初预留、住房改革支出、其他支出。

17. 转移性支出。分设 8 款：返还性支出、财力性转移支付、专项转移支付、政府性基金转移支付、彩票公益金转移支付、预算外转移支出、调出资金、年终结余。

（三）支出经济分类

支出经济分类主要反映政府支出的经济性质和具体用途。支出经济分类设类、款两级，科目设置情况如下：

1. 工资福利支出。分设 7 款：基本工资、津贴补贴、奖金、社会保障缴费、伙食费、伙食补助费、其他工资福利支出。

2. 商品和服务支出。分设 30 款：办公费、印刷费、咨询费、手续费、水费、电费、邮电费、取暖费、物业管理费、交通费、差旅费、出国费、维修（护）费、租赁费、会议费、培训费、招待费、专用材料费、装备购置费、工程建设费、作战费、军用油料费、军队其他运行维护费、被装购置费、专用燃料费、劳务费、委托业务费、工会经费、福利费、其他商品和服务支出。

3. 对个人和家庭的补助。分设 12 款：离休费、退休费、退职（役）费、抚恤金、生活补助、救济费、医疗费、助学金、奖励金、生产补贴、住房公积金、提租补贴、购房补贴、其他对个人和家庭的补助支出。

4. 对企事业单位的补贴。分设 4 款：企业政策性补贴、事业单位补贴、财政贴息、其他对企事业单位的补贴支出。

5. 转移性支出。分设 2 款：不同级政府间转移性支出、同级政府间转移性支出。

6. 赠与。下设 2 款：对国内的赠与、对国外的赠与。

7. 债务利息支出。分设 6 款：国库券付息、向国家银行借款付息、其他国内借款付息、向国外政府借款付息、向国际组织借款付息、其他国外借款付息。

8. 债务还本支出。下设 2 款：国内债务还本、国外债务还本。

9. 基本建设支出。分设 9 款：房屋建筑物购建、办公设备购置、专用设备购置、交通工具购置、基础设施建设、大型修缮、信息网络购建、物资储备、其他基本建设支出。

10. 其他资本性支出。分设 9 款：房屋建筑物购建、办公设备购置、专用设备购置、交通工具购置、基础设施建设、大型修缮、信息网络购建、物资储备、其他资本性支出。

11. 贷款转贷及产权参股。分设 6 款：国内贷款、国外贷款、国内转贷、国外转贷、产权参股、其他贷款转贷及产权参股支出。

12. 其他支出。分设 4 款：预备费、预留、补充全国社会保障基金、未划分的项目支出、其他支出。

三、财政总预算会计的变化

此次政府收支分类改革并不影响财政总预算会计的资产、负债，财政总预算制度没有发生根本的变化，但会影响财政总预算会计收入、支出和净资产的明细分类。虽然财政收入、支出、净资产的一级科目没有发生变化，但明细科目将发生变化。一般预算收入、基金预算收入的明细将按照新的收入分类设置，而一般预算支出和基金预算支出的明细将按照新的支出功能分类设置，行政单位会计的支出按照新的支出经济分类设置明细。由于《政府收支分类改革方案》提供了新的收支科目是属于一般预算收支科目还是属于基金预算收支科目的附录，所以现行的财政总预算会计并不需要改变收支的一级科目名称，只需按照新的收支科目设置明细。

财政部在 2006 年 4 月 13 日颁布了《财政部关于政府收支分类改革后财政总预算会计预算外资金财政专户会计核算问题的通知》，对《财政总预算会计制度》和《预算外资金财政专户会计核算制度》进行了调整，具体调整如下：

(1)"305 基金预算结余"科目根据《政府收支分类科目》中"收入分类科目"下应列入基金预算收入的最低一级科目逐一反映各项基金的结余。

(2)"401 一般预算收入"科目根据《政府收支分类科目》中"收入分类科目"下应列入一般预算收入的类、款、项、目级科目分设相应明细账。

(3)"405 基金预算收入"科目根据《政府收支分类科目》中"收入分类科目"下应列入

基金预算收入的项、目级科目分设相应明细账。

(4)"501 一般预算支出"科目根据《政府收支分类科目》中"支出功能分类科目"下应列入一般预算支出的类、款、项科目分设相应明细账。

(5)"505 基金预算支出"科目根据《政府收支分类科目》中"支出功能分类科目"下应列入基金预算支出的类、款、项科目分设相应明细账。

【例1】 某市财政局收到国库报来的收入日报表,表明当日收到营业税 20 000 元。

借:国库存款——一般预算存款　　　　　　　　　　　　　　20 000
　　贷:一般预算收入——税收收入——营业税——一般营业税　20 000

【例2】 某市财政局收到国库报来的基金预算收入日报表,表明当日收到地方教育附加收入为 120 000 元。

借:国库存款——基金预算存款　　　　　　　　　　　　　　120 000
　　贷:基金预算收入——地方教育附加收入　　　　　　　　120 000

【例3】 某市财政局拨给同级公安局用于刑事侦查经费 180 000 元。

借:一般预算支出——公共安全——公安——刑事侦查　　　180 000
　　贷:国库存款——一般预算存款　　　　　　　　　　　　180 000

【例4】 某市财政局用地方教育附加收入支付地方教育附加支出 100 000 元。

借:基金预算支出——教育——教育附加及基金支出——地方教育附加支出
　　　　　　　　　　　　　　　　　　　　　　　　　　　100 000
　　贷:国库存款——基金预算存款　　　　　　　　　　　　100 000

【例5】 年底将地方教育附加收入 120 000 元、地方教育附加支出 100 000 元转入相关结余。

借:基金预算收入——地方教育附加收入　　　　　　　　　120 000
　　贷:基金预算结余——地方教育附加收入　　　　　　　　120 000
借:基金预算结余——地方教育附加收入　　　　　　　　　100 000
　　贷:基金预算支出——教育——教育附加及基金支出——地方教育附加支出
　　　　　　　　　　　　　　　　　　　　　　　　　　　100 000

第二节　国库集中收付制度改革下的财政总预算会计

一、国库集中收付制度改革概述

我国传统的国库收付制度是一种分散型的收支制度,这种制度已越来越不适应我国的经济发展。国外比较规范的国库收付制度一般都是集中收付制度,借鉴国外的经验、结合本国国情建立一套自己的国库集中收付制度已成为必然。我国在 2000 年已开始在少数地区进行试点改革,2001年国务院确定几个有代表性的部门(水利部、科技部、财政部、国务院法制办、中科院、国家自然科学基金委员会)进行改革试点,地方上的改革试点也进一步增加了。2002年进一步扩大改革试点范围,暂未全面实施国库管理制度改革的部门和地区,先对包括政府采购资金在内的一些专项支出实行财政直接拨付,在率先改革财政资金支付发生的同时,相应规范收入收缴程序。

(一)国库集中收付制度的概念

国库集中收付制度是以国库单一账户体系为基础、资金缴拨以国库集中收付为主要形式的财政国库管理制度的简称,是指从预算分配到资金拨付、使用、银行清算,直到资金到达商品和劳务提供者账户的全过程,由国库直接支付和控制。具体来说,就是在中央银行设立政府的单一账户,财政收入不管预算内外全部纳入中央银行的单一账户,财政支出经支付机构签发后直接从单一账户中支付到商品和劳务提供者的账户,从而加强了国库对财政资金具体收支的严格控制。对于我国来说,国库集中收付制度就是:从收入方面看,取消征收机构、执法机关的各种收入过渡账户以及各单位各部门在各银行开设的各预算外收入账户,只在中央银行设置国库单一账户,所有财政收入直接缴入国库,将资金集中在一个账户中;从支出方面看,由分散到集中,即由原来财政部门对预算单位的拨付后,再由各预算单位向商品和劳务提供者分别支付改为由财政部门按照批准的单位预算直接支付给商品和劳务提供者。

(二)我国传统的分散型国库收付制度存在的问题

我国传统的分散型国库收付制度下,财政资金分为预算内资金和预算外资金,许多行政事业单位还设立"小金库"、账外账等截留财政资金。预算内收入通过征收机关直接缴入国库,预算内资金支出时,先由支出单位(预算单位)编制预算草案,由财政部门审核汇总经同级人民代表大会审批后成为正式预算,财政部门按计划、按预算直接将预算资金从国库经中国人民银行拨付到支出单位(预算单位)开设在商业银行的账户上,支出单位(预算单位)再根据有关规定和预算要求,自行支付购买商品和劳务的各类款项,并在年度终了时编制财务决算报表,报送同级财政。图8—1为预算内资金支出的支付程序图。预算外资金目前未纳入预算管理,其收入不直接纳入国库,而是由财政部门实行收支两条线管理,收入全部上缴财政专户,支出由同级财政部门按预算外支出计划和单位财务收支计划统筹安排,经批准后从财政专户拨付单位,各单位将返还的预算外资金自行向商品和劳务的供应商支付。其实并不是所有单位的预算外资金都能做到收支两条线,我国目前还有些执收单位自行开设预算外资金专户,进行坐收坐支。

在这种分散型国库收付制度下,我国的国库资金管理存在以下几个方面的问题:

1. 财政部门与行政事业单位多头开户,转移、分散财政资金

一方面由于我国的国库管理制度中规定国库存款不计息;另一方面由于各商业银行为了多回笼存款,将存款任务层层分解,落实到个人,财政资金就成了大家竞相争夺的对

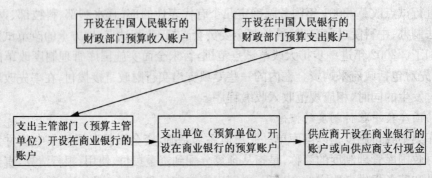

图8—1 预算内资金支出的支付程序

象。很多财政部门在这种情况下,为了获取利息多头开户,并把预算内资金转化为预算外资金,躲避预算管理。按照现行制度规定,行政事业单位实行"收支两条线"管理方法,只能开设收入和支出各一个账户,但实际上不少单位也存在多头开户现象,同时行政事业单位不仅存在将预算内资金转入预算外资金的现象,还存在设立小金库及账外账,分散国家的财政资金的现象。由于各财政和各预算单位都有多头开户现象的存在,使得国家无法了解所有财政资金的收入和支出状况,从而造成资金管理混乱,效率低下。

2. 不包括预算外资金的国库资金不利于财政宏观调控政策的执行

我国目前将财政资金区分为预算内资金和预算外资金。预算内资金是国家集中资金,是缴入国库的,并通过各级财政层层汇总成为国家预算资金,是我国目前执行宏观调控政策的基础。而预算外资金是由预算单位自行支配的资金,是分散的,尽管现在预算外资金实行收支两条线管理,收入缴入财政专户,支出由财政返回,但还不是全国集中的资金,不缴入国库。国家在制定宏观财政政策时所依据的应该是全部的财政资金,但现在由于纳入预算的只有预算内资金,国家无法完全掌握预算外资金和制度外资金(制度外资金一般以"小金库"和账外账存在),所以制定宏观财政政策时往往以预算内资金为基础,但实际上大量的预算外资金和制度外资金的存在会影响宏观财政政策的运行效果。例如,当预算内资金存在着大量的赤字而预算外资金和制度外资金又存在大量结余时,本来财政资金可以自身平衡的,但由于国家只掌握预算内资金,为了平衡预算内资金就会增发国债,从而在一定程度上影响了财政政策和货币政策的执行。

3. 分散型的收付制度实行"以拨定支"制度,造成资金沉淀、财政支出信息失真

在这种收支制度下,当同级财政部门把财政资金拨付给预算单位时,在财政总预算会计中就作为财政支出处理,而财政资金真正的支出并不是这一阶段,应该是在预算单位向商品和劳务供应商支付账款时。账面支出阶段和实际支出阶段的不一致会造成财政支出两方面的信息失真:一方面是财政支出金额的失真。财政部门拨付的金额并不等同于预算单位向商品和劳务供应商支付的金额,往往是前者大于后者(因为如果是后者大于前

者,预算单位就会继续向财政要钱),从而造成资金沉淀在预算单位。所以就会出现财政预算资金账面赤字而实际有结余的现象,从而影响财政政策的制定。另一方面是财政支出用途的失真。在"以拨定支"的分散收支制度下,财政部门按预算和计划指定的用途向预算单位拨款后即作为相应的支出处理,就不再对预算资金进行管理和监督,使用权属于预算单位,预算单位就有可能在获得预算资金后变更预算资金的用途而挪作他用,这样就会造成预算支出的账面用途与实际用途不一致。这也反映了国库资金(我国的国库资金就是预算资金)的运用没有得到国库部门和财政部门的有力监督。

4. 国库资金结算环节多,影响了国库资金的及时入库,降低了国库资金的使用效率

在分散收支制度下,从收入环节看,一方面有些征收机关为了完成征收任务,设立过渡账户,把其当作税收的蓄水池,人为增加财政收入的结算环节;另一方面由于国库经收处设在商业银行,而商业银行与代理国库的中国人民银行必须通过同城票据系统才能结算。这两方面都会影响财政收入的及时入库。从支出环节看,分散收支制度并不像集中收支制度那样建立集中的政府支出系统,国库资金统一由国库直接支付给商品和劳务的提供者,而是先由财政部门将国库资金划入支出单位的账户,再由支出单位安排支出;同时很多支出单位在商业银行设立很多账户,这使支出单位的资金运动从一个银行账户到另一个银行账户,使国库资金滞留在银行结算环节,大大降低了国库资金的使用效率。最后,目前由于财政、征收机关、国库、商业银行还没有完全联网,银行之间高效率的电子化结算体系也没能完全建立,这也影响了国库资金的入库和使用效率。

5. 在分散型收支制度下,对国库资金的监督不力

在我国传统的分散型收支制度下,国库管理部门与国库出纳部门不分,国库人员的监督意识不强,财政部门和行政事业单位多头开户,财政"以拨定支",拨款后就不再监督国库资金的使用,没有专业的内部和外部监督人员和机构等原因,造成我国一直以来对国库资金收支的监督不力,经常出现全国人大刚刚通过预算,同时调整预算就来了,无法用预算约束国库资金支出的现象。

(三)我国实行国库集中收付制度的意义

国库集中收付制度是国外普遍采用的国库管理制度。在我国实行国库集中收付制度存在着以下四个方面的意义:

1. 在我国实行国库集中收付制度有利于提高国库资金的使用效率

首先,国库集中收付制度改变了"以拨定支"的原则,而是以国库资金的实际支付为支付,没有资金沉淀在支出单位,可以使在分散收支制度下原本沉淀在支出单位的闲置资金被有效盘活,同时在集中收支制度下收和支的信息真实,为国家制定正确的收支计划提供依据。

其次,在国库集中收付制度下,国库直接将资金支付给商品和劳务的提供者,不必像分散收支制度时经过层层拨付最后才由支出单位支付给商品和劳务的提供者,从而大大

减少了支出的结算环节,同样提高了资金的使用效率。

最后,建立国库单一账户后,支出单位的财政资金(预算内外资金)都集中在国库,有利于财政部门对资金加强统一调度和管理,使库款调度更加灵活,同时也将从根本上改变本期财政资金管理分散,各支出部门和各支出单位多头开户、重复开户的混乱局面。

2. 有利于缩小财政赤字、减少短期国债的发行,同时还有利于财政政策和货币政策的有机结合

建立单一账户后,所有的财政资金包括预算外资金都集中在国库,财政部门就可以综合运筹预算内外资金,调余补缺。因为目前我国预算内赤字较大,而预算外往往有结余,通过预算外资金补充预算内资金,就可以缩小财政赤字,也可以减少因弥补财政赤字而发行的短期国债。另一方面,国库单一账户建立后所有的财政资金的进出都必须经过这一账户,各级财政和各级中央银行就可以正确掌握财政资金的全貌,为财政部和中央银行总行制定财政政策和货币政策提供依据,同时也有利于财政政策和货币政策的有机结合。

3. 有利于强化对国库资金的监督和预算约束

实行国库集中收付制度后,全国就要建立一个集中的政府支付系统,所有的资金支付都通过国库的单一账户体系,这使得国库和财政部门可以严格监督财政资金的最终支付,改变了过去分散收支制度下国库和财政只监督和管理资金的分配和拨付的模式;同时在严格的监督下,预算约束也会进一步得到硬化。

4. 有利于进一步配合政府采购制度的深化改革

政府采购制度与国库集中收付制度是相辅相成的,两个都是公共支出管理的主要内容。国库集中收支容易引起支出单位和商品、劳务供应商的合谋,只有实行政府采购制度,才能提高支出过程的公开性和透明度,从而实行对国库资金的严格控制和监督。另一方面,实行了国库集中收付制度,将财政资金全部集中于国库,从而全面压缩了所有在途财政资金,大大减少了推行政府采购制度的阻力,保证了政府采购制度的全面实行。实行国库集中收付制度后,政府采购实际上是国库集中支付的一项具体表现形式。

(四)我国国库集中收付制度改革的主要内容

我国目前进行的国库集中收支制度改革是按照总体规划、分步实施的原则进行的。2001年选择几个有代表性的部门试点,2002年进一步扩大改革试点。2001年3月16日印发了《财政国库管理制度改革试点方案》,具体规定了试点的主要做法:

1. 国库单一账户体系

财政部门在中国人民银行开设国库单一账户,按收入和支出设置分类账,收入账按预算科目进行明细核算,支出账按资金使用性质设立分账册。国库单一账户用于记录、核算和反映纳入预算管理的财政收入和支出活动,并用于与财政部门在商业银行开设的零余额账户进行清算,实现支付。

财政部门按资金使用性质在商业银行开设零余额账户,用于财政直接支付和与国库

单一账户支出清算；财政部门在商业银行为预算单位开设零余额账户，用于财政授权支付和清算。

财政部门在商业银行开设预算外资金财政专户，用于记录、核算和反映预算外资金的收入和支出活动，并用于预算外资金日常收支清算。

财政部门在商业银行为预算单位开设小额现金账户，用于记录、核算和反映预算单位的零星支出活动，并用于与国库单一账户清算。

经国务院和省级人民政府批准或授权财政部门开设特殊过渡性专户（简称特设专户），用于记录、核算和反映预算单位特殊专项支出活动，并用于与国库单一账户清算。

2. 规范收入收缴程序

财政收入的收缴方式有两种：直接缴库和集中汇缴。直接缴库方式下，由纳税人提出纳税申报，经征收机关审核无误后，由纳税人通过开户银行将税款直接缴入国库单一账户。集中汇缴方式下，由征收机关收缴收入汇总缴入国库单一账户，一般是对小额零散税收和法律另有规定的收入。

3. 规范支出拨付程序

首先把财政支出分为：工资支出、购买支出（除工资支出、零星支出之外购买服务、货物、工程项目等支出）、零星支出、转移支出。接着按照不同的支付主体，对不同类型的支出分别实行财政直接支付和财政授权支付。

(1) 财政直接支付。

预算单位按照批复的预算和资金使用计划，向财政国库支付执行机构提出支付申请，经财政国库支付执行机构审核无误后，向代理银行发出支付令，并通知中国人民银行，通过代理银行进入全国银行清算系统实时清算，财政资金从国库单一账户划拨到收款人的银行账户。实行财政直接支付的支出包括工资支出、购买支出、转移支出。转移支出（中央对地方专项转移支出除外）支付到用款单位，其他支出支付到收款人。财政直接支付主要通过转账方式进行，也可以采用"国库支票"支付。财政国库支付执行机构根据预算单位的要求签发支票，并将签发给收款人的支票交给预算单位，由预算单位转给收款人。收款人持支票到其开户银行入账，收款人开户银行再与代理银行进行清算。每日营业终了前由国库单一账户与代理银行进行清算。

(2) 财政授权支付。

预算单位按照批复的预算和资金使用计划，向财政国库支付执行机构申请授权支付的月度用款限额，财政国库支付执行机构批准后的限额通知代理银行和预算单位，并通知中国人民银行国库部门。预算单位在月度用款限额内，自行开具支付令，通过财政国库支付执行机构转由代理银行向收款人付款，并与国库单一账户清算。实行财政授权支付的支出包括未实行财政直接支付的购买支出和零星支出。

二、财政总预算会计的变化

国库集中收付制度改革改变的是财政支付方式,所以财政总预算会计的核算并不会产生很大的变化,只在收入和支出的核算时间和方式上有些变化,但会计收支科目不会发生变化。新成立的国库支付部门也进行会计核算,国库支付部门的会计也是预算会计的一个组成部分。

我们在这里只介绍在国库集中收付制度下的财政总预算会计的变化。[①]

财政总预算会计对通过财政国库支付执行机构直接支付的资金,根据财政国库支付执行机构每日报来的按部门分"类"、"款"、"项"汇总的《预算支出结算清单》,与中国人民银行划款凭证核对无误后,列报预算支出,会计分录为:

借:一般预算支出/基金预算支出

贷:国库存款

财政总预算会计将各代理银行汇总的预算单位零余额账户授权支付数和小额现金账户支取数,与中国人民银行汇总划款凭证及财政国库支付执行机构按部门分"类"、"款"、"项"汇总的《预算支出结算清单》核对无误后,列报预算支出,会计分录为:

借:一般预算支出/基金预算支出

贷:国库存款

另外在国库集中收付制度改革下,行政事业单位的会计会发生较大的变化,具体我们将在行政单位会计和事业单位会计中介绍。在实行国库集中收付制度下,行政事业单位会计的核算有两种做法:集中收支,分散核算;集中收支,集中核算。

1. 在第一种模式下,各公共部门和单位的收支通过国库单一账户体系进行,但收支账由各单位自身核算即每一公共部门和单位都保留自身的核算,编制和报送各自的会计报表。从这里可以看到,这种模式下,政府财政部门从预算单位获得的仅仅是会计报表上的信息,并不包括全部的细节。

2. 在第二种模式下,不仅各部门和单位的收支集中通过国库单一账户体系进行,对它们各自的收支账务核算也集中在财政局下的会计核算中心直接进行。

第三节　政府采购制度改革下的财政总预算会计

一、政府采购制度改革概述

我国的政府采购工作始于 1996 年,在 1998 年扩大试点,1999 年由财政部发布《政府

---

① 周立宁等编著:《政府与非营利组织会计》,经济科学出版社 2002 年版,第 120～121 页。

采购管理暂行办法》,2002 年 6 月我国颁布了《中华人民共和国政府采购法》,该法自 2003 年 1 月 1 日起正式实施。

（一）政府采购及政府采购制度的概念

公共支出一般包括两个部分：一是购买支出，一是转移支出。购买支出是指公共部门为了开展日常的政务活动或为公众提供公共服务从市场上直接购买商品和劳务而形成的支出。转移支出是指公共部门无偿地将资金转移给企业和个人，如社会保障支出、债务利息支出等。从理论上讲，公共部门的购买支出就是公共部门的政府采购支出。所以政府采购是公共部门在实现购买支出时按照法定的方式、方法和程序，对货物、工程和服务的购买。政府采购可以采用分散采购和集中采购方式。现在大部分文献中提到的政府采购都特指采用集中采购方式的政府采购。如我国的《中华人民共和国政府采购法》的第二条就是这样定义政府采购的：本法所称政府采购，是指各级国家机关、事业单位和团体组织，使用财政性资金采购依法制定的集中采购目录以内的或者采购限额标准以上的货物、工程和服务的行为。

与政府采购相关的另一个重要的概念就是政府采购制度。政府采购制度是指政府采购政策、采购程序、采购过程、采购管理等的总称，是一种对政府采购管理的制度。

（二）政府采购的作用

通过政府采购和政府采购制度，政府可以从多个角度实现其作用，具体包括下面三个部分：

1. 政府采购具有促进公共资源优化配置的作用

政府采购所运用的资金都是财政资金，是公共资源的主要部分之一，所以通过政府采购一方面可以直接优化公共资源配置，另一方面政府采购具有政策效应，可以引导市场配合政府政策从而促进公共资源的优化配置。具体来说，政府采购的公共资源优化配置作用又可以分为总量作用和结构作用两部分。

从总量上看，政府采购具有以下作用：

（1）加强预算支出管理、提高支出效益的作用。政府采购支出数额巨大，如果不进行有效管理，会造成公共支出的严重浪费。通过建立政府采购制度，公开、公平、公正使用财政资金，可以降低采购成本，获得价廉物美的商品。市场经济比较发达的国家的实践表明，政府采购的确可以提高资金节约率。通常采购支出占财政支出的 30% 以上，占 GDP 的比重一般在 10% 左右，节资率约为 10%。

（2）强化总量控制、优化公私结构的作用。通过政府采购制度的实施，政府可以更有效地控制原先分散的政府采购总量。由于一个国家的资源是既定的，政府采购总量越大，资源越偏向于公共部门，相反私人部门的资源就越少，所以通过政府采购可以有效调节公私结构。

（3）调控经济、稳定发展的作用。经济不免经常波动，如果没有政府的干预，经济波动的幅度会很大,从而对经济造成更大的损失。政府可以通过调整采购总规模,调节国民经济的运行状况。当经济不景气时,可以扩大政府采购规模,刺激需求;当经济过热时,可以通过减少政府采购规模,降低需求。

从结构上看,政府采购具有以下作用:

(1)优化产业结构的作用。政府可以通过调整采购结构,达到调整产业结构的目的,即对政府鼓励的产业,政府可以提高采购量,为该产业的发展开辟市场;对政府控制的产业,政府可以减少对这些产业的产品的采购。

(2)保护民族产业发展的作用。政府采购制度在引入竞争机制的同时,实行"国货优先"的原则,可以有效保护民族产业。政府通过购买国内企业产品或重点购买国有企业的产品,来保护民族产业,支持国有企业,从整体上提高民族产业和民族经济在国际市场上的竞争力,从而起到培植财源、壮大国家经济实力的作用。

(3)支持中小企业发展的作用。由于市场经济并不是一个完全竞争的市场,存在着垄断现象,为了打破垄断,完善市场经济的公平竞争,就必须支持中小企业的发展。通过政府优先购买中小企业的产品,可以促进中小企业的发展,美国在这方面就做得比较成功。

2. 政府采购具有其他的市场引导作用

政府采购除了可以引导市场、促进公共资源的优化配置外,还具有其他的市场引导作用。具体来说包括促进就业、保护环境和稳定物价等作用。

(1)具有促进就业的市场引导作用。政府采购可以通过向一些特殊企业购买产品,这些特殊企业可以是残疾人企业、妇女企业或者少数民族企业等,从而促进残疾人、妇女和少数民族的就业。政府采购制度也可以通过搭配的方法解决部分就业问题,例如拿到政府采购合同的企业,必须接受一定数量的人员就业等。

(2)具有促进保护环境的市场引导作用。政府可以对所采购的产品或拟建的工程,提出有利于环境保护的指标和要求,不符合规定指标和要求的产品不采购,从而促进供应商朝保护环境的方向发展。

(3)政府采购还具有稳定物价的市场引导作用。通过政府采购,政府可以对需要稳定物价的产品进行采购和吞吐,从而调节物价。例如农业产品,政府在丰收时将多余产品按合理价格收购,在歉收时按合理价格出售。

3. 政府采购具有其他辅助作用

政府采购制度是财政监督机制的重要组成部分,可以对支出的使用进行监督和管理。它通过招投标方式进行交易,使政府的各项采购活动在公开、公正、公平、透明的环境中运作,而且形成了财政、审计、供应商和社会公众等全方位参与监督的机制,从而可以从源头上有效抑制公共采购活动中的幕后交易、暗箱操作等腐败现象。

(三)我国政府采购制度的主要内容

2002年6月我国颁布了《中华人民共和国政府采购法》,该法自2003年1月1日起正式实施。政府采购法由 9 章 88 条组成,具体包括总则、政府采购当事人、政府采购方式、政府采购程序、政府采购合同、质疑与投诉、监督检查、法律责任和附则。2001 年 2 月财政部、中国人民银行颁布了《政府采购资金财政直接拨付管理暂行办法》和《政府采购资金财政直接拨付核算暂行办法》。后两者与预算会计有着密切的联系。所以我们主要介绍后两者的内容。

《政府采购资金财政直接拨付管理暂行办法》规定:政府采购资金是指采购机关获取货物、工程和服务时支付的资金,包括财政性资金(预算资金和预算外资金)和与财政性资金相配套的单位自筹资金。预算资金是指财政预算安排的资金,包括预算执行中追加的资金;预算外资金是指按规定缴入财政专户和经财政部门批准留用的未纳入财政预算收入管理的财政性资金;单位自筹资金是指采购机关按照政府采购拼盘项目要求,按规定用单位自有资金安排的资金。

1. 政府采购资金的支付模式

政府采购资金实行财政直接拨付和单位支付相结合,统一管理,统一核算,专款专用。政府采购资金财政直接拨付是指财政部门按照政府采购合同约定,将政府采购资金通过代理银行(国有商业银行或股份制商业银行)直接支付给中标供应商的拨款方式。中国人民银行国库部门负责对商业银行办理政府采购资金划拨业务的资格进行认证,财政部门根据采购资金实际支付情况,对认证合格的商业银行通过招标形式确定政府采购资金划拨业务的代理银行。财政国库管理机构应当在代理银行按规定开设用于支付政府采购资金的专户(以下统称"政府采购资金专户")。部门和单位原有专项用于采购资金支付的账户要相应撤销。任何部门(包括集中采购机关)都不得自行开设政府采购资金专户。

政府采购资金的财政直接拨付分为三种方式,即财政全额直接拨付方式(以下简称全额拨付方式)、财政差额直接拨付方式(以下简称差额拨付方式)及采购卡支付方式。

全额拨付方式是指财政部门和采购机关按照先集中后支付的原则,在采购活动开始前,采购机关必须先将单位自筹资金和预算外资金汇集到政府采购资金专户;需要支付资金时,财政部门根据合同履行情况,将预算资金和已经汇集的单位自筹资金和预算外资金,通过政府采购资金专户一并拨付给中标供应商。

差额支付方式是指财政部门和采购机关按照政府采购拼盘项目合同中约定的各方负担的资金比例,分别将预算资金和预算外资金及单位自筹资金支付给中标供应商。采购资金全部为预算资金的采购项目也实行这种支付方式。

采购卡支付方式是指采购机关使用选定的某家商业银行单位借记卡支付采购资金的行为。采购卡支付方式适用于采购机关经常性的零星采购项目。

2. 财政直接拨付方式的具体管理程序

(1)资金汇集。实行全额支付方式的采购项目,采购机关应当在政府采购活动开始前3 个工作日内,依据政府采购计划将应分担的预算外资金(包括缴入财政专户和财政部门批准留用的资金）及单位自筹资金足额划入政府采购资金专户。

实行差额支付方式的采购项目,采购机关应当在确保具备支付应分担资金能力的前提下开展采购活动。

(2)支付申请。采购机关根据合同约定需要付款时,应当向同级财政部门政府采购主管机构提交预算拨款申请书和有关采购文件。其中,实行差额支付方式,必须经财政部门政府采购主管机构确认已先支付单位自筹资金和预算外资金后,方可提出支付预算资金申请。采购文件主要包括:财政部门批复的采购预算、采购合同副本、验收结算书或质量验收报告、接受履行报告,采购机关已支付应分担资金的付款凭证、采购的发货票、供应商银行账户及财政部门要求的其他资料。

(3)支付。财政部门的国库管理机构审核采购机关填报的政府采购资金拨款申请书或预算资金拨款申请书无误后,按实际发生数并通过政府采购资金专户支付给供应商。

差额支付方式应当遵循先预算单位自筹资金和预算外资金、后支付预算资金的顺序执行。因采购机关未能履行付款义务而引起的法律责任,全部由采购机关承担。

中国人民银行国库应当依据财政部门开具的支付指令拨付预算资金。

二、财政总预算会计的变化

政府采购资金只有采用财政直接拨付方式时,财政总预算会计才会发生变化,如果是单位支付,财政总预算会计并不发生变化。所以本部分只介绍政府采购资金财政直接拨付时财政总预算会计的变化。

2001年2月财政部、中国人民银行颁布的《政府采购资金财政直接拨付核算暂行办法》规定:

(一)财政总预算会计将预算资金划入政府采购资金专户时的账务处理

    借:暂付款——政府采购款

        贷:国库存款

同时记:

    借:其他财政存款

        贷:暂存款——政府采购款

(二)采购机关将预算外资金和单位自筹资金划到政府采购资金专户时的账务处理

1. 财政总预算会计记:

    借:其他财政存款

        贷:暂存款——政府采购配套资金——××单位

2. 行政单位会计记:

    借:暂付款——政府采购款

        贷:银行存款

3. 事业单位会计记：

　　借：其他应收款——政府采购款

　　　　贷：银行存款

（三）财政总预算会计根据采购合同和认为应当提交的有关文件和资料付款时的账务处理

　　借：暂存款——政府采购款（按比例记账，下同）

　　　　暂存款——政府采购配套资金——××单位

　　　　　贷：其他财政存款

（四）财政总预算会计支付政府采购资金后，通知商业银行将节约资金按原渠道划回的具体账务处理

　1. 全额支付的账务处理

　（1）财政总预算会计记：

　　①将财政安排的预算资金列报支出时，财政总预算会计记：

　　借：预算支出——××类——××款——××项

　　　　贷：暂付款——政府采购款

　　②将节约的资金划回采购机关时，财政总预算会计记：

　　借：暂存款——政府采购配套资金——××单位

　　　　贷：其他财政存款

　　③采购机关发生退货时，收到已支付的采购款作相反的会计分录。

　（2）行政单位会计的账务处理

　　①收到财政划回的节约资金时，记：

　　借：银行存款

　　　　贷：暂付款——政府采购款

　　②根据财政部门开具的拨款通知书等相关票据时，记：

　　借：经费支出——××类——××款——××项

　　　　贷：暂付款——政府采购款

　　　　　拨入经费——××类——××款——××项

　属于固定资产管理范围的，同时要记：

　　借：固定资产

　　　　贷：固定基金

　　③采购机关发生退货时，收到支付的采购款作相反的会计分录。

　（3）事业单位会计的账务处理。

　　①收到财政划回的节约资金时，记：

　借：银行存款

貸:其他应收款——政府采购款

②根据财政部门开具的拨款通知书等相关票据时,记:

借:事业支出——××类——××款——××项

貸:其他应收款——政府采购款

财政补助收入——××类——××款——××项

属于固定资产管理范围的,同时要记:

借:固定资产

貸:固定基金

③采购机关发生退货时,收到已支付的采购款作相反的会计分录。

2. 差额支付的账务处理

(1)财政总预算会计记

①财政安排的预算资金列报支出时,财政总预算会计记:

借:预算支出——××类——××款——××项

貸:暂付款——政府采购款

②采购机关发生退货时,收到已支付的采购款作相反的会计分录。

(2)行政单位会计的账务处理

①根据财政部门开具的拨款通知书等相关票据时,记:

借:经费支出——××类——××款——××项

貸:拨入经费——××类——××款——××项

属于固定资产管理范围的,同时要记:

借:固定资产

貸:固定基金

②采购机关发生退货时,收到已支付的采购款作相反的会计分录。

(3)事业单位会计的账务处理

①根据财政部门开具的拨款通知书等相关票据时,记:

借:事业支出——××类——××款——××项

貸:财政补助收入——××类——××款——××项

属于固定资产管理范围的,同时要记:

借:固定资产

貸:固定基金

②采购机关发生退货时,收到已支付的采购款作相反的会计分录。

(五)政府采购资金专户发生的利息收入的账务处理

1. 财政总预算会计收到国有商业银行交来政府采购资金专户发生的利息收入时,

记:

借：其他财政存款——利息收入

　　贷：暂存款——利息收入

2. 财政总预算会计将利息收入全额作收入缴入同级国库时，记：

借：暂存款——利息收入

　　贷：其他财政存款——利息收入

同时记：

借：国库存款

　　贷：预算收入

（六）采购过程中遇到了特殊情况，导致预计的采购资金增加，超出了财政部门和采购机关已划入政府采购资金专户的资金时，应按原定的采购资金比例进行负担

其账务处理程序如下：

1. 财政总预算会计将增加的预算资金转入政府采购资金专户时，记：

借：预算支出——××类——××款——××项

　　贷：国库存款

借：其他财政存款

　　贷：暂存款——政府采购款

2. 行政、事业单位将应增加的预算外资金和自筹资金划到政府采购资金专户时，作如下账务处理：

（1）行政单位会计记：

借：经费支出——××类——××款——××项

　　贷：银行存款

（2）事业单位会计记：

借：事业支出——××类——××款——××项

　　贷：银行存款

年终，单位应将政府采购支出与本单位的经费支出合并向财政部门编报决算。

复习思考题

1. 什么是政府收支分类改革？

2. 政府收支分类改革的意义是什么？

3. 政府收支分类改革的主要内容是什么？

4. 政府收支分类改革下财政总预算会计的变化主要表现在哪里？

5. 什么是国库集中收付制度？国库集中收付制度改革的意义有哪些？

6. 国库集中收付制度的支付方式有哪两种？

7. 什么是政府采购和政府采购制度？

8. 政府采购的作用有哪些？

9. 政府采购资金的支付模式如何？

10. 政府采购资金财政直接拨付方式的具体管理程序是怎样的？

练习题

关于政府采购资金专户中收入的核算

资料：某市财政在 2004 年发生如下的经济业务：

市财政收到该市建设银行交来的政府采购资金专户的利息收入 134 000 元，总预算会计将该款项全额作为收入缴入同级财政国库。

要求：编制相关会计分录。

第九章　行政单位会计概述

第一节　行政单位会计的概念、任务和特点

一、行政单位会计适用的范围

中华人民共和国财政部制定并颁布,1998 年 1 月 1 日起实施的《行政单位会计制度》规定:"本制度适用于中华人民共和国各级行政机关和实行行政财务管理的其他机关、政党组织,接受国家预算拨款的人民团体也适用本制度。"具体地说包括以下单位或组织:

1. 国家权力机关,即各级人民代表大会及其常务委员会。

2. 各级行政机关,即中央政府、地方政府、基层政府的各级机关,国家的派出机构。

3. 各级审判机关和检察机关,即各级人民法院和各级人民检察院。

4. 政党组织,包括中国共产党、各民主党派以及共青团、妇联、工会等组织。

5. 接受国家预算拨款的人民团体。从严格意义上说,人民团体不属于行政单位,但由于其经费来源主要是国家预算拨款,所以也将其划分在行政单位范围之内。

6. 国家规定的其他单位或组织。

二、行政单位会计的概念和组织系统

行政单位会计是国家各级行政单位以货币为计量单位,对单位预算资金的运动和结果,进行全面、系统、连续的核算、反映和监督的专业会计。

行政单位的会计组织系统,根据机构建制和经费领报关系,分为主管会计单位、二级会计单位和基层会计单位三级,这与事业单位相类同。向财政部门领报经费并发生预算管理关系的,为主管会计单位;向主管会计单位或上级会计单位领报经费并发生预算管理关系、下面有所属会计单位的,为二级会计单位;向上级会计单位领报经费并发生预算管理关系、下面没有所属会计单位的,为基层会计单位。向同级财政部门领报经费、下面没有所属会计单位的,视同基层会计单位。以上三级会计单位实行独立会计核算,负责组织管理本部门、本单位的全部会计工作。不具备独立核算条件的,实行单据报账制度,作为"报销单位"管理。

三、行政单位会计的特点

行政单位会计是预算会计的重要组成部分,但它同财政总预算会计和事业单位会计相比,具有如下特点:

1. 行政单位业务活动的目的是为了满足社会公共需要,具有明显的非市场性;

2. 行政单位收支核算必须服从预算管理的要求;

3. 行政单位会计核算基础采用"收付实现制";

4. 行政单位一般不进行成本核算。

四、行政单位会计的任务①

行政单位会计主要职责是进行会计核算,实行会计监督,参与预算管理。其基本任务如下:

1. 积极组织收入、合理安排支出

行政单位应根据党和国家的方针政策,结合本单位的行政任务,积极稳妥地编制单位预算,并呈报财政部门或上级主管部门审批。然后根据批准的预算,积极组织收入,保证应缴预算款及时足额上缴国库,支出严格按计划,做到"量入为出,留有余地",有多少钱,办多少事,少花钱,多办事,提高资金使用效益。

2. 处理日常会计事项

对单位发生的一切经济业务要根据有关会计制度和财务制度的规定,及时、真实、准确地做好记账、算账和报账等日常会计工作,做到手续完备,凭证合法,账目清楚,数字准确,内容真实,为加强预算管理提供可靠的数据。同时,遵守国家的会计保密制度,妥善保管好一切会计资料。

3. 加强会计监督和预算管理

行政单位应认真贯彻执行党和国家的方针政策及财政财务制度,严格遵守财经纪律,同一切违反财经法纪的不良行为作斗争,以保护国家财产的安全和完整。要深入调查研究,掌握本单位的业务情况,正确编制单位预算和财务收支计划,定期考核分析单位预算的执行情况,不断提高预算管理水平。

4. 不断提高财务会计工作水平

行政单位要根据有关规定,结合具体情况,制定本单位有关财会工作的具体实施办法,指导和监督所属单位的财会工作,不断提高财务会计工作水平。

① 新编预算会计编写组:《新编预算会计》,经济科学出版社 2004 年版,第 154～155 页。

第二节　行政单位会计的会计理论

一、行政单位会计核算的一般原则

根据《行政单位会计制度》的规定,行政单位的会计核算应遵循以下 10 个原则:

1. 真实性原则

会计核算应当以行政单位实际发生的经济业务为依据,客观真实地记录、反映各项收支情况及结果。

2. 相关性原则

会计信息应当符合国家宏观经济管理的要求,适应预算管理和有关方面了解行政单位财务状况及收支结果的需要,有利于单位加强内部财务管理。

3. 可比性原则

会计核算应当按照规定的会计处理方法进行,同类单位会计指标应当口径一致,相互可比。

4. 一致性原则

口径处理方法应当前后各期一致,不得随意变更,应当将变更的情况、原因和对单位财务收支情况及结果的影响在会计报表中说明。

5. 及时性原则

会计核算应当及时进行。

6. 明晰性原则

会计记录和会计报告应当清晰明了,便于理解和运用。

7. 收付实现制原则

会计核算以收付实现制为基础。

8. 专款专用原则

凡是指定用途的资金应按规定的用途使用,并单独核算反映。

9. 实际成本原则

各项财产物资应当按照取得或购建时的实际成本核算,除国家另有规定者外,一律不得自行调整其账面价值。

10. 重要性原则

会计报表应当全面反映行政单位的财务收支情况及其结果。对于重要的经济业务应当单独反映。

二、行政单位会计的会计要素和会计科目

（一）会计要素

为了全面了解行政单位会计，我们必须先学习一下行政单位会计核算的具体对象。根据《行政单位会计制度》，行政单位会计核算应当以行政单位发生的各项经济业务为对象，记录和反映行政单位自身的各项经济活动。行政单位的各项资金和财产均应纳入行政单位会计核算。行政单位会计核算对象即行政单位会计的会计要素可以分为 5 类：资产、负债、净资产、收入和支出。

1. 资产

资产是行政单位占有或者使用的、能以货币计量的经济资源，包括流动资产和固定资产。流动资产是指可以在一年内变现或者耗用的资产，包括现金、银行存款、暂付款、库存材料和有价证券。固定资产是指使用年限在一年以上，单位价值在规定标准以上，并在使用过程中具备保持原来物质形态的资产。单价虽然未达到规定标准，但使用时间在一年以上的大批同类物资，应作为固定资产核算。

2. 负债

负债是行政单位承担的能以货币计量、需要以资产偿付的债务，包括应缴预算款、应缴财政专户款、暂存款等。应缴预算款是指行政单位在业务活动中按规定取得的应缴财政预算的各种款项。应缴财政专户款是指行政单位按规定代收的应上缴财政专户的预算外资金。暂存款是行政单位在业务活动中与其他单位或个人发生的待结算款项。

3. 净资产

净资产是指行政单位资产减负债和收入减支出的差额，包括固定基金、结余等。固定基金是行政固定资产所占用的基金。结余是行政单位各项收入与支出相抵后的余额。结余可进一步细分为经费结余与专项资金结余。

4. 收入

收入是行政单位为开展业务活动、依法取得的非偿还性资金，包括拨入经费、预算外资金收入、其他收入等。拨入经费是行政单位按照经费领报关系，由财政部门或上级单位拨入的预算经费。预算外资金收入是财政部门按规定从财政专户核拨给行政单位的预算外资金和部分经财政部门核准不上缴预算外资金财政专户，而直接由行政单位按计划使用的预算外资金。其他收入是行政单位按规定收取的各种收入，以及其他来源形成的收入。

5. 支出

支出是指行政单位为开展业务活动所发生的各项资金耗费及损失。行政单位的支出可分为：拨出经费、经费支出、结转自筹基建。拨出经费是指行政单位按核定的预算对所属单位转拨的经费。经费支出根据资金管理要求又分为经常性支出和专项支出。经常性

支出是行政单位为维持正常运转和完成日常工作任务所发生的支出。专项支出是行政单位为完成专项或特定工作任务所发生的支出。结转自筹基建是指行政单位经批准用经费拨款以外的资金安排基本建设，其所筹资金转存建设银行。

（二）会计科目

行政单位会计的会计科目见表9—1。

表9—1 行政单位会计科目

类　别	序　号	编　号	科目名称
一、资产类			
	1	101	现金
	2	102	银行存款
	3	103	有价证券
	4	104	暂付款
	5	105	库存材料
	6	106	固定资产
二、负债类			
	7	201	应缴预算款
	8	202	应缴财政专户款
	9	203	暂存款
三、净资产类			
	10	301	固定基金
	11	303	结余
四、收入类			
	12	401	拨入经费
	13	404	预算外资金收入
	14	407	其他收入
五、支出类			
	15	501	经费支出
	16	502	拨出经费
	17	505	结转自筹基建

复习思考题

1. 行政单位会计使用的范围是什么？

2. 行政单位会计的特点有哪些？

3. 行政单位会计的任务是哪些？

4. 行政单位会计核算的一般原则是哪些？

5. 行政单位会计的会计要素有哪些？会计科目包括哪些？

第十章 行政单位会计的资产、负债和净资产

第一节 行政单位会计的资产

行政单位的资产是行政单位占有或者使用的,能以货币计量的经济资源,包括流动资产和固定资产。

一、流动资产的核算

流动资产又包括现金、银行存款、有价证券、暂付款和库存材料。货币资金主要包括现金和银行存款等。

1. 现金

会计核算上的现金只指库存现金,即存放保管在会计出纳部门的现款,包括库存人民币和外币。

行政单位为了完成行政任务,在预算执行过程中,经常发生现金的收付,如从银行提取现金发放工资、其他收入现金、代管或暂存其他现金、暂付出差结算缴回的现金,以及用小额现金购置物品或支付费用等。这些现金收付的业务构成单位的出纳工作。出纳工作由专职或兼职的出纳员承担,但不得由会计兼任。现金的收付和保管要严格遵守银行规定的现金管理制度,严密核算手续,保护库存现金安全。行政单位会计所遵循的现金管理原则与事业单位会计一致,具体参见事业单位会计中的现金部分。

为了反映和监督现金的收入、付出和结存情况,应设置“现金”科目。其借方反映库存现金的增加,贷方反映现金的减少,本科目期末借方余额反映行政单位库存现金数额。即收到现金,借记本科目,贷记有关科目;支出现金,借记有关科目,贷记本科目。在现金收付过程中,如发生长款或短款,应及时查明原因。在未查明原因之前,对长余现金,可先作“暂存款”处理,增加库存现金,若无法查明原因,作为预算收入缴库。对现金短款,可先作“暂付款”,减少库存现金,待查明原因后再按制度规定处理。

行政单位应设置“现金日记账”,由出纳人员根据收付款凭证,按照业务的发生顺序逐笔登记。每日业务终了,应计算当日的现金收入合计数、现金支出合计数和结余数,并将结余数与实际库存数核对,做到账款相符。

有外币现金的行政单位,应分别按人民币、各种外币设置现金明细科目和"现金日记账",进行明细核算。

现将有关业务举例如下:

某行政单位20××年5月发生如下业务:

【例1】 从银行提取现金500元备用。

借:现金　　　　　　　　　　　　　　　　　　　　　500

　　贷:银行存款　　　　　　　　　　　　　　　　　　　　　500

【例2】 用现金支付办公用品费150元。

借:经费支出　　　　　　　　　　　　　　　　　　　150

　　贷:现金　　　　　　　　　　　　　　　　　　　　　　150

【例3】 将现金800元送存银行。

借:银行存款　　　　　　　　　　　　　　　　　　　800

　　贷:现金　　　　　　　　　　　　　　　　　　　　　　800

【例4】 假定清查中发现现金多余100元。

借:现金　　　　　　　　　　　　　　　　　　　　　100

　　贷:暂存款　　　　　　　　　　　　　　　　　　　　　100

上项长款确实无法查明原因,经领导批准,作为应缴预算收入处理:

借:应缴预算收入　　　　　　　　　　　　　　　　　100

　　贷:暂存款　　　　　　　　　　　　　　　　　　　　　100

【例5】 假定清查中发现短缺50元。

借:暂付款　　　　　　　　　　　　　　　　　　　　50

　　贷:现金　　　　　　　　　　　　　　　　　　　　　　50

上项短款,确实无法查明原因,经分析属于工作疏忽,经领导批准予以报销:

借:经费支出　　　　　　　　　　　　　　　　　　　50

　　贷:暂付款　　　　　　　　　　　　　　　　　　　　　50

2. 银行存款

银行存款是指行政单位存入银行和其他金融机构的货币资金。国家规定,一切行政单位的货币资金,除了保留少量的备用现金,可用现金收支的款项外,其余现金应该存入银行结算账户内,通过银行进行转账结算。行政单位为了办理货币资金的收付和结算,应当在当地银行开立存款账户。在办理银行存款的存款和转账业务时,企业必须遵守现金管理办法和结算制度的规定。行政单位必须严格银行存款的开户管理,禁止多头开户。预算经费经由财务部门统一在同级财政部门或上级主管部门的指定国家银行开户,不得自行转移资金。有外币的单位,可在有关银行开立一个"外币存款户"。一切国家资金,各单位不得以个人名义,在银行开立储蓄户。

为了反映和监督行政单位存入银行及其他金融机构的各种款项,应设置"银行存款"科目,并应当按开户银行、存款种类设置银行存款明细科目。本科目借方登记收入的存款数额,贷方登记付出的存款数额,期末借方余额表示行政单位银行存款的结余数额,即:行政单位将款项存入银行或其他金融机构时,借记本科目,贷记"现金"等有关科目;提取和支出存款时,借记"现金"等有关科目,贷记本科目。

行政单位应按开户银行、存款种类等,分别设置"银行存款日记账"。由出纳人员根据收付款凭证,按照业务的发生顺序逐笔登记"银行存款日记账",每日终了应结出余额。"银行存款日记账"应定期与银行对账,至少每月核对一次。月份终了,行政单位账面结余与银行对账单余额之间如有差额,应逐笔查明原因,分别情况进行处理。属于未达账项,应按月编制"银行存款余额调节表",调节相符。

有外币存款的行政单位,应在本科目下分别人民币和各种外币设置"银行存款日记账",进行明细核算。行政单位发生的外币银行存款业务,应将外币金额折合为人民币记账,并登记外国货币金额和折合率。外国货币折合为人民币记账时,应按业务发生时的中国人民银行公布的人民币外汇汇率折算。年度终了(外币存款业务量大的机关可按季或月结算),行政单位应将外币账户余额按照期末中国人民银行公布的人民币外汇汇率折合为人民币,作为外币账户的期末人民币余额。调整后的各外币账户人民币余额与原账面余额的差额,作为汇兑损溢列入有关支出。

有关业务举例如下:

【例6】 某行政单位收到上级拨入经费 2 000 000 元,存入银行。

借:银行存款	2 000 000
贷:拨入经费	2 000 000

【例7】 某行政单位转拨给其下属单位经费 500 000 元。

借:拨出经费	500 000
贷:银行存款	500 000

【例8】 某行政单位转账支付办公费用 4 000 元。

借:经费支出	4 000
贷:银行存款	4 000

【例9】 某行政单位收到外单位汇来托办事项的资金 20 000 元。

借:银行存款	20 000
贷:暂存款	20 000

【例10】 若某行政单位有外币业务,采用人民币为记账本位币,采用当日银行外币汇率折算,该月月初有关外币账户的期初余额如下(月初汇率为1∶8.0):

银行存款——美元户 US＄8 000　　　　　折合人民币 64 000

暂付款——M 单位(美元户)US＄5 000　　折合人民币 40 000

暂存款——美元户 US＄3 000　　　　　　　折合人民币 24 000

10日,与M单位结清欠款 US＄5 000,存入银行,当天汇率1：8.20,作如下会计分录:

　　借:银行存款——美元户　　　　　　　　　　　　　　　　　41 000
　　　（＄5 000×8.20）
　　　　贷:暂付款——M单位（美元户）　　　　　　　　　　　　　41 000

16日,归还暂存款 US＄3 000,当日汇率为1：8.40,作如下会计分录:

　　借:暂存款——美元户　　　　　　　　　　　　　　　　　　25 200
　　　（＄3 000×8.40）
　　　　贷:银行存款——美元户　　　　　　　　　　　　　　　　25 200

月底,对外币账户的期末人民币余额进行调整,当日汇率为1：8.10。行政单位在月份(或季度、年度)终了,根据外币账户期末的原币余额按期末市场汇率计算出折合的人民币余额,将折合的人民币余额与外币账户调整前的人民币余额比较,差额进汇兑损益,同时调整外币账户人民币的余额。本例中银行存款外币账户原币余额为 8 000＋5 000－3 000＝10 000 美元,10 000×8.10＝81 000 元;本例中银行存款调整前的人民币余额为 64 000＋41 000－25 200＝79 800 元,所以将增加银行存款美元户 1 200 元。由于本例中暂存款美元户和暂付款的 M 单位美元户的美元余额为 0,所以同时结清这两个账户的人民币余额。借贷差额进经费支出中的汇兑损益。

　　借:银行存款——美元户　　　　　　　　　　　　　　　　　1 200
　　　　暂付款——M单位（美元户）　　　　　　　　　　　　　 1 000
　　　　贷:经费支出　　　　　　　　　　　　　　　　　　　　 1 000
　　　　　暂存款——美元户　　　　　　　　　　　　　　　　　1 200

3. 有价证券

行政单位在保证履行机关职责的前提下,可以用结余资金购买国家指定其购买的有价证券。行政单位购买有价证券,应当遵守以下管理原则:

（1）行政单位按国家规定,只购买国库券,不购买其他有价证券,并严格执行国务院发布的《国库券条例》;

（2）行政单位购买国库券的资金来源,只能使用国家规定其有权自行支配的结余资金购买;

（3）购入的有价证券应作为货币资金妥善保管,保证账券相符;

（4）各单位购买的有价证券,不作为支出数报销,兑付或收到有价证券本金,作为恢复银行存款处理。

为了核算和监督行政单位购入的有价证券,应设置"有价证券"科目,借方登记购入的各种有价证券的实际成本,贷方登记出售有价证券会到期收回债券的成本,期末借方余额,反映尚未兑付的有价证券本金数,即:购入有价证券时,按照实际支付的款项,借记本科目,贷记"银行存款"科目;兑付本息时,借记"银行存款"科目,贷记本科目(本金)和"其他收入"(利息)科目。有价证券应按债券种类设置明细账。

有关业务举例如下:

【例11】 某行政单位用结余资金购买20 000元国库券。

借:有价证券	20 000
贷:银行存款	20 000

【例12】 某行政单位到期兑付10 000元国库券,并取得利息1 000元。

借:银行存款	11 000
贷:有价证券	10 000
其他收入——利息收入	1 000

【例13】 某行政单位将例11中购买的20 000元国库券转让,转让价为21 000元,存入银行。

借:银行存款	21 000
贷:有价证券	20 000
其他收入——利息收入	1 000

4. 暂付款

暂付款是行政单位在业务活动中与其他单位、所属单位或本单位职工发生的临时性待结算款项。如预付给其他单位的购置费、暂时垫付给因公出差职工的差旅费借款等。暂付款按实际发生数额记账。

行政单位对暂付款业务要严格控制,健全手续,及时清理。属于临时性往来借欠款要及时结算,不得长期挂账。

为了反映暂付款发生、收回情况,设置"暂付款"科目,核算行政单位发生的待核销的结算款项。本科目借方登记暂付款的增加数,贷方登记结算收回或核销转列支出数,借方余额反映尚待结算的暂付款累计数,即:发生暂付款时,借记本科目,贷记"现金"、"银行存款"等有关科目;结算收回或核销转列支出时,借记"经费支出"等有关科目,贷记本科目。暂付款应按债务单位或个人名称设置明细账。

有关业务举例如下:

【例14】 某行政单位职员李明出差向单位借款2 000元。

借:暂付款	2 000
贷:现金	2 000

【例15】 例14中李明出差回来,报销费用1 800元,余额200元缴回。

借:经费支出	1 800
现金	200

贷：暂付款 2 000

【例16】 某行政单位的下属报账单位向其领用备用金2 500元,以银行存款支付。

借：暂付款——备用金 2 500

贷：银行存款 2 500

【例17】 某行政单位为购买办公用品,用银行存款预付定金5 000元。

借：暂付款 5 000

贷：银行存款 5 000

【例18】 例17中的办公用品到货,实际价款为8 000元,用银行存款补足余款。

借：库存材料 8 000

贷：暂付款 5 000

现金 3 000

5. 库存材料

库存材料是指行政单位大宗购入进入库存并陆续耗用的行政用物资材料,以及达不到固定资产标准的工具、器具等低值易耗品。库存材料应按实际耗用数列支。办公用品数量不大、随买随用的,按购入数直接列为支出,不需经过"库存材料"科目。

在库存材料的核算中,行政单位对各种材料通常是按实际价格计价的。购入、有偿调入的材料,分别以购价、调拨价作为入账价格,此价格应为包括增值税款在内的价税合计价。材料采购、运输过程中发生的差旅费、运杂费等不计入库存材料价格,直接列入有关支出科目核算。材料发出时,由于每批材料的实际成本不可能一致,根据实际情况,可选择先进先出法、加权平均法等会计方法来确定其发出成本。

为了反映和监督库存材料购买、使用和结余情况,应设置"库存材料"科目,其借方登记入库材料的实际成本,贷方登记发出材料的实际成本,期末借方余额表示库存材料的实际成本,即:购入材料并已验收入库时,借记本科目,贷记"银行存款"等有关科目,领用出库时,贷记本科目,借记有关支出科目。本科目应按库存材料的类别、品种等有关项目设置明细账,并根据库存材料入库、出库单逐笔登记。

行政单位的库存材料每年至少应当清点一次。如发生盘亏、盘盈,应当查明原因,属于正常的溢出或损耗,作为减少或增加当期支出处理:盘盈时,借记本科目,贷记有关支出科目;盘亏时,借记有关支出科目,贷记本科目,属于非正常性的毁损,应按规定的程序报经批准后处理。库存材料变价处理,恢复存款,借记银行存款,贷记其他收入,变价发生损益,相应增减当期支出。

现将有关业务举例如下:

【例19】 某行政单位购入材料并已验收入库,从银行支付材料价款23 400元,其中3 400为增值税款,用现金支付运费500元。

借：库存材料 23 400

    经费支出   500

     贷:银行存款   23 400

      现金   500

  【例20】 单位某部门领用材料 3 500 元。

   借:经费支出   3 500

    贷:库存材料   3 500

  【例21】 某行政单位进行材料清查,发现盘盈甲材料 50 公斤,每公斤 20 元,盘亏乙材料 20 公斤,每公斤 20 元。已报领导批准,作为增加或减少当期支出处理。

   借:库存材料——甲材料   1 000

    贷:经费支出   1 000

   借:经费支出   400

    贷:库存材料——乙材料   400

  后发现乙材料盘亏应由保管人负责,由其赔偿:

   借:暂付款   400

    贷:经费支出   400

   借:现金   400

    贷:暂付款   400

  【例22】 某行政单位出售积压甲材料 150 公斤,收到 2 800 元,该材料的实际成本为 3 000 元。

   借:银行存款   2 800

    经费支出   200

     贷:库存材料——甲材料   3 000

二、固定资产的核算

1. 固定资产的概念

  行政单位的固定资产是完成行政任务必需的物质条件。固定资产是指使用年限在一年以上,单位价值在规定标准以上,并在使用过程中基本保持原来物质形态的资产。包括房屋及建筑物、专用设备、一般设备、文物和陈列品、图书、其他固定资产。对于单价虽然未达到规定标准但使用时间在一年以上的大批同类物资,应作为固定资产核算,如图书馆的图书等。

  行政单位的固定资产必须具备两个条件才能称为固定资产:一是使用时间在一年以上;二是单位价值在规定限额以上(一般设备单位价值在 500 元以上,专用设备单位价值在 800 元以上)。凡不同时具备上述固定资产标准的工具、器具等物质资料,作为低值易耗品,纳入库存材料核算,不纳入固定资产核算。

固定资产的分类与事业单位会计相同,分为:房屋及建筑物、专用设备、一般设备、文物和陈列品、图书、其他固定资产六类。具体见事业单位会计中的固定资产部分。

2. 固定资产的计价

严格按照国家规定的计价标准,正确对固定资产进行计价是保证固定资产核算真实性、完整性的前提条件。根据《行政单位会计制度》规定,行政单位固定资产的具体计价如下:

(1)购入、调入的固定资产,按实际支付的买价、调拨价以及运杂费、保险费、安装费、车辆购置附加费记账。

(2)自行建造的固定资产,应按建造过程中实际发生的全部支出记账。

(3)在原有固定资产基础上进行改建、扩建的固定资产,应按改建、扩建发生的支出,减去改建、扩建过程中发生的变价收入后的净增加值,增记固定资产。

(4)接受捐赠的固定资产,应当按照同类固定资产的市场价格或者有关凭据记账。接受固定资产时发生的相关费用,应当记入固定资产价值。

(5)无偿调入的固定资产,应当按估计价值记账。

(6)盘盈的固定资产,按重置完全价值记账。

(7)已投入使用但尚未办理移交手续的固定资产,可先按估计价值记账,待确定实际价值后,再进行调整。

(8)购置固定资产过程中发生的差旅费,不计入固定资产价值。

(9)已经入账的固定资产,除发生下列情况外,不得任意变动:

根据国家规定对固定资产价值重新估价;

增加补充设备或改良装置的;

将固定资产的一部分拆除的;

根据实际价值调整原来暂估价值的;

发现原来记录固定资产价值有错误的。

3. 固定资产的管理

第一,行政单位的固定资产不计提折旧。

第二,行政单位对其占有或使用的固定资产,每年应当盘点一次。对盘盈、盘亏毁损的固定资产,应当查明原因,写出书面报告,按规定程序报经批准后处理。

第三,固定资产报废、调拨和变卖,必须按规定的程序报经审批。

第四,转让、毁损、报废及盘亏的固定资产,应当相应减少固定资产账面价值。有偿转让、变卖固定资产取得的变价收入和清理报废固定资产取得的残值收入,作为其他收入处理。清理固定资产所发生的费用,作为当期支出。出租固定资产取得的价款,应当记入其他收入。

4. 固定资产的科目设置

固定资产的核算,既要适应加强管理的需要,又要简化事务工作,会计部门和财产管理部门只设一套账。会计部门设置"固定资产"和"固定基金"两个总账户,并根据固定资产的分类设置二级账户;在账上只记金额,不记数量,仅控制固定资产的总值。财产管理部门设置固定资产明细账,按类别分品种进行数量和金额的明细核算,并按照使用单位或个人设立固定资产的领用登记簿(卡)。在簿(卡)上只记实物数量,不记金额,并定期进行核对,做到账账、账卡、账实三相符。

"固定资产"科目用来核算行政单位固定资产的增减变动情况,该科目借方登记固定资产的增加数,贷方登记固定资产的减少数,借方余额反映行政单位现有实存的固定资产原值的总额。"固定基金"科目用来核算行政单位各种来源所形成的固定资产基金,该科目属于净资产类科目,固定资产增加时记贷方,固定资产减少时记借方,贷方余额反映行政单位拥有的固定资产基金总值。"固定基金"和"固定资产"是两个对应科目,其记账方向相反,在不进行成本核算、不计提固定资产折旧的行政单位,两者的期末余额相等。"固定基金"只设总账科目,不设明细科目;"固定资产"除设总账科目外,还应按分类目录设置明细科目。行政单位的固定资产,不论其来源如何,都通过这两个科目进行核算。

5. 固定资产的具体核算

固定资产的核算包括固定资产增加的核算和减少的核算。行政单位会计的固定资产核算全部采用原值核算制。

(1)行政单位固定资产的增加,一般有下列几种情况:基建完工移交的房屋、建筑物和设备;购入或自制的固定资产;经批准在系统内由其他单位作价调入或无偿调入的固定资产;其他如捐赠、盘盈等。单位在增加固定资产时,必须有原始凭证,在办好交接手续后,根据原始凭证入账。

购建、有偿调入固定资产时,借记有关支出科目,贷记"银行存款"等科目;同时,借记"固定资产"科目,贷记"固定基金"科目。

基建完工转让的固定资产应按竣工决算标准数,借记"固定资产",贷记"固定基金"。

接受捐赠的固定资产,借记"固定资产"科目,贷记"固定基金"科目。

盘盈的固定资产,按重置完全价值,借记"固定资产"科目,贷记"固定基金"科目。

(2)行政单位固定资产的减少,一般有下列几种情况:正常报废和非正常损失报废的固定资产;按上级部门决定,无偿调出或作价调出的固定资产;盘亏的固定资产。

有偿调出、变卖的固定资产,按其账面价值销账,借记"固定基金",贷记"固定资产"科目。同时按变价收入借记"银行存款"等账户,贷记"其他收入"。

盘亏、毁损、报废的固定资产,按减少固定资产的账面原值销账,借记"固定基金",贷记"固定资产"。毁损、报废固定资产清理过程中发生的收入记入"其他收入"科目,清理过程中的支出,记入有关支出科目。

因为行政单位实行收付实现制,固定资产的大、中、小修理费用都列入当期的经费支出,不增减"固定资产"科目的金额。行政单位可以将闲置不用的固定资产出租,行政单位租出的固定资产一般都是临时性租赁(经营性租赁),固定资产的所有权还是属于行政单位,因而,对租出固定资产不必进行总分类核算,只需在固定资产贷记簿上注明,取得的租金收入应作为其他收入。

现将有关业务举例如下:

【例 23】 某行政单位购买一台计算机,价款 1 0000 元,运费 1 000 元,价款和运费用支票付讫,货已验收。

借:经费支出		11 000
贷:银行存款		11 000
借:固定资产——一般设备		11 000
贷:固定基金		11 000

【例 24】 自制文具柜 20 个,共耗用料工费 3 000 元,现已全部制成,经验收合格,交付使用。

支付料工费:

借:暂付款		3 000
贷:现金(或银行存款等)		3 000

制成交付使用时:

借:经费支出		3 000
贷:暂付款		3 000
借:固定资产——一般设备		3 000
贷:固定基金		3 000

【例 25】 某行政单位接受一批捐赠图书,价值 50 000 元,支付运费 300 元。

借:经费支出		300
贷:银行存款		300
借:固定资产——图书		50 300
贷:固定基金		50 300

【例 26】 某行政单位年底盘点,发现盘盈一台计算机,重置完全价值 10 000 元,盘亏电风扇一台,账面价值 800 元。

借:固定资产——一般设备		10 000
贷:固定基金		10 000
借:固定基金		800
贷:固定资产——一般设备		800

【例 27】 某行政单位调出小汽车一部,账面价值 80 000 元,调出价 30 000 元。

借:银行存款		30 000

　　　　　　　　　贷:其他收入　　　　　　　　　　　　　　　　　　　　30 000
　　　　　　借:固定基金　　　　　　　　　　　　　　　　　　　80 000
　　　　　　　　　贷:固定资产——一般设备　　　　　　　　　　　　　　80 000

　　【例28】　某行政单位一台专用设备报废,设备原账面价值 15 000 元,清理费用为200 元。
　　　　　　借:固定基金　　　　　　　　　　　　　　　　　　　15 000
　　　　　　　　　贷:固定资产——专用设备　　　　　　　　　　　　　15 000
　　　　　　借:经费支出　　　　　　　　　　　　　　　　　　　　200
　　　　　　　　　贷:银行存款　　　　　　　　　　　　　　　　　　　　200

　　【例29】　某行政单位修理复印机,发生修理费用 800 元,用银行存款付讫。
　　　　　　借:经费支出　　　　　　　　　　　　　　　　　　　　800
　　　　　　　　　贷:银行存款　　　　　　　　　　　　　　　　　　　　800

　　【例30】　某行政单位临时性租入一辆小汽车,以银行存款支付本月的租金 2 500 元。
　　　　　　借:经费支出　　　　　　　　　　　　　　　　　　　2 500
　　　　　　　　　贷:银行存款　　　　　　　　　　　　　　　　　　　2 500

第二节　行政单位会计的负债

　　负债是行政单位承担的能以货币计量,需要以资产偿付的债务,包括应缴预算款、应缴财政专户款、暂存款等。

一、应缴预算款

　　应缴预算款是指行政单位在业务活动中按规定取得的应缴财政预算的各种款项,主要包括纳入预算管理的政府性基金、行政性收费、罚款(指按国家规定由行政机关直接收缴的部分,下同)、没收财物变价款、无主财物变价款、赃款和赃物变价款、其他应缴预算的资金等。

　　应缴预算款是行政单位在执行公务时依法取得的款项,其所有权不属于本单位,而是属于财政,是国家预算资金的组成部分,必须按规定上缴预算。行政单位取得的应缴预算款项应当按照规定及时、足额上缴国库。对于未达到缴款起点或需要定期清缴的,应及时存入银行存款账户。行政单位的应缴预算款项应当按照同级财政部门规定的缴款方式、缴款期限及其他缴款要求及时办理缴库。每月月末不论是否达到缴款额度,均应清理结缴。任何单位不得缓缴、截留、挪用或自行坐支应缴预算款项。年终必须将当年的应缴预算款项全部清缴入库。

　　为了核算和监督行政单位应缴预算款的收到、上缴财政情况,行政单位应设置"应缴预算款"。该科目贷方贷记收到的应缴预算的款项,借方贷记已缴数,平时贷方余额反映应缴未缴数。即收到应缴预算款项时,借记"银行存款"等科目,贷记本科目;上缴时,借记本科目,贷记"银行存款"等科目。年终,本科目应无余额。本科目应按应缴预算款项的类别设置明细账。

有关业务举例如下:

【例31】 某行政单位将长期无人认领的无主暂存款 3 000 元转作应缴预算款。

借:暂存款 3 000

　　贷:应缴预算款 3 000

【例32】 某行政单位收到罚没收入 8 000 元,存入银行。

借:银行存款 8 000

　　贷:应缴预算款 8 000

【例33】 某行政单位将收缴的赃物变价出售,取得 5 600 元的变价收入,存入银行。

借:银行存款 5 600

　　贷:应缴预算款 5 600

【例34】 将应缴预算款 16 600 元上缴财政。

借:应缴预算款 16 600

　　贷:银行存款 16 600

二、应缴财政专户款

应缴财政专户款是指行政单位按规定代收的应上缴财政专户的预算外资金。国务院《关于加强预算外资金管理的决定》规定,行政单位的预算外资金是指各行政单位依据国家法律和具有法律效力的规章而收取、提留和安排使用的未纳入国家预算管理的各种财政性资金,主要包括:法律、法规规定的行政性收费、基金和附加收入等;国务院或省级人民政府及财政、计划(物价)部门审批的行政性收费;主管部门从所属单位集中的上缴资金;用于乡镇政府开支的乡自筹资金;其他未纳入预算管理的财政性资金。

预算外资金的所有权不属于行政单位,而属于财政。财政部门要在银行开设统一的专户,用于预算外资金收入和支出管理。各行政单位的预算外资金收入必须上缴同级财政专户,支出由同级财政按预算外资金收支计划和单位财务收支计划统筹安排从财政专户中拨付,实行收支两条线管理;对其中少数费用开支有特殊需要的预算外资金,经财政部门核定收支计划后,可按确定的比例或按收支结余的数额定期缴入同级财政专户。

行政单位应当按照同级财政部门规定的缴款方式、缴款期限及其他缴款要求,及时办理应缴财政专户款,任何单位不得缓缴、截留、挪用。年终必须将当年的应缴财政专户款全部上缴专户。

为了核算和监督行政单位按规定代收的应上缴财政专户款的预算外资金,行政单位应设置"应缴财政专户款"科目。收到应上缴财政专户的各项收入时,借记"银行存款"等科目,贷记本科目;上缴财政专户时,作相反的会计分录;实行预算外资金结余上缴财政专户办法的单位定期结算预算外资金结余时,应按结余数借记"预算外资金收入"科目,贷记本科目;实行按比例上缴财政专户的行政单位收到预算外资金收入时,借记"银行存款"科目,贷记"预算外资金收入"和"应缴财政专户款"科目。本科目贷方余额,反映应缴未缴数。年终,本科目应无余额。本科目应按预算外资金的类别设置明细账。

有关业务举例如下:

1. 预算外资金全额上缴方式

【例35】 某行政单位实行预算外资金全额上缴方式,7月8日收到应上缴财政专户的附加收入共计78 000元,并按规定全额上缴。

收到附加收入时:

借:银行存款 78 000
　　贷:应缴财政专户款 78 000

上缴财政专户时:

借:应缴财政专户款 78 000
　　贷:银行存款 78 000

2. 预算外资金结余上缴方式

【例36】 某行政单位实行预算外资金结余上缴方式,12月5日收到预算外资金56 000元,年底结余34 000元,上缴财政专户。

收到预算外资金时:

借:银行存款 56 000
　　贷:预算外资金收入 56 000

年底将预算外资金结余转入应缴财政专户款:

借:预算外资金收入 34 000
　　贷:应缴财政专户款 34 000

将应缴财政专户款上缴财政专户:

借:应缴财政专户款 34 000
　　贷:银行存款 34 000

3. 预算外资金按比例上缴方式

【例37】 某行政单位实行预算外资金按比例上缴方式,12月10日收到80 000元预算外资金,上缴比例为70%。

收到预算外资金时:

借:银行存款 80 000
　　贷:应缴财政专户款 56 000

预算外资金收入	24 000

将应缴财政专户款上缴财政专户：

借：应缴财政专户款	56 000
贷：银行存款	56 000

三、暂存款

暂存款是行政单位在公务活动中与其他单位和个人发生的待结算债务，包括临时性暂存和应付未付款项。临时性暂存是指其他单位和个人存放于单位的一些款项，如存入的押金、保证金等。应付未付款是指行政单位购买材料或其他物品，应付给供应单位而未付的款项。暂存款按实际发生额记账。

对于暂存款，应及时清理结账，应转作收入的，要及时转入收入账户，不得长期挂账。对其他单位委托的数额较小的代管经费，要按委托单位的具体要求，办理支付，并及时结报，事毕后全面清算结余资金交回原委托单位。

为了核算和监督行政单位发生的临时性暂存及应付未付款，应设置"暂存款"科目。本科目贷方登记暂存款的增加数，借方登记暂存款的冲销和结算退还数。本科目贷方余额，反映尚未结算的暂存款数额，即：收到暂存款时，借记"银行存款"、"现金"等科目，贷记本科目；冲转或结算退还时，借记本科目，贷记"银行存款"、"现金"等科目。本科目应按债权单位或个人名称设置明细账。

有关业务举例如下：

【例38】 某行政单位收到某单位委托办事的款项80 000元。

借：银行存款	80 000
贷：暂存款	80 000

【例39】 某行政单位购买材料一批，价款为5 400元，已验收入库，货款未付。

借：库存材料	5 400
贷：暂存款	5 400

【例40】 为办理例38中的委托事项支付费用78 000元，并将2 000元退回。

借：暂存款	78 000
贷：银行存款	78 000

余款退回：

借：暂存款	2 000
贷：银行存款	2 000

第三节 行政单位会计的净资产

行政单位的净资产是指行政单位资产减负债和收入减支出的差额,包括固定基金、结余等。

一、固定基金

行政单位固定基金是指行政单位固定资产所占用的基金。它体现了国家对行政单位固定资产的所有权。由于行政单位不计提折旧,固定基金与固定资产总金额应当一致。

为了核算和监督行政单位占有和使用的固定基金,行政单位应设置"固定基金"科目。行政单位因购入、调入、建造、接受捐赠以及盘盈固定资产时,增加固定基金借记"固定资产"科目或有关科目,贷记本科目;行政单位因报废、调出、盘亏、变卖固定资产时,减少固定资产基金借记本科目,贷记有关科目。本科目贷方余额,反映行政单位固定基金总额。本科目不设明细科目。固定基金按实际发生数额记账。

固定基金的具体核算已在固定资产中介绍,这里不再重复。

【例41】 某行政单位以经费支付购入固定资产,价格为89 000元,以银行存款付讫。

借:经费支出	89 000	
贷:银行存款		89 000
借:固定资产	89 000	
贷:固定基金		89 000

【例42】 某行政单位将一台旧设备出售,原价94 500元,出售价80 000元。

借:银行存款	80 000	
贷:其他收入		80 000
借:固定基金	94 500	
贷:固定资产		94 500

二、结余

结余是行政单位各项收入与支出相抵后的余额。行政单位的正常经费结余与专项资金结余应分别核算。

对于各级财政安排的专项经费,要按照"专款专用、专项核算"的要求,单独反映。年度终了后,凡未完成项目的资金结余,结转下年继续使用;对于已经完成项目的专用经费结余,报经主管预算单位或财政部门审核批准后,由单位统筹安排使用。

为了核算和监督行政单位年度各项收支相抵后的余额,应设置"结余"科目。有专项资金的单位应将结余分为经常性结余和专项结余进行明细核算。本科目借方登记年终各支出科目余额的转入数,贷方登记年终各收入科目余额的转入数。本科目贷方余额为行政单位滚存结余,即:年终,将"拨入经费"(不含预拨下年经费)、"预算外资金收入"和"其他收入"科目的余额转入本科目的贷方,借记"拨入经费"、"预算外资金收入"、"其他收入"科目,贷记本科目;将"经费支出"(不含预拨下年经费)、"拨出经费"和"结转自筹基建"科目的余额转入本科目借方,借记本科目,贷记"经费支出"、"拨出经费"科目。有专项资金收支的单位,应将非专项的收支分别转入"结余"科目的"经常性结余"明细科目中;将专项收入和支出分别转入结余科目的"专项结余"明细科目中。

【例43】 某行政单位年终各收支科目余额如下:

拨入经费——拨入经常性经费	2 300 000
——拨入专项经费	900 000
预算外资金收入——经常性收入	1 200 000
——专项收入	300 000
其他收入	50 000
拨出经费——拨出经常性经费	1 000 000
——拨出专项经费	500 000
经费支出——经常性支出	900 000
——专项支出	300 000
结转自筹基建	300 000

年终,将经常性收入各科目余额转入"结余——经常性结余"科目的贷方:

借:拨入经费——拨入经常性经费	2 300 000	
预算外资金收入——经常性收入	1 200 000	
其他收入	50 000	
贷:结余——经常性结余		3 550 000

年终,将经常性支出各科目的余额转入"结余——经常性结余"科目的借方:

借:结余——经常性结余	2 200 000	
贷:拨出经费——拨出经常性经费		1 000 000
经费支出——经常性支出		900 000
结转自筹基建		300 000

年终,将专项收入各科目的余额转入"结余——专项结余"科目的贷方:

借:拨入经费——拨入专项经费	900 000	
预算外资金收入——专项收入	300 000	
贷:结余——专项结余		1 200 000

年终,将专项支出各科目余额转入"结余——专项结余"科目的借方:

借:结余——专项结余	800 000	

　　　　　贷:拨出经费——拨出专项经费　　　　　　　　　　　　　　　　500 000

　　　　　　　经费支出——专项支出　　　　　　　　　　　　　　　　　300 000

复习思考题

1. 行政单位购买有价证券应当遵守什么样的管理原则?

2. 什么是应缴预算款?

3. 什么是应缴财政专户款?

4. 行政单位的预算外资金有哪几种上缴方式?

5. 行政单位的固定资产计价有什么规定?

练习题

习题一:练习行政单位会计资产的核算

某行政单位发生如下关于资产的业务:

1. 5 月 1 日兑付到期国库券,面值 100 000 元,年利率 5%,二年期,到期支付利息。

2. 5 月 2 日张三预支差旅费 5 000 元。

3. 5 月 10 日张三报销差旅费 4 800 元,200 元以现金收回。

4. 5 月 13 日购买甲材料,价格 100 000 元,增值税 17 000 元,用银行存款支付。材料已验收入库。

5. 5 月 13 日用现金购买办公用品一批,价格 500 元,直接由办公室领用。

6. 5 月 14 日某部门从仓库领用甲材料 2 000 元(含增值税)。

7. 5 月 15 日收到其他单位捐赠的电脑 5 台,价值 25 000 元,并支付运费 300 元。

8. 5 月 20 日盘盈一台设备,估价 45 000 元,盘亏复印机一台,原价 18 000 元。

9. 5 月 21 日用银行存款购入 2 台空调,价格为每台 10 000 元。

10. 5 月 22 日报废一台汽车,原价为 180 000 元,收回残值 5 000 元,同时支付清理费用 800 元。

要求:编制相关的会计分录。

习题二:练习行政单位会计负债的核算

某行政单位发生如下关于负债的业务:

1. 5 月 1 日收到应上缴的罚没收入 5 000 元,存入银行。

2. 5 月 2 日将上题中的罚没收入 5 000 元上缴国库。

3. 该单位实行预算外资金全额上缴的方式,5 月 3 日收到应上缴财政专户款的收入 60 000 元,存入银行,5 月 4 日将 60 000 元上缴财政专户。

4. 5 月 10 日收到财政专户拨款 35 000 元,存入银行。

5. 5 月 15 日购入丙材料一批,价格 20 000 元,增值税 3 400 元,货款尚未支付,材料已入库。

6. 5 月 16 日收到某单位交来的租入固定资产押金 12 000 元,存入银行。

7. 5 月 20 日归还上题押金。

要求:编制相关的会计分录。

习题三：练习行政单位会计净资产的核算

某行政单位年末各收支科目余额如下：

拨入经费——拨入经常性经费	4 500 000
——拨入专项经费	2 000 000
预算外资金收入——经常性收入	3 000 000
——专项收入	600 000
其他收入	150 000
拨出经费——拨出经常性经费	2 500 000
——拨出专项经费	1 500 000
经费支出——经常性支出	1 800 000
——专项支出	450 000
结转自筹基建	120 000

要求：编制年终转账的会计分录。

第十一章 行政单位会计的收入和支出

第一节 行政单位会计的收入

收入是指行政单位为开展业务活动，依法取得的非偿还性资金，包括拨入经费、预算外资金收入、其他收入等。

一、拨入经费

拨入经费是指行政单位按照经费领报关系，由财政部门或上级单位拨入的预算经费。拨入经费是行政单位为了进行正常业务活动及完成国家交给的行政任务所需经费的来源，是行政单位收入的最主要内容，也是行政单位执行国家预算的重要环节。在多级行政管理的体制下，行政经费一般由财政部门拨到主管会计单位，再由主管会计单位逐级下拨到基层会计单位。

1. 领拨经费的依据和原则

行政单位为了完成国家规定的行政任务，按照批准的经费预算指标和规定的手续，向财政部门或主管会计单位请领经费，收到拨入的款项后，行政单位再视需要向所属单位转拨经费的行为称为领拨经费。

各行政单位领拨经费的依据是经过财政部门或主管单位审核批准的单位预算和事业发展进度。单位预算中所确定的各项经费支出的方向、范围和规定的各项开支标准是实现会计控制、加强财政管理的基础，也是财政部门或主管单位向所属单位预算拨款的参考依据。行政单位为保证资金的合理使用，应根据财政部门确定的年度单位预算指标，编制季度和月度用款计划。行政单位应根据上级主管部门或财政部门核定的季度（分月）用款计划，按经费领报关系向上级主管部门或同级财政部门申请拨款。

为了有计划地做好领拨经费的工作，各行政单位在领拨经费时，必须坚持以下原则：

（1）按计划领拨经费

行政单位应按照核定的单位年度预算和按"款"、"项"反映的季度分月用款计划领取和拨付经费。临时性开支单独编制临时预算，经有关部门审批后作为领拨经费的依据。各单位不能办理无预算、无计划或超预算、超计划的领拨。

（2）按进度领拨经费

行政单位除了按上级主管部门或财政部门审批后的季度（分月）用款计划领拨经费外，还应结合单位的行政任务完成情况及资金、材料物资的结存情况，按月灵活调度，做到既保证资金的需要，又防止资金的积压，保证预算资金的合理使用。

（3）按用途领拨经费

拨入经费应按预算规定的用途使用，未经同级财政部门批准，不得擅自改变用途。"款"与"款"、"项"与"项"之间如需流用，应经财政部门批准。

（4）按预算级次领拨经费

行政单位要按经费领报关系向上级主管部门或同级财政部门申请拨款。各主管会计单位不能向没有经费领拨关系的单位垂直拨款。同级主管部门之间也不能发生横向经费领拨关系，如有需要发生的，应通过财政部门办理划转预算手续，但专项拨款除外。

2. 领拨经费的方式

按照新预算会计制度规定，财政部门或主管部门对所属行政单位领拨经费的方式实行划拨资金方式。划拨资金又称实拨资金，是财政机关根据主管单位的申请，按月开出预算拨款凭证，通知国库或财政专户将财政存款划转到申请单位在银行的存款户，由主管单位按规定用途办理转拨或支用，月末由用款单位编报单位预算支出报表的一种拨款方式。

划拨资金的具体程序是：主管会计单位按照核定的年度预算和分期用款计划，填写预算拨款申请书送交财政机关，经同级财政机关审查批准，财政总预算会计或财政专户管理机构据以办理资金拨付手续，主管会计单位根据开户行的收款通知入账，可在存款余额内直接支用或向下属单位转拨经费。

3. 拨入经费的内容

拨入经费由两部分组成：一部分是拨入的经常性经费，拨入的经常性经费是指财政部门或上级主管部门拨给行政单位用于日常业务活动的行政经费，由于这笔行政经费每年比较固定，变动较小，所以称为经常性经费；另一部分是拨入的专项经费，拨入专项经费是指财政部门或上级主管拨给行政单位用于完成专项工程或专项工作，并需要行政单位单独报账结算的资金。

拨入的专项经费必须具备两个必要条件：第一，资金的用途是指定的，行政单位在使用时必须做到专款专用，不得任意挪用；第二，专项资金拨款必须做到单独报账结算，不能单独报账核销的资金不能作为专项资金，而只能作为拨入经常性经费处理。

4. 拨入经费的核算

为了核算行政单位按照经费领报关系，由财政部门或上级主管部门拨入的预算经费的收入和核销及缴回情况，应设置"拨入经费"科目，该科目属于收入类科目。贷方登记拨入经费的增加数，借方登记拨入经费的核销和缴回数，平时为贷方余额，反映拨入经费的累计数，年终结账时，将本科目的贷方余额转入"结余"科目，年终结账后，本科目无余额。

具体来讲,收到拨款时,借记"银行存款"科目,贷记本科目;缴回拨款时,借记本科目,贷记"银行存款"科目;年终结账时,将本科目贷方余额(不含收到财政部门或上级单位预拨下年度的经费)转入"结余"科目。借记本科目,贷记"结余"科目。

本科目应按拨入经费的资金管理要求分别设置拨入经常性经费和拨入专项经费两个二级科目。二级科目下按"国家预算收支科目"的"款"级科目设明细账。行政单位收到非主管会计单位拨入的财政性资金(如公费医疗经费、住房基金等),应在"拨入专项经费"二级科目下按拨入的单位分别进行明细核算。

具体举例如下:

【例1】 某行政单位发生如下有关拨入经常性经费的业务:

(1)收到同级财政部门拨来的当月经费 800 000 元,已进本单位银行账户。

借:银行存款	800 000
贷:拨入经费——拨入经常性经费	800 000

(2)上题 800 000 元经费中有 200 000 元为所属单位经费,通过银行转拨所属单位经费 200 000 元。

借:拨出经费——拨出经常性经费	200 000
贷:银行存款	200 000

(3)接财政机关通知,缴回多拨的 10 000 元经费。

借:拨入经费——拨入经常性经费	10 000
贷:银行存款	10 000

(4)年底结账,将"拨入经费——拨入经常性经费"贷方余额 560 000 元转入"结余——经常性结余"。

借:拨入经费——拨入经常性经费	560 000
贷:结余——经常性结余	560 000

【例2】 某行政单位发生如下有关拨入专项经费业务:

(1)收到财政部门拨来的专项经费 60 000 元,用于购买某项专用设备。

借:银行存款	600 00
贷:拨入经费——拨入专项经费	60 000

(2)上题 60 000 元中 20 000 元为所属单位的专项经费,通过银行转拨给所属单位。

借:拨出经费——拨出专项经费	20 000
贷:银行存款	20 000

(3)用上述专项经费购买专用设备 35 000 元。

借:经费支出——专项支出	35 000
贷:银行存款	35 000
借:固定资产	35 000

   贷:固定基金   35 000

  (4)年底结账,将"拨入经费——拨入专项经费"余额转入"结余——专项结余";将"经费支出——专项支出"和"拨出经费——拨出专项经费"余额转入"结余——专项结余"。

   借:拨入经费——拨入专项经费   60 000

    贷:结余——专项结余   60 000

   借:结余——专项结余   55 000

    贷:经费支出——专项支出   35 000

     拨出经费——拨出专项经费   20 000

二、预算外资金收入

  预算外资金收入是指财政部门按规定从财政专户核拨给行政单位的预算外资金和部分经财政部门核准不上缴预算外资金财政专户,而直接由行政单位按计划使用的预算外资金。预算外资金收入中属于指定用途,用于完成专项工程或专项工作并需要单独报账结算的资金,应当与正常的拨款区分开来,分别核算。

  行政单位确认预算外资金收入有三种方式:第一种,全额上缴同级财政专户,支出由同级财政从财政专户中拨付,只有当行政单位收到从财政专户核拨本单位的预算外资金时,行政单位才能确认为其收入。大多数情况下,行政单位都采取这种方式。第二种,对少数费用开支有特殊需要的预算外资金,经财政部门核定收支计划后,可按确定的比例定期缴入同级财政专户,余下即确认为本单位的预算外资金收入。第三种,对少数费用开支有特殊需要的预算外资金,经财政部门核定收支计划后,可按收支结余的数额定期缴入同级财政专户,平时收到的预算外资金即确认为本单位的预算外资金收入,当结余上缴时,作为预算外资金收入的减少。

  为了反映和监督行政单位预算外资金的收入情况,行政单位应设置"预算外资金收入"科目,本科目贷方登记预算外收入的增加数,借方登记预算外收入的减少数。年终结账时,将本科目贷方余额全数转入"结余"科目,结转后本科目无余额。本科目应按预算外资金收入管理要求分别设置经常性收入和专项收入二级科目,二级科目下按预算外资金项目设置明细账。

  由于行政单位确认预算外资金收入有三种方式,所以"预算外资金收入"科目具体核算也有三种:

  第一种,实行全额上缴预算外资金财政专户办法的行政单位收到从财政专户核拨本单位的预算外资金时,借记"银行存款"等有关科目,贷记本科目。主管部门收到财政专户核拨的属于应返还所属单位的预算外资金时,通过"暂存款"科目核算。

  第二种,实行按确定的比例上缴预算外资金财政专户办法的行政单位收到预算外资金时,借记"银行存款"等科目,贷记"应缴财政专户款"科目,贷记本科目。

第三种,实行结余上缴预算外资金财政专户办法的单位收到预算外资金收入时,借记"银行存款"科目,贷记本科目,定期结算应缴预算外资金结余时,借记本科目,贷记"应缴财政专户款"科目。

有关业务举例如下:

【例3】 财政专户核拨的预算外资金 50 000 元,其中属于应返回所属单位的预算外资金为 10 000 元。

借:银行存款	50 000
贷:预算外资金收入	40 000
暂存款	10 000

【例4】 某行政单位实行按确定比例上缴预算外资金财政专户办法,上缴比例为 40%,10 月 6 日收到某项预算外资金 80 000 元。

借:银行存款	80 000
贷:预算外资金收入	48 000
应缴财政专户款	32 000

【例5】 某行政单位实行结余上缴预算外资金财政专户办法,10 月 5 日收到某项预算外资金 30 000 元,12 月 31 日将预算外资金结余 20 000 上缴财政专户。

10 月 5 日:

借:银行存款	30 000
贷:预算外资金收入	30 000

12 月 31 日:

借:预算外资金收入	20 000
贷:应缴财政专户款	20 000
借:应缴财政专户款	20 000
贷:银行存款	20 000

三、其他收入

其他收入是指行政单位按规定收取的各种收入,以及其他来源形成的收入。包括:行政单位在业务活动中取得的不必上交财政的零星杂项收入、有偿服务收入、有价证券及银行存款利息收入等。

这些收入虽不是行政单位的主要收入来源,但与拨入经费收入相比,形式更加灵活,内容更加复杂,结算方式也较多。因此,在行政单位中应加强对其他收入的管理,减少由于其他收入管理不善造成的损失。对其他收入的管理应遵循以下几点原则:

1. 划清范围,计划管理。其他收入的范围和项目必须严格按国家规定的制度执行,不得随便扩大范围、增加项目。

2. 先收后支，保持平衡。行政单位除完成日常的公务任务外，应在国家规定的政策、法律和制度的范围内，积极组织创收，在其他收入的使用上，应力求节省，合理安排，提高效率。

3. 控制流向，专款专用。各行政单位的其他收入，无论其来源如何，在使用上应坚持长期效益的原则，力求把这些收入用于发展各项事业上，不能只顾短期效益随意使用其他收入。

4. 依法纳税。行政单位应按照税法的规定和国家其他有关制度的规定，对其他收入中应纳税的部分及时申报、缴纳税款，不得擅自隐瞒收入。

为了核算和监督行政单位其他收入的增减变动及结余情况，应设置"其他收入"科目，本科目贷方登记其他收入的增加数，借方登记其他收入的冲销转出数。平时本科目贷方余额反映其他收入累计数。年终结转后，本科目无余额，即：发生其他收入时，借记"银行存款"、"现金"等科目，贷记本科目；冲销转出时，借记本科目，贷记有关科目。年终结账时，本科目贷方余额全数转入"结余"科目，借记本科目，贷记"结余"科目。本科目可按收入的主要类别设置明细账。

有关业务举例如下：

【例6】 某行政单位收到废旧物品变价收入 500 元，以现金收讫。

　借：现金　　　　　　　　　　　　　　　　　　　　　　　　　500
　　　贷：其他收入——废品变价收入　　　　　　　　　　　　　　　　　500

【例7】 某行政单位收到银行存款利息 600 元。

　借：银行存款　　　　　　　　　　　　　　　　　　　　　　　600
　　　贷：其他收入——利息收入　　　　　　　　　　　　　　　　　　600

【例8】 某行政单位收到有偿服务收入 1 000 元，以现金收讫。

　借：现金　　　　　　　　　　　　　　　　　　　　　　　1 000
　　　贷：其他收入——有偿服务收入　　　　　　　　　　　　　　　1 000

【例9】 年终，将其他收入贷方余额 5 600 元转入结余——经常性结余。

　借：其他收入　　　　　　　　　　　　　　　　　　　　　5 600
　　　贷：结余——经常性结余　　　　　　　　　　　　　　　　　5 600

第二节　行政单位会计的支出

一、支出的内容和管理原则

(一)支出的内容

支出是指行政单位为开展业务活动所发生的各项资金耗费及损失。行政单位的支出包括:经费支出、拨出经费和结转自筹基建。

经费支出根据资金管理要求又分为经常性支出和专项支出。经常性支出是行政单位为维持正常运转和完成日常工作任务所发生的支出。专项支出是行政单位为完成专项或特定工作任务所发生的支出。经常性支出和专项支出的具体项目包括基本工资、补助工资、其他工资、助学金、职工福利费、社会保障费、公务费、设备购置费、业务费、修缮费、其他费用等 11 项。

拨出经费是指行政单位按核定的预算对所属单位转拨的经费。按现行的行政体制,主管行政单位对下属行政单位存在着经费领拨关系,其拨出经费属于本单位支出,同时属于下属行政单位的收入。

结转自筹基建是指行政单位经批准用经费拨款以外的资金安排基本建设,其所筹资金转存建设银行。行政单位将款项存入建设银行时,按收付实现制原则,则此款对于行政单位会计来说已经形成支出,称为结转自筹基建;与此同时,形成建设单位会计的收入。

(二)支出的管理原则

行政单位支出是行政单位为实现国家管理职能,完成行政任务必须消耗的费用开支。所以行政单位的支出管理与会计核算是行政单位会计工作的重点,也是一项经常性的工作,它关系到国家机器的正常运转,行政单位任务的完成和行政效率的提高,以及节约使用资金、勤政、廉政,提高资金使用效益等各个方面。为了加强对行政单位支出的管理,按《行政单位财务规则》的规定,行政单位应遵循以下几方面的管理原则:

1. 行政单位应当建立、健全各项支出的管理制度。各项支出由单位财务部门按照批准的预算和有关规定审核办理,防止多头审批和无计划开支。重大支出项目应当集体讨论决定。各项资金的安排使用情况应当按照财政部门的要求分别反映。

2. 行政单位的支出应当严格执行国家规定的开支范围及开支标准。保证人员经费和单位正常运转必需的开支,并对节约潜力大、管理薄弱的支出项目实行重点管理和控制。行政单位用于职工待遇方面的支出,不得超出国家规定的范围和标准。

3. 行政单位的专项支出,应当按照批准的项目和用途使用,并按照规定向主管预算单位或者财政部门报送专项支出情况表和文字报告,接受有关部门的检查和监督。

4. 行政单位应当严格控制自筹基本建设支出,确需安排支出的,应当按照规定程序履行报批手续。核批后的自筹基本建设资金,纳入基本建设财务管理。

二、经费支出

1. 经费支出的管理

为了加强支出管理的要求,行政单位在办理经费支出时,必须严格遵守国家有关的财政财务制度的规定,具体包括:

(1)按批准的预算和计划用款。各单位的经费支出必须按照批准的预算和计划规定的用途和开支范围办理,不得办理无预算、超预算的支出,也不得以领代报、以拨作支。

(2)按财务制度和开支标准办理支出。必须遵守国家规定的各种财务制度、定员定额和费用开支标准,不得任意改变。开支标准是中央和地方政府财政根据办事需要和节约原则,对某些经常性支出项目的开支范围和额度所作出的规定,具有强制性。对于违反财经纪律的开支,不得报销支付。

(3)勤俭节约,讲究支出的经济效果。各单位办理经费支出必须勤俭节约,既保证行政任务的完成,又要合理节约地使用资金,特别要讲究支出的经济效果。

(4)按规定的渠道分别列支。属于基本建设支出、专项资金的支出等,不能列入经常性经费支出。

(5)具有合法凭证。各单位办理经费支出必须取得合法的原始凭证,每一笔支出做到有根有据,对有关凭证经认真审查,符合规定要求的,才能付款、报销。

2. 经费支出的列报口径

经费支出是指行政单位预算经费的实际支出数,也是向财政部门或上级主管部门办理支出报销的依据。为了加强对拨入经费的管理,行政单位的经费支出只核算预算经费的实际支出数,不包括已经从银行支取款项而尚未消耗的资金,如:提取的备用金、预付的差旅费、购入尚未使用的材料等。这部分资金在没有报销前只作为银行支取数而不能作为实际支出数列作经费支出处理。

国家对经费支出的列报有统一口径,具体规定如下:

(1)对于发给个人的工资、津贴、补贴、福利补助等,必须根据实有人数和实发金额,取得本人签收的凭证列为经费支出,不能以编制定额或预算计划数额列支。

(2)对于购入的办公用品和行政用材料,一般情况下可直接作为经费支出。但如果材料数额较大,则不能作为经费支出直接列支,而通过库存材料核算。领用时,凭领用单的数额确定经费支出。

(3)行政单位的工会经费和职工福利费等按规定提取的经费,按提取数列支。

(4)拨付给下属单位的预算补助款和各项补助性质的支出,应按实际支出数及相关的原始凭证作为经费支出列支。

(5)用"设备购置费"购入的固定资产,应在验收无误后列作经费支出。

(6)其他各项费用均以实际报销的数额列作经费支出。

另外,在经费支出报销时,应注意以下两点:一是支付的各种罚款不能在经费支出中列支,而要由单位的自有资金支付,其中应由职工个人承担的不得由单位支出;二是行政单位购买的国库券和其他有价证券,应单独作为有价证券核算,而不能把购买证券的费用列作经费支出。

3. 经费支出收回的处理

已经列作经费支出后又收回的款项,称为经费支出的收回。对于经费支出的收回,有关规定如下：

行政单位收回本年度已列为经费支出的款项，冲减当年的经费支出，而不能作为预算外收入处理。

收回以前年度已列为经费支出的包干支出，应增加上年度结余，而不能冲减本年度的经费支出。

收回以前年度已列为经费支出的非包干支出，除同级财政部门有特殊规定外，应缴回同级财政机关。

材料的盘盈、盘亏和变价处理的差价，一般作为减少或增加本年度相应支出处理。固定资产的变价净收入和报废收回的残值净收入，作为本单位的其他收入，不能冲减本年度的经费支出。毁损、报废的固定资产在清理过程中发生的净支出，应记入经费支出。

4. 经费支出的核算

为了核算和监督行政单位经费预算的实际支出数，行政单位应设置"经费支出"科目，借方登记发生的经费支出数，贷方登记支出收回或冲销转出数，平时借方余额反映经费实际支出累计数，年终转账后，本科目无余额。具体来说，发生支出时，借记本科目，贷记"银行存款"、"现金"等科目；支出收回或冲销转出时，借记有关科目，贷记本科目。年终，本科目借方余额应转入"结余"科目，借记"结余"科目，贷记本科目。

本科目应按经常性支出和专项支出分设二级科目，二级科目下按财政部门统一规定的"目"、"节"级支出科目设置明细账。对于实行预算外资金结余上缴财政专户办法的行政单位，为了能正确核算其对应支出，应当按预算外资金项目设支出明细账。

现将有关业务举例如下：

（1）有关"经费支出——经常性支出"的核算

【例10】　某行政单位用现金购买办公用品56元。

借：经费支出——经常性支出——公务费　　　　　　　　　　　56

贷：现金　　　　　　　　　　　　　　　　　　　　　　　　　56

【例11】　某行政单位职员李伟原预借差旅费1 000元，现报销800元，余额退回。

借：经费支出——经常性支出——公务费　　　　　　　　　　800

现金　　　　　　　　　　　　　　　　　　　　　　　　　200

贷：暂付款——李伟　　　　　　　　　　　　　　　　　　1 000

【例12】　某行政单位收到银行付款通知，支付电话费800元。

借：经费支出——经常性支出——公务费　　　　　　　　　　800

贷：银行存款　　　　　　　　　　　　　　　　　　　　　　800

【例13】　某行政单位通过银行转账，支付印刷资料费4 815元。

借：经费支出——经常性支出——业务费　　　　　　　　　4 815

贷：银行存款　　　　　　　　　　　　　　　　　　　　4 815

【例14】 某行政单位用银行存款支付房屋修缮费2 879元。

借:经费支出——经常性支出——修缮费 2 879

贷:银行存款 2 879

【例15】 某行政单位发放月工资,根据工资结算汇总表,本月应发工资56 000元,其中基本工资50 000元,补助工资6 000元,在发放工资时代扣职工住房房租3 000元,扣回水电费2 000元。

从银行提取现金,准备发放工资:56 000-3 000-2 000=51 000(元)。

借:现金 51 000

贷:银行存款 51 000

支付工资:

借:经费支出——经常性支出——基本工资 45 000

经费支出——经常性支出——补助工资 6 000

贷:现金 51 000

该行政单位房管部门单独核算,代扣的房租转房管部门:

借:经费支出——经常性支出——基本工资 3 000

贷:银行存款 3 000

职工水电费已由单位经费支付,发工资时扣回:

借:经费支出——经常性支出——基本工资 2 000

贷:经费支出——经常性支出——公务费 2 000

【例16】 某行政单位开出转账支票15 000元,购入一批办公用文件柜。

借:经费支出——经常性支出——设备购置费 15 000

贷:银行存款 15 000

借:固定资产 15 000

贷:固定基金 15 000

【例17】 某行政单位开出转账支票,拨付所属幼儿园补助费2 000元。

借:经费支出——经常性支出——其他费用 2 000

贷:银行存款 2 000

【例18】 某行政单位用现金支付单位车辆修理费1 500元。

借:经费支出——经常性支出——公务费 1 500

贷:现金 1 500

修缮费用来核算行政单位的公用房屋、建筑物及附属设备的修缮费、公房租金。交通工具的修缮费记入公务费。

【例19】 某行政单位用现金支付职工教育的图书费用500元。

借:经费支出——经常性支出——其他费用 500

　　　　　贷:现金　　　　　　　　　　　　　　　　　　　　　　　　500

【例20】　某行政单位在年终结转时,"经费支出——经常性支出"借方余额为200 000元,按规定结转入"结余——经常性结余"。

　　　借:结余——经常性结余　　　　　　　　　　　　　　200 000
　　　　　贷:经费支出——经常性支出　　　　　　　　　　　　200 000

(2)有关"经费支出——专项支出"的核算

【例21】　某行政单位为进行专项设备修缮,向上级单位申请专项资金,已经批准并通过银行拨来,计50 000元,该单位用该项拨款购入修理用材料计20 000元并领用15 000元。

收到拨款时:

　　　借:银行存款　　　　　　　　　　　　　　　　　　　50 000
　　　　　贷:拨入经费——拨入专项经费　　　　　　　　　　　50 000

购入材料时:

　　　借:库存材料　　　　　　　　　　　　　　　　　　　20 000
　　　　　贷:银行存款　　　　　　　　　　　　　　　　　　20 000

领用材料时:

　　　借:经费支出——专项支出　　　　　　　　　　　　　15 000
　　　　　贷:库存材料　　　　　　　　　　　　　　　　　　15 000

【例22】　某行政单位在进行专项设备修理时领用的15 000元材料,实际使用12 000元,尚余3 000元退回有关部门。

　　　借:库存材料　　　　　　　　　　　　　　　　　　　3 000
　　　　　贷:经费支出——专项支出　　　　　　　　　　　　　3 000

【例23】　某行政单位在进行专项设备修理时,用专项资金支付20 000元的修理费。

　　　借:经费支出——专项支出　　　　　　　　　　　　　20 000
　　　　　贷:银行存款　　　　　　　　　　　　　　　　　　20 000

【例24】　年终,将"拨入经费——拨入专项经费"贷方余额50 000元转入"结余——专项结余";将"经费支出——专项支出"借方余额32 000元结转"结余——专项结余"。

　　　借:拨入经费——拨入专项经费　　　　　　　　　　　50 000
　　　　　贷:结余——专项结余　　　　　　　　　　　　　　50 000
　　　借:结余——专项结余　　　　　　　　　　　　　　　32 000
　　　　　贷:经费支出——专项支出　　　　　　　　　　　　32 000

(3)有关经费支出收回的核算

【例25】　某行政单位将应列入经费支出——专项支出5 000元,误列入经费支出——经常性支出,现改正。

借:经费支出——专项支出 5 000
  贷:经费支出——经常性支出 5 000

【例26】 某行政单位收回以前年度以列为经费支出——经常性支出 3 200 元。

借:银行存款 3 200
  贷:结余——经常性结余 3 200

【例27】 某行政单位对材料进行盘点,发现盘盈甲材料 4 500 元,盘亏乙材料 3 100 元。

借:库存材料——甲材料 4 500
  贷:经费支出——经常性支出——其他费用 4 500
借:经费支出——经常性支出——其他费用 3 100
  贷:库存材料——乙材料 3 100

【例28】 某行政单位出售多余材料,其中甲材料成本 500 元,售得现金 600 元,乙材料成本 450 元,售得现金 400 元。

借:现金 600
  贷:库存材料——甲材料 500
    经费支出——经常性支出——其他费用 100
借:现金 400
  经费支出——经常性支出——其他费用 50
  贷:库存材料——乙材料 450

三、拨出经费

拨出经费是指根据核定的预算对所属单位转拨的经费,是上级对下级的拨款,但必须是在预算的经费范围内按拨款级次逐级向下转拨,即:主管会计单位从向同级财政部门申请的经费中转拨一部分给下属的二级单位,二级会计单位转拨一部分给下属的基层会计单位,基层会计单位无此项拨款。拨出经费应遵守经费管理的所有规定及原则,如核定季度(分月)用款计划、专款专用、逐级转拨及按实际发生额等。

为了核算和监督行政单位按核定预算拨付所属单位的预算资金,应设置"拨出经费"科目,本科目借方登记对所属单位转拨经费数,贷方登记收回或冲销转出数,平时借方余额反映拨出经费累计数。年终,本科目借方余额(不含预拨下年经费)转"结余"科目时,应无余额,即:行政单位对其所属单位转拨经费时,借记本科目,贷记"银行存款"等科目;收回或冲销转出时,借记有关科目,贷记本科目;年终,"拨出经费"科目借方余额转入"结余"科目,借记"结余"科目,贷记"拨出经费"科目。

"拨出经费"科目应按拨出经常性经费和拨出专项经费分设二级科目,并按所属拨款单位设置明细账。

1. 有关"拨出经费——拨出经常性经费"的核算

【例29】 某行政单位收到财政部门拨来的本月经费 680 000 元,转拨给下属单位本月经费 80 000 元。

借:银行存款　　　　　　　　　　　　　　　　　　　　680 000
　　贷:拨入经费——拨入经常性经费　　　　　　　　　　　680 000
借:拨出经费——拨出经常性经费　　　　　　　　　　　　80 000
　　贷:银行存款　　　　　　　　　　　　　　　　　　　　80 000

【例30】 某行政单位收到下属单位缴回的剩余经费 4 500 元。

借:银行存款　　　　　　　　　　　　　　　　　　　　4 500
　　贷:拨出经费——拨出经常性经费　　　　　　　　　　　4 500

【例31】 年终,某行政单位将"拨出经费——拨出经常性经费"的借方余额 780 000 元转入"结余——经常性结余"。

借:结余——经常性结余　　　　　　　　　　　　　　　780 000
　　贷:拨出经费——拨出经常性经费　　　　　　　　　　　780 000

2. 有关"拨出经费——拨出专项经费"的核算

【例32】 某行政单位将收到上级拨给的自然灾害救济款 40 000 元,其中 10 000 元通过银行转拨给下属单位。

借:银行存款　　　　　　　　　　　　　　　　　　　　40 000
　　贷:拨入经费——拨入专项经费　　　　　　　　　　　　40 000
借:拨出经费——拨出专项经费　　　　　　　　　　　　　10 000
　　贷:银行存款　　　　　　　　　　　　　　　　　　　　10 000

【例33】 某行政单位收到下属单位列报的实际支出的自然灾害救济款共计 7 800 元,余款 2 200 元收回存入银行。

借:银行存款　　　　　　　　　　　　　　　　　　　　2 200
　　贷:拨出经费——拨出专项经费　　　　　　　　　　　　2 200

【例34】 年终,将"拨出经费——拨出专项经费"科目的借方余额 7 800 元转入"结余——专项结余"。

借:结余——专项结余　　　　　　　　　　　　　　　　7 800
　　贷:拨出经费——拨出专项经费　　　　　　　　　　　　7 800

四、结转自筹基建

行政单位应设置"结转自筹基建"科目,用于核算行政单位经批准用拨入经费拨款以外的资金安排基本建设,其所筹集并转存建设银行的资金。本科目借方登记自筹的基本建设资金转存建设银行的金额;贷方登记年终转入"结余"科目的金额,结转后,本科目年终无余额,即:将自筹的基本建设资金转存建设银行时,根据转存数借记本科目,贷记"银行存款"科目。基本建设项目完工后剩余资金收回时,做相反的会计分录。年终结账时,应将本科目借方余额全数转入"结余"科目,借记"结余",贷记本科目。

【例35】 某行政单位经批准将自筹资金2 500 000元按基建计划转入建设银行。

借:结转自筹基建   2 500 000

 贷:银行存款   2 500 000

同时在基建账上作分录(建设单位会计)

借:建行存款   2 500 000

 贷:拨入自筹基建款   2 500 000

【例36】 年末,例35中的行政单位的工程完工,有剩余资金100 000元缴回。年终结账时,将"结转自筹基建"借方余额2 400 000元冲转结余。

缴回剩余资金:

借:银行存款   100 000

 贷:结转自筹基建   100 000

年终转账,将"结转自筹基建"借方余额2 400 000元冲转结余:

借:结余——经常性结余   2 400 000

 贷:结转自筹基建   2 400 000

工程竣工,移交行政单位(工程成本为2 400 000元):

借:固定资产   2 400 000

 贷:固定基金   2 400 000

复习思考题

1. 行政单位领拨经费的原则是什么?

2. 行政单位的收入包括哪些?

3. 行政单位对其他收入的管理应遵循哪些原则?

4. 行政单位的支出包括哪些?

5. 为了加强对行政单位支出的管理,行政单位应遵循哪几方面的管理原则?

6. 行政单位会计在办理经费支出时,必须遵循什么样的财务规定?

7. 行政单位会计列报支出的口径有什么具体的规定?

练习题

习题一:练习行政单位会计收入的核算

某行政单位发生如下业务:

1. 5月1日收到财政局拨来的本月经费250 000元,其中100 000元是下属单位的,并进行转拨。

2. 5月6日收到场地租赁费5 000元。

3. 该行政单位实行按比例上缴预算外资金的核算方法,5月7日按规定收取预算外资金 280 000 元,根据规定 50%应上缴财政专户款。

4. 5月8日上缴上题的应缴财政专户款。

5. 5月9日收到财政返回的预算外资金 100 000 元,其中 50 000 是下属单位的。

6. 5月30日返回财政多拨的经费 5 000 元。

7. 5月31日收到银行存款收入 1 000 元。

要求:编制相关的会计分录。

习题二:练习行政单位会计支出的核算

某行政单位发生如下业务:

1. 7月1日收到财政局拨来的本月经费 360 000 元,其中 150 000 元是下属单位的,并进行转拨。

2. 7月3日发放本月职工基本工资 30 000、补助工资 10 000 元、其他工资 10 000 元、离退休人员费用 8 000 元。

3. 7月5日用银行存款购买一台设备 4 500 元,支付复印机的维修费用 500 元。

4. 7月15日支付水电费 1 200 元。

5. 7月20日支付职工的培训费 8 000 元。

6. 7月21日收到所属单位多余经费 20 000 元。

7. 7月22日,将自筹资金 50 000 元转存建设银行。

8. 7月23日收回以前年度已列为经费支出 2 000 元。

9. 7月30日对材料进行盘点,发现盘盈甲材料 7 000 元,盘亏乙材料 2 000 元

要求:编制相关的会计分录。

习题三:练习行政单位会计专项经费的核算

某行政单位发生如下业务:

1. 8月1日收到财政部门拨来的用于 A 项目的专用资金 780 000 元,其中 280 000 元是下属单位的,并进行转拨。

2. 8月2日,用专用资金购买一台设备,买价 100 000 元,增值税 17 000 元,运费 1 200 元。

3. 8月10日,A 项目向仓库领用甲材料 200 000 元。

4. 8月20日,支付 A 项目工人工资 150 000 元。

5. 8月25日该项目完工,所属单位将多余 10 000 元交回。

要求:编制相关的会计分录。

第十二章　行政单位会计结账与会计报表

第一节　行政单位的年终清理和结账

在编制决算报表前，行政单位要进行年终清理和结账。年终清理和结账是编制年度决算的一个重要环节。行政单位在年度终了前，应根据财政部门或主管部门的决算编审工作要求，对各项收支账目、往来款项、货币资金和财产物资进行全面的清理结算，并在此基础上办理年度结账，编报决算。

一、年终清理

年终清理是对行政单位全年预算资金收支、其他资金收支活动进行全面的清查、核对、整理和结算工作。对任何一个单位来说，年终清理都包括对本单位财产全面清理及会计、财务活动的总清理。年终清理的主要内容包括：

1. 清理核对年度预算收支数字和各项缴拨款，保证上下级之间的年度预算数和领拨经费数一致

年度终了前，财政机关、主管部门和各所属单位之间要认真清理核对全年预算数字，包括追加、追减、上划、下划的预算数字；要认真清理，逐笔核对上、下级之间预算拨款和预算缴款数字。按核定的预算或调整的预算，该拨付的拨付，该缴回的缴回，保证财政、上下级之间的年度预算数、经费领拨数、上缴下拨数均保持一致。

为了准确反映各项收支数额，凡属本年度的应拨款项，应当在 12 月 31 日前汇达对方。主管会计单位对所属各单位的预算拨款和预算外资金拨款，截至 12 月 25 日为止，逾期一般不再下拨。

2. 清理核对本年度的各项收支款项

凡属本年的各项收入，都要及时入账。本年的各项应缴预算款和应缴财政专户的预算外资金，要在年终前全部上缴。属于本年的各项支出，要按规定的支出渠道如实列报。年度单位支出决算，一律以基层用款单位截至 12 月 31 日止的本年实际支出数为准，不得将年终前预拨下级单位的下年预算拨款列入本年的支出，也不得以上级会计单位的拨款数代替基层会计单位的实际支出数。

3. 清理本年度的各种往来款项

行政单位的往来款项,年终前应尽量清理完毕。按照有关规定应当转作各项收入或各项支出的往来款项要及时转入各有关账户,编入本年决算。主管单位收到财政专户核算的预算外资金属于应返还所属单位的部分应及时转拨所属单位,不得在"暂存款"挂账。

4. 清理货币资金

行政单位年终要及时同开户银行对账,银行存款账面余额要同银行对账单的余额核对相符。现金账面余额,要同库存现金核对相符。有价证券账面数字,要同实存的有价证券实际成本核对相符。

5. 清查财产物资

年终前,行政单位应对各项财产物资进行清理盘点,发生盘盈或盘亏的,要及时查明原因,按规定作出处理,调整账务,做到账实相符,账账相符。

二、年终结账

年终清理结算后,在办理 12 月份结账的基础上,行政单位要进行年终结账。年终结账一般包括年终转账、结清旧账和记入新账三个环节。

1. 年终转账

账目核对无误后,首先计算出各账户借方或贷方的 12 月份合计数和全年累计数,结出 12 月末的余额。然后,编制结账前的"资产负债表",试算平衡后,再将应对冲结转的各个收支账户的余额按年终转账办法,填制 12 月 31 日的记账凭单办理结账冲转。

现举例说明年终转账的过程:

某行政单位年终结账前的"资产负债表"见表 12—1。

表 12—1　　　　　　　　　　　资产负债表(月表)

编表单位:　　　　　　　　　　　20××年 12 月 31 日　　　　　　　　　　　单位:元

资产类	年初数	期末数	负债部类	年初数	期末数
一、资产类			二、负债类		
现金		25 800	应缴预算款		17 000 000
银行存款	略	19 890 000	应缴财政专户款	略	
有价证券		50 000	暂存款		2 500
暂付款		7 000			
库存材料		150 000			
固定资产		700 000			
资产合计		20 822 800	负债合计		17 002 500

资产类	年初数	期末数	负债部类	年初数	期末数
五、支出类			三、净资产类		
经费支出		16 089 000	固定基金		700 000
拨出经费		2 000 000	结余		1 081 200
结转自筹基建		35 900			
支出合计		18 124 900	净资产合计		1 781 200
			四、收入类		
			拨入经费		20 100 000
			预算外收入		34 000
			其他收入		30 000
			收入合计		20 164 000
资产部类合计		38 947 700	负债部类合计		38 947 700

将各收入账户的余额转入"结余":

借:拨入经费   20 100 000

    预算外资金收入   34 000

    其他收入   30 000

  贷:结余   20 164 000

将各支出账户的余额转入"结余":

借:结余   18 124 900

  贷:经费支出   16 089 000

    拨出经费   2 000 000

    结转自筹基金   35 900

经过结转后,年末转账后的资产负债表见表12—2。

表 12—2   **资产负债表(年报)**

编表单位: 20××年 12 月 31 日   单位:元

资产类	年初数	期末数	负债部类	年初数	期末数
一、资产类			二、负债类		
现金		25 800	应缴预算款		17 000 000
银行存款	略	19 890 000	应缴财政专户款	略	

资产类	年初数	期末数	负债部类	年初数	期末数
有价证券		50 000	暂存款		2 500
暂付款		7 000			
库存材料		150 000			
固定资产		700 000			
资产合计		20 822 800	负债合计		17 002 500
五、支出类			三、净资产类		
经费支出			固定基金		700 000
拨出经费			结余		3 120 300
结转自筹基建					
支出合计			净资产合计		3 820 300
			四、收入类		
			拨入经费		
			预算外收入		
			其他收入		
			收入合计		
资产部类合计		20 822 800	负债部类合计		20 822 800

2. 结清旧账

年终转账后,将转账后无余额的账户结出全年总累计数,然后在下面划双红线,表示本账户全部结清。对年终有余额的账户,在"全年累计数"下行的"摘要"栏内注明"结转下年"字样,再在下面划双红线,表示年终余额转入新账,旧账结束。

3. 记入新账

根据本年度各账户余额,编制年终决算的"资产负债表"(如表 12—2)和有关明细表。将表列各账户的年终余额数(不编制记账凭单),直接记入新年度相应的各有关账户,并在"摘要"栏注明"上年结转"字样,以区别新年度发生数。

行政单位的决算经财政部门或上级单位审核批复后,需调整决算数字时,还应当调整旧账、重新办理结转和过入新账手续。

第二节 行政单位的会计报表编制

一、行政单位会计报表的种类

行政单位会计报表是以行政单位的日常会计核算资料为依据，用统一的货币计量单位，按照规定的格式、内容和编制方法，整理汇总成的完整的会计指标体系。它是反映单位或部门一定时期内的预算资金活动和预算执行情况的书面文件，应当长期保存。行政单位会计报表是各单位领导和上级领导机关了解情况、掌握政策、指导单位预算执行的重要的基础资料，也是编制下年度单位预算的基础。正确编制、审查和分析、运用会计报表，对于加强行政单位财务管理、圆满完成单位预算收支任务具有重要的意义。

为了更好地编制行政单位会计报表，有利于对会计报表进行分析，可将会计报表按会计报表的内容形式、编报时间和编报层次进行分类。

1. 行政单位会计报表按照内容和形式可分为：资产负债表、收入支出总表、支出明细表、附表和报表说明书。有专款收支业务的，还应按专款的种类编报专项资金支出明细表。

资产负债表是反映行政单位在某一特定日期财务状况的报表。资产负债表的项目应当按会计要素的类别分别列示。

收入支出总表是反映行政单位年度收支总规模的报表。收入支出总表按单位实有各项收支项目汇总列示。

支出明细表是反映行政单位在一定时期内预算执行情况的报表。支出明细表的项目应当按"国家预算支出科目"列示。对于用财政拨款和预算外资金收入安排的支出应按支出的用途分别列示。

附表是指根据财政部门或主管会计单位的要求编报的补充性报表，如基本数字表。附表按财政部门和上级单位规定的项目列示。

报表说明书包括报表编制技术说明和报表分析说明。报表技术说明主要包括：采用的主要会计处理方法，特殊事项的会计处理方法，会计处理方法的变更情况、变更原因以及对收支情况和结果的影响等。报表分析说明一般包括：基本情况，影响预算执行、资金活动的原因，经费支出、资金活动的趋势，管理中存在的问题和改进措施，对上级会计单位工作的意见和建议。

2. 行政单位会计报表按照编报时间分可分为：月报、季报和年报。行政单位应当按财政部门或上级单位的规定报送月报、季报和年报。

月报，是反映行政单位截至报告月度资金活动和经费收支情况的报表。月报要求编报资产负债表、支出明细表。

季报,是分析、检查行政单位季度资金活动情况和经费收支情况的报表,应在月报的基础上较详细地反映单位经费收支的全貌。各行政单位的季报,要求在月报的基础上加报基本数字表。

年报(年度决算),是全面反映年度资金活动和经费收支执行结果的报表。年度决算报表种类和要求等,按照财政部门和上级单位下达的有关决算编审规定组织执行。

行政单位在报送月报、季报、年报时都应编写报表说明书。

3. 行政单位会计报表按编报层次分可分为本级报表和汇总报表。

本级报表是反映各单位预算执行情况和资金活动情况的报表。

汇总报表是各主管部门和二级单位对本单位和所属单位的报表进行汇总后编制的报表。

基层会计单位只编制本级会计报表,二级单位和主管会计单位要先编制本级会计报表,然后再编制汇总会计报表。

二、行政单位会计报表编制的要求

行政单位的会计报表,要保证数字准确、内容完整、报送及时。会计报表必须经会计主管人员和机关负责人审阅签章并加盖公章后上报。财政部门和上级单位对于屡催不报报表的单位,有权暂停其预算拨款或预算外资金的拨付。

1. 数字准确

行政单位会计报表必须真实、正确反映情况。在编制会计报表之前,要求行政单位认真进行财产物资清查工作,确实做到账账相符、账证相符、账实相符,保证会计报表的真实准确性。

2. 内容完整

行政单位会计报表要严格按照《行政单位会计制度》规定的报表种类、格式和内容编报齐全,不能漏报。对于每张报表的各个项目要一一填制,并按规定加报补充资料、文字说明,保证会计报表的完整性。

3. 报送及时

会计报表的时间性很强,为了充分发挥会计报表应有的作用,必须及时编制和报送,使主管会计部门及时汇总,使国家通过各主管部门综合汇总的会计报表,及时了解国民经济各部门情况,以便制定计划、编制预算进行国民经济综合平衡等工作。行政单位会计报表在确保数字准确、内容完整的基础上,必须按规定时间报送,以保证会计报表的及时性。

此外,在编制会计报表时,要求各基层单位必须根据登记完整、核对无误的账簿记录和其他有关资料编制,切实做到账表相符,不得估列代编;要求主管会计单位除根据会计账簿记录和有关资料编制本级的会计报表外,还应根据本级会计报表和经审查过的所属单位会计报表,编制汇总会计报表。

三、行政单位会计报表的编制

1. 资产负债表

资产负债表是反映行政单位在某一特定日期财务状况的报表。它分为月度报表、季度报表和年度报表。通常，月度报表和季度报表的内容一致，年度报表则是在 12 月份的报表的基础上，通过年终转账和年终会计处理以后生成的报表。资产负债表能够反映行政单位在某一时点占有或使用的经济资源和负担的债务情况，是一种静态报表。

资产负债表一般分为两部分：表首和正表。

表首由表名、编制单位、编表日期及表内金额单位组成。表名为资产负债表，编制单位表示该表反映哪一单位，编表时间表示该表反映的是哪一特定日期的财务状况，表内金额单位是说明表内金额是元还是千元等。

正表是资产负债表的基本部分。该表分为左右两方，左方是资产部类，具体包括资产类和支出类科目；右方为负债部类，具体包括负债类、收入类和净资产类科目。左右两方总额平衡，正是基于"资产＋支出＝负债＋收入＋净资产"会计方程式的平衡原理。表 12－1 为月度资产负债表，表 12－2 为年度资产负债表。

编制月度资产负债表，要在结束本月账务后，根据总账各科目余额，试算平衡后，填入"期末数"栏内。"年初数"则填写上年年终转入的数字，没有特殊情况，在年度内不允许变动"年初数"。行政单位在编报出 12 月份的资产负债表后，应当进行年终结账工作，包括将盘盈盘亏的资产账面进行调整，将坏账损失进行调账，并把上述损失列入本年支出，然后，将本年的收入和支出全部转入"结余"科目，再编出资产负债表。

主管单位汇总本表时，必须把本级会计报表与所属单位会计报表之间的重复数字，即本单位的"拨出经费"与所属的报表内的"拨入经费"科目所列数字互相抵消，其余科目都根据本级和所属单位的报表数字直接相加汇编。

2. 收入支出总表

行政单位收入支出总表是反映行政单位年度收支总的规模和结余情况的动态报表。它也有表首和正表组成。

表首也由表名、编制单位、编制日期和表内金额单位组成。

正表分为收入、支出和结余三部分。收入项目包括拨入经费、预算外资金收入和其他收入；支出项目包括拨出经费、经费支出和结转自筹基建；结余包括结转当年结余和以前年度结余。收入项目和支出项目都设有"本月数"和"本年累计数"两栏，应根据有关收入、支出账户的"本月合计数"和"本年累计数"填列。具体格式见表 12－3。

表 12—3　　　　　　　　　　　**收入支出总表**

编表单位：　　　　　　　　　年　月　日　　　　　　　　　　　　单位:元

收　　入			支　　出			结　余	
项　　目	本月数	本年累计数	项　　目	本月数	本年累计数	结　余	
拨入经费			拨出经费			结转当年结余	
其中:专项经费			经费支出			其中:专项结余	
预算外资金收入			其中:经常性支出			以前年度结余	
其中:专项经费			专项支出				
其他收入							
			结转自筹基建				
收入总计			支出总计			累计结余	

编制收入支出总表时应注意三点：一是本表应根据收入明细账、支出明细账本月合计数和本年累计数汇总填列，即按实有各项收支项目汇总列表；二是本表中的专项经费、专项支出以及专项结余应单独列示；三是主管单位汇总编制本表时，应将拨出经费与所属单位拨入经费汇总数对冲。

3. 支出明细表

支出明细表是反映行政单位在一定时期内预算执行情况的报表，也称为经费支出明细表。支出明细表的项目，应当按"国家预算支出科目"列示。支出明细表是详细反映行政单位截至报告月底的各项预算支出情况的报表，也是考核行政单位预算执行情况的报表。通过支出明细表，可以了解掌握行政单位各项支出的具体用途和支出水平，便于分析支出的合理性，控制不合理的开支；便于掌握和控制预算执行情况。

支出明细表包括表首、正表两部分。

表首也由表名、编制单位、编制日期和表内金额单位组成。

正表以经费支出的大类项目为行，即分为经常性支出和专项支出，并且要求每项列出其中的"财政拨款支出数"和"预算外资金支出数"，也就是用财政拨款形成的支出和用预算外资金形成的支出，在预算内外资金统一运用的情况下，列报这个数字是有一定难度的，应首先编好预算，将预算细化，在此基础上用分析和统计的方法填列此项数字。支出明细表以"目"级科目为列，即有基本工资、补助工资、其他工资、职工福利费、社会保障费、助学金、公务费、购置费、修缮费、业务费、其他费用等 11 个明细支出项目。具体格式见表12—4。

表 12—4 经费支出明细表

编表单位：　　　　　　　　　　　　　　年　　月　　日　　　　　　　　　　　　单位:元

项　目	合计	基本工资	补助工资	其他工资	职工福利费	社会保障费	助学金	公务费	设备购置费	修缮费	业务费	其他费用	备注
列次	1	2	3	4	5	6	7	8	9	10	11	12	13
经费支出													
经常性支出													
其中:财政拨款支出													
预算外资金支出													
专项支出													
其中:财政拨款支出													
预算外资金支出													

在编制支出明细表时应注意以下三点：

(1)对于财政拨款和预算外资金收入安排的支出应按支出的用途分别列示。行政单位根据核定的预算和实际使用情况采用统计方法填列"财政拨款支出"和"预算外资金支出"项目。

(2)支出明细表中的"专项支出"是指用财政拨款和预算外资金收入中的专项资金安排的支出，本栏根据"经费支出"科目的"专项支出"二级科目填列，其"预算外资金专项支出"按实有项目汇总填列。

(3)本表的实际支出数合计，应与相应资产负债表中的"经费支出"项目期末数额一致。

4.专项资金支出情况表

专项资金支出情况表是反映一定时期行政单位的专项经费使用情况的报表，也是支出明细表的辅助报表。通过专项资金支出情况表，可以了解和掌握行政单位对专项经费是否做到了"专款专用"，项目开支是否合理。行政单位应定期编制专项资金支出情况表，以满足拨入方和使用方的需要。

专项资金支出情况表包括表首、正表两部分。

表首也由表名、编制单位、编制日期和表内金额单位组成。

正表以各个专项为列，每列包括期初结转、本年拨入、本年已完成项目支出、本年缴回、转入结余和期末结余六行。

专项资金支出情况表格式见表 12—5。

表 12—5 专项资金支出情况表

编制单位：　　　　　　　　　年　月　日　　　　　　　　　金额单位：元

项　目	专　项	专　项	专　项
一、期初结转			
二、本年拨入			
三、本年已完成项目支出			
四、本年缴回			
五、转入结余			
六、期末结余			

专项资金支出情况表中的"期初结转"项目是根据"结余——专项结余"科目的上年末未完成专项项目资金并结转下年继续使用的数额填列；"本年拨入"根据财政部门或上级单位当年拨入的专项资金"拨入经费——拨入专项经费"数填列；"本年已完成项目支出"根据本年度完工项目的支出数填列；"本年缴回"根据本年实际缴回原拨款单位的数额填列；"转入结余"根据已完工项目结余经批准归本单位使用并已实际结转的数额填列；"期末结余"根据单位未完成项目资金并结转下年继续使用的数额填列。

5. 基本数字表

基本数字表是反映单位定员定额执行情况的报表。基本数字表是财政部门或上级单位考核单位定员定额、开支标准以及掌握预算拨款情况的重要依据。本表是补充性报表，即附表。基本数字表的项目，按财政部门和上级主管部门规定的项目列示，主要包括职工人数、工资数额等项目，同时根据统计资料按年初数、期末数和全年累计数分别填列各项目。具体格式见表 12—6。

表 12—6 基本数字表

编制单位　　　　　　　　　年　月　日

预算科目	项目名称	单位	年初数	年末数	全年平均数	备注
行政支出						
	一、行政机关					
	工作人员总数					
	工资月开支人数					
	月份工资数					
	二、公务费开支					
	其中：办公费					
	邮电费					

预算科目	项目名称	单位	年初数	年末数	全年平均数	备注
	会议费					
	⋮					
	三、机动车辆					
	大客车					
	小客车					
	小汽车					
	⋮					
	四、补充资料					
	1. 长期病休人员					
	⋮					

四、行政单位会计报表的审核和汇总

1. 会计报表的审核

会计报表,特别是年终决算会计报表编好后,要认真进行审核,确认无误之后才能上报,上级单位对所属单位上报的会计报表还要再一次进行审核。

会计报表的审核包括技术性审核和政策性审核两个方面。

技术性审核主要是审核会计报表的数字是否正确,规定的报表是否齐全,表内项目是否按规定填报,有无漏报、错报情况,报送是否及时,报表上各项签章是否齐全等。具体讲应审核以下几点:审核上下年度有关数字是否一致;审核上下级单位之间的上缴、下拨数是否一致;审核各个报表之间的勾稽关系;审核各个报表中数字计算是否正确;审核会计报表中的数字与业务部门提供的数字是否一致。

政策性审核主要是审查会计报表中反映的资金收支和预算执行情况是否符合国家政策、法规、制度,有无违反财经纪律的现象。具体来讲,在收入方面应着重审查各项收入是否符合政策性规定,预算资金的取得是否符合预算和用款计划,其他收入的收费标准是否符合有关规定,应缴预算是否及时、足额上缴,有没有截留挪用;这支出方面应着重审查各项支出是否按预算和计划执行,有没有违反国家统一规定的开支范围和开支标准以及其他财务制度的规定。

2. 会计报表的汇总

主管会计单位和二级会计单位,为了反映全系统的预算执行情况和财务状况,应对经审核过的所属单位的会计报表及本单位的会计报表进行汇总,编制汇总会计报表。汇总会计报表的种类、格式与基层单位会计报表相同。一般是将相同报表的相同项目加计总数后,汇总填列。对于个别指标需要进行调整,才能填列:

(1)上级单位的"拨出经费"与下级单位的"拨入经费"的数额相互抵减,抵减后汇总会

计报表中。正常情况下,上级单位"拨出经费"数额,应与其所属单位"拨入经费"数额之和相等。在编制汇总会计报表时,相互抵消。

(2)当上级单位应收下级单位的款项时,上级单位的暂付款中的应收下级款项应与下级单位暂存款中的应付上级款相互抵消;同样当存在上级单位应付下级单位款项时,上级单位暂存款中的应付下级款应与下级单位的暂付款中的应收上级款相互抵消。

(3)各类报表,除上述需要调整的项目之外,汇总方法基本上是相同项目加计总和,编成汇总表。

各主管会计单位进行会计报表审核和汇总时,应遵循"先审后汇"的原则。汇总会计报表,不能先汇后审,更不能只汇不审,不得重汇或漏汇。要按有关的期限及时向上级或财政部门报送。

第三节　行政单位会计报表分析

会计报表分析就是对会计报表所提供的数据进行加工、分解、比较和解释的过程。它是会计记账和编制报表的继续,是行政单位会计报表说明书的主要内容之一。

行政单位会计报表是会计人员在日常会计核算的基础上编制而成的,是对过去事项的再现。通过行政单位的会计报表可在一定程度上反映单位在一定时期预算执行的结果和财务收支的状况,但由于预算收支错综复杂,涉及报告期内全部业务活动,会计报表数字还不能具体地说明核算执行结果的好坏及其形成原因。为了进一步弄清预算在执行中超支或结余的具体情况和原因,以肯定成绩、找出差距、揭露矛盾、改进工作,需要对会计报表的数字资料,各项指标内在因素的相互关系进行全面分析研究,总结经验教训,寻求进一步增收节支和提高资金使用效益的有效途径,从而不断地提高预算管理水平。

一、行政单位会计报表分析的步骤

会计报表分析的方法有比较分析法、结构分析法、因素分析法等几种。其中用的比较普遍的是比较分析法和结构分析法。本节主要介绍比较分析法在行政单位会计报表分析中的运用,下面是比较分析法的具体步骤:

1. 根据分析目的,做好资料的收集、整理工作

行政单位的会计报表服务于众多的使用者,比如本单位管理人员、上级主管单位管理人员以及财政部门等。而他们使用的目的又存在差异,因此,会计报表具有多目的性。对一个具体使用者来说,他必须根据自己的需要,确定分析目的,并根据分析目的,收集整理资料,分析会计报表。

行政单位会计报表分析一般采用比较分析法,用于比较的参照物可以有预算(计划)数、上期数、历史最好数、其他单位同类指标数。这就要求具体分析前,根据分析目的收集

需要的相关信息。比较分析法要求对比的指标之间应具备可比性，因而在分析前，必须对收集的资料进行必要的调整，使它们符合统一口径。

2. 进行对比分析，找出差异

比较分析法比较的既可以是绝对数，也可以是相对数。若是前者，则分析得出的是金额变动数；若是后者，则分析得出的是比例变动数，通过研究这些变动数，可以发现对比数据之间的差异，从而发现存在的问题和可挖掘的潜力。

3. 分析存在的问题和可挖掘的潜力

对比数据之间的差异可表现为两方面：要么是好的差异，要么是不好的差异。前者说明可通过挖掘潜力降低支出或增加收入，后者则表现为问题的存在。差异的产生不外乎有两个原因：单位内部原因和宏观环境变动。通过分析这两方面就可以得出差异产生的原因所在，从而可以进一步挖掘潜力，扩大好的差异；或者解决问题，消除不好的差异。

4. 总结经验、提出措施

分析差异的目的最终是为了完善体制。最后还应总结经验，提出改善措施，为进一步挖掘潜力和解决问题提供体制保障。

二、行政单位会计报表分析的内容

行政单位会计报表的内容一般有：行政单位任务完成情况分析、行政单位预算执行情况的分析和行政单位财务状况的分析。

1. 行政任务完成情况的分析

从资金方面保证行政任务的顺利完成，是行政单位会计的重要任务。因此，这方面分析的目的，主要是通过分析考察行政单位任务完成或未完成的原因，来检查单位的资金供应、定员定额执行情况以及资金的使用效果，以便进一步挖掘单位的内部潜力，并为编制下期预算提供参考资料。分析的主要依据是行政单位的基本数字表、决算说明书及有关调查材料。分析时采用的方法是把基本数字表中实际执行数与预算数进行比较，找出差距，分析原因。

现以某行政单位为例，编制基本数字对比分析表，其格式和内容见表12—7。

表 12—7　　　　　　　　　　　基本数字对比分析表

单位：××××行政单位　　　　　　20××年12月31日

项　　目	工资月开支的职工人数	由机关开支的离退休人数	汽车数	摩托车数	自行车数
本年计划数	120		4	2	12
本年实际数	119		4	2	12
上年实际数	120		5	3	11

人员编制计划已按计划完成，该单位 20××年工资月开支的职工人数计划为 120 人，本年实际退休 1 人，没有增加人员，使工资月开支的职工人数实际为 119 人。如果这是在全面地、较好地完成了各项行政业务的同时取得的，则应认为是成绩，编制也可不必增加。本年计划报废汽车和摩托车各一辆、增加自行车一辆，经上级批准实际报废汽车和摩托车各一辆、增加自行车一辆的预算都得到了实现。

2. 行政单位预算收支执行情况的分析

对预算收入执行情况的分析，主要是分析行政单位是否在保质保量完成国家下达的行政任务的前提下，组织计划外收入；有无自行扩大收费范围、乱收费；应缴预算收入是否足额及时缴清等。

对预算支出执行情况的分析，主要分析在经费使用中是否执行了国家的有关方针、政策；是否真正做到了按计划、按用途用款；是否充分发挥了单位资金的使用效果，严格控制人员编制、压缩行政性开支；经费开支是否合理等。

行政单位预算收支执行情况的分析，由于行政单位一般收入较少，支出较多，因此，应重点对预算支出执行情况进行分析。在对预算支出执行情况分析时，应先根据单位预算会计报表有关资料，编制预算支出情况分析表，以便逐项进行分析。

现以某行政单位为例，编制预算支出执行情况分析表，其格式和内容见表 12—8。

表 12—8 　　　　　　　　　　　　**预算支出执行情况分析表**

单位：××××行政单位　　　　　　　20××年 12 月 31 日　　　　　　　单位：元

预算科目名称	全年支出预算数	全年实际支出累计数	超支（＋）或节约（－）	超支或节约占全年预算％
行政机关经费	519 238	504 486	－14 752	－2.84
工资	191 700	186 300	－5 400	－2.82
职工福利费	26 838	26 082	－756	－2.82
离退休人员费	15 000	18 244	＋3 244	＋21.62
公务费	150 000	141 600	－8 400	－5.6
设备购置费	90 000	85 600	－4 400	－4.89
修缮费	2 400	2 160	－240	－10
业务费	41 600	42 600	＋1 000	＋2.4
其他费用	1 700	1 900	＋200	＋11.76

从预算支出执行情况分析表可见，该行政单位全年预算经费实际支出数为 504 486 元，比预算数 519 238 节约 14 752 元，实际支出数比预算数节约了 2.84％，这是好的。进一步分析发现：节约幅度最大的是修缮费，较预算节约了 10％，主要是由于职工爱护公物等原因所至，所以应该表扬；节约额最大的是公务费，实际为 141 600 元比预算 150 000 元节约了 8 400 元，节约幅度为 5.6％，主要是公务费控制严格的效果；其他几项费用也有不

同程度的节约,本年该行政单位有人退休,又没有新增加人员,使工资额节约了 5 400 元,占预算的 2.82%。职工福利费也同比例减少了;设备购置费减少了 4.89%,与修缮费减少的原因相同,由于职工爱护设备,延长了设备的使用期,所以对相关的人员应进行奖励。尽管总支出节约了,但有几项费用增加了:离退休人员费,增加了 3 244 元,增加幅度为 21.62%,主要是离退休人员增加的原因;业务费增加了 1 000 元,增加幅度为 2.4%,业务并没比预算增加,业务费的增加是在完成业务中有所浪费造成的,应进一步查明原因,对浪费人员进行惩罚;其他费用增加了 200 元,增加幅度为预算的 11.76%,这主要是增加了职工教育支出,执行费用的超支应认真核实,确是教育支出增加,应是正当的。

3. 行政单位财务状况的分析

行政单位财务状况的分析即资金活动情况的分析,主要是分析行政单位的资产、负债、收入、支出和净资产的增减变化是否正常、合理合法,行政单位是否节约有效地使用预算资金。其分析的依据是资产负债表和有关的明细账资料,具体包括:

(1)对货币资金的分析

有无违反现金管理制度的规定坐支现金、扩大库存现金等现象;有无违反银行结算制度的规定,对银行支出数与实际数差额较大的现象查明原因,并做进一步分析。

(2)对固定资产的分析

分析固定资产的资金来源是否正当、合理;分析新增固定资产的结构是否合理;分析固定资产的减少是否正常;有无闲置不用的固定资产,如有应及时处理掉等。

(3)对材料物资的分析

检查材料采购入库有无计划;库存材料是否合理;领用材料是否符合规定手续;材料物资的管理制度是否健全等。

(4)对往来项的分析

主要分析各种暂付款、暂存款等项的数额和未结清的原因;对长期未能清算的款项应及时处理。

(5)对拨入经费的分析

分析上级部门或财政部门拨款的预算资金是否及时足额地拨付;对下属单位转拨的经费是否已及时足额地拨付;如有追加或追减预算部分,也应与上级或财政部门复核。

(6)对应缴预算款和应缴财政账户款的分析

分析应缴预算款和应缴财政专户款是否及时足额上缴,有无拖欠现象;分析应缴财政专户款的上缴方式是否符合规定等。

(7)对其他收入分析

分析其他收入的来源是否正当合法;有关收费标准有没有违反物价政策;有没有将应缴预算款和应缴财政专户款列为其他收入等。

复习思考题

1. 行政单位会计年终清理包括哪些内容?

2. 行政单位会计报表按照内容和形式可分为哪几类?

3. 行政单位会计报表编制的要求有哪些?

4. 行政单位会计报表的审核应注意哪些问题?

5. 行政单位会计报表汇总填列时,哪些指标需要进行调整? 怎么调整?

6. 行政单位会计报表分析的步骤包括哪些?

第十三章 财政预算管理制度改革下
的行政单位会计

正如前面财政总预算会计中所介绍的,财政预算管理制度改革主要包括部门预算改革、国库集中收付制度改革、政府采购改革。后两者改革的内容我们已经在前面第八章中具体介绍过,我们这里不再重复,只直接介绍在这些改革中行政单位会计的变化。

第一节 部门预算改革下的行政单位会计

一、部门预算改革概述

(一)部门预算的概念

部门预算就是以政府部门为单位进行编制,经财政部门审核后报人民代表大会审议通过,反映部门所有的收入和支出的预算,即每个部门编制一本完整的预算。财政部从2000年开始改变传统的预算编制方法,要求各部门统一实行新的预算编制方法,编制独立、完整的部门预算。

部门预算包括收入预算和支出预算。

1. 收入预算

收入预算包括一般收入预算和政府性基金收入预算。

(1)一般收入预算

一般预算收入(由收入预算表集中反映)包括行政事业单位的财政拨款、预算外资金收入和其他收入等。

①财政拨款收入

财政拨款收入是指由中央财政部门拨款形成的部门收入。中央财政部门根据预算单位的基本支出预算、项目支出预算以及各方面收入来源情况,综合核定对某一单位的年度财政拨款额。

②预算外资金收入

预算外资金收入是指行政事业单位为履行政府职能、弥补事业发展经费不足,依据国家法律、法规或具有法律效力的规章收取或提取,纳入财政预算外专户管理的财政性收入。预算外资金收入具体包括行政事业性收费、主管部门集中收入、其他预算外收入三种类型。

行政事业性收费,是指国家法律、法规规定以及国务院、财政部和国家发改委审批的行政事业性收费。编制"行政事业性收费"预算应严格按照经批准的收费项目、收费标准测算,具体数额可参考近几年实际收入情况。在不调整收费标准和收费项目的前提下,各年之间收费收入数额一般应与业务规模成正比例关系。

主管部门集中收入,是指部门(含代行政府管理职能的总公司和行政性组织)按国家规定从所属企事业单位和社会团体集中的管理费及其他资金收入。"主管部门集中收入"预算应按照国家向下属单位集中收入的有关规定编制。

其他预算外收入,是指除上述收入以外的预算外资金。包括以政府名义获得的各种捐赠资金,国家行政机关派驻境外机构的非经营性收入,有偿使用回收资金中未纳入财政预算管理的部分,财政专户利息等。其他预算外收入一般不是经常性收入,因此在编制"其他预算外收入"预算时,可在上年收入数的基础上,剔除一次性收入后编制。

③其他收入

包括上级补助收入、事业收入(指从事专业业务活动取得的收入)、事业单位经营收入、附属单位上缴收入、用事业基金弥补收支差额等。

(2)政府性基金收入预算

按照《政府性基金预算管理办法》确定的政府性基金管理原则,政府性基金全额纳入预算管理,实行"收支两条线",收入全额上缴国库,先收后支,专款专用;并且在预算上单独编列,自求平衡,其结余结转下年继续使用。在部门预算报表中设计了《政府性基金收支预算表》,单独反映政府性基金收支预算。政府性基金收入预算根据上年度征收任务完成情况、本年度征收计划及征收标准调整变化情况等确定;基金支出预算根据基金收入情况,按规定的用途、支出范围和支出标准编列。目前,经国务院批准,中央政府性基金收入主要包括:三峡工程建设基金收入、铁路建设基金收入、民航基础设施建设基金收入、邮电附加费收入、港口建设费收入、民航机场管理建设费收入、烟草商业税后利润收入、邮政补贴专项资金收入、煤代油基金收入、水利建设基金收入、旅游发展基金收入、土地有偿使用收入、外贸发展基金收入、国家茧丝绸发展风险基金收入、文化事业建设费收入、国家电影事业发展资金收入、库区维护建设基金收入、南水北调工程基金收入、森林植被恢复费收入、育林基金收入、农网还贷基金收入等。

2. 支出预算

财政支出预算包括基本支出预算和项目支出预算。

(1)基本支出预算

基本支出预算是部门支出预算的组成部分,是行政事业单位为保障其机构正常运转、完成日常工作任务而编制的年度基本支出计划,其内容包括人员经费和日常公用经费两部分。

定员和定额是测算和编制行政事业单位基本支出预算的重要依据。

定员，是指有关部门根据行政事业单位的性质、职能、业务范围和工作任务所下达的人员配置标准。

定额，是指财政部门根据行政事业单位机构正常运转和日常工作任务的合理需要，结合财力的可能，对基本支出的各项内容所规定的指标额度。

基本支出定额项目包括人员经费和日常公用经费两部分。

人员经费包括政府预算支出"目"级科目中的"人员支出"和"对个人和家庭的补助支出"。具体定额项目包括：基本工资、津贴及奖金、社会保障缴费、离退休费、助学金、医疗费、住房补助和其他人员经费等。

日常公用经费包括政府预算支出"目"级科目中的"公用支出"中属于基本支出内容的支出。具体定额项目包括：办公及印刷费、水电费、邮电费、取暖费、交通费、差旅费、会议费、福利费、物业管理费、日常维修费、专用材料及一般购置费和其他费用等。

（2）项目支出预算

项目支出预算是部门支出预算的组成部分，是行政事业单位为完成其特定的行政工作任务或事业发展目标，在基本支出预算之外编制的年度项目支出计划。

项目按照其支出性质分为基本建设类项目、行政事业类项目和其他类项目。

基本建设类项目，是指按照国家关于基本建设管理的规定，用基本建设资金安排的项目。

行政事业类项目，是指行政事业单位由行政事业费开支的项目。主要包括：由国家批准设立的有关事业发展专项计划、工程、基金项目，经常性专项业务费项目，以及大型修缮、大型购置、大型会议等项目。

其他类项目，是指除上述两类项目之外的项目。主要包括：用科技三项费用、农业综合开发、政策性补贴、对外援助、支援不发达地区支出等资金安排的项目。

（二）部门预算改革的主要内容[①]

我们以中央部门预算改革为例来说明我国近几年来部门预算改革的主要内容。

财政部从2000年开始，积极推进以部门预算为核心的中央预算编制改革，主要工作包括：

1. 建立和完善基本支出定员定额管理体系，推进实物费用定额试点

部门预算改革的目的，就是通过规范预算编制方法，建立规范、科学的预算分配机制。财政部研究制定了《中央本级基本支出预算管理办法》，对基本支出预算实行定员定额管理。几年来，通过细化定额项目、完善定额测定方法、扩大试点范围，使基本支出定员定额

① 财政部网站：2006年预算报告专题背景资料。

标准体系的科学性、规范性不断提高。同时,为了提高基本支出预算编制的准确性,财政部正积极探索建立定员定额与实物资产占用相结合的定额标准体系。

2. 建立和完善项目支出管理办法,推动项目支出预算滚动管理

项目支出预算采取项目库管理方式,按照项目重要程度,分别轻重缓急排序,使项目经费安排与部门事业发展和年度重点工作紧密结合。每年项目支出预算批复后,按照限定的条件,财政部要组织中央部门对已批复预算的项目进行清理,将延续项目滚动转入以后年度,逐步建立项目支出预算滚动安排的管理机制。

3. 扩大预算编制内容,实行综合预算编制

为实现综合预算编制的目标,以加强对预算外资金管理,规范政府收支行为,这几年,财政部积极落实国务院有关规定,先后对公安部、国家质检总局等40个中央部门的预算外收入实行纳入预算管理或"收支脱钩"管理方式。这些部门的收入全额上缴中央国库或者财政专户,支出纳入部门预算编制范围,通过编制综合财政预算,实现预算内外资金统筹安排。

4. 稳步推进部门预算支出绩效考评试点工作

中共十六届三中全会《关于完善社会主义市场经济若干问题的决定》提出,要改革预算编制制度,完善预算编制、执行的制衡机制,加强审计监督,建立预算绩效评价体系。加强对部门预算安排项目的绩效考评,逐步建立起项目支出预算的绩效评价体系,是深化部门预算改革的一项重要内容。目前,中央部门和财政部在这方面已经做了一些积极的探索性工作。制定了有关行业绩效考评工作的管理办法,并选择一些重大项目进行绩效考评试点,为下一步推进绩效考评工作奠定了基础。但总的来看,现在进行的绩效考评还是初步的。为规范绩效考评试点工作,财政部研究制定了《中央部门预算支出绩效考评管理办法(暂行)》,下一步的绩效考评试点工作应以此为准则,统一规划、稳步推进。

5. 规范预算编制程序

为规范部门预算编制过程中财政部和中央部门的职能和责任,财政部相继制定了《进一步加强和规范中央预算管理的有关规定》《财政部中央部门预算编制规程(试行)》等规范性文件,提出"二上二下"的预算编制程序。对预算编制、执行、调整各阶段的时间安排、具体工作任务以及财政部和中央部门、财政部内部各司局的职能权限等做出了具体的规定。

6. 加强基础性工作

为夯实部门预算基础,财政部近几年还在加强基础工作和技术保障方面做了一些积极的工作,包括研究进行政府收支分类改革,研究与事业单位体制改革相适应的经费保障方式,加强行政事业单位资产管理,推进政府财政管理信息系统建设等。

经过几年的努力,中央部门预算编制改革取得了显著的成效。树立了部门预算观念,初步规范了预算分配机制,增强了预算的计划性和严肃性;转变预算编制方式,实现了逐

级编制综合预算的目标；基本建立了与公共财政相适应的部门预算框架，实现了预算编制的完整、统一；明确了部门预算编制主体，规范了预算编制程序，提高了预算管理水平。但是，目前改革取得的进展仍是阶段性的成果，还属于从传统的管理方式向现代的管理制度过渡和转化的阶段，与建立公共财政体制的要求和实现科学、规范、先进的预算管理制度目标，还存在较大的差距；需要继续按照既定的改革目标，进一步深化改革，创新机制。

除上述这些改革内容外，2006 年 4 月财政部颁布的《政府收支分类改革》同样是部门预算改革的一大亮点。

二、行政单位会计的变化

部门预算改革的主要内容很多，而与行政单位会计有关的主要是两个部分：一是将财政支出分为基本支出和项目支出两类；二是 2007 年将要实行的政府收支分类改革。

（一）基本支出和项目支出的核算

财政支出分为基本支出和项目支出后，行政单位从财政拨来的经费也分为两部分：一部分是用于基本支出的基本经费，另一部分是用于项目支出的项目经费，这两部分分别用于行政单位的基本支出和项目支出。

基本支出是行政单位用于维持机构正常运转和完成日常工作任务的支出。行政单位的基本支出实行定员定额管理。定员就是国家机构编制主管部门根据行政单位的性质、职能、业务范围和工作任务下达的人员配置标准。定额是财政部门根据行政单位机构正常运转和日常工作任务的合理需要，结合财力的可能，对基本支出的各项内容规定指标额度。

项目支出是行政单位用于基本支出之外完成特定任务所需的开支，包括专业业务项目，大型修缮、大型购置、大型会议和其他项目。

为了分别核算这两部分资金的核拨情况和使用情况，行政单位会计"拨入经费"下设"基本经费"（或基本支出）和"项目经费"（或项目支出）两个明细，取消原来的"拨入经常性经费"和"拨入专项经费"两个明细；相应取消了"经费支出"的"经常性支出"和"专项支出"两个明细，而改为"基本支出"和"项目支出"；"拨出经费"的"拨出经常性经费"和"拨出专项经费"两个原有明细也被取消，取而代之的是"拨出基本经费"和"拨出项目经费"两个明细；同样"结余"也不再分设"经常性结余"和"专项结余"两个明细，而改设为"基本结余"和"项目结余"两个明细。

为了进一步核算基本支出和项目支出的具体情况，在"经费支出——基本支出"下设置"人员支出"、"对个人和家庭的补助支出"和"公用支出"三级科目，并在"人员支出"三级科目下进一步设置"基本工资"、"津贴"、"奖金"、"社会保障缴费"和"其他"四级明细；在"对个人和家庭的补助支出"三级科目下进一步设置"离休费"、"退休费"、"退职（役）费"、"抚恤和生活补助"、"医疗费"、"住房补贴"和"其他"四级明细；在"公用支出"三级科目下进一步设置"办公费"、"印刷费"、"水电费"、"邮电费"、"取暖费"、"交通费"、"差旅费"、"会议费"、"培训费"、"招待费"、"福利费"、"劳务费"、"就业补助费"、"租赁费"、"物业管理费"、"维修费"、"专用材料费"、"办公设备购置费"、"专用设备购置费"、"交通工具购置费"、"图书资料购置费"和"其他"共22个四级明细。在"经费支出——项目支出"下设置"专项业务项目"、"大型修缮"、"大型购置"、"大型会议"和"其他项目"5个三级明细。

具体例子如下：

【例1】 某市卫生局收到市财政局拨入用于基本支出的经费120 000元,用于某大型会议的经费100 000元。

借:银行存款	220 000
贷:拨入经费——基本经费	120 000
拨入经费——项目经费	100 000

【例2】 某市卫生局用银行存款购买办公用品5 000元,直接领用。

| 借:经费支出——基本支出(公用支出)(办公费) | 5 000 |
| 贷:银行存款 | 5 000 |

【例3】 某市卫生局用银行存款发放本月职工工资:基本工资40 000元、津贴16 000元、退休费18 000元。

借:经费支出——基本支出(人员支出)(基本工资)	40 000
——基本支出(人员支出)(津贴)	16 000
——基本支出(对个人和家庭的补助支出)(退休费)	
	18 000
贷:银行存款	74 000

【例4】 某市卫生局对房屋进行大修,用银行存款支付100 000元。

| 借:经费支出——项目支出(大型修缮) | 100 000 |
| 贷:银行存款 | 100 000 |

【例5】 某市卫生局收到同级财政拨来的基本经费500 000元,其中300 000元是下属单位的基本经费;拨来项目经费150 000元,其中100 000是下属单位的项目经费。该卫生局对下属单位的基本经费和项目经费进行转拨。

借:银行存款	650 000
贷:拨入经费——基本经费	500 000
拨入经费——项目经费	150 000
借:拨出经费——拨出基本经费	300 000
拨出经费——拨出项目经费	100 000
贷:银行存款	400 000

【例6】 年终,"拨入经费——基本经费"的期末余额为1 000 000元,"拨入经费——

项目经费"的期末余额为 850 000 元,"拨出经费——拨出基本经费"700 000 元,"拨出经费——拨出项目经费"的期末余额为 600 000 元,"经费支出——基本支出"的期末余额为 250 000 元,"经费支出——项目支出"的期末余额为 100 000 元,"其他收入"的期末余额为 10 000 元,"预算外资金收入"的期末余额为 450 000 元。做年终转账的会计分录如下:

```
借:拨入经费——基本经费                          1 000 000
   预算外资金收入                                 450 000
   其他收入                                        10 000
      贷:结余——基本结余                                      1 460 000
借:结余——基本结余                                 950 000
      贷:拨出经费——拨出基本经费                                700 000
         经费支出——基本支出                                    250 000
借:拨入经费——项目经费                             850 000
      贷:结余——项目结余                                        850 000
借:结余——项目结余                                 700 000
      贷:拨出经费——拨出项目经费                                600 000
         经费支出——项目支出                                    100 000
```

(二)政府收支分类改革后的行政单位会计

2007 年的政府收支分类改革方案的主要内容包括收入分类和支出功能分类、支出经济分类。2006 年财政部颁布的《财政部关于政府收支分类改革后财政总预算会计预算外资金财政专户会计核算问题的通知》规定,财政总预算会计的收入明细账按照新的收入分类科目设置,支出按照新的功能分类科目设置明细账。按照 2006 年财政部颁布的《财政部关于政府收支分类改革后行政单位会计核算问题的通知》,行政单位的收入按照支出功能分类科目设置明细;行政单位的支出按照新的支出经济分类科目设置明细账。具体规定如下:

(1)"401 拨入经费"科目在基本支出和项目支出两个二级科目下,按《政府收支分类科目》中"支出功能分类科目"的"项"级科目设置明细账。

(2)"404 预算外资金收入"科目在基本支出和项目支出两个二级科目下,按《政府收支分类科目》中"支出功能分类科目"的"项"级科目设置明细账。

(3)"501 经费支出"科目在基本支出和项目支出两个二级科目下,按《政府收支分类科目》中"支出经济分类科目"的"款"级科目设置明细账。本通知自 2007 年 1 月 1 日起执行。执行中如果发现问题,请及时向财政部(国库司)反映。

所以 2007 年新的政府收支分类改革后,行政单位会计将发生变化。

1. 支出功能分类

相关内容见第八章第一节。

由于每"款"下还有很多"项",我们不再列举,可以参阅附录。按照规定,"拨入经费"和"预算外资金收入"在基本支出和项目支出二级明细下必须按照支出功能分类科目的"项"级科目设置三级明细。

【例7】 某教育局收到同级财政拨入用于小学教育的基本经费450 000元,项目经费200 000元。

```
借:银行存款                                              650 000
    贷:拨入经费——基本支出(小学教育)                        450 000
        拨入经费——项目支出(小学教育)                        200 000
或:借:银行存款                                          650 000
    贷:拨入经费——基本经费(小学教育)                        450 000
        拨入经费——项目经费(小学教育)                        200 000
```

【例8】 某教育局收到从财政专户中返回预算外资金600 000元,其中400 000元用于中专教育的基本支出,200 000元用于中专教育的项目支出。

```
借:银行存款                                              600 000
    贷:预算外资金收入——基本支出(中专教育)                    400 000
        预算外资金收入——项目支出(中专教育)                    200 000
```

2. 支出经济分类

相关内容见第八章第一节。

按照规定,"经费支出——基本支出"和"经费支出——项目支出"按照支出经济分类的"款"级科目设置明细。

【例9】 某市卫生局用银行存款购买办公用品5 000元,直接领用。

```
借:经费支出——基本支出(办公费)                           5 000
    贷:银行存款                                          5 000
```

【例10】 某市卫生局用银行存款发放本月职工工资:基本工资40 000元、津贴16 000元、退休费18 000元。

```
借:经费支出——基本支出(基本工资)                         40 000
        ——基本支出(津贴)                             16 000
        ——基本支出(退休费)                           18 000
    贷:银行存款                                          74 000
```

【例11】 某市卫生局对房屋进行大维修,用银行存款支付100 000元。

```
借:经费支出——项目支出(大型修缮)                        100 000
    贷:银行存款                                         100 000
```

第二节 国库集中收付制度改革下的行政单位会计

国库集中收付制度改革的主要内容我们已经在第八章中做过介绍,所以我们这里主要介绍国库集中收付制度改革下行政单位会计的变化。

一、资产的变化

前面我们曾经介绍过国库集中收付制度中财政支出的支付方式有两种,即直接支付和授权支付。

财政直接支付,预算单位按照批复的预算和资金使用计划,向财政国库支付执行机构提出支付申请,经财政国库支付执行机构审核无误后,向代理银行发出支付令,并通知中国人民银行,通过代理银行进入全国银行清算系统实时清算,财政资金从国库单一账户划拨到收款人的银行账户。实行财政直接支付的支出包括工资支出、购买支出、转移支出,转移支出(中央对地方专项转移支出除外)支付到用款单位,其他支出支付到收款人。财政直接支付主要通过转账方式进行,也可以采用"国库支票"支付。财政国库支付执行机构根据预算单位的要求签发支票,并将签发给收款人的支票交给预算单位,由预算单位转给收款人。收款人持支票到其开户银行入账,收款人开户银行再与代理银行进行清算。每日营业终了前由国库单一账户与代理银行进行清算。

财政授权支付,预算单位按照批复的预算和资金使用计划,向财政国库支付执行机构申请授权支付的月度用款限额,财政国库支付执行机构批准后的限额通知代理银行和预算单位,并通知中国人民银行国库部门。预算单位在月度用款限额内,自行开具支付令,通过财政国库支付执行机构转由代理银行向收款人付款,并与国库单一账户清算。实行财政授权支付的支出包括未实行财政直接支付的购买支出和零星支出。

为了核算在授权支付方式下财政部门给预算单位下达的用款额度和该额度的使用情况,在行政单位会计的资产账户中增加一个"零余额账户用款额度"会计科目。该科目借方用来反映财政授权的支出额度,贷方用来反映用款单位已经签发的支出数,即额度的减少数,余额一般在借方,表示尚未支用的额度数,年终未使用完的额度如果不能转入下年使用的,应注销掉;如果可以转入下年使用的,则转入下年使用。

【例 12】 某行政单位收到代理银行的到账通知书,表明本月用于基本支出的财政授权支付额度为 231 000 元。

借:零余额账户用款额度 231 000
    贷:拨入经费——基本支出 231 000

【例 13】 某行政单位开出财政授权支付凭证,用商业零余额账户支付邮电费 1 000元。

借:经费支出——基本支出　　　　　　　　　　　　　　　　1 000
　　贷:零余额账户用款额度　　　　　　　　　　　　　　　　　　1 000

【例14】 财政局将某行政单位年终未使用完的零余额账户剩余额度30 000元(该额度是用于基本支出的)收回。该行政单位的会计应做如下的会计分录:

借:拨入经费——基本支出　　　　　　　　　　　　　　　30 000
　　贷:零余额账户用款额度　　　　　　　　　　　　　　　　　30 000

有些地方不仅预算内资金实行国库集中收付制度,预算外资金也实行国库集中收付制度。这就需要在"零余额账户用款额度"下设置预算内和预算外两个明细,前者核算预算内资金的授权支付的额度,后者则核算预算外资金授权支付的额度。

【例15】 某行政单位的预算外资金也实行国库集中收付制度,收到代理行的到账通知书,表明本月预算外资金用于基本支出的财政授权支付额度为20 000元。

借:零余额账户用款额度——预算外　　　　　　　　　　20 000
　　贷:预算资金外收入——基本支出　　　　　　　　　　　　20 000

二、收入的变化

(一)拨入经费

行政单位的支付通过财政直接支付和授权支付两种方式进行,所以在确认拨入经费时,行政单位的会计核算也发生了变化。如果采用直接支付方式的,当财政直接支付时才确认经费的拨入;而采用授权支付方式的,则在财政核定授权额度,行政单位收到代理行发出到账通知书时,才确认经费的拨入。

【例16—1】 某行政单位通过政府采购购买一批材料(该材料用于日常工作),价格为10 000元,增值税为1 700元,款项由财政直接支付。材料已入库。

借:材料　　　　　　　　　　　　　　　　　　　　　　11 700
　　贷:拨入经费——基本支出　　　　　　　　　　　　　　　11 700

【例17—1】 某行政单位通过政府采购购买一批办公设备,价格15 000元,款项由财政直接支付。

借:经费支出——基本支出(办公设备购置)　　　　　　　15 000
　　贷:拨入经费——基本支出　　　　　　　　　　　　　　　15 000
借:固定资产　　　　　　　　　　　　　　　　　　　　15 000
　　贷:固定基金　　　　　　　　　　　　　　　　　　　　　15 000

【例18—1】 某行政单位收到代理行收到的到账通知书,表明本月财政授权支付的基本支出额度为300 000元。

借:零余额账户用款额度　　　　　　　　　　　　　　　300 000
　　贷:拨入经费——基本支出　　　　　　　　　　　　　　　300 000

另外为了分别核算直接支付和授权支付,也可以在拨入经费中分设"财政直接支付"和"财政授权支付"两个明细。所以上面3道例题可以相应改为:

【例16-2】 借:材料　　　　　　　　　　　　　　　　11 700
　　　　　　　贷:拨入经费——财政直接支付(基本支出)　　　　11 700
【例17-2】 借:经费支出——基本支出(办公设备购置)　　15 000
　　　　　　　贷:拨入经费——财政直接支付(基本支出)　　　　15 000
　　　借:固定资产　　　　　　　　　　　　　　　　15 000
　　　　　　贷:固定基金　　　　　　　　　　　　　　　　15 000
【例18-2】 借:零余额账户用款额度　　　　　　　　　300 000
　　　　　　　贷:拨入经费——财政授权支付(基本支出)　　　　300 000

（二）预算外资金收入

除了拨入经费与直接支付和授权支付有关外,预算外收入也可能与直接支付和授权支付有关。因为有些地方预算外资金也实行国库集中收付。在这些地方预算外资金收入的核算入拨入经费,也可以在预算外收入下设"财政直接支付"和"财政授权支付"两个明细。

【例19】 某行政单位的预算外资金也实行国库集中收付制度,收到代理行的到账通知书,表明本月预算外资金的财政授权支付额度为20 000元。

　　　借:零余额账户用款额度——预算外　　　　　　20 000
　　　　　　贷:预算外资金收入——财政授权支付(基本支出)　　20 000
【例20】 某行政单位通过政府采购购买一辆小汽车,价格为250 000元,由财政专户直接支付。

　　　借:经费支出——基本支出(交通工具购置)　　250 000
　　　　　　贷:预算外资金收入——财政直接支付(基本支出)　　250 000

三、支出的变化

（一）财政直接支付

用财政直接支付的方式支付行政单位的支出,应该在确认支出时,同时确认拨入经费。

【例21】 某行政单位通过财政直接支付在职职工的基本工资150 000元,津贴56 000元。

　　　借:经费支出——基本支出(基本工资)　　　　150 000
　　　　　经费支出——基本支出(津贴)　　　　　　56 000
　　　　　　贷:拨入经费——基本支出　　　　　　　　206 000
　　　或:借:经费支出——基本支出(基本工资)　　　150 000

経費支出——基本支出(津贴) 56 000

贷:拨入经费——财政直接支付(基本支出) 206 000

(二)财政授权支付

用财政授权支付方式支付行政单位的支出时,应通过"零余额账户用款额度"这一科目。

【例22】 某行政单位开出授权支付凭证,购买一批办公用品4 500元。

借:经费支出——基本支出(办公费) 4 500

贷:零余额账户用款额度——预算内 4 500

【例23】 某行政单位开出授权支付凭证,从预算外资金的零余额账户中支付某大型修缮项目费用580 000元。

借:经费支出——项目支出(大型修缮) 580 000

贷:零余额账户用款额度——预算外 580 000

除了资产、收入和支出科目的核算与国库集中收付制度改革有关外,行政单位的其他科目的核算与国库集中收付制度改革并没有太大的关系。

第三节 政府采购制度改革下的行政单位会计

政府采购制度改革的内容我们已经在第八章中做过介绍,所以这里只是介绍政府采购制度改革下行政单位会计的变化。

一、用财政直接拨付的资金支付政府采购款

如果政府采购是通过财政直接支付的,其会计核算如前面所介绍的,支付时同时确认拨入经费或预算外资金收入,如例16、例17和例20。

二、用自筹资金或不实行国库集中收付制度的预算外资金支付政府采购款

1. 用预算外资金(不实行国库集中收付制度)和单位自筹资金进行政府采购,当资金划到政府采购资金专户时,借记"暂付款——政府采购款",贷记"银行存款"。

【例24】 某行政单位用自筹资金进行政府采购,购买一辆小汽车。将款项250 000元划入政府采购资金专户。

借:暂付款——政府采购款 250 000

贷:银行存款 250 000

2. 如果有多余的资金返回,则借记"银行存款",贷记"暂付款——政府采购款"。

【例25】 承接例24,实际购买价格为240 000元,10 000元退回。

借:经费支出——基本支出(交通工具购置) 240 000

　　　　　贷：暂付款——政府采购款　　　　　　　　　　　　　240 000
　　　借：固定资产　　　　　　　　　　　　　　　240 000
　　　　　贷：固定基金　　　　　　　　　　　　　　　　　240 000
　　　借：银行存款　　　　　　　　　　　　　　　10 000
　　　　　贷：暂付款——政府采购款　　　　　　　　　　　　　10 000

3. 如果行政单位退货，则借记"银行存款"，贷记"暂付款——政府采购款"。

【例26】　承接例25，该行政单位数日后退回购买的小汽车。
　　　借：银行存款　　　　　　　　　　　　　　　240 000
　　　　　贷：暂付款——政府采购款　　　　　　　　　　　　　240 000
　　　借：固定基金　　　　　　　　　　　　　　　240 000
　　　　　贷：固定资产　　　　　　　　　　　　　　　　　240 000

三、用财政直接拨付的资金和单位自筹的资金(或不实行国库集中收付制度的预算外资金)配套支付政府采购款

【例27】　某行政单位通过政府采购，购买一套专用设备，估计价格为 500 000 元。财政以直接支付方式承担 250 000 元，行政单位自筹资金 250 000 元。
　　　行政单位将自筹资金 250 000 元划入政府采购资金专户时
　　　借：暂付款——政府采购款　　　　　　　　　250 000
　　　　　贷：银行存款　　　　　　　　　　　　　　　　250 000

【例28】　承接例27，政府采购部门实际购买支付 480 000 元(实行差额直接拨付的方式)。
　　　借：经费支出——基本支出(专用设备购置)　　480 000
　　　　　贷：拨入经费——基本支出　　　　　　　　　　　230 000
　　　　　　　暂付款——政府采购款　　　　　　　　　　　250 000
　　　借：固定资产　　　　　　　　　　　　　　　480 000
　　　　　贷：固定基金　　　　　　　　　　　　　　　　480 000

【例29】　承接例27，政府采购部门实际购买专用设备支付 520 000 元，按照原定采购比例进行负担，所以行政单位还需支付自筹资金 10 000 元。
　　　借：经费支出——基本支出(专用设备购置)　　520 000
　　　　　贷：拨入经费——基本支出　　　　　　　　　　　260 000
　　　　　　　暂付款——政府采购款　　　　　　　　　　　250 000
　　　　　　　银行存款　　　　　　　　　　　　　　　　10 000
　　采购过程中遇到了特殊情况，导致预计的采购资金增加，超出了财政部门和采购机关已划入政府采购资金专户的资金时，应按原定的采购资金比例进行负担。

年终,单位应将政府采购支出与本单位的经费支出合并向财政部门编报决算。

复习思考题

1. 什么是部门预算?部门预算的主要内容有哪些?

2. 部门预算改革的主要内容包括哪些?

3. 政府收支分类改革后行政单位可以有哪些变化?

4. 国库集中收付制度中有哪几种财政支出的支付方式?

练习题

习题一:练习基本支出与项目支出的核算

某教育局发生如下业务:

1. 7月1日收到市财政局拨入用于基本支出的经费 320 000 元,用于某大型修缮的费用 150 000 元。

2. 7月4日用银行存款购买复印机一台 8 000 元,用于日常办公。

3. 7月8日用银行存款发放本月职工工资:基本工资 50 000 元、津贴 10 000 元、退休费 23 000 元。

4. 7月10日司机报销路桥费、汽油费 1 800 元。

5. 7月15日拨付所属单位基本经费 100 000 元,项目经费 50 000 元。

6. 7月20日对房屋进行大维修,用银行存款支付 80 000 元。

7. 年终,"拨入经费——基本经费"的期末余额为 1 500 000 元,"拨入经费——项目经费"的期末余额为 1 000 000 元,"拨出经费——拨出基本经费"的期末余额为 800 000 元,"经费支出——基本支出"的期末余额为 550 000 元,"经费支出——项目支出"的期末余额为 180 000 元,做年终转账。

要求:编制相关的会计分录。

习题二:练习政府收支分类改革后的行政单位会计的变化

某教育局发生如下业务:

1. 7月1日收到市财政局拨入用于小学教育的基本经费 320 000 元,用于初等职业教育的项目经费 300 000 元,用于本教育局某大型修缮的费用 150 000 元。

2. 7月2日收到从财政专户中返回预算外资金 800 000 元,其中 600 000 用于中专教育的基本支出,200 000 用于中专教育的项目支出

3. 7月4日用银行存款购买复印机一台 8 000 元,用于日常办公。

4. 7月8日用银行存款发放本月职工工资:基本工资 50 000 元、津贴 10 000 元、退休费 23 000 元。

5. 7月10日司机报销路桥费、汽油费 1 800 元。

6. 7月15日拨付所属单位基本经费 100 000 元,项目经费 50 000 元。

7. 7月20日对房屋进行大维修,用银行存款支付 80 000 元。

8. 年终,"拨入经费——基本支出"的期末余额为 1 500 000 元,"拨入经费——项目支出"的期末余额为 1 000 000 元,"拨出经费——拨出基本经费"的期末余额为 800 000 元,"经费支出——基本支出"的期末余额为 550 000 元,"经费支出——项目支出"的期末余额为 180 000 元,做年终转账。

要求:编制相关的会计分录。

某行政单位发生如下业务:

1. 7月1日收到代理银行的通知,本月用于基本支出的用款额度为500 000元,其中预算内为400 000元,预算外财政专户为100 000元。

2. 7月3日开出授权支出凭证,支付水电费15 000元。

3. 7月8日,开出授权支付凭证,提出15 000元备用。

4. 7月10日,张三报销差旅费5 800元,用现金支付。

5. 7月15日通过政府采购购买一批专用设备,价格58 000元,款项由财政直接支付。

6. 7月18日通过政府采购购买一辆小汽车,价格为150 000元,由财政专户直接支付。

7. 7月19日某行政单位开出授权支付凭证,从预算外资金的零余额账户中支付某大型修缮项目费用350 000元。

要求:编制相关的会计分录。

习题四:练习政府采购制度改革后行政单位会计的变化

某行政单位发生如下业务:

1. 7月5日用自筹资金进行政府采购,购买一辆小汽车,将款项180 000元划入政府采购资金专户。

7月8日,接政府采购中心通知,实际购买价格为190 000元,行政单位另外支付5 000元退回。

7月12日行政单位觉得小汽车质量有问题,退回小汽车。

2. 7月13日通过政府采购,进行大型修缮,估计价格为300 000元。财政以直接支付方式承担150 000元,行政单位自筹资金150 000元。

7月13日,行政单位将自筹资金150 000元划入政府采购资金专户。

7月30日政府采购部门实际支付280 000元(实行差额直接拨付的方式)。

要求:编制相关的会计分录。

第十四章　国外的政府会计

正如我们在第一、二章所介绍的，国外的政府会计也有很大的不同。我们主要以美国为例来介绍国外的政府会计。关于美国的政府会计的特殊性我们也在第一、二章做过详细的介绍，这里不再重复。美国的政府会计是以基金作为会计主体的。

美国政府机构的基金通常包括以下几类：

（1）政府基金。政府基金是为符合法律要求而设置的，用来处理法律许可的收入和支出。政府基金并不向享有其服务的用户索取费用。它又可分为普通基金、特种收入基金、基本建设项目基金、偿债基金、特种税捐基金。

（2）权益基金。权益基金是一种需要服务用户支付费用的基金。由于向用户提供服务而收取服务成本，或收取超过或低于服务成本的费用，权益基金有与营利组织相类似的特性。权益基金又可分为企业基金和内部服务基金。

（3）信托基金。信托基金是用来处理某一政府机构以受托人或代理人身份持有的资产。信托基金可分为动本信托基金、留本信托基金、养老信托基金、代理基金等。

接下来我们主要介绍美国州及地方政府会计的具体内容及其核算。

第一节　政府基金

政府基金正如前文所述，是政府单位为符合法律要求而设置，用来处理法律许可的收入和支出。政府基金并不向享有其服务的用户索取费用，即政府基金是用来核算政府单位在其"非经营型"活动中耗费的流动资产、相关负债、净资产的变化及余额。政府基金主要包括普通基金、特种收入基金、基本建设项目基金、偿债基金等。普通基金是核算除需在其他基金中核算之外的全部财务资源；特种收入基金是核算来自特定收入来源的，被依法限定于指定目的的支出的收入；基本建设项目基金是核算用于大的长期设施的财务资源；偿债基金是核算用于偿还普通长期债务本金和利息的资源积累和债务本息的偿还。普通基金和特种收入基金主要用于州和地方政府大部分"普通政府"活动的筹资和会计核算。"普通政府"活动包括治安、消防、中心管理、街道维护和自治校区与非权益性特区的类似"普通运营"活动。特种收入基金用于核算受法律或协议限定用于特别目的的"普通政府"财务资源。普通基金用于核算不限于特别目的的所有财务资源，否则需要在另一基金中核算。普通基金是在政府开始时设立,政府存续期内一直存在,而特种收入基金只在政府有指定专项用途的资源时才存在。典型情况下,两种基金的大多数来源每年花光,按年再补充。普通基金和特种收入基金的资金来源一般主要花费在当期运营所需上,而不是用于资本支出或偿还债务。从这些基金中用于资本支出或偿还债务的重大数额通常分别转入基本建设项目基金和偿债基金,并从中支出。但常规性的资本支出和偿债支出,通常直接从普通基金和特种收入基金中支付。

一、普通基金

对于日常运营所需的基金,记录在普通基金中而不记录在专用基金中,普通基金用以处理政府单位不能在其他政府基金内处理的经济业务。普通基金的主要收入有:税收(主要是财产税)、执照和许可证、政府间收入、服务费收入、罚款和没收等;普通基金的主要支出有:普通政府、公共安全、公路和街道、健康和卫生等。

1. 预算分录

普通基金的运营始于预算被批准通过,在新年的第一天就要编制预算分录,尽管这仅仅是预算。

【例1】 某市政府 20××年度财政预算批准,收入估计数为 $4 000 000,拨款数(即授权的预计支出)为 $3 800 000。在新年第一天做如下会计分录:

借:估计收入 4 000 000
    贷:拨款 3 800 000
        无保留基金余额 200 000

如果期间内修正预算,增加收入估计数,就应该借记收入估计,贷记无保留基金余额;如果期间内修正预算,减少收入估计数,就借记无保留基金余额,贷记估计收入。同样,如果年内增加拨款,应该借记无保留基金余额,贷记拨款。如果拨款减少,则做相反的会计分录。

2. 收入的核算

普通基金的收入主要包括税收(主要是财产税)、执照和许可证、政府间收入、罚款和没收等。

(1)财产税的核算

财产税通常是地方政府的一个主要收入来源。它在城市立法机构正式征收时计提。政府单位在征税日,假设税款能征到,即当年可收到或其后很快能收到,都应记录财产税的应计数。

【例2】 应征收财产税 $1 000 000,估计坏账率3%,应编制下列会计分录:

借:应收税款——本期 1 000 000
    贷:收入 970 000

本期税款备抵坏账　　　　　　　　　　　　　　　　　　　　30 000

【例3】　例2中的财产税实际收到＄800 000,其余作拖欠款,应编制如下会计分录:

借:现金　　　　　　　　　　　　　　　　　　　　　　　　800 000
　应收税款——拖欠款　　　　　　　　　　　　　　　　　200 000
　　贷:应收税款——本期　　　　　　　　　　　　　　　　　　1 000 000
借:本期税款备抵坏账　　　　　　　　　　　　　　　　　　30 000
　　贷:拖欠税款备抵坏账　　　　　　　　　　　　　　　　　　30 000

【例4】　提前收到税款＄5 000,作如下会计分录:

借:现金　　　　　　　　　　　　　　　　　　　　　　　　5 000
　　贷:预收税款　　　　　　　　　　　　　　　　　　　　　　5 000

【例5】　拖欠的税款＄10 000作为坏账处理,会计分录为:

借:拖欠税款备抵坏账　　　　　　　　　　　　　　　　　　10 000
　　贷:应收税款——拖欠款　　　　　　　　　　　　　　　　　10 000

(2)其他收入的核算

【例6】　收到执照费和罚金共＄150 000,会计分录如下:

借:现金　　　　　　　　　　　　　　　　　　　　　　　　150 000
　　贷:收入　　　　　　　　　　　　　　　　　　　　　　　　150 000

【例7】　应收服务费＄36 000,估计坏账为＄1 000,作如下会计分录:

借:应收账款　　　　　　　　　　　　　　　　　　　　　　36 000
　　贷:应收账款备抵坏账　　　　　　　　　　　　　　　　　　1 000
　　　收入　　　　　　　　　　　　　　　　　　　　　　　　35 000

3. 支出的核算

普通基金的支出核算采用两种办法:一种通过保留支出账户,另一种不通过保留支出账户。政府会计的首要目标是帮助政府控制支出,包括控制拨款超支,因此,通常使用一个保留支出账户,保持一个估计的"过程中"支出的记录。保留支出账户一般在签发商品或服务购买订单时被采用。如果一项支出受保留支出以外的其他手段的控制,拨款就不必为其保留,即这项支出不必通过保留支出账户,也就是说,只在其真正支出时,拨款才减少,例如工资就不必通过保留支出账户核算。

【例8】　应付工资＄180 000,编制如下会计分录:

借:支出——工资　　　　　　　　　　　　　　　　　　　　180 000
　　贷:应付账款　　　　　　　　　　　　　　　　　　　　　　180 000

【例9】　为公安部门定购事务用品＄23 000,收到发票与运费单据共计＄20 000,编制如下会计分录:

借:保留支出　　　　　　　　　　　　　　　　　　　　　　23 000

贷:保留支出准备		23 000
借:保留支出准备	23 000	
贷:保留支出		23 000
借:支出	20 000	
贷:应付账款		20 000

4. 基金间转账

注意基金间运营性转账必须和收入、支出分开报告。

【例10】 为满足偿债所需,从普通基金中转入偿债基金 $10 000,会计分录如下:

借:向偿债基金运营性转账	10 000	
贷:欠偿债基金款		10 000

【例11】 从特种收入基金中转入普通基金 $20 000,会计分录如下:

借:特种收入基金欠款	20 000	
贷:特种收入基金运营性转账		20 000

5. 结账分录

目前,在美国有三种结账分录:冲销预算—结平实际法、差异法和复合分录法。这里介绍简单的一种,冲销预算—结平实际法。

【例12】 (1)结平预算账户。根据例1,编制如下会计分录:

借:拨款	3 800 000	
无保留基金余额	200 000	
贷:估计收入		4 000 000

(2)将实际收入和实际支出账户结入无保留基金余额账户。某市本期实际收入为 $4 100 000,实际支出为 $3 600 000。

借:收入	4 100 000	
贷:无保留基金余额		500 000
支出		3 600 000

(3)结平基金间转账。根据例10、例11。

借:特种收入基金运营性转账	20 000	
贷:向偿债基金运营性转账		10 000
无保留基金余额		10 000

(4)冲销保留支出数,因为年度结束,保留数就应该终止,即便在年内尚未收到货物,也应在政府单位的财政年度内视为无效。假设某市年末共有 $10 000 保留支出数,编制如下会计分录:

借:保留支出准备	10 000	
贷:保留支出		10 000

财政年度有逾期不终止的保留数时,应再作一笔会计分录。假设上题中的＄10 000中有＄5 000不终止,则:

借:无保留基金余额　　　　　　　　　　　　　　　　　　　　　5 000
　　贷:保留支出　　　　　　　　　　　　　　　　　　　　　　　　　　5 000

6. 普通基金的财务报表

普通基金主要有三张财务报表:资产负债表,收入、支出及基金余额变动表,收入、支出及基金余额变动表——预算与实际。

(1)资产负债表

普通基金的资产负债表由期中资产负债表和年末资产负债表组成(见表14—1)。期中资产负债表可以按月、按季或因发行债券或其他目的的需要而编制。

表 14—1　　　　　　　　　　　某市普通基金资产负债表
20××年12月31日

资产	金额	负债及基金余额	金额
现金		负债	
应收税款——拖欠款		应付账款	
减:拖欠税款备抵坏账		欠内部服务基金款(欠存货基金款)	
应收利息和罚款		欠偿债基金款	
减:应收利息和罚款备抵坏账		预收税款	
应收账款		基金余额	
减:应收账款备抵坏账		保留支出准备数	
资产合计		无保留基金余额	
		负债和基金余额总额	

(2)收入、支出及基金余额变动表

收入、支出及基金余额变动表是普通基金的第二张报表,这张报表代表一年内(或其他时间段)收入、支出和基金余额的增减变化。不管预算基础是什么,它都按公认会计原则基础编制,是公认会计原则基础的运营报表。其格式与"收入、支出及基金余额变动表——预算与实际"大致一样,只是没有预算、实际、差异三栏,而只有金额一栏,项目是完全一样。其格式见表14—2。

表 14—2　　　　　**某市普通基金收入、支出及基金余额变动表——20××年**

（公认会计原则运营报表）

项　　目	金　额
收入	
税收	
执照和许可证	
政府间收入	
服务收费	
罚款和没收	
其他	
支出	
本期运营支出：	
普通政府	
公共安全	
公路和街道	
卫生保健	
其他	
本期运营支出合计	
资本支出	
偿债	
支出合计	
收入大于支出数	
其他资金来源（运用）	
特种收入基金运营性转账	
向偿债基金运营性转账	
收入和其他资金来源大于支出和其他资金运用数	
基金余额——20××年初	
基金余额——20××年末	

（3）收入、支出及基金余额变动表——预算与实际

收入、支出及基金余额变动表——预算与实际是普通基金的第三张报表（见表14—3）。这张报表是比较预算和实际的运营成果，是以预算基础编制的，通常与公认会计原则不同，是一张预算运营报表。如果依法通过的预算是以与公认会计原则一致的基础编制的，本表中的"实际数"会同收入、支出及基金余额变动表中列示的数额一致。但如果预算不是按公认会计原则编制的，预算比较表中的"实际数"就同公认会计原则基础的运

营报表中列示的数据不一致。在这种情况下,财务报表附注中应包括对预算基础的解释,并将预算数字按公认会计原则调整。

表 14—3　　　　　某市普通基金收入、支出及基金余额变动表——20××年

（预算比较报表）

项　目	预算(修正预算)	实际	差异
收入			
税收			
执照和许可证			
政府间收入			
服务收费			
罚款和没收			
其他			
支出			
本期运营支出:			
普通政府			
公共安全			
公路和街道			
卫生保健			
其他			
本期运营支出合计			
资本支出			
偿债			
支出合计			
收入大于支出数			
其他资金来源(运用)			
特种收入基金运营性转账			
向偿债基金运营性转账			
收入和其他资金来源大于支出和其他资金运用数			
基金余额——20××年初			
基金余额——20××年末			

二、特种收入基金

特种收入基金与普通基金的会计基本相同,不同之处在于普通基金用来反映政府单位的经常性活动的各种收入与支出;而特种收入基金用来反映用于特殊目的的特种收入。特种收入基金一般由联邦政府补助而设立,并严格用于特种目的的活动。根据政府会计准则委员会的要求,在发生支出时才确认补助收入,因为在支出补助项目时补助收入尚未

取得。

【例13】　国家批准补助某市图书馆＄180 000,用于购买图书,设立特种收入基金进行管理。

借:应收国家补助款 180 000
　　贷:递延收入 180 000

发生支出时,会计分录如下:

借:支出 180 000
　　贷:现金 180 000
借:递延收入 180 000
　　贷:收入 180 000

三、基本建设项目基金

基本建设项目基金是用来处理为取得或建设主要基本建设项目所使用的财务资源。其主要目的是保证资源经济合法地使用,同时控制和累积主要基本建设支出项目的成本。典型的基本建设项目基金的来源是债券或其他长期普通义务债务发行、特种税负债、其他政府补助或分成收入、其他基金转入和项目资金短期投资所得利息。政府补助和投资利息在获得时应被作为收入,但基金间转账和长期借款进账不能看作收入,在基本建设项目基金收入、支出及基金余额变动表中,作为其他筹资来源报告。

通常每个项目或债务发行都单独建立基本建设项目基金。但在一项债务发行提供几个项目的资金时,或一系列密切相关的项目通过一项补助或由普通或特种收入基金内部转入筹资时,一个基本建设项目基金就足够了。在项目结束时,应废止基金,保留核算记录,用以证明政府的财政经管责任。

下面举例说明基本建设项目基金的核算。

【例14】　某市20××年决定建造一条高速公路,预计成本＄2 000 000,预计收入如下:从州政府可取得补助＄500 000,发行债券＄1 000 000,从普通基金转入＄500 000。

(1)作预算分录如下:

借:估计收入——州补助 500 000
　　估计其他资金来源——债券进款 1 000 000
　　估计其他资金来源——普通基金运营性转账 500 000
　　贷:拨款 2 000 000

(2)签订了造价为＄1 500 000的建筑合同,会计分录如下:

借:保留支出 1 500 000
　　贷:保留支出准备 1 500 000

(3)收到州政府的补助＄500 000,并从普通基金中转入＄500 000。

借:现金　　　　　　　　　　　　　　　　　　1 000 000
　　贷:收入——州补助　　　　　　　　　　　　　500 000
　　　　其他资金来源——普通基金运营性转入　　500 000
(4)发出购买各种物品和材料的订单共计＄400 000。
借:保留支出　　　　　　　　　　　　　　　　　400 000
　　贷:保留支出准备　　　　　　　　　　　　　　400 000
(5)发行债券＄1 000 000,平价发行,会计分录如下:
借:现金　　　　　　　　　　　　　　　　　　1 000 000
　　贷:其他资金来源——债券进款　　　　　　1 000 000
(6)收到前面预定的各种物品和材料,共＄400 000。
借:保留支出准备　　　　　　　　　　　　　　400 000
　　贷:保留支出　　　　　　　　　　　　　　　400 000
借:支出　　　　　　　　　　　　　　　　　　400 000
　　贷:应付账款　　　　　　　　　　　　　　　400 000
(7)基本建设项目完工,付清合同款。
借:保留支出准备　　　　　　　　　　　　　1 500 000
　　贷:保留支出　　　　　　　　　　　　　　1 500 000
借:支出　　　　　　　　　　　　　　　　　1 500 000
　　贷:现金　　　　　　　　　　　　　　　　1 500 000
在普通固定资产账户组中作如下会计分录:
借:非建筑物改良　　　　　　　　　　　　　1 900 000
　　贷:普通固定资产投资　　　　　　　　　　1 900 000
(8)将剩余现金＄100 000转入普通基金,结清基本建设项目基金账户。
借:拨款　　　　　　　　　　　　　　　　　2 000 000
　　贷:估计收入——州补助　　　　　　　　　　500 000
　　　　估计其他资金来源——债券进款　　　1 000 000
　　　　估计其他资金来源——普通基金运营性转账　500 000
借:收入——州补助　　　　　　　　　　　　　500 000
　　其他资金来源——普通基金运营性转账　　　500 000
　　其他资金来源——债券进款　　　　　　　1 000 000
　　贷:支出　　　　　　　　　　　　　　　　1 900 000
　　　　转入普通基金剩余权益　　　　　　　　100 000
借:转入普通基金剩余权益　　　　　　　　　　100 000
　　贷:现金　　　　　　　　　　　　　　　　　100 000

基本建设项目基金的财务报表与普通基金报表一样，也主要有资产负债表、收入支出及基金余额变动表、收入支出及基金余额变动表——预算和实际三张，格式也大体一样，这里不再介绍。在给定年份运营中政府有一个以上基本建设项目基金时，使用联立报表来列财务运营或状况的数据。

四、偿债基金

偿债基金主要核算普通长期债务的偿还，即对偿还本金和利息的资源累积的核算及其最后偿还的核算。并非所有的普通长期债务都必须用偿债基金来核算。政府会计准则委员会的准则汇编指出：只有为法律所要求或偿还以后到期的债务本金和利息的财务资源积累时，才需设立偿债基金。偿债基金的来源通常是财产税，另一来源是从普通基金中转入，同时基金资产被用于投资的投资收益也是偿债基金的来源。偿债基金主要用于支付发行在外长期债务的利息、债务到期时的本金偿还、支付财务代理人的手续费。

第二节　普通固定资产账户组和普通长期债务账户组

一、普通固定资产账户组

普通固定资产账户组是用来反映政府基金的固定资产，而权益基金和信托基金的固定资产不在此类账户中反映。权益基金和信托基金的固定资产在各自的基金中核算，而且在内部服务基金、企业基金和某些信托基金中，固定资产增减的会计核算方式与营利企业相同。普通固定资产账户组不是基金账户，不包括流动资产或负债，主要用来达到会计控制的目的。

在政府基金中，由于固定资产是不可支出的资金，且作为整体属于政府而非特种基金。固定资产的取得是政府基金的使用，作为政府基金支出记录，固定资产不作为政府基金资产记录，而是被视为普通固定资产在普通固定资产账户组中资本化。

普通固定资产的计价一般按照历史成本原则，即为使资产达到使用状态而发生的一切正常和必要的支出。只有在原始购货定单可能丢失或者建立精确的资产原始成本的代价太高时，才有必要根据相关文件，估计这些资产的原始成本，即采用估计成本；捐赠的固定资产采用公允市价计价法，没收的固定资产根据纳税人所欠的税款、有关罚金和利息、没收成本三者之和与财产的估定公允市价孰低法。

在美国，州及地方政府往往将固定资产分为下列5类：土地、建筑物或建筑物及改良、建筑物外的基础设施或改良、机器设备、在建工程。基础设施类的固定资产包括公路、桥梁、人行道、街道、排水系统、照明系统等类似的不可移动且仅对政府有价值的固定资产。《政府会计准则委员会准则汇编》指出：是否列报公共设施或基础设施类固定资产是可以选择的。因为建立和保持基础设施类固定资产的成本和资金来源记录的成本可能远超过这些资料所能带来的利益。未完工的固定资产在在建工程中核算。

美国政府会计准则委员会公布的政府会计准则第 7 条指出,在政府基金账户中不记录普通固定资产的折旧,而折旧可以在成本分析时计算,累计折旧可以在普通固定资产账户组中反映(但实际这样做的很少)。若有累计折旧,借方不是记录折旧费用而是记入"普通固定资产投资"账户。

在普通固定资产账户组中设立土地、建筑物、非建筑物改良(基础设施)、机器设备、在建工程、普通固定资产投资等总账科目。土地、建筑物、非建筑物改良(基础设施)、机器设备、在建工程按照其具体内容分设明细账科目,普通固定资产投资按照固定资产的资金来源分设明细账。具体会计处理在下面说明。

1. 普通固定资产的增加,在普通固定资产账户组中借记具体固定资产,贷记普通固定资产投资,普通固定资产投资按固定资产资金来源分列明细。在相应的政府基金账户中做支出。

(1)用普通基金购置机器设备,在普通基金中会计分录如下:

借:支出——资本支出 　　　　　　　　　　　　　　　　×××
　　贷:应付账款 　　　　　　　　　　　　　　　　　　　×××

同时在普通固定资产账户组中作相应的会计分录:

借:机器设备 　　　　　　　　　　　　　　　　　　　　×××
　　贷:普通固定资产投资——普通收入 　　　　　　　　　×××

(2)用基本建设项目基金建造固定资产,在基本建设项目基金账户中的核算见第一节中的"基本建设项目基金",在普通固定资产账户中:

借:建筑物/非建筑改良 　　　　　　　　　　　　　　　　×××
　　贷:普通固定资产投资——基本建设项目 　　　　　　　×××

如果项目非当年完成,假设分两年,第一年,在普通固定资产账户中:

借:在建工程 　　　　　　　　　　　　　　　　　　　　×××
　　贷:普通固定资产投资——基本建设项目 　　　　　　　×××

第二年完工,在普通固定资产账户中作如下会计分录:

借:建筑物/非建筑改良 　　　　　　　　　　　　　　　　×××
　　贷:在建工程 　　　　　　　　　　　　　　　　　　　×××
　　　　普通固定资产投资——基本建设项目 　　　　　　　×××

2. 固定资产的减少,在普通固定资产账户组中借记普通固定资产投资,贷记具体固定资产账户,结平这些账户的总账和明细账。将残值、保险收入及其他收入作为相应政府基金的收入(或其他资金来源)进行记录。

(1)固定资产减少时,首先结平其在普通固定资产账户组中的记录,作如下会计分录:

借:普通固定资产投资   ×××

  贷:机器设备(或其他固定资产)   ×××

(2)发生清理费用时,同时在相应的政府基金账户中作如下会计分录:

借:支出   ×××

  贷:现金   ×××

(3)发生残值收入或变价收入时,在相应的政府基金账户中作如下会计分录:

借:现金   ×××

  贷:收入——残值收入(或变价收入)   ×××

《政府会计准则委员会准则汇编》要求,普通固定资产应列示在联立资产负债表中;如果必要,还应列示固定资产账户组的财务状况,同时,必须编制普通固定资产明细表(见表14—4)。

表 14—4   某市政府普通固定资产增减变动明细表(详细)——资金来源

20×××年 12 月 31 日

	合计	土地	建筑物	非建筑物改良	机器设备	在建工程
普通固定资产(年初)						
增加自:						
普通义务债券						
联邦补贴						
州补贴						
特种税						
普通收入						
特种收入						
年初数与增加额合计						
减少:						
出售或交换资产成本						
火灾损失资产成本						
报废和冲销资产成本						
上年完工在建工程成本						
减少合计						
普通固定资产(年末)						

在表 14—4 中,把从基本建设项目基金中转入的普通固定资产按其资金来源分记在普通义务债券、联邦补贴、州补贴、特种税、普通收入、特种收入中,从普通基金中转入的固定资产记在普通收入中,从特种收入基金转入的固定资产记在特种收入中。

二、普通长期债务账户组

普通长期债务账户组是用来核算除权益基金和信托基金的债务外政府所有未到期的长期债务。权益基金和信托基金中的债务在各自的基金账户中核算。普通长期债务账户组只有负债账户没有资产账户，所在账户组应保持借贷平衡。

普通长期债务账户组的核算分三个阶段：在债务发生时，将债务所欠本金贷记入适当的负债账户，相应的借方为"赎回债务所需金额"或类似账户，以表明将来偿还债务所需的资金；在债务的存续期内，随着用于偿还普通长期债务本金的资金在偿债基金中的累积，"赎回债务所需金额"账户余额减少，"赎回债务可用金额"或类似账户余额增加；在债务到期时，在偿还债务的基金中（多为偿债基金）将到期债务记作负债，同时，冲平普通长期债务账户组中的负债和相应的"赎回债务可用金额"。具体核算如下面的例子：

【例15】 某市政府溢价发行面值为 $500 000 的分批偿还债券，筹措资本改良所需资金，债券溢价为 $5 000。

(1)在基本建设项目基金中作如下会计分录：

借:现金	505 000	
贷:其他资金来源——债券进款		505 000

同时将债券溢价部分转入偿债基金，用于分批偿还债券本金和利息：

借:向偿债基金运营性转账	5 000	
贷:现金		5 000

(2)在偿债基金中：

借:现金	5 000	
贷:基本建设项目基金运营性转账		5 000

(3)在普通长期债务账户组中，记录分批偿还债券债务：

借:赎回分批偿还债券所需金额	500 000	
贷:应付分批偿还债券		500 000

记录偿债基金中增加的偿债资金：

借:赎回分批偿还债券可用金额	5 000	
贷:赎回分批偿还债券所需金额		5 000

【例16】 由普通基金向偿债基金转入 $80 000，其中 $30 000 用于支付利息，$50 000支付本金。

(1)普通基金：

借:向偿债基金运营性转账	80 000	
贷:现金		80 000

(2)偿债基金：

　　借:现金　　　　　　　　　　　　　　　　　　　　　　　　　　　80 000

　　　　贷:普通基金运营性转账　　　　　　　　　　　　　　　　　　　80 000

　(3)普通长期债务账户组:

　　借:赎回分批偿还债券可用金额　　　　　　　　　　　　　　　　　50 000

　　　　贷:赎回分批偿还债券所需金额　　　　　　　　　　　　　　　　50 000

【例17】　用偿债基金支付到期的分批偿还债券本金 $ 50 000 和利息 $ 30 000。

　(1)偿债基金:

　　借:支出——债券本金　　　　　　　　　　　　　　　　　　　　　50 000

　　　　支出——债券利息　　　　　　　　　　　　　　　　　　　　　30 000

　　　　贷:现金　　　　　　　　　　　　　　　　　　　　　　　　　80 000

　(2)普通长期债务账户组:

　　借:应付分批偿还债券　　　　　　　　　　　　　　　　　　　　　50 000

　　　　贷:赎回分批债券可用金额　　　　　　　　　　　　　　　　　　50 000

　　根据《政府会计准则委员会准则汇编》,应在每个报表日编制普通长期债务报表。政府的联立资产负债表中也应包括普通长期债务账户组的资产负债表。同普通固定资产账户组一样,出现在联立资产负债表中的普通长期债务账户组信息比较概括。详细情况要列示在一张单独的普通长期债务报表中或财务报表附注的附表——普通长期债务变动明细表中。

第三节　权益基金和信托基金

一、权益基金

　　权益基金是一种需要服务用户支付费用的基金,包括内部服务基金和企业基金。

　　内部服务基金是某一政府单位为其他政府部门提供服务而设立的基金。某一部门为其他部门提供服务会发生支出或费用,同时也收取一定的收入,因而其性质接近于企业。其核算与同行业的营利企业核算基本相同:使用权责发生制;有关的固定资产、长期负债在内部服务基金中核算;需计提折旧,计算净收入或净损失;等等。内部服务基金的资本金来源为普通基金的拨款、发行普通义务债券或其他债务工具,从其他基金转账,或其他政府的垫款等。在取得资本金时,通常作如下会计分录:

　　借:现金　　　　　　　　　　　　　　　　　　　　　　　　　　　×××

　　　　贷:普通基金转入的剩余权益　　　　　　　　　　　　　　　　×××

　　　　　　普通基金垫款　　　　　　　　　　　　　　　　　　　　　×××

　　　　　　应付债券　　　　　　　　　　　　　　　　　　　　　　　×××

内部服务基金的财务报表与企业相同,主要有三张报表:资产负债表,收入、费用及基金权益(或保留盈余)变动表,现金流量表。

企业基金是在向用户收费的基础上向居民提供水、电、煤气、环境卫生等服务而建立起来的,政府机构在执行这类活动时,同样应考虑其在资本保全、公共政策、管理控制和经营责任方面的业绩。企业基金列记本身的固定资产、采用权责发生制、计提折旧、计提坏账、不采用保留技术,一般不列记年度预算。企业基金业是权益基金的一种,同样采用企业会计程序,企业基金所需编制的会计分录与内部服务基金的会计分录基本相同。

二、信托基金

信托基金是用来处理某一政府机构以受托人或代理人身份持有的资产。信托基金可分为动本信托基金、留本信托基金、养老信托基金、代理基金等。

动本信托基金具有政府特性,它以资源流入、流出和余额为中心,这与普通基金和特种收入基金类似。最常见的动本信托基金源自政府同意接受并按捐赠者的指定用途来支出。动本信托基金顾名思义即可动用信托基金的本金。

留本信托基金有两种:一是本金和收益都不能支用;二是收益可以支用,但本金必须保全。贷款基金属于前一类,普通的捐赠基金属于后一类。对于普通的捐赠,我们一般同时设立捐赠本金基金,用于核算捐赠本金,即真正意义上的留本基金,另一方面设立捐赠收益基金,用来核算其收益。此时,收益基金类似于动本基金。具体核算见例18。

【例18】 某市政府用收到的现金 $500 000 建立基金,其收益用于授予奖学金。

记录收到用于建立捐赠基金的现金,在捐赠本金基金中作如下会计分录:

借:现金		500 000
贷:基金余额——留本		500 000

【例19】 收到这笔捐款的银行利息 $1 500。

(1)捐赠本金基金:

借:现金		1 500
贷:利息收入		1 500

到期利息总收益从捐赠本金基金转入捐赠收益基金:

借:向捐赠收益基金运营性转账		1 500
贷:现金		1 500

(2)捐赠收益基金:

借:现金		1 500
贷:捐赠本金基金运营性转账		1 500

【例20】 从收益基金中支取 $1 000 授予奖学金。

捐赠收益基金:

借:支出——授予奖学金   1 000

  贷:现金   1 000

【例21】 例19、20中两种基金的结账分录:

(1)捐赠本金基金:

借:利息收入   1 500

  贷:向捐赠收益基金运营性转账   1 500

(2)捐赠收益基金:

借:捐赠本金基金运营性转账   1 500

  贷:支出——授予奖学金   1 000

    无保留基金余额   500

复习思考题

1. 美国的政府会计主要包括哪些基金?

2. 美国的政府会计中政府基金包括哪些内容?

3. 美国的政府会计中权益基金包括哪些内容?

4. 美国的政府会计中信托基金包括哪些内容?

5. 美国地方政府会计中普通基金的收支包括哪些内容?

练习题

练习普通基金的会计核算

美国某市政府的普通基金发生如下业务:

1. 20××年度财政预算批准,收入估计数为 $5 000 000,拨款数(即授权的预计支出)为 $4 500 000。

2. 5月3日应征收财产税 $300 000,估计坏账率3%。

3. 5月3日的财产税实际收到 $200 000,其余做拖欠款。

4. 5月15日发现5月3日的拖欠税款已无法收回。

5. 5月20日预收税款 $3 000。

6. 5月21日收到执照费和罚金共 $200 000。

7. 5月25日应付工资 $150 000。

8. 5月26日为教育部门订购事务用品 $100 000。

9. 5月30日收到26日订购的事务用品的发票与运费单据共计 $80 000。

要求:编制相关会计分录。

第 三 篇

非营利组织会计

　　我国的非营利组织会计主要由事业
单位会计和民间非营利组织会计组成。
第十五、十六、十七、十八、十九章介绍我
国事业单位会计,第二十章介绍我国民
间非营利组织会计,第二十一章介绍国
内外的医院与高校会计。

第十五章 事业单位会计概论

第一节 事业单位会计的概念、特点和任务

一、事业单位的概念

(一)事业单位的定义

1998 年国务院发布《事业单位登记管理暂行条例》,首次从法律上将事业单位定义为:"国家为了社会公益目的,由国家机关举办或者其他组织利用国有资产举办的,从事教育、科技、文化、卫生等活动的社会服务组织。"1999 年全国人大常委会通过的《中华人民共和国公益事业捐赠法》规定:"公益性非营利的事业单位是指依法成立的,从事公益事业的、不以营利为目的的教育机构、科学研究机构、医疗卫生机构、社会公共文化机构、社会公共体育机构和社会福利机构等。"可见,事业单位在法律上是指实体性的社会公益服务组织,具有区别于其他法人组织的服务性、公益性和实体性等特点。

事业单位的概念为我国所特有,产生于中华人民共和国建立之初。当前,预算制度改革正逐步调整。

(二)事业单位的范围

事业单位在组织形式上一般都表现为一定的机构,接受某一个行政部门的领导或者资助,通常分为科研、文化、教育、卫生以及经济建设等几个类别。

1. 文教卫生事业单位。文化单位主要包括博物馆、文物保管研究单位、广播电视单位、文艺团体、文艺活动场所、体育训练机构及场所。教育事业单位包括各类高等学校、中小学校、职业学校、幼儿保育教育单位。卫生事业单位包括医院、防疫站、药品检验、妇幼保健、计划生育等单位。

2. 科学研究事业单位。主要包括研究自然科学、社会科学等方面的科研单位。它所包括的范围极为广泛,从事经济建设的各个部委的科研院所都在其中。

3. 经济建设方面的事业单位。包括为农业服务的种子推广站、技术推广站、气象服务单位、地质、勘探、地震、水文、计量、环保等单位。

4. 社会福利事业单位。主要包括福利院、孤儿院、社会救济机构等社会福利事业单

位和各种社会团体。

5. 其他事业单位。主要包括交通管理、劳教劳改、咨询服务等单位。

二、事业单位会计的概念

事业单位会计,是以事业单位实际发生的各项业务活动为对象,记录、反映与监督事业单位预算执行过程和结果的专业会计,是预算会计的重要组成部分。

这一含义可从以下四方面来理解:

1. 事业单位会计的核算对象是事业单位实际发生的各项经济业务;

2. 事业单位会计的职能是会计在事业单位进行各项业务活动中所具有的对财产物资和经费收支活动进行管理方面的功能;

3. 事业单位会计作为预算会计的重要组成部分,能为财政部门、上级主管部门以及其他相关部门提供相关信息;

4. 事业单位会计的适用范围是随着社会的发展而变化的。

根据《事业单位会计准则》和《事业单位会计制度》的规定,《事业单位会计准则》和《事业单位会计制度》仅适用于各级各类国有事业单位。而根据财政部规定适用特殊行业会计制度的事业单位,不执行《事业单位会计准则》和《事业单位会计制度》;事业单位有关基本建设投资的会计核算,按有关规定执行,不执行《事业单位会计准则》和《事业单位会计制度》;已经纳入企业会计核算体系的事业单位,应按有关企业会计制度执行。

三、事业单位会计的特点

事业单位会计的核算特点主要表现在以下几个方面:

1. 业务活动不以营利为目的

事业单位是以向社会和特定对象提供某种服务为目的的组织。虽然事业单位也开展经济业务活动,但是不以营利为最终目标,更多偏重于社会效益。因此,事业单位会计以核算业务收支余超为主,可以不进行损益的计算,一般不核算成本或不核算完全成本。一般情况下外界对事业单位的投入应当是无偿的,不要求回报。

2. 会计核算组织结构多层次

一个事业单位通常有下属的二级核算单位、三级核算单位,同时事业单位还受到国家总预算、地方各级预算的监督管理,从而形成多层次的会计核算组织结构。事业单位所涉及的领域很广,业务性质千差万别,投资主体不单纯是国家和地方各级政府,还有其他各种组织。因此,其管理要求和方法就有所不同,构成多元化的会计核算组织结构。

3. 资金来源多渠道

资金来源多渠道,决定了不能单纯以一个事业单位作为会计主体,有时要以特定来源、特定用途的基金作为会计主体。首先,事业单位本身作为一级会计主体,其与之相关的所有资金活动都应在这个主体的核算体系中有所反映,包括有特定用途的专用基金。其次,事业单位收到的要求专款专用的基金应作为二级会计主体,进行单独核算,这是由基金的性质决定的。

4. 会计主体多层次

事业单位资金来源主要有:国家财政、地方各级财政的预算拨款,上级部门的补助,业务活动的事业收入和经营收入,附属单位的缴款,社团组织和个人的捐赠,各种借款等。不同的资金供给者,对事业单位会计信息有不同的需求。如政府注重资金运用的社会效益,债权人关心事业单位的资金流动状况。为满足各方面的信息需求,要求事业单位会计信息比较完整细致。

5. 两种会计基础并行

所谓会计基础,是指对收入与支出确认与记录的标准。在会计核算中,有两种确认与记录标准:收付实现制与权责发生制。对于事业单位而言,一般采用收付实现制,但是经营性收支业务可采用权责发生制。

除此之外,行政单位通常不进行成本核算,事业单位则视情况进行内部成本核算。目前,科学事业单位、文化事业单位、广播电视事业单位、测绘事业单位、体育事业单位等在有条件的情况下应当进行内部成本核算,医院和农业事业单位必须进行成本核算;对教育事业单位则没有提出成本核算要求。

四、事业单位会计的任务

事业单位会计主要反映非物质生产领域的业务收支,不同于行政单位会计那样不发生业务收入,只组织财政收支,也不像企业会计主要反映生产经营成果。根据事业单位经济活动的特点,事业单位会计主要有以下四项任务:

1. 反映预算执行情况,参与制定经费预算

事业单位的预算执行情况,体现着本单位业务活动和经济活动的过程和结果,必须如实进行反映。各单位的会计部门要严格执行会计制度,认真做好记账、报账工作,做到数字真实、内容完整、计算准确、编报及时。与此同时,各单位的预算执行情况也是制定事业计划和财务预算的基础。会计部门应该根据本部门的各种预算执行数据参与制定本单位事业计算和财务预算,对未来事业的发展和收支的安排提出建议,从而提高经济效益。

2. 组织资金供应,合理使用资金

事业单位的资金来源主要是政府拨款和业务收入,此外还有附属单位缴款、捐赠收入、其他收入等。对于政府拨款,各单位会计部门应根据事业计划,提供可靠的资料,核实经费总额,编造单位预算,及时取得资金。对于业务收入,各单位应根据国家政策规定,在完成上级安排的事业计划的前提下,充分利用人力、物力,积极开辟财源,组织收入,努力提高事业经费的自给能力。

与此同时,要合理安排资金使用,有计划地进行预算分配。坚持"少花钱多办事"的原则,提高资金使用效益。必须正确处理维持经费与发展经费之间的关系,即首先要保证现有事业的维持费用(如经常性的管理开支),然后根据事业发展需要和财力的可能,适当安排事业的发展经费。必须尽量压缩行政性支出,大力支持业务活动,以保证专业任务的实现。必须始终贯彻勤俭节约方针,合理安排各种费用支出。

3. 保护公共财产,合理分配结余

事业单位的经费支出后,一部分直接消耗了,另一部分则形成各种财产物资。事业单位会计必须真实、完整、准确、及时地反映各项财产物资的增减变动和结存情况,并监督财产物资的使用以保证其安全性、完整性。如果出现浪费、毁损、贪污公共财产的行为,单位必须及时揭露,并报请有关部门严肃处理。对于收支结余,主要用于事业发展和职工福利两个方面,要按照政策规定合理进行分配。基本原则是优先保证事业发展,同时规定用于职工福利的最高比例,以防止消费基金膨胀。

4. 实行会计监督,维护财经纪律

通过构建完善的事业单位会计制度,控制和调节事业单位的预算收支,目的是保证国家各项财经方针、政策、法令、制度的贯彻执行,维护财经纪律。并在此基础上,定期和不定期地分析检查各项预算收支是否合理、合法,有无违反财经纪律的情况。如果发生违反财经纪律的行为,必须及时揭露、坚决制止,以保障国家和社会的整体利益。

第二节　事业单位会计要素及科目

一、事业单位会计准则与会计制度

事业单位通用的会计科目由财政部统一规定。1998 年 1 月 1 日起,我国开始实施《事业单位会计准则(试行)》。准则分为总则、一般原则、资产、负债、净资产、收入、支出、会计报表、附则等九章,并分 54 项条款对有关问题进行规范,该准则适用于我国各级各类事业单位。

与此同时,财政部颁发了《事业单位会计制度》,并于 1998 年 1 月 1 日起在全国范围内实施。事业单位会计制度分为:总说明、通用事业单位会计科目、年终清理结算和结账、会计报表的编审等部分。该制度为我国事业单位设计了 42 个会计科目以及各会计科目的核算内容和使用方法,明确了事业单位年终清理的主要事项和年终结账的操作步骤及要求,规定了事业单位会计报表的种类和编报要求。

二、事业单位会计要素

依据《事业单位会计制度》,事业单位的会计要素主要包括:资产类、负债类、净资产类、收入类、支出类。

（一）资产类

资产是指事业单位占有或者控制的、能以货币计量的经济资源，主要分为流动资产、对外资产、固定资产、无形资产等。

（二）负债类

负债是由事业单位过去的经济业务或会计事项形成的现时义务，履行该义务预期导致经济利益流出。它是将来需要以资产或劳务偿付的经济责任，包括借入款项、应付账款、预收账款、其他应付款、各种应缴款项等。

（三）净资产类

事业单位净资产是指资产减去负债的差额，包括事业基金、固定基金、专用基金、结余等。

（四）收入类

收入是指事业单位为开展业务活动、依法取得的非偿还性资金。事业单位的收入依据其来源渠道不同，分为财政补助收入、上级补助收入、事业收入、经营收入、附属单位缴款、其他收入和基本建设拨款收入等。

（五）支出类

事业单位支出是指为开展业务活动和其他活动所发生的各项资金耗费和损失以及用于基本建设项目的开支，包括事业支出、经营支出、对附属单位补助、上缴上级支出、基本建设支出等。

三、事业单位会计科目表

按照事业单位会计要素的类别，事业单位会计科目可分为资产、负债、净资产、收入和支出等五类。各类事业单位统一适用的会计科目表如表 15—1 所示。

表 15—1　　　　　　　　　　　　事业单位会计科目

序号	科目编号	科目名称	序号	科目编号	科目名称
		一、资产类	25	303	专用基金
1	101	现金	26	306	事业结余
2	102	银行存款	27	307	经营结余
3	105	应收票据	28	308	结余分配
4	106	应收账款	29	309	专项结存
5	108	预付账款			四、收入类
6	110	其他应收款	30	401	教育经费拨款
7	114	借出款	31	402	其他经费拨款

序号	科目编号	科目名称	序号	科目编号	科目名称
8	115	材料	32	403	上级补助收入
9	116	产成品	33	404	拨入专款
10	117	对外投资	34	405	事业收入
11	118	对校办产业投资	35	406	教育附加收入
12	120	固定资产	36	409	经营收入
13	124	无形资产	37	412	附属单位缴款
		二、负债类	38	413	其他收入
14	201	借入款项	39	414	捐赠收入
15	202	应付票据			**五、支出类**
16	203	应付账款	40	501	拨出经费
17	204	预收账款	41	503	科研支出
18	205	代管账款	42	504	事业支出
19	207	其他应付款	43	505	经营支出
20	208	应缴预算款	44	508	其他支出
21	209	应缴财政专户款	45	512	销售税金
22	210	应交税金	46	516	上缴上级支出
		三、净资产类	47	517	对附属单位补助
23	301	事业基金	48	520	结转自筹基建
24	302	固定基金			

复习思考题

1. 什么是事业单位会计？其适用范围是什么？

2. 事业单位会计的特点是什么？

3. 事业单位会计的组织结构如何体现？

政府与非营利组织会计

公共经济与管理专业系列教材

第十六章 事业单位会计的资产、负债和净资产

第一节 事业单位会计的资产

根据《事业单位会计准则(试行)》,资产是指"事业单位占有或者使用的、能以货币计量的经济资源,包括各种财产、债权和其他权利。事业单位的资产分为流动资产、对外投资、固定资产、无形资产等"。

一、流动资产

流动资产是指"可以在一年内变现或者耗用的资产,包括现金、各种存款、应收及预付款项、存货等"。其特点为流动性大,周转期限短,不断改变形态,价值一次消耗、转移或实现。

(一)现金与银行存款

事业单位应加强对现金的清查盘点,发生现金盘盈或盘亏时,应在未查明原因前和查明原因后分别记账。如果是现金盘亏,查明原因前应记借"其他应收款——现金短缺",贷"现金"。在查明原因后如由责任人赔偿,则借"现金",贷"其他应收款——现金短缺";如属于正常误差,则借"事业支出",贷"其他应收款——现金短缺"。如果是现金盘盈,则在未查明原因前,借"现金",贷"其他应付款——现金长余";如果查明是误收则退回,做相反的会计分录;如果是无主物,则应作为应缴预算款,借"其他应付款——现金长余",贷"应缴预算款"。

(二)应收及预付款项

应收及预付款项是指事业单位与其他单位或个人之间由于销售商品或提供劳务而形成的各种应收未收款项,包括应收票据、应收账款、预付账款和其他应收款。

1. 应收票据

(1)应收票据的基本概念

事业单位与其他单位、企业之间的商品或劳务的交易除了直接用现金支付以外,还可以用票据作为结算工具。票据是指由出票人签发的,委托付款人在指定日期将一定金额的款项无条件支付给持票人或指定受款人的书面承诺。包括银行本票、银行汇票和商业

汇票等。

在我国，除商业汇票外，大部分票据都是即期票据，可以即刻收款或存入银行作为货币资金，不需要作为应收票据核算。因此，我国的应收票据即指商业汇票。

商业汇票按承兑人不同，分为商业承兑汇票和银行承兑汇票。商业承兑汇票是由银行以外的付款人承兑。银行承兑汇票由银行承兑，由在承兑银行开立存款账户的存款人签发。

商业汇票按是否计息，分为不带息商业汇票和带息商业汇票。不带息商业汇票是指到期时承兑人按票面金额支付款项的票据。带息商业汇票是指到期时承兑人按票面金额加上应计利息支付票款的票据。对于带息应收票据，应于期末（指中期期末和年度终了）按应收票据的票面价值和确定的利率计提利息，计提的利息应增加应收票据的账面价值。

（2）应收票据的核算

为了反映和监督事业单位应收票据的取得和回收的情况，应设置"应收票据"账户。"应收票据"是资产类账户，收到应收票据时，借记本科目，贷记"经营收入"等有关科目。应收票据到期收回时，借记"银行存款"科目，贷记本科目。期末借方余额反映尚未收到的应收票据的面值。

事业单位应设置"应收票据备查簿"，逐笔登记每一应收票据的种类、号数和出票日期、票面金额、付款人、承兑人、背书人的姓名或单位名称、到期日、收款日和收回金额等资料。

【例1】 某事业单位出售产品一批，价款 20 000 元，增值税税额 3 400 元，收到 4 个月期的不带息商业汇票一张，面额 23 400 元。编制会计分录如下：

借：应收票据		23 400
贷：经营收入		20 000
应交税金——应交增值税（销项税额）		3 400

【例2】 续例1,4 个月后，该事业单位持有的商业汇票到期，收到款项 23 400 元。编制会计分录如下：

借：银行存款		23 400
贷：应收票据		23 400

（3）应收票据贴现的核算

事业单位持有的应收票据到期前，可以持未到期的应收票据向银行贴现，以便获得所需资金。"贴现"就是指票据持有人将未到期的票据在背书后送交银行，银行受理后从票据到期值中扣除按银行贴现率计算确定的贴现利息，然后将余额付给持票人，作为银行对企业的短期贷款。

事业单位应按实际收到的金额（扣除贴现息后的净额），借记"银行存款"等科目；按贴现息部分，借记"经营支出"科目，按应收票据的票面金额，贷记本科目。

【例3】 某事业单位销售产品一批,价款10 000元,增值税税额1 700元,收到一张6个月期的不带息商业汇票,面值11 700元。编制会计分录如下:

借:应收票据　　　　　　　　　　　　　　　　　　　11 700
　　贷:经营收入　　　　　　　　　　　　　　　　　　10 000
　　　应交税金——应交增值税(销项税额)　　　　　　　1 700

【例4】 续例3,该事业单位持有票据2个月以后向银行贴现,贴现率10%。编制会计分录如下:

贴现息=11 700×10%×4/12=390元

贴现净额=11 700-390=11 310元

借:银行存款　　　　　　　　　　　　　　　　　　　11 310
　　经营支出　　　　　　　　　　　　　　　　　　　　　390
　　贷:应收票据　　　　　　　　　　　　　　　　　　11 700

2. 应收账款

(1)应收账款的基本概念

应收账款是指事业单位因提供劳务、开展有偿服务及销售产品等业务应收取的款项,如学校应向学生收取的学杂费、医院应向病人收取的医药费等。这里所指的应收账款有其特定的范围。首先,应收账款是事业单位在其主要业务活动中形成的应收取的款项,不包括应收职工欠款、应收债务人的利息等其他应收款;其次,应收账款是指流动资产性质的债权,不包括长期的债权,如购买的长期债券;再次,应收账款是指事业单位应收客户的款项,不包括本企业付出的各类存出保证金,如租入包装物保证金。

(2)应收账款的核算

为了反映与监督应收账款的增减变化和资金占用情况,事业单位应设置"应收账款"账户。"应收账款"是资产类账户,借方登记事业单位应收取的各种款项,贷方登记事业单位已回收或转作商业汇票结算方式的应收账款以及转销的坏账损失,期末借方余额表示应收未收的账款。"应收账款"账户应按不同的应收账款单位设置明细账。

【例5】 某事业单位10月份取得赊销收入6 000元,增值税(销项税额)1 020元。编制会计分录如下:

借:应收账款　　　　　　　　　　　　　　　　　　　　7 020
　　贷:经营收入　　　　　　　　　　　　　　　　　　6 000
　　　应交税金——应交增值税(销项税额)　　　　　　　1 020

11月份收到对方货款。编制会计分录如下:

借:银行存款　　　　　　　　　　　　　　　　　　　　7 020
　　贷:应收账款　　　　　　　　　　　　　　　　　　7 020

3. 预付账款

(1)预付账款的基本概念

预付账款是指事业单位按照购货、劳务合同规定预付给供应单位的款项。预付账款与应收账款都属于事业单位的流动资产,两者的主要区别是:预付账款是由购货引起的,反映事业单位处于购买方的债权地位;应收账款是由销货引起的,反映事业单位处于供应方的债权地位。

(2)预付账款的核算

为了反映与监督预付账款支出与结算情况,事业单位应设置"预付账款"账户。"预付账款"是资产类账户,借方登记事业单位向供应方预付的货款,贷方登记事业单位收到所购买物品(或劳务结算)应结转的预付账款。期末借方余额反映尚未收到所购物品的货款,贷方余额反映事业单位应向供货方补付的货款。该科目应按供应单位名称设置明细账。预付款项业务不多的单位也可以将预付账款直接记入"应收账款"科目的借方,不设本科目。

事业单位预付款项时,借记本科目,贷记"银行存款"科目。收到所购物品或劳务结算时,根据发票账单等所列的金额,借记"材料"等科目,贷记本科目。补付的货款,借记本科目,贷记"银行存款"科目;退回多付的货款,借记"银行存款"科目,贷记本科目。

【例6】 某事业单位向供应单位订购物品,预付货款6 000元。编制会计分录如下:

借:预付账款　　　　　　　　　　　　　　　　　　　6 000
　　贷:银行存款　　　　　　　　　　　　　　　　　　　　　　6 000

【例7】 物品验收入库,根据发票货款金额为8 000元,增值税(进项税额)1 360元,余款用银行存款支付。编制会计分录如下:

借:原材料　　　　　　　　　　　　　　　　　　　　8 000
　　应交税金——应交增值税(进项税额)　　　　　　　1 360
　　　贷:预付账款　　　　　　　　　　　　　　　　　　　　　9 360
借:预付账款　　　　　　　　　　　　　　　　　　　3 360
　　贷:银行存款　　　　　　　　　　　　　　　　　　　　　　3 360

4. 其他应收款

(1)其他应收款的基本概念

其他应收款是指事业单位除应收票据、应收账款、预付账款以外的其他应收、暂付款项,包括借出款、备用金、应向职工收取的各种垫付款项等。其他应收款一般与事业单位的主要业务活动没有直接的关系,将这些项目单独归类,以便会计报表使用者把这些项目与因正常活动而发生的应收及预付项目识别清楚。

(2)其他应收款的核算

为了反映与监督其他应收款的结算情况,事业单位应设置"其他应收款"账户。"其他应收款"是资产类账户,其借方登记事业单位发生的各种其他应收款项,贷方登记已收回的各种其他应收款项,期末借方余额反映事业单位尚未结算的其他应收款项。该账户应按其他应收款的项目和债务人设置明细账。

【例8】 某事业单位人事处实行备用金制度,核定备用金定额800元,开出现金支票。编制会计分录如下:

借:其他应收款——备用金　　　　　　　　　　　　　　　　800
　　　贷:银行存款　　　　　　　　　　　　　　　　　　　　　　800

人事处报销办公用品支出250元,并以现金补足定额。编制会计分录如下:

借:事业支出　　　　　　　　　　　　　　　　　　　　　　250
　　　贷:现金　　　　　　　　　　　　　　　　　　　　　　　　250

(三)存货

1.存货的基本概念

存货是指事业单位在业务及其他活动过程中为耗用或者为销售而储存的各种资产,包括原材料、低值易耗品、产成品等。

由于事业单位的业务规模和性质不同,对存货的管理要求各不相同。总的原则是,存货品种多、数量大、价值较高的事业单位,应对存货划分详细,采取明细核算;存货品种少、数量小、价值较低的事业单位,实行综合核算。

在事业单位业务活动中,存货经常处于不断被销售、重置或不断被耗用、重置的状态中,是一种流动性比较强的资产。存货数量与价值计算正确与否,不仅关系到资产负债表中资产价值的确定,也直接影响事业单位的本期业务成果。所以,存货核算的质量对于正确反映事业单位资产状况和业务成果都具有重要影响。

2.材料的核算

材料是指事业单位库存的物资材料以及达不到固定资产标准的工具、器具、低值易耗品等。主要包括两部分:一是属于使用后即耗用或逐渐消耗不能复原的物资;二是未达到固定资产标准的工具、器具等,统称低值易耗品。事业单位随买随用的零星办公用品,可在购进时直接列作支出,不作为材料管理。

(1)材料入账价格的确定

事业单位购入材料,应以买价、运杂费作为材料的入账价格。实行增值税条例后,材料入账价格作如下规定:

①事业单位购入的材料自用时,材料入账价格按实际支付的含税价格计算。

②当事业单位按《中华人民共和国增值税暂行条例》的规定属于小规模纳税人(以下简称小规模纳税人)时,其购进材料应按实际支付的含税价格计算。

③当事业单位按《中华人民共和国增值税暂行条例》的规定属于一般纳税人(以下简称一般纳税人)时,其购进材料的非自用部分按不含税价格计算。

(2)发出材料成本的确定

事业单位的各种材料,随着业务活动的不断发生始终处于流动状态。由于材料的产地、价格、运输费用不同,即使相同材料的每一批成本也不尽相同。《事业单位会计准则》规定:"各种存货发出时,可以根据实际情况选择先进先出法、加权平均法等方法,确定其实际成本,计价入账。"

所谓先进先出法,是指假设先购进的材料先发出,日常发出材料的实际成本按库存材料中最先入库的那批材料的实际成本计价的方法。采用先进先出法,期末存货成本比较接近现行的市场价值。但在材料采购业务频繁、价格经常变动的情况下,其计价工作量比较大。

所谓加权平均法,是指以月初和本月购进的材料数量为权数计算材料加权平均单价,并据以对发出的材料和期末库存材料进行计价的方法。计算公式如下:

$$材料加权平均单价 = \frac{月初结存材料成本 + 本月购进材料成本}{月初结存材料数量 + 本月购进材料数量}$$

本月发出材料成本 = 本月发出材料数量 × 材料加权平均单价

月末库存材料成本 = 月末库存材料数量 × 材料加权平均单价

采用加权平均法,只在月末一次计算加权平均单价,工作量比较小,而且在市场价格上涨或下跌时所计算出来的单位成本比较平均。但是这种方法平时无法从账上提供发出材料的实际成本及其结存余额,不利于材料的日常管理工作。

(3)材料收发的核算

为了反映与监督库存材料增减变动情况,事业单位应设置"材料"账户。"材料"账户属于资产类账户。其借方登记因外购、自制、其他单位投入、盘盈等原因增加材料的实际成本;贷方登记因领用、盘亏、毁损等原因减少材料的实际成本;期末余额反映库存材料的实际成本。"材料"账户应按照材料的保管地点、材料的种类和规格设置明细账,并根据材料的收、发凭证逐笔登记。

①事业单位购入自用材料并已验收入库的,借记本科目,贷记"银行存款"等科目。领用出库时,借记"事业支出"等科目,贷记本科目。

②属于小规模纳税人的事业单位购进材料并已验收入库的,按照含税价格,借记本科目,贷记"银行存款"等科目。领用出库时,记"事业支出"、"经营支出"等科目,贷记本科目。

③属于一般纳税人的事业单位购入非自用材料并已验收入库的,按照专用发票上注明的增值税额,借记"应交税金——应交增值税(进项税额)"科目,按专用发票上记载的价款,借记本科目,按实际支付的金额,贷记"银行存款"等科目。领用出库时,按采购成本(不含税)借记"事业支出"、"经营支出"等科目,贷记本科目。

【例9】 某事业单位(小规模纳税人),购入自用材料一批,价款 3 000 元,增值税 510 元,运杂费 150 元,以上款项均以银行存款支付,材料已验收入库。编制会计分录如下:

借:材料   3 660

  贷:银行存款   3 660

【例10】 某事业单位属于一般纳税人,购进材料一批,价款7 000元,增值税1 190元,运杂费230元,材料已验收入库,以上款项均以银行存款支付。编制会计分录如下:

借:材料   7 230

  应交税金——应交增值税(进项税额)   1 190

    贷:银行存款   8 420

(4)材料清查的核算

由于材料的验收、计量、核算和管理中可能存在疏漏,以及材料的自然损耗和发生其他意外事故等原因,有时会发生材料的盘盈或盘亏,导致材料的账实不符。因此,事业单位对库存材料每年至少盘点一次,发生盘盈、盘亏等情况,属于正常的溢出或损耗,按照实际成本,作增加或减少材料处理,其中属于经营用材料的同时相应冲减或增加"经营支出",属于事业用材料应冲减或增加"事业支出"。

【例11】 某事业单位期末对材料进行盘点,盘盈事业活动用甲材料100千克,单价8元;盘亏经营活动用乙材料80千克,单价9元。经查,盘盈甲材料为收发计量误差所造成,盘亏乙材料属于正常损耗。编制会计分录如下:

借:材料——甲材料   800

  贷:事业支出   800

借:经营支出   720

  贷:材料——乙材料   720

(四)产成品

1. 产成品的基本概念

产成品是指事业单位已经完成全部生产过程并已验收入库,合乎标准规格和技术条件,可以按照合同规定的条件送交订货单位,或者可以作为商品对外销售的产品。从事劳务活动的单位,其劳务成果也视同产成品。

2. 产成品的核算

(1)产成品收发的核算

为了反映与监督产成品收发结存情况,事业单位应设置"产成品"账户。"产成品"账户是资产类账户,其借方登记验收入库产成品的实际成本,贷方登记销售、发出产成品的实际成本,期末借方余额反映事业单位库存产成品的实际成本。"产成品"账户应按产成品的种类、品种和规模设置明细账。

产成品生产完成验收入库时,借记本科目,贷记"成本费用"科目。产成品出库销售时,按先进先出法或加权平均法计算实际成本,借记"事业支出"或"经营支出"科目,贷记本科目。

【例 12】 某事业单位生产 A 产品一批,完工并验收入库,生产成本 15 600 元。编制会计分录如下:

借:产成品——A 产品　　　　　　　　　　　　15 600

　　贷:成本费用　　　　　　　　　　　　　　　　15 600

【例 13】 某事业单位销售 B 产品一批,按照加权平均法计算确定成本 8 500 元。编制会计分录如下:

借:经营支出　　　　　　　　　　　　　　　　8 500

　　贷:产成品——B 产品　　　　　　　　　　　　8 500

(2)产成品清查的核算

事业单位对产成品每年至少盘点一次,出现盘盈或盘亏时,作增加或减少产成品处理。盘盈时,借记本科目,贷记"事业支出"或"经营支出"科目;盘亏时,借记"事业支出"或"经营支出"科目,贷记本科目。

【例 14】 某事业单位年终盘点,发现产成品盘亏 5 件,每件成本 100 元,经调查,属于自然灾害造成的损失。编制会计分录如下:

借:经营支出　　　　　　　　　　　　　　　　500

　　贷:产成品　　　　　　　　　　　　　　　　500

二、对外投资

(一)对外投资概述

1. 对外投资的基本概念

根据《事业单位会计准则》,对外投资是指事业单位利用货币资金、实物和无形资产等方式向其他单位的投资。

事业单位对外投资,其主要目的有两方面:一是为提高资金的效率和效益,事业单位利用闲置资金购买各种可随时变现的证券或进行其他资产的投资;二是为影响或控制其他单位的经济业务,以利于本单位的业务活动。

由于事业单位与企业在性质和运营目的上有很大的不同,事业单位主要从事非营利性活动,以社会效益为主要衡量标准,对外投资并不构成其经济活动的主要内容。

事业单位按照国家法律法规的规定,可以用现金、实物、无形资产或者以购买股票、债券等有价证券方式向其他单位投资,但不得以国家专项储备的物资和国家规定不得用于对外投资的其他财产向其他单位投资。

2. 对外投资的分类

事业单位对外投资可按照不同标准进行分类:

(1)对外投资按投资对象可分为债券投资和其他投资。债券投资是指事业单位通过购买公司债券或国库券等而进行的对外投资。其他投资是指事业单位除债券投资以外的其他对外投资。事业单位会计通常按照这一分类处理会计事项。

（2）对外投资按投资性质可分为债权性投资和权益性投资。所谓债权性投资，是指事业单位通过投资取得被投资单位的债权，从而与被投资单位形成债权债务关系的对外投资，如事业单位购买公司债券、国库券等。债权性投资的主要特点在于不仅能如期收回本金，还能根据持有期限长短获得规定的利息收入，投资风险相对较小。所谓权益性投资，是指事业单位通过投资取得被投资单位一定份额的所有权，从而与被投资单位形成所有权关系的对外投资，如事业单位通过合同、协议等方式组建合资、联营单位等。权益性投资的主要特点是投资一旦付出，除非合同、协议到期，否则不能随意提前抽回，且投资收益受被投资单位经营状况的影响，收益不固定，投资风险相对较大。

（二）对外投资的核算

为了反映与监督对外投资增减变动情况，事业单位应设置"对外投资"账户。"对外投资"账户是资产类账户，包括债券投资和其他投资。其借方登记本期对外投资的增加，贷方登记对外投资的减少，期末借方余额反映对外投资的结存。"对外投资"总账科目应按债券种类和投资对象进行明细核算。

1. 债券投资的核算

事业单位债券投资的核算，通过"对外投资"总账科目进行。事业单位购入各种债券时，按实际支付的价款，借记"对外投资"科目，贷记"银行存款"等科目；同时借记"事业基金——一般基金"科目，贷记"事业基金——投资基金"科目。

事业单位转让债券以及兑付债券本息时，按实际收到的金额，借记"银行存款"科目，按实际成本贷记"对外投资"科目。实收金额与账面金额的差额，借记或贷记"其他收入"科目。同时，调整事业基金的明细科目，借记"事业基金——投资基金"科目，贷记"事业基金——一般基金"科目。

【例15】 某事业单位用自有资金购入国库券 5 000 元，手续费 200 元。编制会计分录如下：

借：对外投资——债券投资　　　　　　　　　　　　5 200
　　贷：银行存款　　　　　　　　　　　　　　　　　　5 200
借：事业基金——一般基金　　　　　　　　　　　　5 200
　　贷：事业基金——投资基金　　　　　　　　　　　　5 200

【例16】 续例15，该事业单位持有的国库券到期，收回本金 5 000 元，利息收入 500 元。编制会计分录如下：

借：银行存款　　　　　　　　　　　　　　　　　　5 500
　　贷：对外投资——债券投资　　　　　　　　　　　　5 200
　　　　其他收入　　　　　　　　　　　　　　　　　　300
借：事业基金——投资基金　　　　　　　　　　　　5 200

　　　　　贷:事业基金——一般基金　　　　　　　　　　　　　　　　5 200

2. 其他投资的核算

　　事业单位的其他投资主要包括货币资金投资、材料投资、固定资产投资以及无形资产投资等。事业单位其他投资的核算,也通过"对外投资"总账科目进行。

　　事业单位以现金、银行存款对外投资,应按实际支付的金额借记"对外投资——其他投资"科目,贷记"现金"、"银行存款"科目。同时,借记"事业基金——一般基金"科目,贷记"事业基金——投资基金"科目。

　　事业单位以材料对外投资,依据事业单位属于一般纳税人还是小规模纳税人,其会计处理不同。

　　属于一般纳税人的事业单位以材料对外投资,按合同协议确定的价值,借记"对外投资"科目,按材料账面价值(不含增值税),贷记"材料",按税务机关核定的增值税额,贷记"应交税金——应交增值税(销项税额)"科目,按合同协议确定的价值扣除材料账面价值与应交增值税的销项税额的差额,借记或贷记"事业基金——投资基金"科目;同时,按材料的账面价值,借记"事业基金——一般基金"科目,贷记"事业基金——投资基金"科目。

　　属于小规模纳税人的事业单位以材料对外投资,按合同协议确定的价值,借记"对外投资"科目,按材料账面价值(含增值税),贷记"材料"科目,按合同协议确定的价值与材料账面价值的差额,借记或贷记"事业基金——投资基金"科目;同时,按材料账面价值,借记"事业基金——一般基金"科目,贷记"事业基金——投资基金"科目。

　　事业单位以固定资产对外投资,应按评估价或合同、协议确认的价值,借记"对外投资"科目,贷记"事业基金——投资基金"科目;同时,按固定资产账面原价,借记"固定基金",贷记"固定资产"科目。

　　事业单位以无形资产对外投资,按评估价或合同、协议确认的价值,借记"对外投资"科目,按无形资产账面原价,贷记"无形资产"科目,按其差额,借记或贷记"事业基金——投资基金"科目;同时,按无形资产账面价值,借记"事业基金——一般基金"科目,贷记"事业基金——投资基金"科目。

　　【例17】　某事业单位以自有资金20 000元对某公司进行投资。编制会计分录如下:

　　借:对外投资——其他投资　　　　　　　　　　　　　　20 000
　　　　贷:银行存款　　　　　　　　　　　　　　　　　　　　　　20 000
　　借:事业基金——一般基金　　　　　　　　　　　　　　20 000
　　　　贷:事业基金——投资基金　　　　　　　　　　　　　　　　20 000

　　【例18】　某事业单位为增值税一般纳税人,以账面价值(不含税)5 000元的材料一批对外投资,合同确定的价值为6 000元。编制会计分录如下:

　　借:对外投资——其他投资　　　　　　　　　　　　　　6 000
　　　　事业基金——投资基金　　　　　　　　　　　　　　　20

    贷：材料   5 000

      应交税金——应交增值税（销项税额）   1 020

   借：事业基金——一般基金   5 000

    贷：事业基金——投资基金   5 000

【例19】 某事业单位以某项固定资产对外投资，合同确定的投资价值为6 000元，该项固定资产的原账面价值为7 500元。编制会计分录如下：

   借：对外投资——其他投资   6 000

    贷：事业基金——投资基金   6 000

   借：固定基金   7 500

    贷：固定资产   7 500

【例20】 某事业单位以一项专有技术对外投资，双方确认的价值为4 500元，该项专有技术原账面价值为5 300元。编制会计分录如下：

   借：对外投资——其他投资   4 500

    事业基金——投资基金   800

     贷：无形资产   5 300

   借：事业基金——一般基金   5 300

    贷：事业基金——投资基金   5 300

三、固定资产

（一）固定资产概述

1. 固定资产的基本概念

根据《事业单位会计准则》，固定资产是指使用年限在一年以上，单位价值在规定的标准以上，并在使用过程中基本保持原来物质形态的资产。包括房屋和建筑物、专用设备、一般设备、文物和陈列品、图书、其他固定资产等。单位价值虽然不足规定标准，但耐用时间在一年以上的大批同类资产，也应当作为固定资产核算。

根据《事业单位财务准则》，事业单位的固定资产应从以下两方面进行确认：

第一，固定资产使用年限较长，期限在1年以上，并在使用过程中能够基本保持原有物质形态，其价值在多次使用中，随着固定资产的磨损程度而逐步消耗、转移或实现。

第二，固定资产价值较高，一般设备单位价值在500元以上、专用设备单位价值在800元以上，或者单位价值虽未达到规定标准，但是耐用时间在1年以上的大批同类物资，也作为固定资产。

2. 固定资产的分类

事业单位的固定资产一般可分为以下六类：

（1）房屋、建筑物及其附属设施。房屋包括办公和业务用房、库房、职工生活用房等；

建筑物包括道路、围墙、水塔等;附属设施包括房屋、建筑物内的电梯、通讯线路、输电线路、水气管道等。

（2）专用设备。指事业单位根据业务活动的实际需要购置的各种具有专门性能和专门用途的设备,如学校的教学仪器、科研单位的科研仪器、医院的医疗器具、文体事业单位的文体设备等。

（3）一般设备。指事业单位用于办公与事务使用的通用性设备、家具和交通工具等。

（4）文物和陈列品。指博物馆、展览馆、纪念馆和文化馆等事业单位的各种文物和陈列品,如古玩、字画、纪念物品等。

（5）图书。指专业图书馆、文化馆储藏的书籍,以及事业单位贮藏的统一管理使用的批量业务用书,如单位图书馆（阅览室）的图书等。

（6）其他固定资产。指以上各类未包括的固定资产。

对于固定资产的分类,事业单位可以根据本系统具体情况做适当调整,并具体制定各类固定资产明细目录。

（二）固定资产计价

根据《事业单位会计制度》的规定,事业单位的固定资产按下列规定的价值作为入账价值:

（1）购入、调入的固定资产,按照实际支付的买价或调拨款加上相关的运杂费和安装费计价。购置车辆按规定支付的车辆购置附加费也计入固定资产价值。

（2）自制的固定资产,按开支的工、料、费作为固定资产的入账价值。

（3）在原有固定资产基础上进行改建、扩建的固定资产,应按改建、扩建发生的支出减去改建、扩建过程中的变价收入后的净增加值,增记固定资产的账面价值。

（4）融资租入的固定资产,按租赁协议确定的设备价款以及相关的运杂费和安装费作为固定资产的入账价值。

（5）接受捐赠的固定资产,按照同类固定资产的市场价格或根据所提供的有关凭据上的价值加上相关费用,作为固定资产的入账价值。

（6）盘盈的固定资产,按重置完全价值入账。重置完全价值是指在当前情况下,重新购建该项同样全新固定资产所需的全部支出。

（7）已投入使用但尚未办理移交手续的固定资产,可先按估计价值入账,待确定实际价值后,再进行调整。

为购建固定资产所发生的借款利息以及外币借款的汇兑差额,在固定资产办理竣工决算之前发生的,应计入固定资产价值;在办理竣工决算之后发生的,则计入当前费用。购置固定资产过程中发生的差旅费不计入固定资产价值。

（三）固定资产的管理

1. 现行制度规定,事业单位的固定资产只提取修购基金,不提取固定资产折旧。

2. 事业单位应定期对固定资产进行清理盘点,年终应全面清理盘点一次。如果盘点后出现账实不符,则应及时查明原因,区别情况做出相应处理。盘盈规定固定资产,则事业单位应当增加固定资产价值;事业单位盘亏固定资产,应当减少固定资产价值。

3. 固定资产报废、调拨和变卖,必须按规定的程序报经审批。

4. 转让、毁损、报废及盘亏的固定资产,应当相应减少固定资产账面价值。有偿转让、变卖固定资产取得的变价收入和清理报废固定资产取得的残值收入,增加"专用基金——修购基金"。清理固定资产所发生的费用,减少"专用基金——修购基金"。出租固定资产取得的价款,应当记入其他收入。

(四)固定资产的核算

1. 固定资产增加的核算

为了反映与监督固定资产增减变动情况,事业单位应设置"固定资产"账户。"固定资产"是资产类账户,核算事业单位固定资产的原价。

(1)事业单位用专用基金、财政补助收入、专项资金购置固定资产,应按资金来源分别借记"专用基金——修购基金"、"事业支出"、"专款支出"等科目,贷记"银行存款"科目,同时借记"固定资产"科目,贷记"固定基金"科目。

【例21】 某事业单位用专项资金购买一台设备,价值 20 000 元,运输费 2 000 元,安装费 1 500 元,以银行存款支付。编制会计分录如下:

借:专款支出	23 500
贷:银行存款	23 500
借:固定资产	23 500
贷:固定基金	23 500

(2)事业单位融资租入固定资产,借记"固定资产"科目,贷记"其他应付款"科目,支付租金时,借记"事业支出"、"经营支出"等有关支出科目,贷记"固定基金"科目;同时借记"其他应付款"科目,贷记"银行存款"科目。

【例22】 某事业单位融资租入一台设备,双方协议租金 120 000 元,租期 6 年,运输费和安装费 5 000 元,以银行存款支付。编制会计分录如下:

取得固定资产时:

借:固定资产	125 000
贷:其他应付款	120 000
银行存款	5 000

每年支付租金时:

借:其他应付款	20 000
贷:银行存款	20 000
借:事业支出	20 000

```
        贷:固定基金                                          20 000
```

2. 固定资产减少的核算

事业单位减少固定资产主要包括固定资产出售、投资转出固定资产和固定资产报废毁损。根据《事业单位财务规则》,事业单位固定资产报废和转让,一般经单位负责人批准后核销。大型精密贵重的设备、仪器报废和转让,应当经过有关部门鉴定,报主管部门或者国有资产管理部门、财政部门批准。具体审批权限由财政部门会同国有资产管理部门规定。固定资产的变价收入应当转入修购基金;但是,国家另有规定的除外。

(1)固定资产出售

事业单位出售固定资产时,按实际收到的价款借记"银行存款"科目,贷记"专用基金——修购基金"科目,同时按原价借记"固定基金"科目,贷记"固定资产"科目。

【例23】 某事业单位出售设备一台,账面价值 65 000 元,双方协商作价 40 000 元,价款存入银行。编制会计分录如下:

```
        借:银行存款                                          40 000
             贷:专用基金——修购基金                            40 000
        借:固定基金                                          65 000
             贷:固定资产                                       65 000
```

(2)投资转出固定资产

事业单位投资转出固定资产,按评估价或合同协议确认的价值,借记"对外投资"科目,贷记"事业基金——投资基金"科目;同时按固定资产账面价值,借记"固定基金"科目,贷记"固定资产"科目。

【例24】 某事业单位以一项固定资产对外投资,该项固定资产账面价值 35 000 元,双方协商确定的价值 20 000 元。编制会计分录如下:

```
        借:对外投资——其他投资                               20 000
             贷:事业基金——投资基金                            20 000
        借:固定基金                                          35 000
             贷:固定资产                                       35 000
```

(3)固定资产报废毁损

事业单位因报废、毁损等原因而减少固定资产,按减少固定资产的原值,借记"固定基金"科目,贷记"固定资产"科目。清理报废、毁损固定资产的残值变价收入属于专项性收入,全部转入单位的修购基金,借记"银行存款"、"材料"等科目,贷记"专用基金——修购基金"。报废、毁损过程中发生清理费用,借记"专用基金——修购基金"科目,贷记"现金"、"银行存款"等科目。

【例25】 某事业单位经批准报废一般设备一台,该设备账面价值 55 000 元,支付清理费用 1 500 元,残值变价收入 3 000 元。编制会计分录如下:

```
    借:固定基金                                        55 000
        贷:固定资产                                         55 000
    借:专用基金——修购基金                              1 500
        贷:银行存款                                          1 500
    借:银行存款                                          3 000
        贷:专用基金——修购基金                              3 000
```

3. 固定资产清查的核算

为了保护固定资产的安全和完整,事业单位应当定期或者不定期地对固定资产进行清查盘点,年度终了前应当进行一次全面清查盘点。清查中发现盘盈或盘亏的固定资产,应查明原因,编制固定资产盘盈盘亏表,报经领导批准,进行相应账务处理。

事业单位盘盈固定资产,应按重置完全价,借记"固定资产"科目,贷记"固定基金"科目。

事业单位盘亏固定资产,应按减少固定资产的原值,借记"固定基金"科目,贷记"固定资产"科目。

【例26】 某事业单位年终清查,盘盈一台设备,其重置价值30 000元。编制会计分录如下:

```
    借:固定资产                                        30 000
        贷:固定基金                                         30 000
```

【例27】 某事业单位年终盘点固定资产,发现盘亏固定资产一台,价值25 000元,经查属于正常原因,已按规定程序批准核销。编制会计分录如下:

```
    借:固定基金                                        25 000
        贷:固定资产                                         25 000
```

四、无形资产

(一)无形资产概述

1. 无形资产的概念

根据《事业单位会计准则》的规定,无形资产是指不具有实物形态而能为事业单位提供某种权利的资产。

无形资产是一种非物质资产,但并非所有非物质资产都属于无形资产,只有那些能使事业单位拥有某些独占权利或者具有竞争能力,并能为事业单位带来长期效益的非物质资产,才能视为无形资产。

无形资产通常具有以下四个主要特征:

(1)没有实物形态;

(2)能在较长时间内为事业单位带来经济效益;

259

(3)所提供的未来经济效益的大小具有较大的不确定性；

(4)在已发生的交易或事项中有偿取得。

2. 无形资产的内容

事业单位无形资产主要包括专利权、土地使用权、非专利技术、著作权、商标权、商誉等。

(1)专利权，是指事业单位在法定期限内对某一发明创造所拥有的独占权和专有权。

(2)土地使用权，是指国家准许事业单位在一定期间对国有土地享有开发、利用、经营的权利。

(3)非专利技术，是指事业单位垄断的、不公开的、具有实用价值的先进技术、资料、技能、知识等。

(4)著作权，是指著作权人对其著作依法享有的出版、发行等方面的专有权利，包括发表权、署名权、修改权、保护作品完整权、使用权和获得报酬权等。

(5)商标权，是指事业单位专门在某种指定的商品或产品上使用特定的名称、图案、标记的权利。

(6)商誉，是指事业单位由于地理位置优越、组织管理得当、信誉良好等原因而形成的一种无形资产。

(二)无形资产的核算

1. 无形资产的计价

无形资产根据不同来源有不同的计价方法。

(1)购入的无形资产，应当按购入时发生的实际成本作为入账价值。

(2)自行开发的无形资产，应当按自行开发过程中实际发生的支出作为入账价值。

(3)接受捐赠的无形资产，应当按照有关凭据标明的金额或者同类无形资产的市场价格加上相关税费作为入账价值。

(4)商誉只有在事业单位合并或接受商誉投资时作为无形资产入账。除此之外，商誉不得作价入账。

2. 无形资产的核算

为了反映与监督事业单位无形资产增减变动情况，事业单位应设置"无形资产"账户。"无形资产"是资产类账户，其借方登记无形资产增加的价值，贷方登记无形资产减少的价值，期末余额反映尚未摊销的无形资产价值。"无形资产"科目应按无形资产类别设明细账。

事业单位购入或自行开发并按法律程序申请取得无形资产，应按取得时实际支出数，借记"无形资产"科目，贷记"银行存款"等有关科目。

【例28】 某事业单位外购专利权一项，价款55 000元，另支付相关税费5 000元，以银行存款支付。编制会计分录如下：

借:无形资产——专利权 60 000

    贷:银行存款 60 000

事业单位取得的各种无形资产应进行合理摊销。不实行内部成本核算的事业单位，其购入和自行开发的无形资产摊销时，应一次记入"事业支出"科目，借记"事业支出"科目，贷记"无形资产"科目。对于实行内部成本核算的事业单位，其无形资产应在受益期内分期摊销，摊销时借记"经营支出"科目，贷记"无形资产"科目，期末未摊销余额在会计报表中列示。

【例29】 某实行内部成本核算的事业单位外购一项商标权价值75 000元，法律规定有效期10年，每年年末摊销。编制会计分录如下：

借:经营支出 75 000

    贷:无形资产——商标权 75 000

事业单位可以有偿将无形资产的使用权进行转让，其转让收入除国家另有规定之外计入事业收入或经营收入，同时结转无形资产的摊余成本。有偿转让时，其转让收入，借记"银行存款"科目，贷记"事业收入"科目，同时结转转让无形资产的成本，借记"事业支出——其他费用"科目，贷记"无形资产"科目。

事业单位以无形资产对外投资，按双方确定的价值借记"对外投资"科目，按账面价值贷记"无形资产"科目，按其差额借记或贷记"事业基金——投资基金"；同时，按无形资产账面价值借记"事业基金——一般基金"，贷记"事业基金——投资基金"。

接例29，3年后将其所有权转让，双方协商作价50 000元。编制会计分录如下：

借:银行存款 50 000

    贷:经营收入 50 000

借:经营支出 52 500

    贷:无形资产——商标权 52 500

【例30】 某事业单位将一项摊余价值45 000元的专利权对外投资，双方协议确认价值50 000元。编制会计分录如下：

借:对外投资——其他投资 50 000

    贷:无形资产 45 000

        事业基金——投资基金 5 000

借:事业基金——一般基金 45 000

    贷:事业基金——投资基金 45 000

第二节 事业单位会计的负债

根据《事业单位会计准则》，负债是指事业单位所承担的能以货币计量，需要以资产或劳务偿付的债务。根据形成的原因主要包括借入款项、应付账款、预收账款、其他应付款、各种应缴款项等。

一、借入款项

(一)借入款项的基本概念

借入款项是指事业单位为了维持和补充正常业务活动所需要的资金,而向财政部门、上级单位或金融机构借入的有偿使用的各种款项。事业单位的借入款项,主要用于特殊性或临时性的资金需求。

事业单位借入款项所发生的利息支出,按不同的借款种类和不同的时间分别进行核算。

1. 短期流动资金借款所发生的利息支出,计入当前经营支出。

2. 基建借款所发生的利息支出,在固定资产尚未交付使用或者已经投入使用但尚未办理竣工决算之前,计入固定资产价值,在此之后计入当前支出。

(二)借入款项的核算

事业单位应设置"借入款项"账户,以核算其从金融机构或其他单位借入的款项。"借入款项"是负债类账户,其贷方登记借入款项,借方登记归还的本金,期末余额反映尚未归还的借入款项。"借入款项"应按债权单位设置明细账。

事业单位借入款项时,借记"银行存款"等科目,贷记"借入款项"科目。

事业单位归还本金时,借记"借入款项"等科目,贷记"银行存款"科目。

支付借款利息,借记"事业支出"、"经营支出"科目,贷记"银行存款"科目。

【例31】 某事业单位在开展事业活动中发生临时性资金周转困难,向建设银行借入款项60 000元,借款期限12个月,年利率8%,到期归还本息。借入款项时,编制会计分录如下:

借:银行存款		60 000
贷:借入款项——建设银行		60 000

到期归还本金,编制会计分录如下:

借:借入款项——建设银行		60 000
事业支出		4 800
贷:银行存款		64 800

二、应付和预收款项

应付和预收款项,是指事业单位因购买货品或者接受劳务等而形成的应予偿还或预收的款项,包括应付票据、应付账款、预收账款和其他应付款。

（一）应付票据

应付票据是指事业单位对外发生债务时所开出、承兑的商业汇票,包括银行承兑汇票和商业承兑汇票。根据有关规定,事业单位签发的商业汇票,承兑期限最长不超过 9 个月。

为了反映与监督事业单位商业汇票开出或承兑以及支付情况,事业单位应设置"应付票据"账户。"应付票据"账户是负债类账户,其贷方登记事业单位因购买商品、劳务等而开出商业汇票的面值,借方登记已支付的票据款项,期末贷方余额反映尚未支付票据的款项。

事业单位应设置"应付票据备查簿",详细登记每一应付票据的种类、号数、签发日期、到期日、票面金额、收款人姓名或单位名称以及付款日期和金额等详细资料。应付票据到期付清时,应在备查簿内逐笔注销。

事业单位开出、承兑汇票或以汇票抵付贷款时,借记"材料"、"应付账款"等科目,贷记"应付票据"科目。

如果事业单位开出的是银行承兑汇票,须按票面金额的一定比例支付手续费,借记"事业支出"、"经营支出"等科目,贷记"银行存款"科目。

汇票到期时,借记"应付票据"科目,贷记"银行存款"科目。如果票据为带息票据,除了要支付票面金额外,还要支付利息。收到银行支付本息通知时,借记"应付票据"科目和"事业支出"、"经营支出"科目,贷记"银行存款"科目。

【例32】 某事业单位因事业活动的需要购买一批办公用品,开出一张商业承兑汇票,面值 10 000 元,期限 6 个月,年利率 6%。编制会计分录如下:

借:事业支出　　　　　　　　　　　　　　　　　　　　10 000
　　贷:应付票据　　　　　　　　　　　　　　　　　　　　　　10 000

【例33】 续例32,商业承兑汇票到期,事业单位收到银行支付本息通知单,其中本金 10 000 元,利息 300 元(10 000×6%×6/12)。编制会计分录如下:

借:应付票据　　　　　　　　　　　　　　　　　　　　10 000
　　事业支出　　　　　　　　　　　　　　　　　　　　　　300
　　贷:银行存款　　　　　　　　　　　　　　　　　　　　　10 300

（二）应付账款

应付账款是指事业单位因购买材料、物资或接受劳务供应而应付给供应单位的款项。这是买卖双方在购销活动中由于取得物资或劳务与支付价款在时间上不一致而产生的负债。非购销活动产生的应付其他单位或个人款项(如应付赔偿款、应付租金、存入保证金)则应列入其他应付款范畴,不属于应付账款的核算内容。

为了反映与监督事业单位应付账款的发生及偿还情况,事业单位应设置"应付账款"账户。"应付账款"账户是负债类账户,其贷方登记事业单位应支付的款项,借方登记已支付或转作商业汇票结算方式的款项,期末贷方余额反映尚未支付的应付账款。"应付账款"科目应按供应单位设明细账。

事业单位购入材料、物资等已验收入库,但货款尚未支付时,应根据有关凭证,借记"材料"等有关科目,贷记"应付账款"科目;单位偿付应付账款时,借记"应付账款"科目,贷记"银行存款"科目。

事业单位接受其他单位提供的劳务而发生的应付未付款项,应根据供应单位提供的发票账单,借记"事业支出"、"经营支出"、"成本费用"科目,贷记"应付账款"科目。单位偿付应付账款时,借记"应付账款"科目,贷记"银行存款"等科目。

事业单位开出商业承兑汇票抵冲应付账款时,借记"应付账款"科目,贷记"应付票据"科目。

事业单位的应付账款如确实无法偿还时,报经有关部门批准后,可视为单位一项额外收入,作为其他收入处理。借记"应付账款"科目,贷记"其他收入"科目。

【例34】 某事业单位接受某公司提供修理劳务3 000元,款项尚未支付。编制会计分录如下:

```
借:事业支出                                    3 000
    贷:应付账款——某公司                            3 000
```

【例35】 续例34,该事业单位以银行存款偿付该公司劳务费3 000元。编制会计分录如下:

```
借:应付账款——某公司                           3 000
    贷:银行存款                                    3 000
```

（三）预收账款

预收账款是指事业单位按照合同规定,向购货单位或接受劳务单位预收的款项。事业单位预收的款项,是以买卖双方的协议或合同为依据,需要在以后以交付产品或提供劳务等方式来偿付,因此,在事业单位收到款项但尚未交付产品或提供劳务之前,预收账款就形成事业单位的一项负债。

为了反映与监督事业单位预收账款的增减变动情况,事业单位应设置"预收账款"账户。"预收账款"是负债类账户,其贷方登记预收的款项,借方登记产品销售实现(劳务提供)或余款退回的数额,期末贷方余额反映尚未交付产品或提供劳务的预收款项数额。"预收账款"科目应按购买单位设置明细账。

预收账款业务不多的事业单位,也可以不设置"预收账款"科目,而将预收的账款直接记入"应收账款"科目的贷方。

事业单位预收账款时,借记"银行存款"或"现金"科目,贷记"预收账款"科目;产品销售实现(劳务提供)时,借记"预收账款"科目,贷记有关收入科目;退回多付的款项,借记"预收账款"科目,贷记"银行存款"或"现金"科目。

【例 36】 某事业单位按协议规定预收某公司劳务提供款项 20 000 元,存入银行。编制会计分录如下:

借:银行存款　　　　　　　　　　　　　　　　　　　　20 000
　　贷:预收账款——某公司　　　　　　　　　　　　　　　　　20 000

【例 37】 续例 36,某事业单位按协议规定提供劳务,劳务价款 25 000 元,扣除预收账款以后另外收取 5 000 元,存入银行。编制会计分录如下:

借:银行存款　　　　　　　　　　　　　　　　　　　　 5 000
　　预收账款——某公司　　　　　　　　　　　　　　　　20 000
　　贷:经营收入　　　　　　　　　　　　　　　　　　　　　25 000

（四）其他应付款

其他应付款是指事业单位应付、暂收其他单位或个人的款项,如租入固定资产的租金、存入保证金、应付统筹退休金、个人交存的住房公积金等。其他应付款与事业单位的主要业务活动一般无直接联系,是事业单位经常性业务活动以外发生的债务责任。

为了反映与监督事业单位其他应付款的增减变动情况,事业单位应设置"其他应付款"账户。"其他应付款"是负债类账户,其贷方登记各种应付、暂收款项,借方登记各种款项的偿还或转销,期末贷方余额反映应付未付的款项。"其他应付款"科目应按应付、暂收款项的类别或单位、个人设置明细账。

事业单位发生各种应付、暂收款项,借记"银行存款"、"事业支出"、"经营支出"等科目,贷记"其他应付款"科目;支付其他各种应收、暂付款项时,借记"其他应付款"科目,贷记"银行存款"等科目。

【例 38】 某事业单位租用某公司办公用房若干,合同规定租赁期 3 年,每月租金 8 000元,每半年支付一次。编制会计分录如下:

每月预提租金:

借:事业支出　　　　　　　　　　　　　　　　　　　　 8 000
　　贷:其他应付款——某公司　　　　　　　　　　　　　　　　 8 000

每半年支付租金:

借:其他应付款——某公司　　　　　　　　　　　　　　　48 000
　　贷:银行存款　　　　　　　　　　　　　　　　　　　　　48 000

三、应缴款项

应缴款项是指事业单位按规定应向有关部门上缴的各种款项,包括应缴预算款、应缴财政专户款、应缴税金以及其他按上级单位规定应上缴的款项等。

（一）应缴预算款

应缴预算款是指事业单位按规定取得的、应上缴国家预算的款项。主要包括:事业单位代收的纳入预算管理的基金、行政性收费收入、罚没收入、无主财物变价收入和其他按预算管理规定应上缴预算的款项。

应缴预算款属于国家财政性资金,事业单位应按规定收取,不得随意变更。事业单位收取的各种款项应存入银行,并及时足额上缴国家预算。

为了反映与监督应缴预算款的增减变动情况,事业单位应设置"应缴预算款"账户。"应缴预算款"账户是负债类账户,其贷方登记取得的应缴预算的各项收入,借方登记上缴的应缴预算的各项收入,期末贷方余额反映应缴未缴的各项预算收入,年终"应缴预算款"账户应无余额。"应缴预算款"科目应按应缴预算款项类别设置明细账。

事业单位取得应缴预算的各项收入时,借记"银行存款"科目,贷记"应缴预算款"科目;上缴时,借记"应缴预算款"科目,贷记"银行存款"等科目。

【例39】 某事业单位按规定取得规费收入5 500元,存入银行。编制会计分录如下:

借:银行存款   5 500

    贷:应缴预算款   5 500

【例40】 续例39,该事业单位上缴规费5 500元。编制会计分录如下:

借:应缴预算款   5 500

    贷:银行存款   5 500

(二)应缴财政专户款

应缴财政专户款是指事业单位按规定代收的、应上缴财政专户的预算外资金。预算外资金是指事业单位为履行或代行政府职能,依据国家法律、法规和具有法律效力的规章而收取和安排使用的未纳入国家预算管理的各种财政性资金。事业单位按规定代收的预算外资金必须上缴同级财政专户,不得作为事业单位的收入处理。预算外资金在未上缴之前,构成事业单位的一项负债。

为了反映与监督事业单位应缴财政专户款的增减变动情况,事业单位应设置"应缴财政专户款"账户。"应缴财政专户款"是负债类账户,其贷方登记收到应缴财政专户的各项收入,借方登记上缴财政专户的数额,期末贷方余额反映应缴未缴数额,年终"应缴财政专户款"账户应无余额。

根据预算外资金管理方法,事业单位应缴财政专户款的核算方法有三种:

1. 全部上缴。即事业单位收到的预算外资金全部上缴财政专户,所需支出由财政另行核拨。事业单位收到应缴财政专户的各项收入时,借记"银行存款"等科目,贷记"应缴财政专户款"科目;上缴财政专户时,借记"应缴财政专户款"科目,贷记"银行存款"等科目。

2. 结余上缴。即事业单位按财政部门核定的预算外资金收支结余数额,将预算外资金上缴财政专户。事业单位收到各项收入时,借记"银行存款"等科目,贷记"事业收入"科目;定期结算预算外资金结余,借记"事业收入",贷记"应缴财政专户款";上缴财政专户时,借记"应缴财政专户款"科目,贷记"银行存款"等科目。

3. 比例上缴。即事业单位收到预算外资金,按财政部门核定的比例将部分预算外资金上缴财政专户。事业单位取得收入时,借记"银行存款"等科目,按核定的留用比例确定留用数额,贷记"事业支出",按上缴部分,贷记"应缴财政专户款";上缴财政专户时,借记"应缴财政专户款"科目,贷记"银行存款"等科目。

【例41】 某事业单位采用预算外资金全部上缴管理方法,收到预算外资金1 000元,存入银行。编制会计分录如下:

借:银行存款	1 000
贷:应缴财政专户款	1 000

将这笔资金上缴财政专户。编制会计分录如下:

借:应缴财政专户款	1 000
贷:银行存款	1 000

【例42】 某事业单位采用预算外资金比例上缴管理方法,财政部门核定预算外资金上缴比例为60%。该事业单位收到预算外资金6 000元,应上缴3 600元(6 000×60%)。编制会计分录如下:

借:银行存款	6 000
贷:事业收入	2 400
应缴财政专户款	3 600

以银行存款上缴财政专户3 600元。编制会计分录如下:

借:应缴财政专户款	3 600
贷:银行存款	3 600

(三)应交税金

应交税金是指事业单位应缴纳的各种税金,主要包括增值税、营业税、城市维护建设税、资源税和所得税等。这些税金在尚未缴纳时就形成事业单位的一项负债。

为了反映与监督应交税金的增减变动情况,事业单位应设置"应交税金"账户。"应交税金"是负债类账户,其贷方登记发生的应交税金,借方登记已上缴的数额,期末借方余额反映多缴纳的税金,贷方余额反映为应交未交的税金。

"应交税金"科目应按所缴纳的税金种类进行明细核算。其中属于一般纳税人的事业单位,其应交增值税明细账中应设置"进项税额"、"已交税金"、"销项税额"等专栏。

事业单位一般在月份终了、计算出应缴纳的税金(除一般纳税人缴纳的增值税)时,借记"销售税金"、"结余分配"等科目,贷记"应交税金"科目;缴纳税金时,借记"应交税金"科目,贷记"银行存款"等科目。

【例43】 某事业单位某月末计算本月应交营业税550元,以银行存款支付。编制会计分录如下:

借:销售税金　　　　　　　　　　　　　　　　　　　　　　550
　　贷:应交税金——应交营业税　　　　　　　　　　　　　　550
借:应交税金——应交营业税　　　　　　　　　　　　　　　550
　　贷:银行存款　　　　　　　　　　　　　　　　　　　　　550

【例 44】 某事业单位计算出经营活动应缴纳的所得税 3 300 元,以银行存款支付。

编制会计分录如下:

借:结余分配——应交所得税　　　　　　　　　　　　　3 300
　　贷:应交税金——应交所得税　　　　　　　　　　　　　3 300
借:应交税金——应交所得税　　　　　　　　　　　　　3 300
　　贷:银行存款　　　　　　　　　　　　　　　　　　　3 300

第三节　事业单位会计的净资产

根据《事业单位会计准则》,事业单位净资产是指资产减去负债的差额,包括事业基金、固定基金、专用基金、结余等。

一、事业基金

(一)事业基金概述

事业基金是指事业单位拥有的非限定用途的净资产,主要包括滚存结余资金和资金投资产权。滚存结余资金是指事业单位历年的未分配结余和损失,以及历年的专项资金结余。资金投资产权是指事业单位以固定资产投资而形成的产权,以及以无形资产、材料等投资,其评估确认价值高于或低于原账面价值而增加或减少的净资产。

事业基金在事业单位资金运动过程中,起着"蓄水池"的作用,用于调节年度之间的收支平衡。即事业单位以后年度如果收入大于支出,其差额继续转入事业基金;如果支出大于收入,则其差额用以前年度的事业基金来弥补。

(二)事业基金的核算

为了反映与监督事业基金增减变动情况,事业单位应设置"事业基金"账户。"事业基金"是净资产类账户,按当期实际发生数额记账,其贷方登记年终将未分配结余转入、按规定留归本单位使用的拨入专款结余、对外固定资产投资的评估价或合同协议确定的价值记入数等。该账户应按核算的业务内容,设置"一般基金"和"投资基金"两个明细账。"一般基金"主要用于核算滚存结余资金,"投资基金"用以核算对外投资部分的基金。

年终,事业单位应将当期未分配结余转入本科目,借记"结余分配"科目,贷记"事业基金——一般基金"科目。对于项目已经完成的拨入专款结余,按规定留归本单位使用的,转入本科目核算,借记"拨入专款"科目,贷记"事业基金——一般基金"科目。

用固定资产对外投资时,应按评估价或合同协议确定的价值,借记"对外投资"科目,贷记"事业基金——投资基金"科目;同时按固定资产账面原价,借记"固定基金"科目,贷记"固定资产"科目。

用材料、无形资产对外投资,按"对外投资"科目的有关规定处理。

【**例45**】 年终,某事业单位将当年未分配结余260 000元转入事业基金。编制会计分录如下:

　　　　借:结余分配——未分配结余　　　　　　　　　　　260 000
　　　　　　贷:事业基金——一般基金　　　　　　　　　　　　　260 000

【**例46**】 某事业单位将项目已竣工的拨入专款结余12 000元(按规定留归本单位),转入事业基金。编制会计分录如下:

　　　　借:拨入专款　　　　　　　　　　　　　　　　　12 000
　　　　　　贷:事业基金——一般基金　　　　　　　　　　　　12 000

二、固定基金

(一)固定基金概述

根据《事业单位会计准则》,固定基金是指事业单位固定资产占用的基金。任何事业单位都拥有一定数量的固定资产作为其开展业务活动的物质基础,固定资产所占用的资金一般都是由财政或上级主管部门拨入的,也有其他单位投入、融资租入或单位自筹资金购建的。

(二)固定基金的核算

为了反映和监督固定基金增减变动情况,事业单位应设置"固定基金"账户,用以核算事业单位因购入、自制、调入、融资租入(有所有权的)、接受捐赠以及盘盈固定资产所形成的基金。"固定基金"是净资产类账户,应按实际发生数额记账,其贷方登记固定基金的增加,借方登记固定基金的减少,贷方余额反映事业单位拥有的固定资产总值。

1. 固定基金增加的核算

事业单位新建、购入固定资产时,借记有关支出科目,贷记"银行存款"等科目,同时借记"固定资产"科目,贷记"固定基金"科目。

融资租入固定资产,按实际支付的租金,借记有关支出科目,贷记"固定基金"科目。

接受捐赠的固定资产,借记"固定资产"科目,贷记"固定基金"科目。

盘盈的固定资产,按重置完全价值借记"固定资产"科目,贷记"固定基金"科目。

【**例47**】 某事业单位以事业经费购置计算机一台,价值13 000元。编制会计分录如下:

　　　　借:事业支出　　　　　　　　　　　　　　　　　13 000
　　　　　　贷:银行存款　　　　　　　　　　　　　　　　　13 000

```
         借：固定资产                                13 000
            贷：固定基金                                 13 000
```

【例48】 某事业单位融资租入办公楼一幢以满足开展事业活动的需要，价值600 000元，租金分5年等额支付。编制会计分录如下：

租入办公楼时：

```
         借：固定资产                                600 000
            贷：其他应付款                              600 000
```

每年支付租金时：

```
         借：其他应付款                              120 000
            贷：银行存款                                120 000
         借：事业支出                                120 000
            贷：固定基金                                120 000
```

2. 固定基金减少的核算

盘亏的固定资产，按账面原价借记"固定基金"科目，贷记"固定资产"科目。

出售、对外投资转出固定资产，借记"固定基金"科目，贷记有关科目。

【例49】 某事业单位出售不需用专用设备一台，原账面价值65 000元，出售价格50 000元，款项存入银行。编制会计分录如下：

```
         借：银行存款                                50 000
            贷：专用基金——修购基金                      50 000
         借：固定基金                                65 000
            贷：固定资产                                65 000
```

三、专用基金

(一)专用基金概述

根据《事业单位会计准则》，专用基金是指事业单位按规定提取、设置的有专门用途的资金，主要包括修购基金、职工福利基金、医疗基金以及其他基金等。

根据《事业单位财务规则》，修购基金是指按照事业收入和经营收入的一定比例提取，在修缮费和设备购置费中列支(各列50%)，以及按照其他规定转入，用于事业单位固定资产维修和购置的资金。职工福利基金是指按照结余的一定比例提取以及按照其他规定提取转入，用于单位职工的集体福利设施、集体福利待遇等的资金。医疗基金是指未纳入公费医疗经费开支范围的事业单位，按照当地财政部门规定的公费医疗经费开支标准从收入中提取，并参照公费医疗制度有关规定用于职工公费医疗开支的资金。其他基金是指按照其他有关规定提取或者设置的专用资金。

《事业单位财务规则》规定，各项基金的提取比例和管理办法，国家有统一规定的，按照统一规定执行;没有统一规定的,由主管部门会同同级财政部门确定。

(二)专用基金的核算

为了反映与监督专用基金增减变动情况,事业单位应设置"专用基金"账户,核算事业单位按规定提取、设置的有专门用途的资金的收入、支出及结存情况。下设"修购基金"、"职工福利基金"、"医疗基金"、"住房基金"等明细账。"专用基金"是净资产类账户,其贷方登记专用基金的提取数,借方登记专用基金的支出数,期末贷方余额反映专用基金结存数。

事业单位提取修购基金时,借记"事业支出——修缮费、设备购置费"或"经营支出——修缮费、设备购置费"科目,贷记"专用基金——修购基金"科目;清理报废固定资产残值变价收入转入时,借记"银行存款"科目,贷记"专用基金——修购基金"科目;支付清理报废固定资产所发生的清理费用时,借记"专用基金——修购基金"科目,贷记"银行存款"科目。

事业单位提取医疗基金时,借记"事业支出——社会保障费"、"经营支出——社会保障费"等科目,贷记"专用基金——医疗基金"科目。

年终,事业单位按规定比例从当年结余中提职工福利基金时,借记"结余分配——职工福利基金"等科目,贷记"专用基金——职工福利基金"科目。

事业单位收到各项住房基金收入(不包括个人缴纳的住房公积金)时,借记"银行存款"科目,贷记"专用基金——住房基金"科目。对于个人住房公积金缴存情况,单位应设置辅助账进行登记,并核算其缴纳、使用及余存情况。

事业单位使用专用基金时,借记"专用基金"科目,贷记"银行存款"等有关科目。

【例50】 某事业单位年度事业收入 500 000 元,经营收入 300 000 元。年终根据 5% 的提取比例增加修购基金,并按规定在修缮费与设备购置费中各列支 50%。编制会计分录如下:

修购基金提取额=500 000×5%+300 000×5%=25 000+15 000=40 000(元)

借:事业支出——修缮费	12 500
——设备购置费	12 500
经营支出——修缮费	7 500
——设备购置费	7 500
贷:专用基金——修购基金	40 000

【例51】 某事业单位报废固定资产一台,原价 12 000 元,设备残值变价收入 3 000 元,存入银行。另以现金支付清理费用 800 元。编制会计分录如下:

借:固定基金	12 000
贷:固定资产	12 000
借:银行存款	3 000

贷:专用基金——修购基金　　　　　　　　　　　　3 000

　　借:专用基金——修购基金　　　　　　　　　　　　800

　　　贷:现金　　　　　　　　　　　　　　　　　　　　800

　　【例52】　某事业单位从事事业活动人员70人,从事经营活动人员25人,按财政部门规定公费医疗经费人均400元。编制会计分录如下:

　　事业支出提取医疗基金＝70×400＝28 000(元)

　　经营支出提取医疗基金＝25×400＝10 000(元)

　　　借:事业支出——社会保障费　　　　　　　　　　28 000

　　　　经营支出——社会保障费　　　　　　　　　　　10 000

　　　　贷:专用基金——医疗基金　　　　　　　　　　　38 000

四、结余及其分配

　　(一)结余的概述

　　根据《事业单位会计准则》,结余是事业单位在一定期间各项收入与支出相抵后的余额,主要包括事业结余和经营结余。

　　事业结余是指事业单位在一定期间除经营收支外其他各项收支相抵后的余额。

　　经营结余是指事业单位在一定期间各项经营收入与支出相抵后的余额。

　　《事业单位财务规则》规定,事业单位的结余(不含实行预算外资金结余上缴办法的预算外资金结余),除专项资金按照国家规定结转下一年度继续使用外,可以按照国家有关规定提取职工福利基金,剩余部分作为事业基金用于弥补以后年度单位收支差额;国家另有规定的,从其规定。

　　(二)结余的核算

　　为了进行结余及其分配的核算,事业单位应设置"结余分配"、"事业结余"和"经营结余"账户。

　　"事业结余"账户是净资产类账户,核算事业单位在一定期间除经营收支外其他各项收支相抵后的余额。其贷方登记年终"财政补助收入"、"上级补助收入"、"附属单位缴款"、"事业收入"、"其他收入"等科目余额转入数,借方登记"拨出经费"、"事业支出"、"上缴上级支出"、"销售税金"(非经营业务)、"对外属单位补助"、"结转自筹基建"等科目余额转入数。其贷方余额反映当年实现的结余。年度终了,事业单位应将当年实现的结余全数转入"结余分配"科目,结转后,本科目无余额。

　　"经营结余"账户也是净资产类账户,核算事业单位在一定期间各项经营收入与支出相抵后的余额。其贷方登记"经营收入"科目余额转入数,借方登记"经营支出"、"销售税金"等科目余额转入数。其贷方余额反映事业单位实现的经营结余,借方余额则为经营亏损。年度终了,单位应将实现的经营结余全数转入"结余分配"科目,结转后本科目无余额。如为亏损,则不结转。

"结余分配"账户用以核算事业单位当年结余分配的情况和结果,一般应设置"应交所得税"、"提取专用基金"等明细科目。有缴纳所得税业务的单位计算出应交所得税,借记"结余分配——应交所得税"科目,贷记"应交税金"科目。单位计算出应提取的专用基金,借记"结余分配——提取专用基金"科目,贷记"专用基金"科目。

年终,将当年事业结余和经营结余全数转入本科目,借记"事业结余"、"经营结余"科目,贷记"结余分配"科目。本科目贷方余额,为未分配结余。

分配后,单位应将当年未分配结余,全数转入"事业基金——一般基金"科目,借记"结余分配"科目,贷记"事业基金——一般基金"科目。结转后,本科目应无余额。

单位年终结账后,应按规定时间报送会计报表。若发生以前年度会计事项的调整或变更,涉及到以前年度结余的,凡国家有规定的,从其规定;没有规定的,应直接通过"事业基金"科目进行核算,并在会计报表上注明。

【例53】 某事业单位年终结账前有关账户余额如下:

财政补助收入	970 000 元(贷方)
上级补助收入	150 000 元(贷方)
附属单位缴款	260 000 元(贷方)
事业收入	220 000 元(贷方)
其他收入	20 000 元(贷方)
拨出经费	320 000 元(借方)
事业支出	950 000 元(借方)
上缴上级支出	130 000 元(借方)
销售税金	10 000 元(借方)
对外属单位补助	40 000 元(借方)
结转自筹基建	30 000 元(借方)

编制会计分录如下:

将有关收入账户转入"事业结余"账户贷方:

借:财政补助收入	970 000
上级补助收入	150 000
附属单位缴款	260 000
事业收入	220 000
其他收入	20 000
贷:事业结余	1 620 000

将有关支出账户转入"事业结余"账户借方:

| 借:事业结余 | 1 480 000 |

贷:拨出经费	320 000
事业支出	950 000
上缴上级支出	130 000
销售税金	10 000
对外属单位补助	40 000
结转自筹基建	30 000

当年实现事业结余＝1 620 000－1 480 000＝140 000(元)

将当年实现的事业结余转入"结余分配"账户：

借:事业结余	140 000
贷:结余分配	140 000

【例54】 某事业单位年终结账前有关经营活动收支账户余额如下：

经营收入	96 000 元(贷方)
经营支出	66 000 元(借方)
销售税金	4 000 元(借方)

编制会计分录如下：

借:经营收入	96 000
贷:经营结余	96 000
借:经营结余	70 000
贷:经营支出	66 000
销售税金	4 000

当年实现经营结余＝96 000－70 000＝26 000(元)。将经营结余全部转入"结余分配"账户：

借:经营结余	26000
贷:结余分配	26 000

【例55】 某事业单位年终结账,"事业结余"账户贷方余额250 000 元,"经营结余"账户贷方余额120 000 元。根据有关规定,该事业单位应缴纳所得税60 000 元,提取职工福利基金110 000 元,其余转入事业基金。编制会计分录如下：

借:事业结余	250 000
经营结余	120 000
贷:结余分配	370 000
借:结余分配——应交所得税	60 000
——提取专用基金	110 000
贷:应交税金——应交所得税	60 000
专用基金——职工福利基金	110 000

借:结余分配　　　　　　　　　　　　　　　　　　　　　200 000
　　贷:事业基金——一般基金　　　　　　　　　　　　　　200 000

复习思考题

1. 事业单位的资产包括哪些内容?
2. 事业单位对现金管理的要求是什么?
3. 什么是材料?事业单位的材料如何计价?
4. 什么是对外投资?事业单位的对外投资分为哪些种类?应当如何核算?
5. 什么是固定资产?事业单位的固定资产分为哪些种类?取得时如何计价?
6. 事业单位负债包括哪些内容?
7. 事业单位的应缴款项如何核算?

练习题

练习一:练习资产核算

某事业单位(属于一般纳税人)2005 年 9 月发生如下经济业务:

1. 以银行存款支付事业活动支出 30 000 元。
2. 开户银行收到财政部门拨入的事业经费 120 000 元。
3. 根据预算关系,向所属某单位拨付经费 30 000 元。
4. 开展经营活动,向某企业销售产品,货款共计 70 000 元,增值税为 11 900 元,收到 3 个月带息商业汇票一张,面值为 81 900 元,票面利率为 10%。
5. 本月开展事业活动,发出 A 材料共计 30 000 元;本月开展经营活动,发出 A 材料 20 000 元。
6. 生产甲产品完工并验收入库,生产成本为 40 000 元。
7. 某部门领用甲产品 100 件,实际成本为 16 000 元,开支事业活动。
8. 以甲材料对外投资,该批材料按协议确定的价值为 30 000 元,不含增值税的账面价值为 22 000 元。
9. 用事业经费购买一台一般设备,价款为 14 000 元,运杂费 300 元,以银行存款支付。
10. 用专款改建一幢办公楼,发生改建支出 300 000 元。
11. 为开展事业活动,2003 年 1 月外购一项专利权,价款为 40 000 元,摊销期为 10 年。

要求:根据以上经济业务,编制会计分录。

练习二:练习负债的核算

某事业单位 2005 年 4~6 月发生如下经济业务:

1. 为开展事业活动,因出现短期资金困难,向财政部门借入款项 10 000 元,借款期限为 3 个月,月利率为 0.6%,到期归还本息。
2. 为了满足开展事业活动的需要,购买材料一批,价款为 8 000 元,材料已验收入库,款项尚未支付。
3. 按规定收取行政性收费收入 5 000 元,存入银行。

4. 按有关规定收取某项纳入预算管理的基金收入为 10 000 元,存入银行。

5. 将 3 与 4 两项收入上缴。

6. 收到应缴财政专户的预算外资金 2 000 元,存入银行。

7. 将收到的预算外资金 2 000 元全额上缴财政专户。

8. 因提供应税服务,应交纳营业税 500 元,予以上缴。

9. 计算出经营活动应交纳的所得税 6 000 元,予以上缴。

要求:根据以上经济业务,编制会计分录。

练习三:练习净资产的核算

某事业单位 2005 年年终发生如下经济业务:

1. 年终结账前,有关事业单位活动收入科目的贷方余额为:财政补助收入 540 000 元,上级补助收入 43 000 元,附属单位缴款 90 000 元,事业收入 230 000 元,其他收入 21 000 元;有关事业活动支出科目的借方余额为:拨出经费 270 000 元,事业支出 500 000 元,上缴上级支出 90 000 元,对附属单位补助 60 000 元。将有关事业活动收支科目的余额转入"事业结余"科目。

2. 年终结账前,有关经营活动收入科目和贷方余额为:经营收入 87 000 元,有关经济活动支出科目的借方余额为:经营支出 42 000 元,销售税金为 7 000 元。将有关经营活动收支科目的余额转为"经营结余"科目。

3. 将当年实现的事业结余和经营结余全数转入"结余分配"科目。

4. 按规定缴纳所得税。

5. 根据有关规定,按缴纳所得税后的结余数额的 30% 提取职工福利基金。

6. 将结余分配后的余额全数转入事业基金。

要求:根据以上经济业务,编制会计分录。

第十七章　事业单位会计的收入和支出

第一节　事业单位会计的收入

一、收入概述

(一)收入的概念

根据《事业单位财务准则》,收入是指事业单位为开展业务及其他活动依法取得的非偿还性资金。这里对"收入"概念的规定与过去的规定是不相同的,过去的"收入"概念是指事业单位自身组织的那部分收入,而现在的"收入"概念比较大,是事业单位在某一时期取得的所有收入,包括财政补助收入、上级补助收入、事业收入、经营收入、附属单位缴款、其他收入和基本建设拨款收入等。

现在对"收入"概念做如此规定:首先,可以改变过去单纯依靠预算拨款及其支出的预算管理体系,建立起能全面反映事业单位财务收支活动的新型单位预算管理体系;其次,有利于转换事业单位的运行机制,增强事业单位进行自我发展和逐步向自收自支过渡的能力;再次,有利于事业单位缓解资金供需矛盾,减轻财政压力。

(二)收入的分类

根据《事业单位会计准则(试行)》,事业单位收入按其来源可分为:

1. 财政补助收入,是指事业单位按核定的预算和经费领报关系从财政部门取得的各类事业经费。

2. 上级补助收入,是指事业单位从主管部门和上级单位取得的非财政补助收入。

3. 事业收入,是指事业单位开展专业业务活动及辅助活动所取得的收入。

4. 经营收入,是指事业单位在专业业务活动及辅助活动之外开展非独立核算经营活动取得的收入。

5. 附属单位缴款,是指事业单位附属的独立核算单位按规定标准或比例缴纳的各项收入。包括附属单位上缴的收入和附属单位上缴的利润。

6. 基本建设拨款收入,是指国家投资于事业单位用于固定资产新建、改扩建工程的拨款。

7. 其他收入，是指上述规定范围以外的各项收入，如事业单位取得的投资收益、利息收入、捐赠收入等。

（三）收入的确认与管理

根据《事业单位会计准则（试行）》，事业单位应当根据收入业务的不同性质确定收入的实现。

1. 事业单位的财政补助收入、上级补助收入、拨入专款、从财政专户核拨的预算外资金以及事业单位开展事业活动所取得的收入，应当在收到款项时予以确认。

2. 对于采用权责发生制的单位取得的经营收入，可以在提供劳务或发出商品，同时收讫价款或者取得索取价款的凭据时予以确认。

3. 对于长期项目的收入，应当根据年度完成进度予以合理确认。按年度完成进度确认收入，通常是用某一特定会计期间所发生的成本与项目估计总成本相比较确定完成进度百分比，然后利用这些百分比计算每期实现的项目收入。

$$某会计期间确认收入 = 预计项目总收入 \times \frac{该会计期间发生成本额}{估计项目总成本}$$

4. 事业单位取得收入为实物时，应当根据有关凭据确认其价值；没有凭据可供确认的，应参照其市场价格确定。

根据《事业单位财务规则》，事业单位的各项收入全部纳入单位预算，统一核算，统一管理。

二、财政拨入收入和上级补助收入

（一）财政补助收入

财政补助收入是指事业单位按核定的预算和经费领报关系从财政部门取得的各类事业经费。财政补助收入来源于国家预算资金，是事业单位开展业务活动的经常性资金来源。财政补助收入不包括国家对事业单位的基本建设投资。

为加强对财政补助收入的核算管理，主管会计单位应编报季度分月用款计划。在申请当期财政补助时，应分"款"、"项"填写"预算经费请拨单"，报同级财政部门。主管部门或同级财政部门应按计划和事业进度核拨款项。事业单位在使用财政补助时，应按计划控制用款，不得随意改变资金用途。"款"、"项"用途如需调整，应填写"科目流用申请书"，报经同级财政部门批准后使用。

为了核算财政补助收入业务，事业单位应设置"财政补助收入"科目，并按"国家预算收入科目"的"款"级科目设明细账。该科目是收入类科目，其贷方登记收到拨款数，借方登记缴回拨款数。该科目平时贷方余额反映财政补助收入累计数。

事业单位收到财政补助收入时，借记"银行存款"等科目，贷记本科目；缴回预算拨款时作相反的会计分录。年终结账时，将本科目贷方余额全部转入"事业结余"科目，借记

"财政补助收入"科目,贷记"事业结余"科目。年终结账后,本科目无余额。

【例1】 某事业单位按核定的预算和经费领报关系,向财政部门领取本月预算经费180 000元,款项存入银行。编制会计分录如下:

借:银行存款 180 000

 贷:财政补助收入 180 000

【例2】 某事业单位年终将财政补助收入贷方余额78 000元转账。编制会计分录如下:

借:财政补助收入 78 000

 贷:事业结余 78 000

（二）上级补助收入

上级补助收入,是指事业单位从主管部门和上级单位取得的非财政补助收入。为了调剂各事业单位的资金余缺,各事业单位的主管部门或上级单位可以利用自身组织的收入或集中下级单位的收入以一定方式对某事业单位给予补助,这部分资金就形成了事业单位的上级补助收入。但是,财政部门通过主管部门或上级单位转拨的事业经费,应作为财政补助收入,而不能作为上级补助收入进行核算。

为了核算上级补助收入业务,事业单位应设置"上级补助收入"科目。该科目是收入类科目,其贷方登记收到的补助数,借方登记缴回或转拨补助数。

事业单位收到上级补助收入时,借记"银行存款"科目,贷记"上级补助收入"科目。缴回或转拨补助款时,作相反的会计分录。年终将本科目余额全数转入"事业结余"科目,借记"上级补助收入"科目,贷记"事业结余"科目。年终结账后,本科目无余额。

【例3】 某事业单位接到银行通知,主管部门拨入非财政性补助款95 000元。编制会计分录如下:

借:银行存款 95 000

 贷:上级补助收入 95 000

【例4】 某事业单位按规定通过银行缴回主管部门补助款23 000元。编制会计分录如下:

借:上级补助收入 23 000

 贷:银行存款 23 000

【例5】 某事业单位年终将上级补助收入科目贷方余额42 000元转账。编制会计分录如下:

借:上级补助收入 42 000

 贷:事业结余 42 000

（三）拨入专款

拨入专款是指事业单位收到的由财政部门、主管部门或其他有关部门在事业经费以外拨入的有指定用途并需要单独核算的专项资金。因此,对拨入专款的核算与管理,必须遵循"专款专用原则"和"设专户单独核算、专项结报原则"。

为了核算拨入专款业务,事业单位应设置"拨入专款"科目,并按资金来源和项目设明细账。该科目是收入类科目,其贷方登记收到的拨入专项资金数额,借方登记缴回拨入专项资金数。该科目平时贷方余额反映拨入专款累计数。

事业单位收到拨款时,借记"银行存款"科目,贷记"拨入专款"科目;缴回拨款时,作相反的会计分录。

年终结账时,对已完工的项目,将"拨入专款"科目与"拨出专款"、"专项支出"科目对冲,借记"拨入专款"科目,贷记"拨出专款"、"专款支出"科目,其余额按拨款单位规定办理。对尚未完工的项目,暂不结转。

【例6】 某事业单位收到主管部门拨入的某项目专款160 000元,款项存入银行。编制会计分录如下:

借:银行存款	160 000
贷:拨入专款——主管部门——某项目	160 000

【例7】 续例6,该项目建设完成,合计支出130 000元,以银行存款支付。编制会计分录如下:

借:专款支出——某项目	130 000
贷:银行存款	130 000
借:拨入专款——主管部门——某项目	130 000
贷:专款支出——某项目	130 000

【例8】 续例6、例7,该项目余款30 000元,按主管部门的要求,其中40%留归该事业单位,60%缴回主管部门。编制会计分录如下:

借:拨入专款——主管部门——某项目	30 000
贷:银行存款	18 000
事业基金	12 000

【例9】 续例8,年终,该项目尚未完工,已支付建设资金90 000元。编制会计分录如下:

借:专款支出——某项目	90 000
贷:银行存款	90 000

因年终该项目尚未建设完成,暂不结转。

三、事业收入

(一)事业收入的基本概念

事业收入是指事业单位开展专业业务活动及辅助活动所取得的收入。其中,专业业务活动是指事业单位根据本单位专业特点所从事或开展的主要业务活动,如文化事业单位的演出活动、科研事业单位的科研活动、教育事业单位的教育活动、医疗卫生事业单位的医疗保健活动等。辅助活动是指与其专业业务活动相关的、直接为专业业务活动服务的单位行政管理活动、后勤服务活动以及其他有关活动。

根据《事业单位财务规则》的规定,事业单位确认事业收入时,应注意以下两点:

(1)事业单位按规定应上缴财政预算的资金和应缴财政专户的预算外资金不计入事业收入;

(2)从财政专户核拨的预算外资金和部分经财政部门核准不上缴财政专户管理的预算外资金,应计入事业收入。

(二)事业收入的核算

为了核算事业收入业务,事业单位应设置"事业收入"科目,并根据事业收入种类或来源设置明细账。该科目是收入类科目,其贷方登记收到的款项或取得的收入,借方登记期末将本账户余额转入"事业结余"的数额。

单位收到的从财政专户核拨的预算外资金和部分经财政部门核准不上缴财政专户管理的预算外资金,也在本科目核算。但收到应返还所属单位的预算外资金,主管部门通过"其他应付款"科目核算。

对属于不缴纳增值税或属于小规模纳税人的事业单位,在收到款项或取得收入时,借记"银行存款"、"应收账款"等科目,贷记"事业收入"科目。

对属于一般纳税人的事业单位取得收入时,按实际收到的价款,借记"银行存款"、"应收账款"等科目,按实际收到的价款扣除增值税销项税额后的余额,贷记"事业收入"科目,按计算出的应交增值税的销项税额,贷记"应交税金——应交增值税(销项税额)"。

经财政部门核准,预算外资金实行按比例上缴财政专户办法的事业单位取得收入时,应按核定的比例计算出属于上缴财政专户的部分,贷记"应缴财政专户款"科目,属于事业单位的部分,贷记"事业收入"科目。

实行预算外资金结余上缴财政专户办法的事业单位,平时取得收入时,全额通过"事业收入"科目反映,借记"银行存款"、"应收账款"等科目,贷记"事业收入"科目;事业单位定期结算出应缴财政专户资金结余时,再将应上缴财政专户部分扣出,借记"事业收入"科目,贷记"应缴财政专户款"科目。

期末,应将"事业收入"科目余额转入"事业结余"科目,借记"事业收入",贷记"事业结余"科目。结转后本科目应无余额。

【例 10】 某事业单位属于小规模纳税人,某月开展专业业务活动取得收入 65 000 元,款项尚未收到。编制会计分录如下:

　　借:应收账款　　　　　　　　　　　　　　　　　65 000

　　　　贷:事业收入　　　　　　　　　　　　　　　　　　65 000

【例 11】 某事业单位属于一般纳税人,某月开展专业业务活动取得收入 81 900 元,其中应缴增值税的销项税额 11 900 元,款项存入银行。编制会计分录如下:

<pre>
借:银行存款   81 900
    贷:事业收入   70 000
        应交税金——应交增值税(销项税额)   11 900
</pre>

【例 12】 某事业单位年终将事业收入贷方余额 430 000 元结转。编制会计分录如下:

<pre>
借:事业收入   430 000
    贷:事业结余   430 000
</pre>

(三)附属单位缴款及其他收入

1. 附属单位缴款

附属单位缴款是指事业单位附属的独立核算单位按规定标准或比例缴纳的各项收入,包括附属单位上缴的收入和附属单位上缴的利润。所谓附属的独立核算单位,一般是指具有独立法人资格的单位。附属单位归还事业单位垫付的各种费用,应当相应冲减支出,而不能作为上缴收入处理。事业单位对附属单位经营项目进行投资所取得的投资收益,属于事业单位的其他收入,而不属于附属单位缴款。

为了核算附属单位缴款业务,事业单位应设置"附属单位缴款"科目,并按缴款单位设置明细账。该科目是收入类科目,其贷方登记事业单位实际收到的款项,借方登记发生的缴款退回。

事业单位实际收到款项时,借记"银行存款"科目,贷记"附属单位缴款"科目;发生缴款退回,则作相反的会计分录。

年终,将本科目贷方余额全数转入"事业结余"科目,借记"附属单位缴款"科目,贷记"事业结余"科目。结转后,本科目无余额。

【例 13】 某事业单位收到附属甲单位上缴的款项 85 000 元,款项存入银行。编制会计分录如下:

<pre>
借:银行存款   85 000
    贷:附属单位缴款——甲单位   85 000
</pre>

2. 其他收入

其他收入是指事业单位除上述各项收入以外的收入,包括对外投资收益、固定资产出租收入、捐赠收入、其他单位对本单位的补助以及其他零星杂项收入等。

为了核算其他收入业务,事业单位应设置"其他收入"账户,并应按收入种类(如"投资收益"、"固定资产出租"、"捐赠收入"等)设置明细账。该科目是收入类科目,其贷方登记取得的其他收入,借方登记收入退回。

其他收入以单位实际收到数额予以确认。事业单位取得收入时,借记"银行存款"等科目,贷记"其他收入"科目;收入退回时做相反的会计分录。

年末,将本科目贷方余额全数转入"事业结余"科目,借记"其他收入"科目,贷记"事业结余"科目。结转后本科目应无余额。

【例14】 某事业单位出租汽车一辆,取得租金收入3 200元,存入银行。编制会计分录如下:

    借:银行存款   3 200

        贷:其他收入——固定资产出租   3 200

【例15】 年终,某事业单位将其他收入贷方余额9 600元转账。编制会计分录如下:

    借:其他收入   9 600

        贷:事业结余   9 600

四、经营收入

(一)经营收入概述

经营收入是指事业单位在专业业务活动及辅助活动之外开展非独立核算经营活动取得的收入。这一概念指出了事业单位经营收入的两个基本特征:

(1)经营收入是事业单位开展经营活动取得的,而不是开展专业业务活动及其辅助活动取得的;

(2)事业单位取得经营收入的经营活动是非独立核算的。

事业单位的所属部门开展独立核算活动而对事业单位上缴的纯收入,应作为附属单位缴款,而不能作为经营收入。这里所谓独立核算,是指单位对其经济活动过程及其结果,独立地、完整地进行会计核算。如学校的校办企业,单独设置财会机构或配备会计人员,单独设置账目,单独计算盈亏,就是独立核算的经营活动;学校收到校办企业上缴或分配的纯收入,应作为附属单位交款,而不能作为经营收入核算。

(二)经营收入核算

为了核算经济收入业务,事业单位应设置"经营收入"科目,并根据收入种类设置明细科目。该科目是收入类科目,其贷方登记取得或确认的经营收入,借方登记发生的销货退回、销货折让以及期末转入"经营结余"的数额。

1.经营收入取得的核算

属于小规模纳税人的事业单位,取得(或确认)经营收入时,按实际收到的价款借记"银行存款"、"应收账款"、"应收票据"等科目,贷记"经营收入"科目。

属于一般纳税人的事业单位,取得(或确认)经营收入时,按实际收到的价款借记"银行存款"、"应收账款"、"应收票据"等科目,按实际收到的价款扣除增值税销项税额后的余额,贷记"经营收入"科目,按计算出的应交增值税的销项税额,贷记"应交税金——应交增值税(销项税额)"。

2. 销货退回的核算

事业单位发生销货退回，不论是否属于本年度销售的，都应冲减本期的经营收入。

属于小规模纳税人的事业单位，借记"经营收入"科目，贷记"银行存款"等科目。

属于一般纳税人的事业单位，按不含税价格借记"经营收入"科目，按销售时计算出的应交增值税的销项税额，借记"应交税金——应交增值税（销项税额）"科目，贷记"银行存款"等科目。

单位为取得经营收入而发生的折让和折扣，应当相应冲减经营收入。

期末，应将"经营收入"科目余额转入"经营结余"科目。结转后，本科目无余额。

【例16】 某事业单位属于一般纳税人，某月销售商品取得收入46 800元，其中应交增值税销项税额6 800元，款项存入银行。编制会计分录如下：

借：银行存款　　　　　　　　　　　　　　　　　　46 800
　　贷：经营收入　　　　　　　　　　　　　　　　40 000
　　　　应交税金——应交增值税（销项税额）　　　　6 800

【例17】 续例16，由于商品质量原因，该事业单位发生40%的销货退回，款项通过银行支付。编制会计分录如下：

借：经营收入　　　　　　　　　　　　　　　　　　16 000
　　应交税金——应交增值税（销项税额）　　　　　　2 720
　　贷：银行存款　　　　　　　　　　　　　　　　18 720

【例18】 年终，事业单位将经营收入贷方余额53 000元转账。编制会计分录如下：

借：经营收入　　　　　　　　　　　　　　　　　　53 000
　　贷：经营结余　　　　　　　　　　　　　　　　53 000

第二节　事业单位会计的支出

一、支出概述

（一）支出的概念

根据《事业单位财务规则》，支出是指事业单位开展业务及其他活动发生的资金耗费和损失。支出是事业单位实现事业计划、进行专业业务活动以及从事经营活动所必需的资金保证。

事业单位的支出主要有三种表现形式：

（1）表现为事业单位货币资金的流出，如单位为获得资产、清偿债务而支付货币资金；

（2）表现为事业单位资产的耗费，如单位未开展业务活动而发生的材料消耗、机器设备的折旧等；

（3）表现为一定的损失，如单位遭受自然灾害而丧失的资产。

（二）支出的分类

事业单位的支出按性质的不同分为：

1. 事业支出，是指事业单位开展各项专业业务活动及其辅助活动发生的支出。

2. 经营支出，是指事业单位在专业业务活动及其辅助活动之外开展非独立核算经营活动发生的支出。

3. 对附属单位补助，是指事业单位用非财政预算资金对附属单位补助发生的支出。

4. 专款支出，是指由财政部门、上级单位和其他单位拨入的指定项目或用途，并需要单独报账的专项资金的支出。

5. 上缴上级支出，是指事业单位按规定标准或比例上缴上级单位的支出。

6. 基本建设支出，是指事业单位列入基本建设计划，用国家基本建设资金或自筹资金安排的固定资产新建、扩建和改建形成的支出。

（三）支出的管理

根据《事业单位财务规则》，事业单位的支出应当严格执行国家有关财务规章制度规定的开支范围及开支标准。国家有关财务规章制度没有统一规定的，由事业单位规定，报主管部门和财政部门备案。事业单位的规定违反法律和国家政策的，主管部门和财政部门应当责令改正。这一规定赋予了事业单位在支出管理上一定的自主权，有利于事业单位增强对自身行为的约束能力，提高事业单位的财务管理水平。

根据《事业单位会计准则（试行）》，事业单位从事各项业务活动发生的支出，应当正确予以归集；无法直接归集的，应当按标准和规定的比例在事业支出和经营支出中进行合理分摊。

二、事业性支出

（一）事业支出

1. 事业支出的基本概念

事业支出是指事业单位开展专业业务活动及其辅助活动发生的支出。事业支出是事业单位支出的主要内容，是事业单位会计核算的主要对象，是事业单位财务管理的重点内容，也是财政部门和上级单位考核事业单位事业成果和资金使用效益的重要依据。

事业单位应当根据本单位取得的各项收入情况统筹安排事业支出，其中有财政补助收入的事业单位，其财政补助资金必须按拟定的用途使用，不得自行改变资金用途。

事业单位事业支出按其支出对象与内容不同分为两大类：

（1）人员经费支出，即用于个人方面的开支，包括工资、补助工资、职工福利费、社会保障费、助学金等；

（2）公用经费支出，即用于单位业务活动方面开支，包括公务费、业务费、设备购置费、修缮费和其他费用。

2. 事业支出的管理

根据《事业单位会计制度》，事业支出的报销口径规定如下：

（1）对于发给个人的工资、津贴、补贴和抚恤救济费等，应根据实有人数和实发金额，取得本人签收的凭证后列报支出。

（2）购入办公用品可直接列报支出。购入其他各种材料可在领用时列报支出。

（3）社会保障费、职工福利费和管理部门支付的工人经费，按照规定标准和实有人数每月计算提取，直接列报支出。

（4）固定资产修购基金按核定的比例提取，直接列报支出。

（5）购入固定资产，经验收后列报支出，同时进行固定资产的账务处理。

（6）其他各项费用，均以实际报销数列报支出。

3. 事业支出的核算

为了核算事业支出业务，事业单位应设置"事业支出"科目，并按基本支出和项目支出进行明细核算。该科目属于支出类科目，其借方登记实际发生的事业支出，贷方登记当年支出收回数以及年终将本账户余额转入"事业结余"的数额。

事业单位发生事业支出时，借记"事业支出"科目，贷记"现金"、"银行存款"等科目；当年支出收回时作冲减事业支出处理，借记"现金"、"银行存款"等科目，贷记"事业支出"科目。

实行内部成本核算的事业单位，结转已销业务成果或产品成本时，按实际成本，借记"事业支出"科目，贷记"产成品"科目。

有经营活动的事业单位应正确划分事业支出和经营支出的界限。对于能分清的支出，要合理归集，对于不能分清的，应按一定标准进行分配，不得将应列入经营支出的项目列入事业支出，也不得将应列入事业支出的项目列入经营支出。

年终，将本科目借方余额全数转入"事业结余"科目，借记"事业结余"科目，贷记"事业支出"科目。结账后本科目无余额。

【例19】 某事业单位根据银行转来的付款通知，支付水电费1 300元。编制会计分录如下：

借：事业支出——办公费　　　　　　　　　　　　　　　　1 300
　　贷：银行存款　　　　　　　　　　　　　　　　　　　　　　1 300

【例20】 某事业单位以专项资金购买一般设备一台，价值6 800元。编制会计分录如下：

借：事业支出——设备购置费　　　　　　　　　　　　　　6 800
　　贷：银行存款　　　　　　　　　　　　　　　　　　　　　　6 800
借：固定资产　　　　　　　　　　　　　　　　　　　　　6 800

　　　　　贷:固定基金　　　　　　　　　　　　　　　　　　　　　　　　　　6 800

　　【例21】　年终,某事业单位将"事业支出"借方余额240 000元转账,编制会计分录如下:

　　　　借:事业结余　　　　　　　　　　　　　　　　　　　　240 000
　　　　　贷:事业支出　　　　　　　　　　　　　　　　　　　　　　　　240 000

　　（二）拨出款项

　　事业单位拨出款项按其内容不同分为:拨出经费、拨出专款和对附属单位补助。

　　1. 拨出经费

　　拨出经费是指事业单位按核定的预算拨付所属单位的预算资金。事业单位对附属单位拨付的非财政性补助资金以及需要单独报账的专项资金,不属于拨出经费的核算范围。

　　事业单位拨付经费应符合以下三个原则:

　　（1）按事业进度拨付;

　　（2）按支出用途拨付;

　　（3）按预算级次拨付;

　　从而保证附属单位业务活动的正常开展和资金的有效使用。

　　为了核算拨出经费业务,事业单位应设置"拨出经费"科目,并按所属单位名称设置明细账。该科目是支出类科目,借方登记事业单位拨出经费,贷方登记收回的拨出经费。年终,将该账户的借方余额全部转入"事业结余"账户,结转后,该账户无余额。

　　事业单位拨出经费时,借记"拨出经费"科目,贷记"银行存款"科目;收回拨出经费时,借记"银行存款"科目,贷记"拨出经费"科目。

　　【例22】　某事业单位根据预算管理关系,向所属甲单位拨出经费86 000元,以银行存款支付。编制会计分录如下:

　　　　借:拨出经费——甲单位　　　　　　　　　　　　　　　86 000
　　　　　贷:银行存款　　　　　　　　　　　　　　　　　　　　　　　　86 000

　　【例23】　年终,某事业单位将拨出经费借方余额130 000元转账。编制会计分录如下:

　　　　借:事业结余　　　　　　　　　　　　　　　　　　　　130 000
　　　　　贷:拨出经费　　　　　　　　　　　　　　　　　　　　　　　130 000

　　2. 拨出专款

　　拨出专款是指主管部门或上级单位拨给所属单位的需要单独报账的专项资金。主管部门或上级单位拨给所属单位的不需要单独报账的专项资金,不属于拨出专款的范围。

　　拨出专款和拨出经费都是对所属单位的拨款,其区别在于:前者是专项资金,只能用于指定项目或具有专门的用途,并需要单独核算报账;后者是正常预算经费,不需要单独报账。

为了核算拨出专款业务,事业单位应设置"拨出专款"科目,并按所属单位的名称或项目设置明细账。该科目是支出类科目,其借方登记拨出专项资金的数额,贷方登记收回或核销专项资金的数额。该科目借方余额反映所属单位尚未报销的专项资金数额。

事业单位拨出专项资金时,借记"拨出专款"科目,贷记"银行存款"科目,收回时,作相反的会计分录。

当所属单位报销专款支出时,事业单位应区别情况分别处理:

(1)专项资金如系上级单位拨入的,则借记"拨入专款"科目,贷记"拨出专款"科目。

(2)属于本单位用自有资金设置对所属单位的专项拨款,按资金渠道借记有关科目,贷记"拨出专款"科目。

【例24】 某事业单位用自有资金拨给所属甲单位专款45 000元。编制会计分录如下:

```
借:拨出专款——甲单位                          45 000
    贷:银行存款                                      45 000
```

【例25】 续例24,甲单位专项任务完成,使用专款40 000元,按照规定,余款的50%留归甲单位所有,50%收回。编制会计分录如下:

```
借:银行存款                                      2 500
    贷:拨出专款——甲单位                              2 500
借:事业支出                                      42 500
    贷:拨出专款——甲单位                              42 500
```

3. 对附属单位补助

对附属单位补助是指事业单位用非财政预算资金对附属单位补助发生的支出。该项支出来源于非财政预算资金。如果补助资金属于财政预算资金,则应在"拨出经费"或"拨出专款"科目中核算。

为了核算对附属单位补助业务,事业单位应设置"对附属单位补助"科目,并按接受补助的附属单位名称设置明细账。该科目是支出类科目,其借方登记对附属单位拨款数,贷方登记核销或收回数。

事业单位对附属单位补助时,借记"对附属单位补助"科目,贷记"银行存款"科目;补助收回时,作相反的会计分录。

年终结账时,将本科目的借方余额全数转入"事业结余"科目,借记"事业结余"科目,贷记"对附属单位补助"科目。结转后本科目无余额。

【例26】 某事业单位通过银行用自有资金对附属甲单位补助80 000元。编制会计分录如下:

```
借:对附属单位补助——甲单位                      80 000
    贷:银行存款                                      80 000
```

【例27】 年终,某事业单位将"对附属单位补助"借方余额76 000元转账。编制会计分录如下:

  借:事业结余   76 000

    贷:对附属单位补助——甲单位   76 000

（三）上缴上级支出、专款支出

1. 上缴上级支出

上缴上级支出是指附属于上级单位的独立核算单位按规定的标准或比例上缴上级单位的支出。

为了核算上缴上级支出业务,事业单位应设置"上缴上级支出"科目。该科目是支出类科目,其借方登记上缴上级的资金数额,贷方登记年终将上缴上级支出转入"事业结余"的数额。

事业单位按规定标准或比例上缴时,借记"上缴上级支出"科目,贷记"银行存款"等科目;收到上级单位退回资金时,作相反的会计分录。

年终将本科目借方余额全数转入"事业结余"科目,贷记"上缴上级支出"科目。结账后,本科目无余额。

【例28】 某事业单位通过银行按规定标准上缴上级单位54 000元。编制会计分录如下:

  借:上缴上级支出   54 000

    贷:银行存款   54 000

【例29】 年终,某事业单位将"上缴上级支出"借方余额67 000元转账。编制会计分录如下:

  借:事业结余   67 000

    贷:上缴上级支出   67 000

2. 专款支出

专款支出是指事业单位使用由财政部门、上级单位和其他单位拨入的指定项目或用途并需要单独报账的专项资金所发生的实际支出。专款支出主要有科研课题经费、挖潜改造资金、科技三项费用等指定项目或用途的支出。

事业单位从财政部门和主管部门取得有指定项目和用途并且要求单独核算的专项资金,应当按照要求定期向财政部门或者主管部门报送专项资金使用情况;项目完成后,应当报送专项资金支出决算和使用效果的书面报告,接受财政部门或者主管部门的检查、验收。

为了核算专款支出业务,事业单位应设置"专款支出"科目,并按专款的项目设明细账。该科目是支出类科目,其借方登记各项支出数,贷方登记支出收回数以及项目完成冲销转出数。该科目平时借方余额反映当期实际支出累计数。

事业单位按指定的项目或用途开支工、料费时，借记"专款支出"科目，贷记"银行存款"、"材料"等科目；项目完工向有关部门单独列报时，借记"拨入专款"科目，贷记"专款支出"科目。

【例30】 某事业单位以专项资金购买设备一台，价值 35 000 元，专门用于乙项目。编制会计分录如下：

借：专款支出——乙项目　　　　　　　　　　　　　　35 000
　　贷：银行存款　　　　　　　　　　　　　　　　　　　　35 000
借：固定资产——专用设备　　　　　　　　　　　　　35 000
　　贷：固定基金　　　　　　　　　　　　　　　　　　　　35 000

【例31】 某事业单位完成丙项目，实际支出 38 000 元，余款 4 000 元，按规定余款缴回主管部门。编制会计分录如下：

借：拨入专款——丙项目　　　　　　　　　　　　　　38 000
　　贷：专款支出——丙项目　　　　　　　　　　　　　　　38 000
借：拨入专款——丙项目　　　　　　　　　　　　　　4 000
　　贷：银行存款　　　　　　　　　　　　　　　　　　　　4 000

（四）结转自筹基建

结转自筹基建是指事业单位经批准用财政补助收入以外的资金安排自筹基本建设，其所筹集并转存建设银行的资金。

为了核算结转自筹基建业务，事业单位应设置"结转自筹基建"科目。该科目是支出类科目，其借方登记转存建设银行的自筹基建资金，贷方登记年终转入"事业结余"的数额。

事业单位将自筹的基本建设资金转存建设银行时，根据转存数借记"结转自筹基建"科目，贷记"银行存款"科目。

年终结账时，应将本科目借方余额全数转入"事业结余"科目，借记"事业结余"，贷记"结转自筹基建"科目。结转后，本科目年终无余额。

【例32】 某事业单位经批准，将自筹基建资金 530 000 元存入建设银行。编制会计分录如下：

借：结转自筹基建　　　　　　　　　　　　　　　　　530 000
　　贷：银行存款　　　　　　　　　　　　　　　　　　　　530 000

【例33】 年终，某事业单位将"结转自筹基建"借方余额 620 000 元转账。编制会计分录如下：

借：事业结余　　　　　　　　　　　　　　　　　　　620 000
　　贷：结转自筹基金　　　　　　　　　　　　　　　　　　620 000

三、经营性支出

1. 经营支出的概念

经营支出是指事业单位在专业业务活动及其辅助活动之外开展非独立核算经营活动发生的各项支出以及实行内部成本核算单位已销产品实际成本。事业单位从事非独立核算的经营活动所发生的全部支出都应纳入经营支出的核算范围,并实现经营支出与经营收入的相互配比。

对于独立核算的经营活动,应当按照企业会计准则和制度的规定单独进行核算,不在"经营活动"科目中反映。

《事业单位财务规则》规定,事业单位在开展非独立核算经营活动中,应当正确归集实际发生的各项费用数;不能归集的,应当按照规定的比例合理分摊。

2. 经营支出的核算

为了核算经营支出业务,事业单位应设置"经营支出"科目,并按以下项目进行明细核算:基本工资、补助工资、其他工资、职工福利费、社会保障费、助学金、公务费、业务费、设备购置费、修缮费和其他费用等。经营业务种类较多的单位,应按经营业务的主要类别进行二级明细核算。该科目是支出类科目,其借方登记实际发生的有关经营活动的各项支出,贷方登记冲减经营支出以及期末将本账户余额转入"经营结余"的数额。

事业单位发生各项经营支出时,借记"经营支出"科目,贷记"银行存款"或其他有关科目。

实行内部成本核算的事业单位结转已销经营性劳务成果或产品时,按实际成本借记"经营支出"科目,贷记"产成品"科目。

期末,应将本科目余额全部转入"经营结余"科目,借记"经营结余",贷记"经营支出"科目。

【例34】 某事业单位经营部门按规定计提固定资产修购基金 2 300 元。编制会计分录如下:

借:经营支出——修缮费　　　　　　　　　　　　　　　　2 300
　　贷:专用基金——修购基金　　　　　　　　　　　　　　　　2 300

【例35】 某事业单位实行内部成本核算,月末结转已销经营性产品 3 600 元。编制会计分录如下:

借:经营支出　　　　　　　　　　　　　　　　　　　　　3 600
　　贷:产成品　　　　　　　　　　　　　　　　　　　　　　3 600

【例36】 期末,某事业单位将"经营结余"借方余额 89 000 元转账。编制会计分录如下:

借:经营结余　　　　　　　　　　　　　　　　　　　　89 000

　　　　　　贷:经营支出　　　　　　　　　　　　　　　　　　　　　　　89 000

第三节　事业单位会计的成本费用

一、成本费用的基本概念

根据《事业单位财务规则》,事业单位可以根据开展业务活动及其他活动的实际需要,实行内部成本核算办法。所谓内部成本核算,是指只对事业单位内部管理使用的成本核算,有利于事业单位加强内部管理,正确反映单位财务状况和事业成果,强化单位成本核算意识,提高资金使用效率。

成本费用是指实行内部成本核算的事业单位应列入劳务(产品、商品)成本的各项费用,包括:

(1)用于产品生产的直接材料、直接工资等直接费用;

(2)各生产单位为组织管理生产活动所发生的工资、福利费、折旧费、水电费、办公费等各项间接费用。

二、成本费用的核算

为了核算成本费用业务,事业单位应设置"成本费用"、"间接费用"等科目,并按经营类别或产品品种设置明细账。对于成本核算业务较复杂的单位,可根据需要自行设置必要的成本核算科目。"成本费用"科目是支出类科目,其借方登记业务活动或经营过程中发生的各项费用,贷方登记产品入库成本。"间接费用"科目也是支出类科目,其借方登记发生的间接费用,贷方登记按一定标准分配计入有关核算对象成本的间接费用,结转后本科目一般没有余额。

事业单位在业务活动或经营过程中发生各项费用,借记"成本费用"、"间接成本"等科目,贷记"材料"、"银行存款"等有关科目。

期末,在不同核算对象之间分配间接费用,借记"成本费用"科目,贷记"间接成本"科目。

产品验收入库时,借记"产成品"科目,贷记"成本费用"科目。

【例37】　某事业单位生产甲、乙两种产品,耗用原材料23 000元,其中,甲产品消耗12 000元,乙产品消耗8 000元,生产部门一般耗用3 000元。根据工资结算单,甲产品生产人员工资12 000元,乙产品生产人员工资4 000元,生产部门管理人员工资2 000元。此外,生产部门发生办公费、水电费等共计3 000元。编制会计分录如下:

　　借:成本费用——甲产品　　　　　　　　　　　　　　　　12 000
　　　　　　　　——乙产品　　　　　　　　　　　　　　　　 8 000

间接费用	3 000
贷:材料	23 000
借:成本费用——甲产品	12 000
——乙产品	4 000
间接费用	2 000
贷:应付工资	18 000
借:间接费用	3 000
贷:银行存款	3 000

【例38】 续例37,间接费用中的材料消耗部分按两种产品消耗的直接材料的比例分配,甲产品负担 1 800 元[3 000/(12 000＋8 000)×12 000],乙产品负担 1 200 元[3 000/(12 000＋8 000)×8 000]。间接费用中其余部分按生产人员工资的比例分配,甲产品负担 3 750 元[(2 000＋3 000)/(12 000＋4 000)×12 000],乙产品负担 1 250 元[(2 000＋3 000)/(12 000＋4 000)×4 000]。编制会计分录如下:

借:成本费用——甲产品	5 550
——乙产品	2 450
贷:间接费用	8 000

【例39】 续例37、例38,甲、乙两种产品完工,结转甲产品成本 29 550 元(12 000＋12 000＋5 550),结转乙产品成本 14 450 元(8 000＋4 000＋2 450)。编制会计分录如下:

借:产成品——甲产品	29 550
——乙产品	14 450
贷:成本费用——甲产品	29 550
——乙产品	14 450

三、销售税金

(一)非经营性销售税金的核算

销售税金(非经营性)是指事业单位在开展专业业务活动及其辅助活动过程中因提供劳务或销售产品应负担的税金及附加,包括营业税、城市维护建设税、资源税和教育费附加等。

为了核算销售税金(非经营性),事业单位应设置"销售税金"科目,并按产(商)品类别或品种设置明细账。该科目是支出类科目,其借方登记事业单位按规定计算出的应负担的税金及附加,贷方登记期末转入"事业结余"的数额。

月末,事业单位按照规定计算出应负担的销售税金及附加,借记"销售税金"科目,贷记"应交税金"、"其他应付款"科目。缴纳税金及附加时,借记"应交税金"、"其他应付款"科目,贷记"银行存款"科目。

期末,将本科目余额转入"事业结余"科目,借记"事业结余"科目,贷记"销售税金"科目。

【例 40】 某事业单位在开展专业业务活动中取得收入 20 000 元,按 5％的税率计算缴纳营业税,按营业税的 7％计算缴纳城市维护建设税,按营业税的 3％计算缴纳教育费附加。编制会计分录如下:

借:销售税金 1 100
贷:应交税金——应交营业税 1 000
——应交城市维护建设税 70
其他应付款——教育费附加 30

【例 41】 期末,某事业单位将"销售税金"借方余额 4 500 元转账。编制会计分录如下:

借:事业结余 4 500
贷:销售税金 4 500

(二)经营性销售税金的核算

销售税金(经营性)是指事业单位在生产经营过程中因提供劳务或销售产品应负担的税金及附加,包括营业税、城市维护建设税、资源税和教育费附加等。

为了核算销售税金(经营性)业务,事业单位应设置"销售税金"科目,并按产(商)品类别或品种设置明细账。该科目是支出类科目,其借方登记事业单位在经营活动中按规定计算的税金及附加,贷方登记期末转入"经营结余"的数额。

月末,事业单位按照规定计算出应负担的销售税金及附加,借记"销售税金"科目,贷记"应交税金"、"其他应付款"科目。缴纳税金及附加时,借记"应交税金"、"其他应付款"科目,贷记"银行存款"科目。

期末,应将本科目余额转入"经营结余"科目,借记"经营结余"科目,贷记"销售税金"科目。

【例 42】 某事业单位对外提供应税劳务取得收入 50 000 元存入银行,营业税税率 5％,城市维护建设税和教育费附加分别按营业税额的 7％和 3％的比例缴纳。编制会计分录如下:

借:销售税金 2 750
贷:应交税金——应交营业税 2 500
——应交城市维护建设税 175
其他应付款——教育费附加 75

【例 43】 续例 42,该事业单位以银行存款缴纳各项税金。编制会计分录如下:

借:应交税金——应交营业税 2 500
——应交城市维护建设税 175

其他应付款——教育费附加 75

　　贷:银行存款 2 750

　　【例44】 年终,某事业单位将"销售税金"借方余额 3 600 元转账。编制会计分录如下:

　　借:经营结余 3 600

　　　贷:销售税金 3 600

复习思考题

1. 事业单位的收入包括哪些? 其确认原则是什么?

2. 什么是财政补助收入? 它与上级补助收入有什么区别?

3. 什么是事业收入?

4. 什么是附属单位缴款? 它与经营收入有什么区别?

5. 事业单位的支出包括哪些内容? 事业支出的报销口径如何规定?

6. 事业单位拨付经费的原则是什么?

7. 经营性支出如何核算?

8. 事业单位成本费用核算的程序是什么?

练习题

练习一:事业单位收入的核算

某事业单位 2005 年 4 月发生如下经济业务:

1. 按核定的预算和经费领报关系,收到上级单位拨入的本月预算经费 170 000 元,款项存入银行。

2. 按照财政部门的要求,将多余的预算经费 5 000 元通过上级单位缴回财政部门。

3. 收到财政部门拨入专款 50 000 元,用于甲项目建设。

4. 开展专项业务活动,取得事业收入 300 000 元,款项存入银行。

5. 上述甲项目完工,根据财政部门要求,将已建设完成的甲项目余额 2 000 元,其中 70% 留归该事业单位,30% 缴回财政部门。

6. 收到财政部门通过财政专户核拨的预算外资金 7 000 元。

7. 开展经营活动,向大华公司销售商品,取得收入 23 400 元,其中,应交增值税销项税额 3 400 元,款项已存入银行。

8. 收到附属单位上缴款项 110 000 元,存入银行。

要求:根据以上经济业务,编制会计分录。

练习二:练习事业单位支出的核算

1. 以现金 3 000 元购买办公用品,直接交付有关业务部门使用。

2. 以银行存款支付办公楼维修费 5 000 元。

3. 按规定计提本月固定资产修购基金 7 000 元。

4. 以现金发放本月职工工资 60 000 元,其中,基本工资 50 000 元,补助 10 000 元。

5. 业务部门领用材料一批,价值 1 200 元。

6. 以专项资金购入材料一批,价款 3 000 元,直接交付甲项目使用。

7. 根据预算管理关系,向所属甲单位拨出经费 170 000 元。

8. 用自有资金拨给所属乙单位专款 100 000 元,用以完成一项专门项目。项目完成的实际支出为 90 000 元。按照规定,余款的 70％ 留归乙单位所有,30％ 收回。

9. 通过银行转拨上级单位拨给所属丙单位的专款 11 000 元。

要求:根据以上经济业务,编制会计分录。

练习三:练习成本费用的核算

某事业单位 2005 年 7 月发生如下经济业务:

1. 承担 A、B 两项研究课题,以银行存款转入材料 10 000 元,直接支付 A 课题 7 000 元,B 课题 3 000 元。

2. 以银行存款支付 A 课题的设备测试费 1 500 元。

3. 以银行存款支付 B 课题的专用设备一台,价款 4 000 元。

4. 计提应付工资 21 000 元,按实际参加课题的工作时间分配。其中,A 课题应分配 16 000 元,B 课题应分配 5 000 元。

5. 月末,根据规定,结转课题研究成本,其中 A 课题为 24 000 元,B 课题为 12 000 元。

要求:根据以上经济业务,编制会计分录。

第十八章　事业单位会计结账和会计报表

第一节　年终清理结算和结账

《事业单位会计制度》规定,事业单位在年度终了前,应根据财政部门或主管部门的决算编审工作要求,对各项收支账目、往来款项、货币资金和财产物资进行全面的年终清理结算,在此基础上办理年度结账,编报决算。

一、年终清理结算

事业单位年终清理结算的主要事项包括:

1. 清理、核对年度预算收支数字和各项缴拨款项、上缴下拨款项数字

年终前,事业单位对财政部门、上级单位和所属各单位之间的全年预算数(包括追加、追减和上、下划数字)以及应上缴、拨补的款项等,都应按规定逐笔进行清理结算,保证上下级之间的年度预算数、领拨经费数和上缴、下拨数一致。为了准确反映各项收支数额,凡属本年度的应拨、应交款项,应当在12月31日前汇达对方。主管会计单位对所属各单位的拨款应截至12月25日,逾期一般不再下拨。凡属本年的各项收入,都应及时入账。本年的各项应缴预算款和应缴财政专户的预算外资金收入,应在年终前全部上缴。属于本年的各项支出,应按规定的支出用途如实列报。年度单位支出决算,一律以基层用款单位截至12月31日的本年实际支出数为准,不得将年终前预拨下年的预算拨款列入本年的支出,也不得以上级会计单位的拨款数代替基层会计单位的实际支出数。

2. 清理、核对年度其他款项数字

年终前清理事业单位的往来款项,按照有关规定应当转作各项收入或各项支出的往来款项要及时转入各有关账户,编入本年决算;年终事业单位应及时同开户银行对账,银行存款账面余额应同银行对账单的余额核对相符;现金账面余额应同库存现金核对相符;有价证券账面数字,一般应同实存的有价证券核对相符。

3. 清理、盘点财产物资

年终前,事业单位应对各项财产物资进行清理盘点。发生盘盈、盘亏的,应及时查明原因,按规定作出处理,调整账务,做到账实相符,账账相符。

二、年终结账

事业单位在年终清理结算的基础上,应进行年终结账。年终结账包括年终转账、结清旧账和记入新账。

（一）年终转账

事业单位在账目核对无误的基础上,首先计算出各账户借方或贷方的12月份合计数和全年累计数,结出12月末的余额。然后,编制结账前的"资产负债表"进行试算,试算平衡后,再将应对冲结转的各个收支账户的余额按年终冲转办法,填制12月31日的记账凭单办理结账冲转。事业单位年终转账所涉及的会计分录如下:

1. 将事业活动的有关收支科目的余额转入"事业结余"科目

借:财政补助收入
  上级补助收入
    附属单位缴款
  事业收入
  其他收入
    贷:事业结余
借:事业结余
    贷:拨出经费
    事业支出
    上缴上级支出
    销售税金（非经营性）
    对附属单位补助
    结转自筹基建

2. 将经营活动的有关收支科目的余额转入"经营结余"科目

借:经营收入
    贷:经营结余
借:经营结余
    贷:经营支出
    销售税金（经营性）

3. 将"事业结余"、"经营结余"科目余额转入"结余分配"科目（"经营结余"科目的借方余额不转）

借:事业结余
  经营结余
    贷:结余分配

4. 将结余进行分配后的余额转入"事业基金"科目

借：结余分配

　　贷：事业基金

（二）结清旧账

事业单位将转账后无余额的账户结出全年总累计数，然后在下面划双红线，表示本账户全部结清。对年终有余额的账户，在"全年累计数"下行的"摘要"栏内注明"结转下年"字样，再在下面划双红线，表示年终余额转入新账，旧账结束。

（三）记入新账

事业单位应根据本年度各账户余额，编制年终决算的"资产负债表"和有关明细表。然后将表列各账户的年终余额数（不编制记账凭单），直接记入新年度相应的各有关账户，并在"摘要"栏注明"上年结转"字样，以区别新年度发生数。

事业单位的决算经财政部门或上级单位审批后，需调整决算数字时，应做相应调整。

第二节　事业单位会计报告

一、事业单位会计报告概述

（一）会计报表的定义及特点

事业单位会计报告是反映事业单位一定时期财务状况和经营成果的总结性书面文件。它由会计报表和财务情况说明书构成。

事业单位会计报表是反映事业单位一定时期财务状况和收支情况的书面文件，是财政部门和上级单位了解情况、掌握政策、指导单位预算执行工作的重要资料，也是编制下年度单位财务收支计划的基础。

财务情况说明书是事业单位根据会计报表的有关资料，对一定时期（通常为一个会计年度）内收入、支出、结余及其分配情况进行分析总结所做的数字和文字的说明。

事业单位的日常会计核算，通过记账、算账工作，把各项经济业务分类登记在会计账簿中，使日常会计记录能够反映事业单位的财务收支情况。但是，就某一会计期间的业务活动的整体情况而言，账簿中记录的会计信息仍然是分散的、部分的，因而不能集中反映事业单位在该会计期间财务收支及业务活动的全貌。为了进一步发挥会计的职能作用，必须对日常会计核算资料进行系统整理，编制成规范的会计报表，将事业单位的资产、负债、净资产、收入、支出的变动情况及其结果，在有关报表中予以反映，从而能够全面地反映事业单位财务收支及业务活动的总体情况。

与企业的会计报表相比，事业单位的会计报表具有以下四个特点：

（1）收入支出表的重要性大于资产负债表。一般来说，事业单位负债的数额较小。与企业相比,事业单位更依靠财政的力量。另外,事业单位的收入和支出全部都纳入单位预算,每年都要进行考核。因此,对事业单位来说,日常收支情况显得非常重要。

(2)报表上每个项目基本就是一个会计科目。与企业相比,事业单位的经济业务相对比较简单,经济效益指标的重要性远不如企业,且记账基础也一般采用收付实现制。因此,事业单位的会计方法远不如企业复杂,会计核算设置的会计科目也比较简单。

(3)事业单位需要编制专款报表。事业单位中有相当一部分资金是通过专款的途径取得的。专款有来源于财政的,也有来源于上级单位或其他单位的。事业单位取得的专款,应当按照专款供给者的要求使用,并向专款供给者单位编报会计报表。

(4)年报的重要性远远超过月报。事业单位的预算一年编制一次,年度收支预算一旦确定,不能随意改变。事业单位月份用款,按照"按季分月用款计划"领拨经费。因此,事业单位的月份会计报表反映的是事业单位预算执行过程的情况,而年报反映的是事业单位预算执行的结果。

(二)事业单位会计报表的分类

会计报表可以按不同的标准进行分类。

1. 会计报表按反映内容分类:

(1)资产负债表,是反映事业单位在某一特定日期财务状况的报表。

(2)收入支出表,是反映事业单位在一定时期的业务收支结余及其分配情况的报表。

(3)基建投资表,是反映投入、借入的基本建设资金及其使用情况的报表。

(4)会计报表附表,是对上述报表中某一项目或某些项目的经济内容做进一步详细说明的报表。会计报表附注,主要是以文字形式对上述报表有关项目作出说明,以及为理解会计报表对编制会计报表所采用的会计处理方法及程序作出的说明。

(5)收支情况说明书,是报送年度会计报表时,对年度预算收支、业务经营及财务成果等情况,以文字为主、结合报表中的有关数字指标而作出的书面分析报告。

2. 会计报表按编报时期分类:

(1)月份会计报表,简称月报,是反映一个月份财务状况和收支情况的报表,只包括主表,每月末编报一次。

(2)季度会计报表,简称季报,是反映一个季度财务状况和收支情况的报表,通常见主表,每季末编报一次。

(3)年度会计报表,简称年报,是全面反映全年财务状况、收支结余及其分配情况的总体和详细信息的报表,包括整个报表体系,每年末编报一次。

(三)事业单位会计报表的编制要求

《事业单位会计准则(试行)》规定,会计报表应当根据登记完整、核对无误的账簿记录和其他有关资料编制,做到数字真实、计算准确、内容完整、报送及时。主管部门或单位应根据同级财政部门的要求,在认真审核所属事业单位会计报表的基础上,编制汇总会计报表。

1. 数字真实

事业单位编制会计报表必须做到数字真实,如实反映单位的财务状况和收支情况。编制会计报表前,必须将本期所发生的各项经济业务全部登记入账,进行对账和结账,并对各项物资进行清查盘点,做到账账相符、账实相符、表从账出、账表一致。

2. 计算准确

事业单位编制会计报表必须做到计算准确,正确无误地反映单位的财务状况和收支情况。编制会计报表时,必须认清报表项目和账簿的构成及对应关系,理清会计报表所列数字的勾稽关系,通过编制试算平衡表和有关报表工作底稿,使会计报表的编制准确无误。

3. 内容完整

事业单位编制会计报表必须做到内容完整,全面系统地反映单位的财务状况和收支情况。编制会计报表时,必须按照统一规定的报表种类、格式和内容编制,对规定填列的各项指标,无论是表内项目或是补充资料,都必须填列齐全,以保证会计报表体系所反映经济内容的完整性。

4. 报送及时

事业单位编制会计报表必须做到报送及时,及时反映单位的财务状况和收支情况。编制会计报表时,必须安排好会计工作计划和人员分工配备,按规定的期限和程序报送给规定的对象,以便有关各方及时了解和掌握事业单位的经济状况。

二、资产负债表

(一)资产负债表的基本概念

根据《事业单位会计准则(试行)》的规定,资产负债表是反映事业单位在某一特定日期财务状况的报表。资产负债表的项目应当按会计要素的类别,分别列示。

资产负债表是事业单位会计报表体系中的主要报表,它能反映事业单位在某一时点占有或使用的经济资源和负担的债务情况,以及事业单位的偿债能力和财务前景。通过资产负债表,会计报表使用者可以得到以下信息:

1. 事业单位掌握的经济资源及其结构(资产);
2. 事业单位所负担的债务及其结构(负债);
3. 事业单位资源中属于国家及其他出资人的部分(净资产);
4. 事业单位的财务能力、短期偿债能力和支付能力;
5. 事业单位资产负债变化情况及财务状况发展趋势。

(二)资产负债表的结构和内容

事业单位资产负债表按照"资产+支出=负债+净资产+收入"的平衡等式,分为左右两方,左方反映资产与支出,称为资产部类;右方反映负债、净资产与收入,称为负债部类。资产负债表的左右两方总计数相等。

《事业单位会计准则(试行)》规定,会计报表可以采用前后期对比方式编列。上期项目分类和内容与本期不一致的,应当将上期数按本期项目和内容进行调整,必要时需加以说明。

资产负债表的结构分为表头和基本内容两部分。表头部分主要注明报表名称、编制单位、编制日期和报表所使用的货币单位。基本内容部分是资产负债表的核心,分为左右两部分,每部分各有四栏,包括科目编号、科目的部类(资产部类、负债部类)、年初数、期末数。报表完成后,还应分别盖单位负责人、会计主管、复核、制表等人的印章,以示对报表内容所负的责任。

资产负债表上的项目,是依据流动性和重要性来排序的。资产项目按资产流动性的强弱分为流动资产、对外投资、固定资产和无形资产等,并依次排列。而固定资产排列于无形资产之前,是基于重要性而非流动性的原因。在负债项目的排序上,借入款项的重要性居于首位,其余负债项目主要按重要性和流动性的强弱排序。净资产项目按是否限定用途分为限定用途净资产和非限定用途净资产,其中,非限定用途的事业基金排列首位,其余净资产按规模大小和重要性的强弱,依次排列为固定基金、专用基金、事业结余、经营结余。

事业单位资产负债表的结构见表18—1。

表18—1   **资产负债表**

编表单位   年 月 日   单位:元

科目编号	资产部类	年初数	期末数	科目编号	负债部类	年初数	期末数
	一、资产类				二、负债类		
101	现金			201	借入款项		
102	银行存款			202	应付票据		
105	应收票据			203	应付账款		
106	应收账款			204	预收账款		
108	预付账款			207	其他应付款		
110	其他应收款			208	应缴预算款		
115	材料			209	应缴财政专户款		
116	产成品			210	应交税金		
117	对外投资				负债合计		

科目编号	资产部类	年初数	期末数	科目编号	负债部类	年初数	期末数
120	固定资产						
124	无形资产				三、净资产类		
	资产合计			301	事业基金		
					其中：一般基金		
					投资基金		
				302	固定基金		
				303	专用基金		
				306	事业结余		
				307	经营结余		
					净资产合计		
	五、支出类				四、收入类		
501	拨出经费			401	财政补助收入		
502	拨出专款			403	上级补助收入		
503	专款支出			404	拨入专款		
504	事业支出			405	事业收入		
505	经营支出			409	经营收入		
509	成本费用			412	附属单位缴款		
512	销售税金			413	其他收入		
516	上缴上级支出				收入合计		
517	对附属单位补助						
520	结转自筹基建						
	支出合计						
	资产部类合计				负债部类合计		

（三）资产负债表的编制方法

事业单位用统一印制的表格编制资产负债表,首先应当填写表头项目,包括单位名称、编制日期、计量单位等；然后,根据账簿记录及有关资料,运用一定的方法填写"年初数"和"期末数"两栏对应的各个项目金额；最后,对各有关项目进行加总,计算各类项目的合计数。

　　"年初数"根据上年末资产负债表的"期末数"填列。"期末数"根据本期总分类账户和有关明细分类账户的期末余额填列,其中,有的可以根据账簿记录直接填列,有的则需要分析填列(如"事业基金"账户下的"一般基金"和"投资基金"明细分类账户)。

三、收入支出表

(一)收入支出表的基本概念

　　根据《事业单位会计准则(试行)》,收入支出表是反映事业单位在一定期间的收支结余及其分配情况的报表。收入支出表的项目,应当按收支的构成和结余分配情况分项列示。

　　通过收入支出表,财政部门、上级单位和其他单位可以了解事业单位的收入来源、支出用途以及结余分配的情况,判断其经营成果,评价其业绩,预测事业发展趋势。

(二)收入支出表的格式与内容

　　收入支出表的主要内容是事业单位本期的各项收入、发生的各项支出、形成的结余及其分配情况。根据"收入-支出=结余"这一等式,表格分收入、支出两个主要部分,并设置"本月数"、"本年累计数"(本年截止报告日累计发生的数额)两个栏目。

　　收入支出表的格式如表18-2所示。

表18-2　　　　　　　　　　　　收入支出表

编表单位　　　　　　　　　　年　月　日　　　　　　　　　　　单位:元

收入				支出			
行次	项目	本月数	本年累计数	行次	项目	本月数	本年累计数
	拨入专款				专款支出		
	财政补助收入				拨出经费		
	上级补助收入				拨出专款		
	附属单位缴款				上缴上级支出		
					对附属单位补助		
	事业收入				事业支出		
	其中:				其中:		
	预算外资金收入				财政补助支出		
					预算外资金支出		

收入				支出			
行次	项　目	本月数	本年累计数	行次	项　目	本月数	本年累计数
	经营收入				经营支出		
	1.				1.		
	2.				2.		
	其他收入				结转自筹基建		
	收入总计				支出总计		
	结余				结余分配		
	1. 事业结余				1. 应交所得税		
	2. 经营结余				2. 提取专用基金		
					3. 转入事业基金		
					4. 其他		
	转入事业基金						

（三）收入支出表的编制方法

收入支出表的"本月数"反映各项目本月实际发生数，可根据各账户本月实际的发生额填列。在编制收入支出表的年报时，将"本月数"栏改为"上年数"栏，填列上年全年累计实际发生数。

收入支出表的"本年累计数"反映各项目的本年度起至本月止的累计实际发生数，可根据各账户的期末余额填列。

本表"事业收入"与"事业支出"、"经营收入"与"经营支出"栏下的各项目，按单位的主要业务收支类别分别填列。事业单位上述各收入或支出没有分开核算的，可不分项填列。

主管会计单位汇总编制收入支出表时，应将"拨出经费"、"拨出专款"与所属单位"拨入经费"、"拨入专款"科目汇总数对冲，将"附属单位缴款"、"对附属单位补助"与所属单位"上缴上级支出"、"上级补助支出"科目汇总数对冲。

四、附表、附注与财务情况说明书

（一）附表

会计报表附表是指会计报表主表所附属的各种明细报表，它们主要以表格形式提供较小分类的详细信息,对会计报表主表所提供的总括性综合信息起补充作用,从而提高会计报表信息的可理解性和有用性。事业单位会计报表的附表主要是收入支出表的附表,包括事业支出明细表和经营支出明细表。

1. 事业支出明细表

事业支出明细表是为了详细说明和补充解释收入支出表而反映事业单位在一个会计年度内各项事业性支出明细情况的报表。

《事业单位会计准则(试行)》规定,支出明细表的项目应按"国家预算支出科目"列示。在事业支出明细表中,对于用财政拨款和预算外资金收入安排的支出应按财政部门的规定列示。

事业支出明细表的格式如表18-3所示。

表18-3　　　　　　　　　　事业支出明细表

编表单位　　　　　　　　　　年　月　日　　　　　　　　　　单位:元

项　目	合计	基本工资	补助工资	其他工资	职工福利费	社会保障金	助学金	公务费	设备购置费	修缮费	业务费	其他费用	备注
列次													
事业支出													
其中													
1. 财政拨款支出													
2. 预算外资金支出													
合计													

在表18-3中,各项数字一般根据事业支出明细账填列。"财政拨款支出"是指事业单位用财政补助收入安排的支出。"预算外资金支出"是指事业单位用预算外资金收入安排的支出。在这两项支出中,对于财政部门指定用途的,应按指定的用途填列;对于没有指定用途的,按本表所列项目分别列示。

各事业单位对这两项支出可根据核定预算和实际使用情况,采用统计方法填列。

2. 经营支出明细表

经营支出明细表是为了详细说明和补充解释收入支出表而反映事业单位在一个会计年度内各项经营性支出明细情况的报表。

经营支出明细表的格式及需要补充填列资料如表18-4所示。

表 18—4

经营支出明细表

编表单位　　　　　　　　　　　　年　　月　　日　　　　　　　　　　　单位:元

项　　目	合计	基本工资	补助工资	其他工资	职工福利费	社会保障金	助学金	公务费	设备购置费	修缮费	业务费	其他费用	备注
列次													
事业支出													
1.													
2.													
合计													

实行内部成本核算的单位应填列以下成本费用的补充资料:

未结转到经营支出的成本费用:

其中:基本工资:　　　　　　职工福利费:　　　　　　设备购置费:

　　　补助工资:　　　　　　社会保障:　　　　　　　修缮费:

　　　其他工资:　　　　　　公务费:　　　　　　　　业务费:

　　　其他费用:

在表 18—4 中,各项数字一般根据经营支出明细账的有关数字分析填列。

(二)附注

根据《事业单位会计制度》,会计报表附注是为帮助理解会计报表的内容而对报表的有关项目等所做的解释。它是事业单位会计报表的组成部分。

会计报表附注是会计报表的补充,主要对会计报表不能包括的内容或者披露不详尽的内容以文字的形式进行补充说明和详细解释,以有助于会计报表的使用者理解和使用会计信息。

会计报表附注的内容主要包括:特殊事项的说明,会计报表中有关重要项目的明细资料,其他有助于理解和分析会计报表需要说明的事项。

(三)财务情况说明书

事业单位在编制会计报表的同时,还要编制财务情况说明书。财务情况说明书是事业单位对一定时期(通常为一个会计年度)内收入、支出、结余及其分配情况进行分析总结做作的数字和文字的说明。《事业单位财务规则》规定,财务情况说明书主要说明事业单位收入及其支出、结余及其分配、资产负债变动的情况,对本期或者下期财务状况发生重大影响的事项,以及需要说明的其他事项。

财务情况说明书的内容一般包括:

(1)预算或财务计划的完成情况,以及预算、财务计划执行过程中存在的问题。

(2)资产、负债的增减变动情况，以及与此有关的数据指标。

(3)收入、支出的增减变动情况和原因。

(4)单位在改善业务活动管理、提高资金效益等方面所做的努力和取得的成效。

(5)结余及其分配情况。

(6)目前在资产管理、资金运用等方面存在的问题以及下一年度改进工作的计划和建议。

五、事业单位的财务分析

(一)财务分析的方法

财务分析的方法主要有：比较分析法、平衡分析法和结构分析法。

1. 比较分析法

比较分析法是指以两个或两个以上有关可比数字进行对比分析的一种方法。运用这一方法，要注意指标的计算口径、时间、计价依据等的可比性。建立在一致性基础上的经济指标才能进行比较。根据不同的分析目的，可以选择不同的对比指标，主要包括：

(1)用实际指标与预算指标对比，可以检查预算执行情况，找出超额完成计划或未完成计划的差距。

(2)用本期实际指标与上期(或上年同期)实际指标对比，可以考察预算执行的发展变化趋势。

(3)用实际指标与其他同类事业单位相同指标对比，可以了解本单位与其他同类事业单位的差距。

2. 平衡分析法

平衡分析法是指通过事业单位会计报表中某些经济指标之间相互依存、相互对应的平衡关系，来测定这些指标变动对另一指标变动影响程度的一种分析方法。例如，事业单位的各项专用基金都限定用途，其资金来源与资金运用存在一定的协调平衡关系，通过这种平衡关系来分析资金的使用是否合理、是否做到专款专用，并进一步研究各个因素的发展变化和影响程度，可以了解单位经济活动中的关键问题和薄弱环节。

3. 结构分析法

结构分析法是指对事业单位经济活动中的各个因素的结构或比重进行分析的一种方法。通过结构分析法，可以找出各个因素的变化规律，评价这些因素变化的合理性。例如，对事业单位事业支出，分析各项明细支出在总支出中所占的比重以及这些比重的变化趋势，可以了解事业单位活动是否按照业务计划执行，是否符合国家的方针、政策和财经制度。

(二)事业单位财务分析指标

《事业单位财务规则》规定，财务分析的指标包括经费自给率、人员支出与公用支出分别占事业支出的比率、资产负债率等。事业单位可以根据本单位的业务特点增加财务分析指标。

1. 经费自给率，是衡量事业单位组织收入的能力和满足经常性支出程度的指标。其计算公式如下：

$$经费自给率 = \frac{事业收入+经营收入+附属单位上缴收入+其他收入}{事业支出+经营支出} \times 100\%$$

经费自给率，对于财政部门针对不同事业单位确定不同的补助标准，是一项重要的参考指标。

为了使经费自给率具有可比性和连续性，在具体计算时，对于一次性、临时性等特殊支出因素造成该比率波动较大的，要予以扣除。经费自给率公式中的有关数据，主要来源于资产负债表和收入支出表以及账簿中的有关数据并分析计算。

2. 资产负债率，是衡量事业单位利用债权人提供资金开展业务活动的能力，以及反映债权人提供资金的安全保障程度的指标。其计算公式如下：

$$资产负债率 = \frac{负债总额}{资产总额} \times 100\%$$

资产负债率计算公式中的有关数据，来源于资产负债表。正常情况下，资产负债率要求在 50% 以下，也就是说，一元的负债要有两元的资产作担保，才比较安全。如果资产负债率超过 100%，则说明该事业单位已达到"资不抵债"的境地了。

3. 人员支出、公用支出占事业支出的比率，是衡量事业单位事业支出结构的指标。其计算公式如下：

$$人员支出比率 = \frac{人员支出}{事业支出} \times 100\%$$

$$公用支出比率 = \frac{公用支出}{事业支出} \times 100\%$$

在以上两个公式中，人员支出包括工资、补助工资、职工福利费、社会保障费和助学金；公用支出包括公务费、业务费、设备购置费、修缮费和其他费用。其有关数据主要来源于事业支出明细表和经营支出明细表。

（三）事业单位财务分析报告

财务分析报告（说明）是通过对事业单位财务分析后所做的书面报告或说明，是评价事业单位财务管理工作的重要依据。

财务分析报告的具体内容一般包括：

（1）反映基本情况，说明分析对象的基本情况，列出主要数据；

（2）分析主要问题，找出具体原因；

（3）总结经验，做出评价；

（4）提出建议和措施。

复习思考题

1. 什么是事业单位会计报表？主要包括哪些报表？

2. 什么是资产负债表？主要包括哪些项目？

3. 什么是收入支出表？主要包括哪些项目？

4. 事业单位会计报表的附注主要有哪些？各自包括哪些内容？

5. 财务情况说明书包括哪些内容？

第十九章　财政预算管理制度改革下的事业单位会计

自 1998 年以来，我国财政预算管理制度进行了一系列改革，主要包括部门预算改革、国库集中收付制度改革、政府采购改革等。预算管理制度改革的内容我们已经在前面第八章、第十三章中具体介绍，在此不再重复，本章主要介绍在预算管理制度改革中事业单位会计的主要变化。

第一节　部门预算改革下的事业单位会计

部门预算的概念及改革的内容在本书第十三章已讲述，本节主要介绍部门预算改革后事业单位会计的变化。

一、收入的变化

（一）财政补助收入

部门预算改革后事业单位的财政补助收入也分为基本经费和项目经费，前者用于事业单位的基本支出，后者用于事业单位的项目支出。

（二）基建拨款的核算

随着部门预算的实行，基建收入也应纳入事业单位的总收入。为了核算从财政部、上级单位拨入的基本建设资金，事业单位设置"基建拨款"科目。按照《国有建设单位会计制度》的规定，其他单位、团体或个人无偿捐赠用于基本建设的资金和物资，也在本科目核算。

"基建拨款"科目的贷方登记收到的拨入的基建拨款或捐赠的基建物资，借方登记已完工转出的基建项目，期末贷方余额表示完工基建项目的拨款，并在资产负债表上以"拨入基建款结存"项目列示在负债方。

收到拨入的基建款时，借记"银行存款"科目，贷记本科目；收到工程物资转账拨款时，借记"工程物资"科目，贷记本科目；收到有关单位无偿捐赠的基建物资时，借记"工程物资"科目，贷记本科目。

转账已完工基建项目的基建拨入款时，借记本科目，贷记"基建结余"。期末"拨入基建款"的贷方余额,如无完工基建项目的拨款,在资产负债表上以"拨入基建款结存"项目列示于负债方。

为了反映从事业结余、专用基金转来的自筹基建款,可设置"转入资金——基建转入资金"科目和"转出资金——事业基建转出资金"等科目。如果从事业基金借款转入自筹基建款时,借记"转出资金——事业基金转出资金"科目,贷记"转入资金——基建转入资金"科目。期末结账时,一方面借记"转入资金——基建转入资金"科目,贷记"基建结余"科目;另一方面,借记"事业结余"或"事业收入"科目,贷记"转出资金——事业基金转出资金"科目。

二、支出的变化

(一)支出的管理特点

部门预算改革后事业支出也分为基本支出和项目支出。基本支出包括人员支出(基本工资、津贴、奖金、社会保障缴费和其他),公用支出(办公费、印刷费、水电费、邮电费、取暖费、交通费、差旅费、会议费、培训费、招待费、福利费、劳务费、就业补助费、租赁费、物业管理费、日常维修费、专用材料费、办公设备购置费、专用设备购置费、交通工具购置费、图书资料购置费和其他),对个人和家庭的补助支出(离休费、退休费、退职费、抚恤和生活补助、医疗费、住房补贴、助学金和其他)。项目支出包括基本建设项目支出、行政事业性项目支出(大型修缮项目、大型会议和其他行政事业性项目)和其他项目等。

为了核算事业支出的基本支出和项目支出,在"事业支出"一级科目下设"基本支出"和"项目支出"。

(二)基建支出的核算

为了核算事业单位新建工程、改扩建工程、安装工程等所发生的实际支出,应设置"基建支出"科目。该科目属于支出类科目,借方登记事业单位实际发生的各项工程类支出数,贷方登记基建工程完工交付使用的实际金额,期末余额表示尚未完工或虽已完工但尚未办理竣工决算的工程的实际成本,在资产负债表资产方以"未完工基建支出"项目列示。本科目按照工程类别和工程项目设置明细科目。

事业单位购入不需要安装的固定资产,不通过本科目核算。

1. 自建工程

领用工程物资,借记"基建支出(××工程)",贷记"工程物资"科目;基建工程应负担的职工工资、水电费、运输费、试运费等,借记"基建支出(××工程)",贷记"银行存款"、"材料"等科目。

2. 出包工程

事业单位按规定预付承包单位工程价款,借记"基建支出(××工程)"科目,贷记"银行存款"等科目;工程完工收到承包单位账单,补付工程价款,借记"基建支出(××工程)"

科目,贷记"银行存款"科目。出包工程较多的事业单位,可增设"预付工程款"、"应付工程款"科目。

三、政府收支分类改革后事业单位会计核算的变化

2007 年的政府收支分类改革方案的主要内容包括收入分类、支出功能分类和支出经济分类。2006 年财政部颁布的《财政部关于政府收支分类改革后财政总预算会计预算外资金财政专户会计核算问题的通知》规定,财政总预算会计的收入明细账按照新的收入分类科目设置,支出按照新的功能分类科目设置明细账。按照 2006 年 5 月财政部颁布的《财政部关于政府收支分类改革后事业单位会计核算问题的通知》,事业单位的收入按照支出功能分类科目设置明细,事业单位的支出按照新的支出经济分类科目设置明细账。具体规定如下①:

1. 事业单位应在"财政补助收入"科目下设置"基本支出"和"项目支出"二级明细科目,并在二级明细科目下按照《2007 年政府收支分类科目》中"支出功能分类科目"的"项"级科目设置明细账,进行明细核算。

2. 事业单位应在"事业支出"科目下设置"基本支出"和"项目支出"二级明细科目,并在二级明细科目下按照《2007 年政府收支分类科目》中"支出经济分类科目"的"款"级科目设置明细账,进行明细核算。同时,事业单位应设置"财政拨款支出备查簿",逐笔登记每一项财政拨款支出的具体情况,并反映每个会计期末的财政拨款结余情况。

3. 执行《医院会计制度》、《测绘事业单位会计制度》、《高等学校会计制度》、《中小学校会计制度》、《科学事业单位会计制度》的事业单位,应按照上述方法做相应调整。

第二节　国库集中支付制度改革下的事业单位会计

一、资产的变化

实行财政国库管理制度改革试点后,事业单位仍执行现行的《事业单位会计制度》。根据财政国库管理制度改革的特点,在《事业单位会计制度》资产类增设"零余额账户用款额度"(会计总账科目)。

"零余额账户用款额度"科目属资产类会计科目,用于核算预算单位在财政下达授权支付额度内办理的授权支付业务。本科目借方,登记收到财政下达的授权支付额度;本科目贷方,登记授权支付的支出数。

1. 事业单位发生相关业务,办理财政授权支付时,会计分录为:

---

① 《财政部关于政府收支分类改革后事业单位会计核算问题的通知》财会〔2006〕10 号。

借:零余额账户用款额度

    贷:财政补助收入——财政授权支付

2. 事业单位从零余额账户支取使用时,会计分录为:

预算内:

借:事业支出、专款支出、材料等

    贷:零余额账户用款额度——预算内

预算外:

借:事业支出、专款支出、材料等

    贷:零余额账户用款额度——预算外

3. 事业单位从零余额账户提取现金和支用时,会计分录为:

预算内:

借:现金

    贷:零余额账户用款额度——预算内

借:事业支出、专款支出、材料等

    贷:现金

预算外:

借:现金

    贷:零余额账户用款额度——预算外

借:事业支出、专款支出、材料等

    贷:现金

【例1】 2005年7月,某事业单位发生支出3 000元,通过财政授权支付该项支出。

借:零余额账户用款额度   3 000

    贷:财政补助收入——财政授权支付   3 000

【例2】 续例1,该事业单位从预算单位分账户转账支用1 000元,根据相关凭证做如下会计分录:

借:事业支出   1 000

    贷:零余额账户用款额度   1 000

4. 资产类"银行存款"科目,核算内容改变为预算单位的自筹资金收入、以前年度结余和各项往来款项等。

二、收入的变化

(一)拨入经费

事业单位的支付通过财政直接支付和授权支付两种方式进行,所以在确认拨入经费时,事业单位的会计核算也发生了变化。如果采用直接支付方式,财政直接支付时确认经费的拨入;而采用授权支付方式的,则在财政核定授权额度、事业单位收到代理行发出到账通知书时,才确认经费的拨入。

（二）预算外资金收入

除了拨入经费与直接支付和授权支付有关外,预算外收入也可能与直接支付和授权支付有关。因为有些地方预算外资金也实行国库集中收付。在这些地方预算外资金收入的核算计入拨入经费,也可以在预算外收入下设"财政直接支付"和"财政授权支付"两个明细。

三、支出的变化

（一）财政直接支付

对财政直接支付的支出,事业单位根据财政国库支付执行机构委托代理银行开具的《财政直接支付入账通知书》及原始凭证(工资支出凭代发工资银行盖章转回的工资发放明细表)入账,会计分录为:

预算内:

借:事业支出、专款支出、材料等

贷:财政补助收入——财政直接支付

预算外:

借:事业支出、专款支出、材料等

贷:事业收入——财政直接支付

如果财政直接支付部分的支出构成新增固定资产的,应同时登记固定资产账,会计分录为:

借:固定资产

贷:固定基金

（二）财政授权支付

对财政授权支付,预算单位根据代理银行盖章的《财政授权支付额度到账通知书》与分月用款计划核对后记账,会计分录为:

预算内:

借:事业支出等

贷:零余额账户用款额度——预算内

预算外:

借:事业支出等

贷:零余额账户用款额度——预算外

第三节　政府采购制度改革下的事业单位会计

一、用财政直接拨付的资金支付政府采购款

如果政府采购是通过财政直接支付的,其会计核算与第十三章的核算方法一致,支付时同时确认拨入经费或预算外资金收入。

二、用预算外资金或自筹资金支付政府采购款

用预算外资金(不实行国库集中收付制度)和单位自筹资金进行政府采购,当资金划到政府采购资金专户时,借记"其他应收款——政府采购款",贷记"银行存款"。

【例3】　2005年11月某事业单位准备购置一台固定资产,经财政部门同意采取财政全额直接拨付方式支付政府采购资金。该事业单位根据政府采购合同等相关规定,将预算外资金15 000元划入政府采购资金专户。编制会计分录如下:

借:其他应收款——政府采购款　　　　　　　　　　　　　　15 000
　　贷:银行存款　　　　　　　　　　　　　　　　　　　　　　　15 000

【例4】　续例3,财政总预算会计已将财政预算资金20 000元连同预算外资金15 000元,通过政府采购资金专户划入供应商甲公司账户,事业单位收到财政部门开具的拨款通知书等相关凭证。编制会计分录如下:

借:事业支出　　　　　　　　　　　　　　　　　　　　　　　35 000
　　贷:其他应收款——政府采购款　　　　　　　　　　　　　15 000
　　　　财政补助收入　　　　　　　　　　　　　　　　　　　20 000

同时:

借:固定资产　　　　　　　　　　　　　　　　　　　　　　　35 000
　　贷:固定基金　　　　　　　　　　　　　　　　　　　　　　35 000

三、财政差额直接拨付方式下政府采购的核算

在财政差额直接拨付方式下,如果采购资金全部都是财政补助资金,则通过财政补助资金核算。如果采购资金含有预算外资金或单位自筹资金,则应先将这部分资金划入供应商账户,财政差额补助资金则在收到固定资产时,再做相应处理。

【例5】　续例4,将预算外资金15 000元划入供应商甲公司账户。

借:预付账款——甲公司　　　　　　　　　　　　　　　　　　15 000
　　贷:银行存款　　　　　　　　　　　　　　　　　　　　　　15 000

【例6】　续例5,财政部门已将预算资金20 000元,通过政府采购资金专户划入供应

商甲公司账户。该事业单位收到财政部门开具的拨款通知等凭证后做如下会计分录：

    借：事业支出　　　　　　　　　　　　　　　　　　20 000
      贷：财政补助收入　　　　　　　　　　　　　　　　　　20 000

【例7】 续例3、例4、例5、例6，该事业单位收到政府采购的固定资产。

    借：固定资产　　　　　　　　　　　　　　　　　　35 000
      贷：固定基金　　　　　　　　　　　　　　　　　　　35 000

同时：

    借：事业支出　　　　　　　　　　　　　　　　　　15 000
      贷：预付账款——甲公司　　　　　　　　　　　　　　15 000

采购过程中遇到了特殊情况，导致预计的采购资金增加，超出了财政部门和采购机关已划入政府采购资金专户的资金时，应按原定的采购资金比例进行负担。

年终，单位应将政府采购支出与本单位的经费支出合并向财政部门编报决算。

复习思考题

1. 部门预算改革下事业单位会计的"基建拨款"应该如何核算？

2. 国库集中支付制度改革下事业单位会计发生哪些变化？

第二十章　我国民间非营利组织会计

随着我国经济体制改革的不断深化,民间非营利组织的规模进一步扩大。民间非营利组织在社会救济、教育、养老保健、医疗服务等方面为政府分担了越来越多的职责,发挥了积极作用。

为了促进民间非营利组织的健康发展,我国财政部于 2004 年颁布、2005 年 1 月 1 日正式实施《民间非营利组织会计制度》。本章将结合民间非营利组织的特点,重点介绍民间非营利组织特有的会计要素、会计报表。

第一节　我国民间非营利组织会计概述

一、民间非营利组织的定义及其特征

民间非营利组织是指民间出资举办的,不以营利为目的的,从事教育、科技、文化、卫生、宗教等社会公益性活动的社会服务性组织。包括依照国家法律、行政法规登记的社会团体、基金会、民办非企业单位和寺院、宫观、清真寺、教堂等。

(一)民间非营利组织的构成

社会团体是指中国公民自愿组成,为实现会员公共意愿,按照其章程开展活动的非营利性社会组织,如中国会计学会、中国财政学会等。

基金会是指按照民间捐赠人的意愿设立的专门用于捐赠人指定的社会公益性用途的非营利性基金管理组织,如宋庆龄基金会。

民办非企业单位是指企业性质的事业单位、社会团体和其他社会力量以及公民个人利用非国有资产举办的,从事非营利性社会服务活动的社会组织。主要包括:从事科学、教育、文艺、卫生、体育等非企业单位,如民办诊所、民办学校、民办剧团、各类体育俱乐部、民办各类研究所等;从事各种社会救济的非企业单位,如民办孤儿院、养老院等;从事民间公证鉴定、法律服务、咨询服务等社会性质的社会中介组织,如商务咨询所、法律服务所等。

寺院、宫观、清真寺、教堂是由宗教信仰和热心宗教的公民在国家支持下兴办的,开展宗教活动的场所。主要包括佛教的寺院、道教的宫观、伊斯兰的清真寺和基督教的教堂

等。

民间非营利组织主要向社会提供精神产品和各种劳务，一般不会直接创造物质财富。但是社会的进步需要高质量的人才、高素质的劳动力和精神文明建设，而民间非营利组织则主要提供培养人才、提供相关服务，因此与企业、事业单位一样，是整个国民经济不可缺少的组成部分。

（二）民间非营利组织的特征

1. 不以营利为宗旨

民间非营利组织的资金和财产提供者通常不以赚取经济利益为目标，因此，非营利组织业务运作的目的也就不以营利为目的。民间非营利组织的业务收费标准必须经政府物价管理部门按照成本补偿原则审核批准，这一行为充分体现了这一特征。但是民间非营利组织同其他组织一样，在业务运作中始终把追求资金的使用效果作为财务管理的主要目标之一。

2. 资源提供者不取得经济回报

从民间非营利组织资金和财产的提供者创立组织的目的考察，他们并不期望按照出资额或财产比例获得经济利益。按照规定，民间非营利组织的收支结余不得向出资者分配，因此，他们不具备企业会计意义上的所有者权益。

3. 资源提供者不享有该组织的所有权

这一特征表现为《民间非营利组织会计制度》将与资产、负债相对应的会计要素定义为"净资产"，而非"所有者权益"。这是指任何单位或个人不因为出资而拥有民间非营利组织的所有权。民间非营利组织因故出售、转让、变卖或组织清算时，也不存在可以分享一份剩余资金或财产的明确的所有者。如果民间非营利组织进行清算，则清算后的剩余财产应按规定继续用于社会公益事业。

二、民间非营利组织会计的定义及对象

民间非营利组织会计，是以每个民间非营利组织为会计主体，以民间非营利组织的基本业务活动或其他业务活动为管理内容的一种专业会计，包括社团会计、基金会计和非企业单位会计等。民间非营利组织会计的对象为民间非营利组织会计核算、监督和规划的具体内容。

民间非营利组织主要是直接或间接为上层建筑、生产建设和人民生活提供服务的组织，一般不直接从事物质资料的生产，但是它所开展的各类活动是社会发展必不可少的。

三、民间非营利组织会计要素与核算体系

（一）会计要素

会计要素是对会计对象的基本分类，是构成会计报表的基本项目。《民间非营利组织

会计制度》将民间非营利组织会计核算和控制的项目分为五大类：资产、负债、净资产、收入和费用。

1. 资产

资产是指过去的交易或者事项形成并由民间非营利组织拥有或者控制的资源。该资源预期会给民间非营利组织带来经济利益或者服务潜力。资产根据流动性分为流动资产、长期投资、固定资产、无形资产和受托代理资产等。

2. 负债

负债是指过去的交易或者事项形成的现时义务，履行该义务预期会导致含有经济利益或者服务潜力的资源流出民间非营利组织。负债根据流动性分为流动负债、长期负债和受托代理负债等。

3. 净资产

民间非营利组织的净资产是指资产减去负债后的余额。净资产根据是否受到限制，分为限定性净资产和非限定性净资产等。

4. 收入

收入是指民间非营利组织开展业务活动取得的、导致本期净资产增加的经济利益或者服务潜力的流入。收入根据其来源分为捐赠收入、会费收入、提供服务收入、政府补助收入、投资收益、商品销售收入等主要业务活动收入和其他收入等。对于民间非营利组织接受的劳务捐赠，不予确认，但应当在会计报表附注中做相关披露。

5. 费用

费用是指民间非营利组织为开展业务活动所发生的、导致本期净资产减少的经济利益或者服务潜力的流出。费用按照其功能分为业务活动成本、管理费用、筹资费用和其他费用等。

（二）会计核算基础和会计原则

民间非营利组织的会计核算应当以权责发生制为基础。为了规范核算工作，应当遵循以下基本原则：

1. 真实性原则

会计核算应当以实际发生的交易或者事项为依据，如实反映民间非营利组织的财务状况、业务活动情况和现金流量等信息。

2. 相关性原则

会计核算所提供的信息应当能够满足会计信息使用者（如捐赠人、会员、监管者等）的需要。

3. 实质重于形式原则

会计核算应当按照交易或者事项的实质进行，而不应当仅仅将它们的法律形式作为其依据。

4. 一贯性原则

会计政策前后各期应当保持一致,不得随意变更。如有必要变更,应当在会计报表附注中披露变更的内容和理由、变更的累积影响数,以及累积影响数不能合理确定的理由等。

5. 可比性原则

会计核算应当按照规定的会计处理方法进行,会计信息应当口径一致、相互可比。

6. 及时性原则

会计核算应当及时进行,不得提前或延后。

7. 明晰性原则

会计核算和编制的财务会计报告应当清晰明了,便于理解和使用。

8. 配比性原则

在会计核算中,所发生的费用应当与其相关的收入相配比,同一会计期间内的各项收入和与其相关的费用,应当在该会计期间内确认。

9. 实际成本原则

资产在取得时应当按照实际成本计量,但本制度有特别规定的,按照特别规定的计量基础进行计量。其后,资产账面价值的调整,应当按照本制度的规定执行;除法律、行政法规和国家统一的会计制度另有规定外,民间非营利组织一律不得自行调整资产账面价值。

10. 谨慎性原则

会计核算应当遵循谨慎性原则。

11. 划分收益性支出与资本性支出原则

会计核算应当合理划分计入当期费用的支出和应当予以资本化的支出。

12. 重要性原则

会计核算应当遵循重要性原则,对资产、负债、净资产、收入、费用等有较大影响,并进而影响财务会计报告使用者据以做出合理判断的重要会计事项,必须按照规定的会计方法和程序进行处理,并在财务会计报告中予以充分披露;对于非重要的会计事项,在不影响会计信息真实性和不至于误导会计信息使用者做出正确判断的前提下,可适当简化处理。

(三)会计科目体系

会计科目体系可见表20—1。

顺序号	编号	名称	顺序号	编号	名称
		一、资产类			**二、负债类**
1	1001	现金	24	2101	短期借款
2	1002	银行存款	25	2201	应付票据
3	1003	其他货币资金	26	2202	应付账款
4	1101	短期投资	27	2203	预收账款
5	1102	短期投资跌价准备	28	2204	应付工资
6	1111	应收票据	29	2206	应交税金
7	1121	应收账款	30	2209	其他应付款
8	1131	坏账准备	31	2301	预提费用
9	1141	预付账款	32	2401	预计负债
10	1122	其他应收款	33	2501	长期借款
11	1201	存货	34	2502	长期应付款
12	1202	存货跌价准备	35	2601	受托代理负债
13	1301	待摊费用			**三、净资产类**
14	1401	长期股权投资	36	3101	非限定性净资产
15	1402	长期债权投资	37	3102	限定性净资产
16	1421	长期投资减值准备			**四、收入与费用类**
17	1501	固定资产	38	4101	捐赠收入
18	1502	累计折旧	39	4201	会费收入
19	1503	在建工程	40	4301	提供服务收入
20	1506	文物文化资产	41	4401	政府补助收入
21	1509	固定资产清理	42	4501	商品销售收入
22	1601	无形资产	43	4601	投资收益
23	1701	受托代理资产	44	4901	其他收入
			45	5101	业务活动成本
			46	5202	管理费用
			47	5301	筹资费用
			48	5401	其他费用

第二节　民间非营利组织会计的资产、负债和净资产

一、资产

(一)流动资产

流动资产是指预期可以在一年内(含一年)变现或者耗用的资产,包括现金、银行存款、短期投资、应收账款、应收票据、预付账款、存货和待摊费用等。

其中,货币性资产是指持有的现金及以固定的或可确定金额的货币收取的资产,包括现金、银行存款、应收账款、应收票据以及准备持有至到期的债券投资等。非货币性资产是指货币性资产以外的资产,包括存货、固定资产、无形资产、股权投资以及不准备持有至到期的债券投资等。民间非营利组织会计中流动资产的核算与管理基本与我国的企业会计中的流动资产一致。

1. 存货

存货是民间非营利组织在日常业务中持有的已备出售或捐赠的;为了出售或捐赠仍处在生产过程中的;将在生产、提供服务或日常管理过程中耗用的材料、物资、商品等,包括材料、库存商品、委托加工材料,以及达不到固定资产标准的工具、器具等。

民间非营利组织根据实际成本原则,存货采取按实际成本计价。其实际成本的构成如下:采购成本、加工成本、其他成本。其中,采购成本包括实际支付的采购价款、相关税费、运输费、装卸费、保险费以及可直接用于存货采购的费用。

与其他经营性企业不同的是,税务机关通常将民间非营利组织认定为"小规模纳税人",民间非营利组织购入存货时,不管是取得一般购货发票,还是增值税专用发票,都应当将增值税作为存货的实际成本。

为了反映和监督民间非营利组织的存货,设置"存货"科目。该科目的核算同事业单位的核算方法一致,详见第十六章。

2. 存货跌价准备

为了正确反映民间非营利组织存货跌价准备的提取情况,应设置"存货跌价准备"账户。该账户是"存货"的备抵账户,是资产类调整账户,贷方登记已计提的可变现净值低于成本的金额,借方登记存货跌价准备的转销金额。期末,余额一般在贷方,反映民间非营利组织已计提的存货跌价准备。

民间非营利组织应当定期或者至少于每年年度终了,对存货是否发生了减值进行检查。如果发生了减值,应当计提存货跌价准备。如果已计提跌价准备的存货价值在以后期间得以恢复,则应当在已计提跌价准备的范围内部分或全部转回已确认的跌价损失,冲减当期费用。

如果存货的期末可变现净值低于账面价值,按照可变现净值低于账面价值的差额,借记"管理费用——存货跌价损失"科目,贷记本科目。如果以前期间已计提跌价准备的存货价值在当期得以恢复,即存货的期末可变现净值高于账面价值,按照可变现净值高于账面价值的差额,在原已计提跌价准备的范围内,借记本科目,贷记"管理费用——存货跌价损失"科目。

（二）长期投资

长期投资是指民间非营利组织利用货币、实物、无形资产等方式向其他单位的投资。民间非营利组织进行长期投资的主要目的是：(1)为了积累大额资金以促进科技、教育、卫生、体育等资源的合理配置,提高资产的使用价值;(2)为了达到控制或影响被投资单位财务和决策的目的。

长期投资,按照投资性质分为权益性投资、债权性投资和混合性投资;按照投资目的,一般分为短期投资和长期投资;按投资形式,一般分为货币投资、实物投资、无形资产投资。

民间非营利组织长期投资的具体核算办法与《企业会计制度》中长期投资相关内容一致,在此不做详细解释。

（三）固定资产及累计折旧

固定资产,是指使用期限较长、单位价值较高,并且在使用过程中保持原有实物形态的资产,如房屋、建筑物、科研、教学、医疗器械和设备等。

固定资产应按其取得时的成本作为入账价值。取得时的成本包括买价、进口关税等税金、运输和保险等相关费用,以及为使固定资产达到预定可使用状态前所必要的支出。

非营利组织核算固定资产应设置"固定资产"、"累计折旧"、"固定资产清理"等科目。其具体核算方法与《企业会计制度》中固定资产的核算方法一致,在此不做详细介绍。

（四）无形资产

无形资产,是指民间非营利组织为开展业务活动、出租给他人或为管理目的而持有的、没有实物形态的非货币性长期资产,包括专利权、非专利技术、商标权、著作权、土地使用权等。

为了核算民间非营利组织的无形资产增减变动及结存情况,设置"无形资产"科目。该科目属于资产类科目,借方登记无形资产的增加,贷方登记无形资产的减少及摊销价值,期末借方余额反映民间非营利组织已入账但尚未摊销的无形资产的摊余价值。该科目按照无形资产类别设置明细账,进行明细核算。其具体核算同企业会计核算,在此不做详细解释。

（五）文物文化资产

文物文化资产,是指用于展览、教育或研究等目的的历史文物、艺术品以及其他具有文化或者历史价值并做长期或者永久保存的典藏等。

为了核算文物文化资产增减变动及结存情况,设置"文物文化资产"科目。该科目属于资产类科目,借方登记文物文化资产的增加额,贷方登记文物文化资产的减少额;期末借方余额反映期末文物文化资产的价值。其明细账按文物文化资产类别设置。

民间非营利组织应当设置文物文化资产登记簿和文物文化资产卡片,按文物文化资产类别等设置明细账,进行明细核算。

1. 文物文化资产取得时的核算

文物文化资产在取得时,应当按照取得时的实际成本入账。取得时的实际成本包括买价、包装费、运输费、缴纳的有关税金等相关费用,以及为使文物文化资产达到预定可使用状态前所必要的支出。具体如下:

(1)外购的文物文化资产,按照实际支付的买价、相关税费以及为使文物文化资产达到预定可使用状态前发生的可直接归属于该文物文化资产的其他支出(如运输费、安装费、装卸费等),借记本科目,贷记"银行存款"、"应付账款"等科目。

如果以一笔款项购入多项没有单独标价的文物文化资产,按照各项文物文化资产公允价值的比例对总成本进行分配,分别确定各项文物文化资产的入账价值。

(2)接受捐赠的文物文化资产,按照所确定的成本,借记本科目,贷记"捐赠收入"科目。

2. 出售文物文化资产的会计核算

文物文化资产毁损或者以其他方式处置文物文化资产时,按照所处置文物文化资产的账面余额,借记"固定资产清理"科目,贷记本科目。

3. 文物文化资产的管理

民间非营利组织对文物文化资产应当定期或者至少每年实地盘点一次。对盘盈、盘亏的文物文化资产,应当及时查明原因,并根据管理权限,报经批准后,在期末前结账处理完毕。如为文物文化资产盘盈,按照其公允价值,借记本科目,贷记"其他收入"科目。如为文物文化资产盘亏,按照固定资产账面余额扣除可以收回的保险赔偿和过失人的赔偿等后的金额,借记"管理费用"科目,按照可以收回的保险赔偿和过失人赔偿等,借记"现金"、"银行存款"、"其他应收款"等科目,按照文物文化资产的账面余额,贷记本科目。

(六)受托代理资产

受托代理资产是指民间非营利组织因从事受托代理交易而从委托方取得的资产。在受托代理交易过程中,民间非营利组织通常只是从委托方收到受托资产,并按照委托人的意愿将资产转赠给指定的其他组织或个人,或者按照有关规定将资产转交给指定的其他组织或者个人,民间非营利组织本身不拥有受托资产的所有权和使用权,它只是在交易过程中起中介作用。

受托代理资产的确认和计量原则依照民间非营利组织接受捐赠资产的确认和计量原则。必须明确的是,当民间非营利组织在确认一项受托代理资产时,应当同时确认一项受托代理负债。

为了核算民间非营利组织接受委托方从事委托代理业务而收到的资产,设置"受托代理资产"账户。该账户属于资产类账户,借方登记受托代理资产的增加,贷方登记受托代理资产的减少,期末余额在借方,反映民间非营利组织尚未转出的受托代理资产价值。

民间非营利组织应当设置"受托代理资产登记簿",并根据具体情况设置明细账,进行明细核算。

1. 收到受托代理资产时,按照应确认的入账金额,借记本科目,贷记"受托代理负债"科目。

2. 转赠或者转出受托代理资产,按照转出受托代理资产的账面余额,借记"受托代理负债"科目,贷记本科目。

3. 民间非营利组织收到的受托代理资产如果为现金、银行存款或其他货币资金,可以不通过本科目核算,而在"现金"、"银行存款"、"其他货币资金"科目下设置"受托代理资产"明细科目进行核算。即在取得这些受托代理资产时,借记"现金——受托代理资产"、"银行存款——受托代理资产"、"其他货币资金——受托代理资产"科目,贷记"受托代理负债"科目;在转赠或者转出受托代理资产时,借记"受托代理负债"科目,贷记"现金——受托代理资产"、"银行存款——受托代理资产"、"其他货币资金——受托代理资产"科目。

【例1】 某民间非营利组织收到海外校友基金会货币捐赠 1 000 000 元,准备用于建立一专项科研资助基金。该组织根据有关凭证,编制如下会计分录:

借:银行存款——受托代理资产　　　　　　　　　　　　1 000 000
　　贷:受托代理负债　　　　　　　　　　　　　　　　　　　1 000 000

转出受托代理资产时,编制如下会计分录:

借:受托代理负债　　　　　　　　　　　　　　　　　　1 000 000
　　贷:银行存款——受托代理资产　　　　　　　　　　　　　1 000 000

二、负债

(一)流动负债

我国民间非营利组织会计的流动负债包括短期借款、应付款项、应付工资、应交税金、预收账款、预提费用和预计负债等。

上述科目的具体核算与《企业会计制度》中的相关规定一致,在此不做详细介绍。

(二)长期负债

民间非营利组织的长期负债通常包括以下三类:

(1)长期借款,是指民间非营利组织向银行或其他金融机构等借入的期限在一年以上(不含一年)的各种借款。

(2)长期应付款,主要是指民间非营利组织融资租入固定资产发生的应付租赁费。

（3）其他长期负债,是指除长期借款和长期应付款以外的长期负债。

我国《民间非营利组织会计制度》规定,借款费用可予以资本化的资产范围仅限于固定资产,只有发生在规定资产购建过程中的借款费用,才能在符合条件的情况下予以资本化。而发生在其他资产(如存货、无形资产)的购建或制造过程中的借款费用,则不能予以资本化。这里的固定资产,不仅包括民间非营利组织自己购建的固定资产,也包括委托其他单位建造的固定资产。

（三）受托代理负债

受托代理负债,是指民间非营利组织因从事委托代理交易、接受受托代理资产而产生的负债,如民间非营利组织因需要按照委托人的意愿转赠或者转交资产而产生的义务等。

为了核算和监督民间非营利组织因接受受托代理资产的同时所形成的债务,应设置"受托代理负债"账户,该账户属于负债类结算账户,贷方登记受托代理负债的增加额,借方登记受托代理负债的减少额,期末受托代理负债应当按照相对应的受托代理资产的金额予以确认和计量。期末贷方余额,反映民间非营利组织尚未清偿的受托代理负债。

本科目应当按照指定的受赠组织或个人,或者指定的应转交的组织或个人设置明细账,进行明细核算。

收到受托代理资产,按照应确认的入账金额,借记"受托代理资产"科目,贷记本科目。转赠或者转出受托代资产,按照转出受托代理资产的账面余额,借记本科目,贷记"受托代理资产"科目。

【例2】 某民间非营利组织收到海外华侨捐赠物资一批,用于帮助贫困家庭入学儿童,价值 20 000 元。根据捐赠协议,已将物资转赠到西南某省当地扶贫组织。根据有关凭证,编制如下会计分录:

（1）收到受托代理资产

 借:受托代理资产   20 000

   贷:受托代理负债   20 000

（2）转赠受托代理资产

 借:受托代理负债   20 000

   贷:受托代理资产   20 000

三、净资产

由于民间非营利组织的开办人不具有投资回报的要求权,即民间非营利组织没有明确的所有者,相应地也没有针对出资者的分配,因此,其净资产主要来源于社会捐赠、会费收入、政府补助、组织运转结余等不需要偿还的资金。从法律上讲,民间非营利组织的净资产归属于社会,任何人不能分割民间非营利组织的净资产。

为了恰当核算民间非营利组织来自不同资金来源的净资产,一般按其使用是否受到限制,分为限定性资产和非限定性资产。

（一）限定性净资产

1. 限定性净资产的概念

如果资产或者资产所产生的经济利益(如资产的投资收益和利息等)的使用受到资产提供者或者国家有关法律、行政法规所设置的时间限制或用途限制,则由此形成的净资产就是限定性资产。国家有关法律、行政法规对净资产的使用直接设置限制的,该受限制的净资产也是限定性净资产。

2. 限定性净资产的管理

(1)时间限制,是指资产提供者或者国家有关法律、行政法规要求民间非营利组织在收到资产后的特定时期之内或特定日期之后使用该项资产,或者对资产的使用设置了永久限制。

(2)用途限制,是指资产提供者或者国家有关法律、行政法规要求民间非营利组织将收到的资产用于某一特定的用途。例如,接受捐赠的赈灾物资只能用于赈灾。

(3)时间限制和用途限制两者兼具。有些捐赠者要求将其捐赠的资产必须在某一特定期间用于某一特定用途。如某捐赠人在 2005 年向某民办非营利小学捐赠了 30 000元,但要求该小学在 2007 年之后将该笔捐款用于该校招收的孤儿的教育,则该笔捐款既有时间限制又有用途限制。

具有时间或用途限制的净资产具有如下特点:在经过规定的时间之后,或者民间非营利组织依从条件实施一定的行为之后,资源提供者所设置的限制条件或要求就可以得到满足,且非营利组织可以支配该资产或该资产所产生的经济利益。如果限定性净资产的限制已经解除,应当对净资产重新进行分类,将限定性净资产转为非限定性净资产。

关于民间非营利组织限定性资产,除上述内容外,还应注意以下几个方面:

第一,净资产的限定性一般不会产生负债。民间非营利组织接受附加限制条件的资产,主要目的是强调受托经济责任,不会增加负债。

第二,各种限定性净资产,只有国家法律或资源提供者明确规定某些资产的使用限制,而民间非营利组织的董事会、理事会或类似机构对净资产的使用所做的限定性决策、决议或者拨款限制等,属于民间非营利组织内部管理上对资产使用所做的限制,它不属于《民间非营利组织会计制度》所界定的限定性净资产。

第三,限定性净资产所限定的是净资产的金额,不是某一特定资产。一般情况下,民间非营利组织可以将受限定的捐赠资产和其他资产混合使用,并且允许接受捐赠的非营利组织为取得其他适当的资产而出售或交换捐赠资产,只要捐赠资产的经济利益的消耗没有违反限制性条件即可。

3. 限定性净资产的核算

为了核算民间非营利组织的限定性资产,设置"限定性资产"科目。该科目属于净资产类科目,其贷方登记期末将限定性收入转入数,借方登记将限定性资产转为非限定性净资产的数额,期末贷方余额反映民间非营利组织历年结存的限定性净资产。民间非营利组织应当在期末将当期限定性收入的实际发生额转为限定性净资产。

期末,将各收入类科目所属"限定性收入"明细科目的余额转入本科目,借记"捐赠收入——限定性收入"、"政府补助收入——限定性收入"等科目,贷记本科目。如果限定性净资产的限制已经解除,应当对净资产进行重新分类,将限定性净资产转为非限定性净资产,借记本科目,贷记"非限定性净资产"科目。

如果资产提供者或者国家有关法律、行政法规要求民间非营利组织在特定时期之内或特定日期之后将限定性净资产或者相关资产用于特定用途,该限定性净资产应当在相应期间之内或相应日期之后按照实际使用的相关资产金额或者实际发生的相关费用金额转为非限定性净资产。

如果因调整以前期间收入、费用项目而涉及调整限定性净资产的,应当就需要调整的金额,借记或贷记有关科目,贷记或借记本科目。

（二）非限定性净资产

1. 非限定性净资产的概念

非限定性资产,是指资产提供者对所提供资产或者资产经济利益的使用和处置未提出任何限制条件而形成的净资产,即除了限定性净资产以外的其他净资产。它是民间非营利组织报告期内净资产总额减去该期内限定性净资产后的余额。包括开办人投入的资金和历年滚存的非限定性收入扣除相关费用后的结余形成的净资产。

2. 非限定性净资产的管理

民间非营利组织可以自主调配使用非限定性净资产。其一般来源于非营利组织提供服务的收入、销售商品的收入、向会员收取的会费收入以及对外投资收到的股利和利息,扣除为取得上述收入而发生的费用后的资金净流入。

3. 非限定性净资产的具体核算

为了反映和监督非限定性净资产的增减变动情况,民间非营利组织设置"非限定性净资产"账户。该账户为净资产类账户,其贷方登记期末从各收入类账户所属的"非限定性收入"明细账户转来的当期实际发生额以及当限定性资产的限制解除时从"限定性资产"账户的借方转入的数额,借方登记从各费用类账户转入的当期实际发生额,期末贷方余额反映民间非营利组织历年积存的非限定性净资产。民间非营利组织应当在期末将当期非限定性收入的实际发生额、当期费用的实际发生额以及当期由限定性净资产转为非限定性净资产的金额转入非限定性净资产。

期末,将各收入类科目所属"非限定性收入"明细科目的余额转入本科目,借记"捐赠收入——非限定性收入"、"会费收入——非限定性收入"、"提供服务收入——非限定性收入"、"政府补助收入——非限定性收入"、"商品销售收入——非限定性收入"、"投资收益——非限定性收入"、"其他收入——非限定性收入"科目,贷记本科目。同时,将各费用类科目的余额转入本科目,借记本科目,贷记"业务活动成本"、"管理费用"、"筹资费用"、"其他费用"科目。

如果限定性净资产的限制已经解除,应当对净资产进行重新分类,将限定性净资产转为非限定性净资产,借记"限定性净资产"科目,贷记本科目。

如果因调整以前期间收入、费用项目而涉及调整非限定性净资产的,应当就需要调整的金额,借记或贷记有关科目,贷记或借记本科目。

第三节　民间非营利组织会计的收入和费用

一、收入

(一)收入的概念

收入是指民间非营利组织开展业务活动取得的、导致本期净资产增加的经济利益或服务潜力的流入,包括捐赠收入、会费收入、政府补助收入、投资收益、商品销售收入等主要业务收入和其他收入。

民间非营利组织的非营利性以及主要从事领域的业务活动性质,决定了它的收入具有以下特点:

1. 收入表现为民间非营利组织资产的增加,也可能表现为其负债的减少,或者两者兼而有之。这里仅指收入导致的净资产的增加,而不包括收入扣除成本费用后的差额对净资产的影响。

2. 收入只包括民间非营利组织经济利益或者服务潜力的流入,不包括为第三方或客户代收的款项,如捐赠方指定收益人而通过本民间非营利组织代收、代转的捐赠款项等。代收的款项,一方面增加民间非营利组织的受托代理资产,另一方面增加民间非营利组织的受托代理负债,没有增加民间非营利组织的净资产,也不属于民间非营利组织的经济利益或者服务潜力的流入,因此不能作为民间非营利组织的收入。

3. 作为民间非营利组织会计上的收入,与企业会计上的收入相比,具有一个结构性特点,即企业会计上的收入只包括正常营业活动中产生的主营业务收入、其他业务收入、投资收益、补贴收入等,不包括处置长期资产净收益等营业外收入。而民间非营利组织会计上的收入则包括民间非营利组织开展业务活动中收取的各种收入,既包括捐赠收入、会费收入、政府补助收入、投资收益、商品销售收入等主要业务收入,还包括民间非营利组织因处置长期资产取得的净收益等其他收入。

4. 民间非营利组织的收入区分为限定性收入和非限定性收入。这与资产的限定相对应。如果资金提供者对资产的使用规定了限定性条件,则所确认的相关收入属于限定性收入。

(二)收入的构成

民间非营利组织的收入,按照收入的来源分为主要业务收入和其他业务收入。其中,主要业务收入包括以下收入项目:

1. 捐赠收入,是指民间非营利组织接受其他单位或者个人捐赠所取得的收入。需要指出的是,民间非营利组织接受的劳务捐赠,会计上不予确认,但应在会计报表附注中做相关披露。

2. 会费收入,是指民间非营利组织根据章程等的规定向会员收取的会费。

3. 提供服务收入,是指民间非营利组织根据章程等的规定向其服务对象提供服务取得的收入,包括学费收入、医疗费收入、培训收入等。

4. 政府补助收入,是指民间非营利组织接受政府拨款或者政府机构给予的补助而取得的收入。

5. 商品销售收入,是指民间非营利组织销售商品(如出版物、药物等)所形成的收入。

6. 投资收益,是指民间非营利组织因对外投资取得的投资净收益。

7. 其他主要业务收入,是指除上述主要业务活动收入以外的其他收入。

上述七类收入,根据资金提供者是否从时间或用途上设定一定的限制而分为限定性收入和非限定性收入。其中,服务收入、投资收益、商品销售收入等三类一般属于非限定性收入,但是在一些特定情况下,收入的提供者设定时间限制或(和)用途限制,则必须将限定性收入和非限定性收入分别核算。

其他收入,是指民间非营利组织在主要业务活动收入以外的其他方面取得的收入,如固定资产处置净收入、无形资产处置净收入、无法支付的应付款项、资产出租收入等。其他收入一般属于非限定性收入,如果被投资者单位或者个人对所分配的股利或者利息的使用设置了时间限制或(和)用途限制,则应按限定性收入单独核算。

(三)收入的核算

民间非营利组织会计的非交换交易收入主要包括捐赠收入和政府补助收入,两项收入的核算方法同事业单位的基本核算方法(参见事业单位收入与支出的核算)。其他交易交换收入的核算如下。

1. 商品销售收入

为了核算和监督民间非营组织销售商品(如出版物、药品)等所形成的收入,设置"商品销售收入",商品销售收入一般属于非限定性收入。该科目属于收入费用类科目,其贷方登记实现的商品销售收入,借方登记销售退回、销售折扣与折让抵减的商品销售收入以及月末结转计入本期业务成果的净收入,月末结转后无余额。本科目应当按照商品的种类设置明细账,进行明细核算。

一般情况下,民间非营利组织的提供服务收入为非限定性收入,除非相关资产提供者对资产的使用设置了限制。民间非营利组织应当在满足规定的收入确认条件时确认商品销售收入。具体核算方法与企业会计制度一致,在此不做详细解释。

2. 会费收入

为了核算民间非营利组织根据章程等的规定向会员收取的会费收入,设置"会费收入"账户,该账户属于收入费用类账户,借方登记结转为本年净资产的收入额,贷方登记本期实现的收入额,期末结转后,本科目应无余额。本科目按照是否存在限定性收入和非限定性收入设置明细账户,进行明细核算。

一般情况下,民间非营利组织的会费收入为非限定性收入,除非相关资产提供者对资产的使用设置了限制。民间非营利组织应当在满足规定的收入确认条件时确认会费收入。

向会员收取会费,在满足收入确认条件时,借记"现金"、"银行存款"、"应收账款"等科目,贷记本科目"非限定性收入"明细科目。如果存在限定性会费收入,应当贷记本科目"限定性收入"明细科目。

期末,将本科目的余额转入非限定性净资产,借记本科目"非限定性收入"明细科目,贷记"非限定性净资产"科目。如果存在限定性会费收入,则将其金额转入限定性净资产,借记本科目"限定性收入"明细科目,贷记"限定性净资产"科目。

3. 提供服务收入

提供服务收入是指民间非营利组织根据章程等规定向其服务对象提供服务取得的收入,包括学杂费收入、医疗费收入、培训收入等。提供服务收入主要发生在各类民办非企业单位,也可以发生在其他类型的民间非营利组织。

为了核算民间非营利组织提供服务收入,设置"提供服务收入"账户。该账户属于收入费用类账户,贷方登记实现的服务收入,借方登记期末将提供服务收入转入非限定性(或限定性)净资产的数额,结转后期末无余额。本科目应当按照提供服务的种类设置明细账,进行明细核算。

一般情况下,民间非营利组织的提供服务收入为非限定性收入,除非相关资产提供者对资产的使用设置了限制。民间非营利组织应当在满足规定的收入确认条件时确认提供服务收入。

提供服务取得收入时,按照实际收到或应当收取的价款,借记"现金"、"银行存款"、"应收账款"等科目,按照应当确认的提供服务收入金额,贷记本科目,按照预收的价款,贷记"预收账款"科目。在以后期间确认提供服务收入时,借记"预收账款"科目,贷记本科目"非限定性收入"明细科目。如果存在限定性提供服务收入,应当贷记本科目"限定性收入"明细科目。

期末,将本科目的余额转入非限定性净资产,借记本科目"非限定性收入"明细科目,贷记"非限定性净资产"科目。如果存在限定性提供服务收入,则将其金额转入限定性净资产,借记本科目"限定性收入"明细科目,贷记"限定性净资产"科目。

4. 投资收益

民间非营利组织的投资收益主要包括:债权投资的利息收益,如国库券利息、民间非营利组织债券利息等;股权投资,如股利收入。

为了核算和监督民间非营利组织对外投资取得的投资净损益,设置"投资收益"账户。该账户属于收入费用类账户,其贷方登记对外投资所取得的收益,借方登记对外投资发生的损失,期末结转后,本科目应无余额。

一般情况下,民间非营利组织的投资收益为非限定性收入,除非相关资产提供者对资产的使用设置了限制。民间非营利组织因进行短期投资、长期股权投资、长期债权投资而取得的投资收益的日常核算与《企业会计制度》基本相同,在此不做详细解释。

期末,将本科目的余额转入非限定性净资产,借记本科目,贷记"非限定性净资产"科目。如果存在限定性投资收益,则将其金额转入限定性净资产,借记本科目,贷记"限定性净资产"科目。

5. 其他收入

为了监督和核算民间非营利组织除捐赠收入、会费收入、提供服务收入、商品销售收入、政府补助收入、投资收益等主要业务活动收入以外的其他收入,如确实无法支付的应付款项、存货盘盈、固定资产盘盈、固定资产处置净收入、无形资产处置净收入等,设置"其他收入"账户。该账户属于收入费用类账户,贷方登记本期实现的其他收入额,借方登记期末结转本年净资产的其他收入额。平时余额在贷方,反映民间非营利组织当期实现其他收入的累计金额,期末结转后,本科目应无余额。本科目应当按照其他收入种类设置明细账,进行明细核算。

一般情况下,民间非营利组织的其他收入为非限定性收入,除非相关资产提供者对资产的使用设置了限制。

现金、存货、固定资产等盘盈的,根据管理权限报经批准后,借记"现金"、"存货"、"固定资产"、"文物文化资产"等科目,贷记本科目"非限定性收入"明细科目。如果存在限定性其他收入,应当贷记本科目"限定性收入"明细科目。

对于固定资产处置净收入,借记"固定资产清理"科目,贷记本科目。对于无形资产处置净收入,按照实际取得的价款,借记"银行存款"等科目;按照该项无形资产的账面余额,贷记"无形资产"科目;按照其差额,贷记本科目。

确认无法支付的应付款项,借记"应付账款"等科目,贷记本科目。在非货币性交易中收到补价情况下应确认的损益,借记有关科目,贷记"其他收入"科目。

期末,将本科目的余额转入非限定性净资产,借记本科目,贷记"非限定性净资产"科目。如果存在限定性的其他收入,则将其金额转入限定性净资产,借记本科目,贷记"限定性净资产"科目。

二、费用

(一)费用的概念

民间非营利组织在业务经营过程中,必然要发生各种耗费,包括人工或劳动的耗费、机器设备等劳动手段的耗费,以及原材料等劳动对象的耗费。《民间非营利组织会计制度》规定,费用是指民间非营利组织为开展业务活动所发生的导致本期净资产减少的经济利益或者服务潜力的流出,不包括为第三方或客户垫付的款项。

民间非营利组织的费用根据其功能主要分为业务活动成本、管理费用、筹资费用和其他费用等。其中,成本是对象化了的费用,是民间非营利组织为提供服务和产品而发生的各种耗费。

(二)费用的分类

根据会计核算的需要,按照费用性质主要分为以下几类:

1. 业务活动成本

它是指民间非营利组织为了实现其业务活动目标、开展其项目活动或者提供服务所发生的费用,如基金会发生的项目支出,民办学校发生的教学支出、科研成本,社会团体的项目服务费、会员服务费、产品销售成本等。

2. 管理费用

它是指民间非营利组织为组织和管理其业务活动所发生的各项费用,包括民间非营利组织董事会(或者理事会等其他类似权力机构)经费和行政管理人员的工资、奖金、福利费、住房公积金、住房补贴、社会保障费、离退休人员工资与补助,以及办公费、水电费、租赁费、无形资产摊销、资产盘亏损失、资产减值损失、因预计负债所产生的损失、聘请中介机构费和应偿还的受赠资产等。其中,福利费应当依法根据民间非营利组织的管理权限,按照董事会、理事会或类似权力机构等的规定据实列支。

3. 筹资费用

筹资费用是指民间非营利组织为筹集业务活动所需资金而发生的费用,包括民间非营利组织为了获得捐赠资产而发生的费用,以及应当计入当期费用的借款费用、汇兑损失(减汇兑损益)等。民间非营利组织为了获得捐赠资产而发生的费用包括举办募款活动费,准备、印刷和发放募款宣传资料费,以及其他与募款或者争取捐赠资产有关的费用。

4. 其他费用

它是指民间非营利组织发生的、无法归属到上述业务活动成本、管理费用或者筹资费用中的费用,包括固定资产处置净资产、无形资产处置净损失等。

(三)费用的核算

1. 业务活动成本

为了核算和监督民间非营利组织业务活动中的服务和产品成本、税费的发生和结转情况,设置"业务活动成本"账户。该账户属于费用类累计账户,借方登记并累计当期发生的支出金额,贷方登记当期冲减的支出金额和本期结转到非限定性资产中的业务活动成本。平时余额在借方,反映民间非营利组织当期累计发生的业务活动成本,期末结转非限定性净资产后该账户应无余额。

如果民间非营利组织从事的项目、提供的服务或者开展的业务比较单一,可以将相关费用全部归集在"业务活动成本"项目下进行核算和列报;如果民间非营利组织从事的项目、提供的服务或者开展的业务种类较多,民间非营利组织应当在"业务活动成本"项目下分别项目、服务或者业务大类进行核算和列报。

民间非营利组织发生的业务活动成本,应当按照其发生额计入当期费用。发生的业务活动成本,借记本科目,贷记"现金"、"银行存款"、"存货"、"应付账款"等科目。期末,将本科目的余额转入非限定性净资产,借记"非限定性净资产"科目,贷记本科目。

2. 管理费用

本科目核算民间非营利组织为组织和管理其业务活动所发生的各项费用,包括民间非营利组织董事会(或者理事会或者类似权力机构)经费和行政管理人员的工资、奖金、津贴、福利费、住房公积金、住房补贴、社会保障费、离退休人员工资与补助,以及办公费、水电费、邮电费、物业管理费、差旅费、折旧费、修理费、无形资产摊销费、存货盘亏损失、资产减值损失、因预计负债所产生的损失、聘请中介机构费和应偿还的受赠资产等。民间非营利组织发生的管理费用应当在发生时按其发生额计入当期费用。关于管理费用的具体账务处理参见《企业会计制度》。

3. 筹资费用

民间非营利组织的筹资费用是指民间非营利组织为了筹资业务活动所需资产而发生的费用,主要包括募捐费用、借款费用和汇兑损失。筹资费用应当按照实际发生时的发生额入账。

民间非营利组织为了获得捐赠资产而发生的费用包括举办募款活动费,准备、印刷和发放募款宣传资料费,以及其他与募款或者争取捐赠有关的费用。

"筹资费用"账户属于费用类累计账户,借方登记发生的筹资费用,贷方登记冲减或结转的筹资费用,平时余额在借方,反映民间非营利组织当期累计发生的筹资费用,如为贷方余额,反映民间非营利组织当期累计发生的存款利息或汇兑收益。期末结转后该账户无余额。本科目应当按照筹资费用种类设置明细账,进行明细核算。

发生的筹资费用,借记本科目,贷记"预提费用"、"银行存款"、"长期借款"等科目。发生的应冲减筹资费用的利息收入、汇兑收益,借记"银行存款"、"长期借款"等科目,贷记本科目。期末,将本科目的余额转入非限定性净资产,借记"非限定性净资产"科目,贷记本科目。

4. 其他费用

为了核算和监督民间非营利组织的其他费用,应设置"其他费用"账户。该账户属于费用类累计账户,借方登记本期发生的各种其他费用,贷方登记本期冲减或期末结转的其他费用。平时余额在借方,反映本期累计发生的其他费用,期末结转后该账户无余额。本科目应当按照费用种类设置明细账,进行明细核算。民间非营利组织发生的其他费用,应当在发生时按其发生额计入当期费用。

发生的固定资产处置净损失,借记本科目,贷记"固定资产清理"科目。发生的无形资产处置净损失,按照实际取得的价款,借记"银行存款"等科目;按照该项无形资产的账面余额,贷记"无形资产"科目;按照其差额,借记本科目。期末,将本科目的余额转入非限定性净资产,借记"非限定性净资产"科目,贷记本科目。

第四节 民间非营利组织会计的财务会计报告

一、财务会计报告的概念和分类

财务会计报告是反映民间非营利组织财务状况、业务活动情况和现金流量等的书面文件。主要包括会计报表、会计报表附注和财务状况说明书。

会计报表主要包括:资产负债表、业务活动表、现金流量表等三种主表及各种附表。

根据不同的标准,财务会计报告可作如下分类:

1. 静态会计报表和动态会计报表

会计报表按照所反映的资金运动状态可分为静态报表和动态报表。资产负债表反映一定日期民间非营利组织资产总额、资产的构成和来源渠道,即从资产总量反映非营利组织财务状况,属于静态报表。而业务活动表和净资产变动表主要反映一定时期内资金耗费和资金收回的报表,属于动态会计报表。

2. 按报送期限分为年度会计报表和中期会计报表

中期会计报表是指以短于一个完整的会计年度的期间(如半年度、季度和月度)编制的财务会计报告。《中华人民共和国会计法》规定,会计年度自公历1月1日起至12月31日止。少于一年时期提供的会计报告属于中期会计报告。国家会计制度规定,月度和季度财务会计报告通常仅指会计报表。

3. 按照会计报告包括的范围分为个别和合并财务会计报告

个别会计报表是指以民间非营利组织自身作为会计主体的财务会计报告。

合并财务会计报告是指民间非营利组织对外投资,当其投资总额占被投资单位的资本总额的50%以上(不含50%),或者虽然占该单位资本总额不足50%但具有实质上的控制权的,将被投资单位与本民间非营利组织视为一个大的会计主体,以被投资单位和本民间非营利组织的个别财务会计报告为依据,按合并规则编制的会计报告。

4. 按照报送范围分为对外会计报告和对内会计报告

对外报告，是指民间非营利组织向外部各单位报送的，供政府部门、其他民间非营利组织和个人使用的会计报表。对外报告的内容、种类和格式，会计报表附注应予披露的主要内容，由《民间非营利组织会计制度》规定（见表20－2）。

表 20－2   对外会计报表

编号	报表名称	编制期
会民非 01 表	资产负债表	中期报告、年度报告
会民非 02 表	业务活动表	中期报告、年度报告
会民非 03 表	现金流量表	年度报告

对内报告是指向民间非营利组织为了内部经营管理的需要而向内部各管理部门提供的、不对外公开的会计报告。民间非营利组织内部会计报告的种类及格式由其自行规定。

二、会计报表的主要内容

（一）资产负债表

资产负债表是反映民间非营利组织某一会计期间期末全部资产、负债和净资产情况的报表。资产负债表根据"资产＝负债＋所有者权益"的会计等式，按照一定的分类标准和一定的顺序，把民间非营利组织一定日期的资产、负债和净资产项目予以适当排列。资产负债表表明民间非营利组织在特定日期所拥有或控制的资产、所承担的债务以及净资产的存量，属于静态报表。

资产负债表通常包括表头和基本内容两部分。其中，表头主要包括资产负债表的名称、编制单位、编制日期和金额单位；基本内容主要包括各项资产、负债和净资产各项目的年初数和期末数，并且按照账户设计资产负债表，即报表分为左方和右方，资产项目在左边，负债及净资产项目在右边。左方资产各项目合计等于负债和净资产各项目的合计。基本格式见表20－3。

资产负债表

编制单位：　　　　　　　　　　　年　月　日　　　　　　　　　　　单位：元

资产	行次	年初数	期末数	负债和净资产	行次	年初数	期末数
流动资产：				流动负债：			
货币资金				短期借款			
短期投资				应付款项			
应收款项				应付工资			
预付账款				应交税金			
存　货				预收账款			
待摊费用				预提费用			
				预计负债			
一年内到期的长期债权投资				一年内到期的长期负债			
其他流动资产				其他流动负债			
流动资产合计				流动负债合计			
长期投资：				长期负债：			
长期股权投资				长期借款			
长期债权投资				长期应付款			
长期投资合计				其他长期负债			
固定资产：				长期负债合计			
固定资产原价							
减：累计折旧				受托代理负债			
在建工程				负债合计			
文物文化资产							
固定资产清理							
固定资产合计							
				净资产：			
无形资产：				非限定性净资产			
无形资产				限定性净资产			
受托代理资产：				净资产合计			
受托代理资产							
资产总计				负债和净资产总计			

(二)业务活动表

业务活动表是反映民间非营利组织在某一会计期间内开展业务活动实际情况的报表。业务活动表是民间非营利组织主要报表之一,通过业务活动表能够判断民间非营利组织的业务活动成果,评价业绩。业务活动表的主要内容如下:

(1)构成收入的各项要素,包括捐赠收入、会费收入、提供服务收入、商品销售收入、投资收益和其他收入。其中,各种收入又分限定性收入和非限定性收入列示。

(2)构成费用的各项要素,包括业务活动成本、管理费用、筹资费用和其他费用。

(3)限定性净资产转为非限定性净资产的金额。

(4)上述收入减去费用,得到本期净资产的变动额。

业务活动表的结构有多步式和单步式两种,我国非营利组织的业务活动采用单步式结构,见表20—4。其结构设计是根据收入减去费用对净资产产生影响这一原理形成的,基本内容包括"项目"栏和"金额"栏两部分。

表20—4 业务活动表

会民非02表

编制单位: 年 月 单位:元

项 目	行次	本月数			本年数		
		非限定性	限定性	合计	非限定性	限定性	合计
一、收入							
其中:捐赠收入							
会费收入							
提供服务收入							
商品销售收入							
政府补助收入							
投资收益							
其他收入							
收入合计							
二、费用							
(一)业务活动成本							
其中:项目成本							

项　目	行次	本月数			本年数		
		非限定性	限定性	合计	非限定性	限定性	合计
服务成本							
商品销售成本							
（二）管理费用							
（三）筹资费用							
（四）其他费用							
费用合计							
三、限定性净资产转为非限定性净资产							
四、净资产变动额（若为减少额，则以"—"填列）							

（三）现金流量表

现金流量表是反映民间非营利组织在某一会计期间内现金和现金等价物的流入和流出信息的报表。它是民间非营利组织对外报送的三种主报表之一，该报表属于年度报告。

现金流量表中的现金，是指民间非营利组织的库存现金以及可以随时用于支付的存款（包括现金、可以随时用于支付的银行存款和其他货币资金）、现金等价物［是指民间非营利组织持有的期限短、流动性强、易于转换为已知金额现金、价值变动风险很小的投资（除特别指明外，以下所指的现金均包含现金等价物）］。

民间非营利组织应当根据实际情况确定现金等价物的范围，并且一贯性地保持其划分标准，如果改变划分标准，应当视为会计政策变更。民间非营利组织确定现金等价物的原则及其变更，应当在会计报表附注中披露。

现金流量表应当按照业务活动产生的现金流量、投资活动产生的现金流量和筹资活动产生的现金流量分别反映。现金流量表所指的现金流量，是指现金的流入和流出。本表运用现金的流入和流出反映民间非营利组织某一会计期间内在现金基础上的财务状况变动情况，并且能够说明民间非营利组织的偿债能力和支付股利能力，以及未来获取现金的能力等。

民间非营利组织应当采用直接法编制业务活动产生的现金流量。采用直接法编制业务活动现金流量时，有关现金流量的信息可以从会计记录中直接获得，也可以在业务活动表收入和费用数据基础上，通过调整存货和与业务活动有关的应收应付款项的变动、投资以及固定资产折旧、无形资产摊销等项目后获得（见表20—5）。

现金流量表

会民非 03 表

编制单位：　　　　　　　　　　年　　度　　　　　　　　　单位：元

项　目	行次	金额
一、业务活动发生的现金流量		
接受捐赠收到的现金		
收取会费收到的现金		
提供服务收到的现金		
销售商品收到的现金		
政府补助收到的现金		
收到的其他与业务活动有关的现金		
现金流入小计		
提供捐赠或者资助支付的现金		
购买商品、接受服务支付的现金		
支付的其他与业务活动有关的现金		
现金流出小计		
业务活动产生的现金流量净额		
二、投资活动产生的现金流量		
收回投资所收到的现金		
取得投资收益所收到的现金		
处置固定资产和无形资产所收回的现金		
收到的其他与投资活动有关的现金		
现金流入小计		
购建固定资产和无形资产所支付的现金		
对外投资所支付的现金		
现金流出小计		
投资活动产生的现金流量净额		
三、筹资活动产生的现金流量		
借款所收到的现金		

项　目	行次	金额
收到的其他与筹资活动有关的现金		
现金流入小计		
偿还借款所支付的现金		
偿付利息所支付的现金		
支付的其他与筹资活动有关的现金		
现金流出小计		
筹资活动产生的现金流量净额		
四、汇率变动对现金的影响额		
五、现金及现金等价物净增加额		

三、会计报表附注

　　会计报表附注,是为了便于会计报表使用者理解会计报表的内容而对会计报表的编制基础、编制依据、编制原则和方法及主要项目等所做的解释。对外会计报表必须按照固定的格式、项目反映民间非营利组织的资产、负债和净资产情况,业务活动情况和现金流量,相应地不能向信息使用者提供完全的财务信息。因此,必须通过会计报表附注补充说明会计报表,以帮助报表使用者全面、准确地理解会计报表。

　　民间非营利组织的会计报表附注至少应当披露以下内容:

　　1. 重要会计政策及其变更情况的说明;

　　2. 董事会(或者理事会或者类似权力机构)成员和员工的数量、变动情况以及获得的薪金等报酬情况的说明;

　　3. 会计报表重要项目及其增减变动情况的说明;

　　4. 资产提供者设置了时间或用途限制的相关资产情况的说明;

　　5. 受托代理业务情况的说明,包括受托代理资产的构成、计价基础和依据、用途等;

　　6. 重大资产减值情况的说明;

　　7. 公允价值无法可靠取得的受赠资产和其他资产的名称、数量、来源和用途等情况的说明;

　　8. 对外承诺和或有事项情况的说明;

　　9. 接受劳务捐赠情况的说明;

　　10. 资产负债表日后非调整事项的说明;

　　11. 有助于理解和分析会计报表需要说明的其他事项。

四、财务情况说明书的编制

(一)财务情况说明书的概念及内容

财务情况说明书是对民间非营利组织一定会计期间生产经营情况、资金周转和利润实现及分配等情况的综合说明。为了使投资者、债权人和民间非营利组织管理者更深入了解民间非营利组织的财务状况、经营成果和现金流量,民间非营利组织在编制完成会计报表后,必须编制财务情况说明书。通过财务情况说明书,分析总结业务活动的业绩及存在的问题,有利于信息使用者更好地利用会计报表资料并对民间非营利组织的工作进行监督。

财务情况说明书必须对以下内容做出说明:

(1)民间非营利组织的宗旨、组织结构以及人员配备等情况。

(2)民间非营利组织业务活动基本情况,年度计划和预算完成情况,产生差异的原因分析,下一会计期间业务活动计划和预算。

(3)对民间非营利组织运作有重大影响的其他事项。

(二)财务情况说明书的编制要求

1. 突出重点

财务情况说明书应主要以存在的问题作为报告的重点,突出重点进行分析,找出问题症结,提出解决办法。

2. 材料准确

编制财务情况说明书所引用的数字和材料等信息必须经过审核,检查是否准确,计算口径是否前后一致,防止盲目使用。

3. 编报及时

同会计报表一样,财务情况说明书也具有很强的时效性,应在保证质量的前提下,按期编写,并与会计报表同时报出,有利于信息使用者及时理解会计报表各项目的说明。

复习思考题

1. 简述民间非营利组织的特征。
2. 简述民间非营利组织的货币资金控制制度。
3. 民间非营利组织坏账确认的标准是什么?
4. 民间非营利组织的受托资产如何核算?
5. 民间非营利组织的流动负债如何分类?
6. 民间非营利组织的受托代理负债如何核算?
7. 民间非营利组织的限定性净资产如何核算?
8. 民间非营利组织的收入确认原则是什么?
9. 民间非营利组织的费用具有哪些特点?
10. 民间非营利组织的财务会计报告主要包括哪些?

第二十一章　医院会计和学校会计

第一节　我国的医院会计

一、我国医院会计的概念和特点

卫生事业是指防病、治病以及其他保障人民健康的行业,是社会主义公益性福利事业。医院是卫生事业单位中的主要部分。

(一)卫生事业的性质及分类

虽然卫生事业属于福利事业,但是其向社会提供的卫生服务具有商品属性,因而受到商品价值规律的支配,需要利用商品货币的交换关系,实行经济核算。就医院而言,尤其如此。我国处于社会主义初级阶段,人均国民生产总值在世界各国中居于发展中国家水平,国家财政用于卫生事业的经费并不充裕,无法就提供的所有医疗服务免费。在市场经济条件下,需要通过提供的医疗服务,取得一定的资金,保证医疗机构业务活动的正常进行。

卫生事业单位根据职责和分工,可划分为六大类:

1. 医疗机构,是指从事医疗服务的机构,包括卫生部门所属的城市综合医院、医学院附属医院、各种专科医院、疗养院、县医院、中医医院、独立门诊部、农村乡镇卫生院、城市街道医院及企业职工医院等。

2. 防治防疫机构,是指从事卫生防疫工作的机构,包括卫生部门所属卫生防疫站、专科防疫站、医疗防疫队、食品检验所、国境卫生检疫机构等。

3. 妇幼保健机构,是指从事妇幼卫生保健工作的机构,包括妇幼保健和为妇女、儿童健康服务的保健所等。

4. 医院科研机构,是指专门从事医学科学研究的机构,如医学科学研究院、所等。

5. 医院教育机构,指专门从事医学教育的机构,包括高等医学院校、中等卫生学校,以及医学专业的成人教育学校等。

6. 其他卫生事业机构,是指除了上述五类卫生事业机构以外的机构,如药品检验机构等。

（二）医院会计的概念

在市场经济条件下，医院会计具体分为财务会计和管理会计。

医院财务会计是指在医院经济活动中，以货币为主要计量单位，系统计算、记录、分析报告和监督的会计。其主要职能是向主管部门、财政部门等政府有关部门和捐资人、债权人、本院职工以及其他内部管理部门等方面，提供医院经济活动和预算收支及其结果的信息，满足国家宏观管理的需要，也为投资者、债权人和潜在投资者提供投资决策所需要的信息。医院会计按照填制凭证、登记账簿、编制财务报表的记账程序，反映医院已经发生的经济业务所导致的事后的经济信息，这些信息可以衡量医院经济活动中的利弊得失和预算执行结果，评价医院资产负债水平、偿债能力、收支结余和净资产的状况，并据以预测医院的经济前景。

医院管理会计是运用会计、统计方法和现代管理科学理论，搜集、整理、计算、分析、预测医院所需资料，据以对医院或对医院某一部分、对某项经济活动，制定目标，实施目标控制，如制定长、短期经济规划，控制科室收支及医疗成本等。简而言之，管理会计侧重于服务医院内部的经济管理，提供的信息满足于医院管理的规划、决策和控制等需要，不考虑社会有关方面及投资者的要求。

本书重点分析医院财务会计，以下简称"医院会计"。

（三）医院会计的特点

1. 控制医院资金的占用。

2. 遵循会计制度中"凭证、账簿、报表"方面的专门方法，提供医院某一特定时点的财务状况或一定期间的财务成果等信息系统。

3. 必须依据《医院财务制度》和《医院会计制度》进行日常管理，以保证信息的全面、真实性。

4. 提供的医院财务数据必须及时、准确、完整，比价严格，各项信息、数据之间存在着勾稽关系。

二、我国医院会计的资产与负债

（一）资产

医院的资产是指医院拥有或者控制的，能以货币计量并且能够为医院带来一定经济利益的经济资源，包括各类财产、债权和其他权利。医院的资产按照流动性和存在状态，可分为流动资产、对外投资、固定资产、无形资产和递延资产。除流动资产外，其他资产与一般事业单位的核算基本相同，这里不做具体介绍。

医院的流动资产主要包括：现金、银行存款、其他货币资金、药品、库存物资、再加工材料、短期投资和应收及预付款项等。

1. 医疗应收款

为了核算医院因提供医疗服务而应向门诊病人和出院病人收取的医疗款,设置"医疗应收款"科目。"医疗应收款"科目借方反映医疗欠款和发生数,贷方登记收回和经批准减免核销数,期末借方余额表示医院尚未收回的医疗欠款数。

"医疗应收款"科目按自费病人欠费和公费病人欠费设置一级明细科目,按单位和欠费病人设置二级明细账,进行明细分类核算。其中公费病人包括公费医疗病人、劳保医疗病人和社会医疗保险病人。

门诊病人发生欠费时,以其预缴金额,借记"医疗应收费——自费病人欠费(公费病人欠费)",贷记"医疗收入"、"药品收入"等科目。

病人出院发生欠费时,以其预交金额,借记"医疗预收款"科目,以发生费用与预交款的差额借记"应收医疗费——自费病人欠费(或公费病人欠费)"科目,以发生的费用数贷记"在院病人医疗费"。

收到门诊、出院病人欠费时,借记"银行存款"、"现金"等科目,贷记"医疗应收款——自费病人欠费(或公费病人欠费)"科目。

用主管部门拨入的清欠补助冲销医疗应收款时,借记"暂时受限制基金"科目,贷记"医疗应收款——自费病人欠费(或公费病人欠费)"科目。

【例1】 人民医院自费门诊病人欠药品费1 800元,诊疗费300元,做会计分录如下:

借:医疗应收款——自费病人欠费	2 100
贷:医疗收入	300
药品收入	1 800

【例2】 人民医院公费住院病人出院时,欠费4 200元,其中床位费600元,治疗手术费2 000元,药品费1 600元,做会计分录:

借:医疗应收款——公费病人欠费	4 200
贷:医疗收入	2 600
药品收入	1 600

医院无法收回的应收款项称为坏账,由于坏账而造成的损失称为坏账损失。《医院会计制度》根据会计的谨慎原则,设置"坏账准备"科目。

2. 药品的核算

为了核算和监督医院药品的购入、领发、药品成本和进销差价,医院设置"药品"和"药品进销差价"科目。

"药品"核算药品的购入、发出、销售和库存数。"药品"科目借方反映购入、调入和盘盈数,贷方反映药品的发出、调出、售出和盘亏数,期末借方余额表示药品的结存数。"药品"科目按存放地点设置一级明细科目,在一级明细科目下设西药、中成药和中草药三个二级明细科目。药品管理部门应在二级明细科目下按品名、规格分别设置数量金额明细账。药品仓库应按每一种药品设置收发存数量金额明细账和药品卡片。

药品统一按零售价进行核算,其实际支付价与零售价的差额为进销差价。月末按月药品销售额和药品综合加成率(或综合差价率)计算药品销售成本。

药品综合加成率＝(药品进销差价期初余额＋本期药品进销差价贷方发生额)÷(药品期初余额＋本期药品借方发生额－药品进销差价期初余额－本期药品进销差价贷方发生额)×100%

药品综合差价率＝(药品进销差价期初余额＋本期药品进销差价贷方发生额)÷(药品期初余额＋本期药品借方发生额)×100%

药品销售成本＝本期药品销售额×(1＋综合差价率)

或药品销售成本＝本期药品销售额×(1－综合差价率)

购入药品入库时,按零售价借记"药品——药库"科目,以进价贷记"银行存款"等科目,以零售价和进价的差额贷记"药品进销差价"科目,采购费用及入库前的挑选、整理费用借记"医疗支出"科目,贷记"银行存款"等科目。

自制药品入库时,按零售价借记"药品——药库"科目,以成本价贷记"再加工材料"科目,以零售价与成本价的差额贷记"药品进销差价"科目。

盘盈药品时,按药品的零售价借记"药品——药库"科目,按该类药品的本期平均进销差价贷记"药品进销差价"科目,按其差额贷记"待处理财产损溢"科目。

"药品进销差价"科目核算药品进销差价的增减变动数额。"药品进销差价"科目借方反映售出药品已实现的进销差价、药品盘亏和药价下调及药品加工发生的亏损应承担的差价,贷方登记药品入库时形成的进销差价、药品盘盈和药价上调形成的差价及药品加工实现的增值,期末贷方余额表示现存药品尚未实现的进销差价。

"药品进销差价"科目按药品类别设置西药、中成药、中草药三个明细科目。

药品购入时,以零售价借记"药品——药库"科目,按照进价贷记"银行存款"科目,以差价贷记"药品进销差价"科目。

月末结转药品费用时,以已实现的差价借记"药品进销差价"科目,以药品成本借记"药品支出"科目,以零售价贷记"药品——药库"科目。

盘盈、盘亏、调价、加工及内部自用引起的"药品进销差价"科目的增减变动已在相关科目中解释。

【例3】 某医院购入中成药一批,零售价为 40 000 元,进价 30 000 元,另发生采购费用 500 元,药品入库。做会计分录如下:

借:药品——药库	40 000
贷:银行存款	30 000
药品进销差价	10 000
借:医疗支出	500
贷:银行存款	500

药品减少的主要方式包括：药库出售、药品出售、领用、在加工转出、盘亏、毁损等。

药库销售药品时，以售价借记"银行存款"科目，以进销差价借记"药品进销差价"科目，以零售价贷记"药品——药库"科目。

药房从药库领药时，以零售价借记"药品——药房"科目，贷记"药品——药库"科目。药房出售药品时，以零售价借记"银行存款"科目，贷记"药品收入"科目；同时以药品实际成本借记"药品支出"科目，以实际的药品进销差价借记"药品进销差价"，以零售收入贷记"药品——药房"科目。

医院内部领用药品时，以药品进价借记"医疗支出——业务费"科目，以进销差价借记"药品进销差价"科目，贷记"药品—药库"科目。

进行再加工领用药品的，按进价借记"再加工材料"，按进销差价借记"药品进销差价"科目，按零售价贷记"药品——药库"科目；药库自行加工中草药时，按制剂核算。

3. 再加工材料的核算

医院为了解决本院临床医疗、科研工作，或者补充医药部门药品材料，需要自制加工某些中西药品复方制剂、炮制药品和委托加工材料。这些自制加工中西药品复方制剂、炮制药品和委托加工材料统称再加工材料。

医院再加工材料的特点是：品种不多，产品稳定，数量有限，不投放市场，不以营利为目的。国家财政部、国家税务总局《关于医疗卫生机构有关税收征收政策的通知》规定："对非营利性医疗机构自产自用的制剂，免征增值税。"医院为了保证制剂产品安全有效，必须严格操作规程，建立健全管理制度，单独核算，以加强再加工材料的管理。

再加工材料计价方式是：炮制药品按原材料成本与加工费之和计价；委托加工的成品或半成品按原材料、半成品的成本与加工费之和计价；自制中西药品复方制剂在检验合格、验收入库时，应按其成本计价，药库按医药部门统一规定的零售价计价；医药部门无价的，按同类品种价格计价，或根据中西药品制剂成本参照同类品种药品计价。

"再加工材料"科目反映制剂生产、炮制药品、委托加工和普通制剂等实际成本。"再加工材料"科目借方反映再加工材料的领用及发生的费用，贷方反映加工完毕后入库的金额，期末借方余额表示尚未完工材料的成本。

该科目按照材料加工类别和费用去向设置制剂生产、炮制药品、委托加工材料和普通制剂四个一级明细科目，制剂生产的二级明细科目应与"药品支出"的一级明细科目相同。

加工领用药品时，按药品进价借记"再加工材料——制剂生产"、"再加工材料——炮制药品"，按进销差价借记"药品进销差价"科目，按零售价贷记"药品——药库药品"科目。领用材料时，按进价借记"再加工材料"科目，贷记"库存物资"科目。药品、制剂加工完毕入库时，按照新确定的售价借记"药品——药库药品——中成药或中草药"科目，按实际成本贷记"再加工材料——炮制药品"科目，按实际成本与售价的差额贷记或借记"药品进销差价——中成药或中草药"科目。

委托外单位加工低值易耗品或其他材料时,借记"再加工材料——委托加工"科目,贷记"库存物资"科目;支付加工费时,借记"再加工材料"科目,贷记"现金"、"银行存款"等科目。加工完毕入库时,按实际成本借记"库存物资",贷记"再加工材料——委托加工"。

再加工材料发生正常损失,则借记"管理费用"科目,贷记"再加工材料——制剂生产"科目。发生非正常损失,则借记"待处理损溢"科目,贷记"再加工材料"科目。经批准处理时,如果由保险公司赔偿或过失人赔偿,则借记"现金"、"其他应收款"等科目,贷记"待处理财产损溢"科目;净损失部分,借记"药品支出"科目,贷记"待处理财产损溢"科目。

再加工材料发生正常溢余时,借记本科目,贷记"管理费用"科目。发生非正常盘盈时,借记"再加工材料"有关明细科目,贷记"待处理财产损溢"科目;经批准处理时,借记"待处理财产损溢"科目,贷记"药品支出"科目。

【例4】 某医院制剂室领用西药 2 000 元(购入价格 1 600 元),中草药 2 500 元(购入价格 2 000 元)。根据相应凭证做会计分录如下:

借:再加工材料——制剂生产　　　　　　　　　　　　3 600
　　药品进销差价——西药　　　　　　　　　　　　　　 400
　　　　　　　　——中草药　　　　　　　　　　　　　 500
　　贷:药品——药库药品——西药　　　　　　　　　　 2 000
　　　　　　　　　　　　——中草药　　　　　　　　　 2 500

(二)负债

医院负债是指医院所承担的能以货币计量并需以资产或劳务偿还的债务。医院的负债包括流动负债和长期负债。

流动负债是指偿还期在一年以内的短期借款、应付货款、病人预交金、预提费用和职工福利费等。长期负债是指偿还期在一年以上的长期借款、应付款等。医院负债应当按期偿还,因债权人特殊原因确定无法偿还的负债,经上级主管部门批准可计入收入。

医院负债类科目主要包括"医疗预收款"、"应付票据"、"应付账款"、"其他应付款"、"应付工资"、"应付福利费"、"应付社会保障金"、"应交药品收入"、"预提费用"、"长期应付款"等。在此,重点介绍"医疗预收款"、"应付社会保障金"等特殊科目,其他核算科目已在事业单位会计核算中介绍,在此不做详细说明。

1. 医疗预收款的核算

医疗预收款包括住院病人的预交款项和社会保障机构预拨的医疗保障基金。"医疗预收款"科目反映医疗预收款的预收、结算和退还数,借方登记结算、退还数,贷方登记预收金额。期末余额在贷方,表示尚未结算或尚未退回的预收款项。该科目由住院处按照单位或个人设置明细账。

【例5】 某日,医院收到病人预交金额或社会保障机构预拨的医疗保障金 15 000 元,则会计分录为:

借:银行存款 15 000

    贷:医疗预收款——××社会保障机构 15 000

病人出院结算时,医药费总计 13 000 元,则会计分录为:

借:医疗预收款 2 000

    贷:住院病人医药费 2 000

【例6】 某日,医院住院结算处报来某位病人的医药费结算单,发生医疗费 6 000 元,药品费 1 800 元,其中:冲减预交金 5 000 元,应收未收款 2 800 元。做如下会计分录:

借:医疗预收款 5 000

    医疗应收款 2 800

    贷:住院病人医药费 7 800

2. 应付社会保障金

应付社会保障金是指医院按规定已提取但尚未缴给社会有关机构的职工养老保险金、医疗保险金、待业保险金和住房公积金等社会保障金。

"应付社会保障金"科目反映社会保障金的提取和上缴数,借方登记上缴社会保障机构的保障金,贷方反映提取数,期末余额在贷方,反映已提取但尚未交的金额。该科目按照职工进行明细核算。

【例7】 某日,医院按照规定提取应付职工养老保险费 53 000 元,其中,医疗部门 20 000 元,药品部门 10 000 元,行政后勤部门 12 000 元,制剂生产部门 11 000 元。

借:医疗支出——个人支出——社会保险费 20 000

    药品支出——个人支出——社会保险费 10 000

    管理费用——个人支出——社会保险费 12 000

    再加工材料——制剂生产——个人支出(社会保险费) 11 000

    贷:应付社会保障金——职工养老保险费 53 000

上交保障金时:

借:应付社会保障金 53 000

    贷:银行存款 53 000

三、医院会计的收入与支出

(一)医院收入

医院收入是指医院在业务运营过程中依法取得的非偿还性资金。具体包括财政补助收入、上级补助收入、医疗收入、药品收入、其他收入等。

《事业单位会计准则》规定:

(1)财政补助收入、上级补助收入,应以款项的实际收付为标准,月末如有未到达的汇入补助款项,应作为在途资金确认。

（2）医疗收入和药品收入，其会计核算基础是权责发生制，按照权责发生制要求，凡应属本期的收入，不论其是否实际收到均应按事先约定的价格，作为本期收入。

（3）其他收入，均以实际收到的款项为标准予以确认。

1. 医疗收入

医院的医疗收入主要包括医院开展医疗业务所取得的收入，包括门诊收入、住院收入、特需收入等。医疗收入的确认标准是：当医院提供了医疗服务同时收讫价款或取得索取价款凭据时，确认医疗收入的实现。医疗收入是医院收入的重要组成部分，应于期末转入"本期结余"科目。

为了核算和反映医院在开展医疗服务活动中的收入情况，医院会计应设置"医疗收入"科目，"医疗收入"科目属于收入类科目。

实现医疗收入时，借记"现金"、"银行存款"、"住院病人医疗费"、"医疗应收款"，贷记"医疗收入"。如需冲减收入时，则借记"医疗收入"，贷记有关科目。期末，"医疗收入"账户金额全部转至"本期结余"科目，该科目期末无余额。

【例8】　某日，医院门诊收费处报来当日"门诊收入汇总日报表"，医疗收入45 000元，其中，诊察收入20 000元，检查收入12 000元，治疗收入8 000元，化验收入5 000元。交现金30 000元，银行支票15 000元。财务部门根据有关凭证，做会计分录如下：

```
借：现金                                        30 000
    银行存款                                    15 000
    贷：医疗收入——门诊收入——诊察收入           20 000
                          ——检查收入           12 000
                          ——治疗收入            8 000
                          ——化验收入            5 000
```

2. 药品收入

药品收入是指医院开展医疗业务时出售药品的收入。包括门诊、住院的西药收入、中成药收入、中草药收入等。药品收入的确认标准为：医院提供了药品同时收讫价款或取得索取价款凭据时，确认为药品收入实现。

为了核算和反映医院在开展医疗服务过程中出售药品取得的收入，医院会计应设置"药品收入"科目，该科目借方反映收入的退回及结转数，贷方反映实现的收入，期末该账户转至"本期结余"科目，本科目没有余额。

医院售出药品时，借记"现金"、"银行存款"、"医疗应收款"、"住院病人医药费"，贷记"药品收入"。冲减药品收入时，借记"药品收入"，贷记"银行存款"、"现金"、"医疗应收款"、"住院病人医药费"。月末结转，借记"药品收入"，贷记"本期结余"。

"药品收入"按照"门诊收入"和"住院收入"设置一级明细科目，按"西药"、"中成药"和"中草药"设置二级明细科目。

【例 9】 某日,医院住院收费处报来"住院收入汇总日报表",住院病人西药 60 000元,成成药 23 000 元,中草药 6 000 元,编制会计分录如下:

借:应收在院病人医药费   89 000
   贷:药品收入——住院收入——西药   60 000
            ——中成药   23 000
            ——中草药   6 000

(二)医院支出

医院支出,是指医院在开展医疗服务活动中发生的资金耗费和损失。包括医疗支出、药品支出、管理费用、财政专项支出和其他支出。

医院的支出应当按照权责发生制和配比原则,在确认有关收入的相应会计期间予以确认。

1. 医疗支出

医疗支出主要包括医院开展医疗服务而发生的各项直接费用以及分配负担的间接费用,如购置医疗和药品活动中实际耗费的人员(含临时工、合同工)工资、职工福利费、工会经费,器材消耗,水、电、取暖费用、低值易耗品摊销、业务费、办公费、差旅费、固定资产折旧、正常维修费用、租费、各业务科室管理人员的费用,其他可以直接列入的费用以及由辅助费用分配的部分。

为了核算和反映医院开展医疗服务活动过程中发生的各项费用和摊入的管理费用,医院会计设置"医疗支出"科目。该科目属于支出类科目。"医疗支出"科目的借方登记各项费用的发生数,贷方登记冲减、转出数。月末结转至"本期结余"后,该账户一般没有余额。

发生各项费用时,借记"医疗支出",贷记"现金"、"银行存款"、"药品"、"库存物资"、"待摊费用"、"应付工资"等。分摊辅助费用时,借记"医疗支出",贷记"辅助费用"。冲销费用时,借记"银行存款"、"药品"、"库存物资",贷记"医疗支出"。月末结转时,借记"收支结余",贷记"医疗支出"。

【例 10】 某日,医院手术室领用纱布、酒精等卫生材料 1 500 元,领用手术器械 2 000元。做会计分录如下:

借:医疗支出——日常公用支出——专用材料购置费   1 500
        ——日常公用支出——专用材料购置费   2 000
   贷:库存物资   3 500

【例 11】 某月,医院职工基本工资共计 530 000 元,其中医疗部门 400 000 元,药品部门 48 000 元,制剂生产 30 000 元,行政后勤部门 52 000 元,月终结转工资,做会计分录如下:

借:医疗支出——人员支出——基本工资   400 000
   药品支出——人员支出——基本工资   48 000

再加工材料——制剂生产——人员支出　　　　　　　　30 000

管理费用——人员支出——基本工资　　　　　　　　52 000

　　贷:应付工资　　　　　　　　　　　　　　　　　　　530 000

2. 药品支出

"药品支出"科目总括反映药品销售过程中发生的各项直接费用以及分摊负担的间接费用。借方登记各项费用的发生数,贷方登记冲销、转出数。月末结转"本期结余"科目后,该账户一般没有余额。

当销售药品后结转成本时,则借记"药品支出"、"药品进销差价",贷记"药品"。药房或药库报损时,按损耗成本核算,借记"药品支出"、"药品进销差价",贷记"药品"。期末,将该科目余额结转至"收支结余","药品支出"科目无余额。

【例 12】 某医院 11 月份销售西药 1 500 000 元,其中,门诊西药房销售 650 000 元,住院西药房销售 850 000 元。财务部门根据相关资料,计算填列"药品销售成本转账单",添置记账凭证,做会计分录如下:

借:药品支出——日常公用支出——专用材料购置费　　　1 100 000

　　药品进销差价——西药　　　　　　　　　　　　　　400 000

　　贷:药品——门诊药房——西药　　　　　　　　　　　650 000

　　　　　　——住院药房——西药　　　　　　　　　　850 000

四、医院会计的净资产

医院的净资产是以医院的资产减去负债后的余额,称之为基金。主要由主办单位拨入、医院医疗活动、其他单位和个人捐赠的各种资产形成。医院基金按照资金用途分为事业基金、固定基金、专用基金、财政专项补助结余和待分配结余等。

事业基金是指医院拥有的、非限定用途的净资产。这是医院开展业务活动的主要资金来源,主要是历年滚存的结余资金。

固定基金,是指医院拥有的固定资产所占用的资金。

专用基金,是指医院按规定提取、拨入的有专门用途的基金,包括修购基金、职工福利基金、住房基金、留本基金和其他专用基金等。

财政专项补助结余,是指需要结转下年继续使用的未完工项目的财政专项补助结余。

待分配结余,平时是指医院尚未分配的结余,年终决算后是指医院事业基金不足以弥补的亏损。按照规定,如果受限制基金在规定项目完成后仍有结余时,可将结余资金转入普通基金。

事业基金、固定基金、专用基金、待分配结余的核算与一般事业单位基本一致。

【例 13】 月末,医院将医疗收入 230 000 元,药品收入 180 000 元,其他收入 45 000 元转入收支结余。做会计分录如下:

借:医疗收入　　　　　　　　　　　　　　　　　　　　230 000

药品收入　　　　　　　　　　　　　　　　　　　　180 000

其他收入　　　　　　　　　　　　　　　　　　　　45 000

　　贷:收支结余——医疗收支结余　　　　　　　　　　　230 000

　　　　　——药品收支结余　　　　　　　　　　　　180 000

　　　　　——其他收支结余　　　　　　　　　　　　45 000

【例14】 月末,将医疗支出 160 000 元,药品收入 150 000 元,其他支出 37 000 元转入收支结余。做会计分录如下:

借:收支结余——医疗收支结余　　　　　　　　　　　　160 000

　　　——药品收支结余　　　　　　　　　　　　　　150 000

　　　——其他收支结余　　　　　　　　　　　　　　37 000

　　贷:医疗支出　　　　　　　　　　　　　　　　　　160 000

药品支出　　　　　　　　　　　　　　　　　　150 000

其他支出　　　　　　　　　　　　　　　　　　37 000

【例15】 年度终了,医院收支结余的贷方余额为 2 450 000 元,转结余分配。做会计分录如下:

借:收支结余——医疗收支结余　　　　　　　　　　　　900 000

　　　——药品收支结余　　　　　　　　　　　　　1 500 000

　　　——其他收支结余　　　　　　　　　　　　　50 000

　　贷:结余分配——待分配结余　　　　　　　　　　　2 450 000

五、医院的会计报表

医院的会计报表是指医院日常会计核算资料、归集、加工、汇总形成的一个完整的报告系统,用以反映医院一定时期的财务状况和业务开展成果的总结性书面文件。《医院会计制度》规定,医院对外报送的会计报表主要包括资产负债表、收入支出总表、医疗收支明细表、药品收支明细表和基金变动表。其中,资产负债表、收入支出总表、基金变动表为主报表,医疗收支明细表、药品收支明细表和基本情况表为辅助报表,从不同侧面反映医院财务状况,组成医院报表体系。

（一）资产负债表

资产负债表反映医院月末、季末、年末全部资产、负债和基金等情况。根据"资产＝负债＋净资产"的会计等式,依照一定标准的分类和一定的次序,将医院一定时点的资产、负债和净资产项目予以适当排列。具体反映医院所掌握的资源、承担的债务和净资产之间的关系,提供分析医院财务结构、偿债能力、发展潜力等必需的信息。

资产负债表的结构分为左右两方,左方反映医院的资产构成,右方分为上下两段,上段反映医院的负债构成情况,下段反映净资产构成情况,右方上下两段合计数相加之和等于左方合计,即符合"资产＝负债＋净资产"的平衡原理。具体见表21—1。

表 21—1   资产负债表

（会医 01 表）

编制单位：   年   月   日   金额单位:元

资　产	行次	年初数	期末数	负债及净资产	行次	年初数	期末数
流动资产：				流动负债：			
货币资金	1			短期借款	24		
应收在院病人医药费	2			应付账款	25		
应收医疗款	3			预收医疗款	26		
减:坏账准备	4			应付工资	27		
其他应收款	5			应付社会保障费	28		
药品	6			其他应付款	29		
减:药品进销差价	7			应缴超收款	30		
库存物资	8			预提费用	31		
再加工材料	9			流动负债合计	32		
待摊费用	10			长期负债：			
待处理流动资产净损失	11			长期借款	33		
流动资产合计	13			长期应付款	34		
对外投资：				长期负债合计	35		
对外投资	14			负债合计	36		
固定资产：				净资产：			
固定资产	15			事业基金	37		
在建工程	16			固定基金	38		
待处理固定资产净损失	17			专用基金	39		
固定资产合计	18			财政专项补助结余	40		
无形资产及开办费：				待分配结余	41		
无形资产	19			净资产合计	42		
开办费	20						
无形资产及开办费合计	22						
资产总计	23			负债及净资产总计	43		

（二）收入支出总表

收入支出总表，即医院的损益表，是反映医院在一定时期业务活动成本的动态报表。医院的业务收支结余是医院开展医疗服务过程中业务收入与业务支出相互配比的结果，对医院的生存与发展具有一定的影响。《医院会计制度》规定，"收入支出总表"采取结余计算和结余分配合二为一的形式编报，既反映医院在一定期间的业务活动成果及其来龙去脉的动态，又反映业务活动成果的分配过程。这一编报形式使结余的实现和分配同出一表，便于分析。

本表结构左右分为"本月数"和"本年累计数"两部分；上下分为"收入"、"支出"、"收支结余"、"结余分配"和"期末待分配结余"五大项，其中，"期末待分配结余"反映的是业务收支的待分配数，不反映财政专项补助结余数；年度终了，"结余分配"也只涉及业务收支结余，不涉及财政专项补助结余（见表21—2）。

表21—2 收入支出总表

（会医02表）

编制单位： 年 月 金额单位：元

项 目	行次	本月数	本年累计数
一、收入	1		
财政补助收入	2		
其中：专项补助	3		
上级补助收入	4		
医疗收入	5		
药品收入	6		
其他收入	7		
二、支出	8		
医疗支出	9		
药品支出	10		
财政专项支出	11		
其他支出	12		
三、收支结余	13		
减：财政专项补助结余	14		
减：应缴超收款	15		
四、结余分配	16		
加：事业基金弥补亏损	17		
加：年初待分配结余	18		
减：提取职工福利基金	19		
转入事业基金	20		
五、期末待分配结余	21		

（三）基金变动情况表

基金变动情况表是反映医院一定时期内基金增减变动情况的报表,属于年报表。基金提供者虽然不要求投资带来经济上的利益,但是关心资金的使用情况以及资金使用产生的效果,因此更为关注基金变动情况。而资产负债表是静态报表,无法反映基金的动态变化情况,因此,有必要设立基金变动情况表,向基金提供者报告基金的增加、使用、结存情况。该表是医院会计制度改革后新增报表之一。

本表横向按照事业基金、专用基金、固定基金列示,纵列则按年初数、本期增加数、本期减少数、期末数列示(见表21-3)。

表 21-3   **基金变动情况表**

（会医 03 表）

编制单位:　　　　　　　　　　　　　　　　年度　　　　　　　　　　　　　金额单位:元

项　目	行次	合计	事业基金	专用基金					固定基金	说明
				小计	其中:					
					修购基金	福利基金	留本基金			
1. 年初数	1									
2. 本期增加数	2									
提取	3									
拨入	4									
转入	5									
其他	6									
3. 本期减少数	7									
支出	8									
转出	9									
其他	10									
4. 期末数	11									

单位负责人:　　　　　　　　　财务负责人:　　　　　　　　　制表:

第二节　我国的学校会计

教育是振兴民族的强大力量。改革开放以来,国家对教育的投资逐年增加。同时,不断深化教育体制改革,鼓励多种形式办学,教育的投资主体也由过去单一的国家投资办学转变为国家投资、个人投资、企业投资、外商投资并存的多元化形式。这些情况使相当一部分学校的业务活动与一般行政事业单位有所不同。新的发展形势对学校会计管理提出了新的要求,学校必须开辟新的资金来源,合理组织收入,提高资金使用效率,保证资金及时满足教学、科研需要,保证教育事业继续发展。

一、我国现行教育结构及学校会计的基本内容

(一)我国现行教育结构

我国现行教育结构可作如下划分:幼儿教育、初等教育、中等教育、高等教育。

1. 幼儿教育

实施幼儿教育的机构为幼儿园,招收 3～6 岁幼儿。目前大多数幼儿园附属于各部门、各单位,其业务活动比较单一,会计核算比较简单,而且多数幼儿园并不独立核算。

2. 初等教育

主要指普通小学,招收 6～7 岁儿童入学,修业年限为 5～6 年,实行全日制。类似地,初等教育的业务活动并不复杂,会计核算也相对简单。

3. 中等教育

其主要教育机构包括普通中学,修业 6 年;职业中学,修业年限为 2～4 年;成人中等学校,修业年限为 2～3 年。此类教育机构的业务活动以教学为主,还有一些勤工俭学的经营活动等,其业务活动较多,但是比较集中。因此,会计核算并不复杂。

4. 高等教育

主要教育机构分为三类:

(1)大学和专科院校。主要招收具有高中毕业文化程度的青年入学。不同的学历修业年限不同。其中,专科为 3 年,本科修业年限为 4～5 年,硕士为 2～3 年,博士为 3～4 年。

(2)成人教育院校广播电视大学、夜大学等招收具有高中毕业文化程度者入学。

(3)高等教育自学考试教育制度。这一教育方式按学科考试,合格者发给单科成绩证明书,累计学分达到专业毕业要求者,发给毕业证书,国家承认学历。

以上四类教育机构具体分为幼儿园、小学、中学、中专和高等院校。在会计核算中,均依据财政部制发的《事业单位会计准则》进行会计管理。

(二)学校会计的定义及特点

学校会计是以货币为计量单位,运用会计的基本理论和方法,核算和监督学校的资金来源、使用及结余的分配情况,并向有关单位或部门提供会计信息的行业专业会计。

学校会计相对于企业会计而言,最大的区别在于,企业是进行生产经营活动的经济组织,准确反映损益,必须核算成本费用,而教育机构则以实现教学目标为己任,属于非物质生产部门。但是随着投资多元化办学的不断发展,学校会计具有以下特点:

1. 无成本核算

教育机构的主要活动是培养各类学生,其成果为毕业学生人数,这一非物质特征决定了其计算成本的意义不大。因为通常计算成本的目的是提高经济效益、确认损益,而教育机构主要由国家财政拨款,因而其不进行成本计算。与此相适应,固定资产一般不提折旧,固定资产的更新等均由国家拨款解决。

2. 会计基础的双重性

目前,我国学校均采用收付实现制,但对于附属经济单位,可采用权责发生制。

必须指出的是,随着教育体制的改革,学校经营性业务逐渐增加,为了准确核算学校的教育成本,学校会计开始对经营性业务实施"权责发生制",并且今后将以"权责发生制"替代"收付实现制"进行核算。《民办教育促进法》规定:"民办学校在扣除成本、发展基金,以及其他必要费用之后,出资人可以从办学结余中取得合理回报。"为了准确计量资金结余,必须实行"权责发生制",而"收付实现制"无法解决这一情况。

3. 预算内、预算外资金统一核算

我国学校在资金的来源方面存在两种不同体制:一类是纳入国家预算的、由中央财政拨付预算资金作为资金来源方式的预算体制;另一类完全企业化的民办学校和公办收费学校,其资金来源方式是学费收入,属于预算外资金。国家在考虑两种体制并存的情况下,采取"一种制度、两种内容、统一管理"的方式,允许学校将预算内、预算外资金统一管理。

(三)学校会计体系及对象

1. 学校会计体系

学校会计是我国会计学体系中一门应用于教育行业的专业会计,它所依据的理论体系仍然是会计学的基础性理论。这些理论包括:凭证设置理论,簿记登记理论,账户设置与结构理论,成本核算理论,收益的计算与分配理论,会计报表的形成与编制理论,以及财务分析理论。显然,学校会计所依据的理论体系基本属于"财务会计学"的理论体系。

2. 会计对象

学校会计的对象是学校会计核算和监督的内容,即学校的财务收支及其所形成的资产、负债和净资产的增加变化情况。在现实中,学校分为教学单位和企业单位,则会计对象有所不同。教学单位,其会计核算仍然反映和监督预算资金收支的经济活动。其会计对象为预算资金的收支及其增减变化情况。学校所属的企业单位,其会计核算主要反映和监督自收、自支资金所发生的经济活动,其会计对象是自收自支资金及其增减变化情况。

3. 会计要素

会计要素是对会计对象的具体内容进一步分类,会计对象的具体内容构成会计要素。根据会计对象的定义,按照学校主要经济业务,可将学校会计对象划分为资产、负债、净资产、收入、支出五大要素。

目前,从投资主体看,各类学校的收入主要分为两种:公办教育事业单位的预算拨款收入和公办收费教育单位、民办教育单位获得的教育事业服务收入两大类。配比的支出也分为两种:预算资金支出和教育事业服务支出。显然,由预算拨款收入扣除预算资金支出的结余,不具备营利性。而教育事业服务收入与教育事业服务支出的差额,是服务中的结余,从性质上讲,与其他营利性组织获得的盈利没有区别。现行制度规定,教育单位无论什么性质的"结余",一律转入事业基金,构成事业基金的一部分,在结转之后无余额。因此,这一会计要素在会计核算中存在,编制会计报表时则没有。

(四)学校会计科目和记账基础

1. 会计科目

会计科目按照经济内容和用途分类,包括:资产、负债、净资产、收入和支出五大类。我国规定,会计科目统一由财政部制定,具有强制性,以便于国家统计信息,为宏观管理提供依据。

目前,我国没有统一的《学校会计制度》,但是颁布了《高等学校会计制度》(试行)、《中小学校会计制度》。学校会计科目采用"三位数编号法",第一位表示五大类,第二、第三位表示顺序号数。鉴于高等院校业务活动复杂,范围广泛,本节重点介绍高等院校会计制度。表21—4是高等院校会计科目表。

表21—4 高等院校会计科目

顺序号	编号	科目名称	顺序号	编号	科目名称
		一、资产类	20	341	事业结余
1	101	现金	21	351	经营结余
2	102	银行存款	22	352	结余分配
3	110	应收票据			**四、收入类**
4	112	应收及暂付款	23	411	教育经费拨款
5	115	借出款	24	413	科研经费拨款
6	120	材料	25	415	其他经费拨款
7	131	对校办产业投资	26	421	上级补助收入
8	132	其他对外投资	27	431	教育事业收入
9	140	固定资产	28	432	科研事业收入
10	150	无形资产	29	451	经营收入
		二、负债类	30	461	附属单位缴款

顺序号	编号	科目名称	顺序号	编号	科目名称
11	201	借入款项	31	471	其他收入
12	211	应付票据			**五、支出类**
13	212	应付及暂存款	32	511	拨出经费
14	221	应缴财政专户款	33	521	教育事业支出
15	222	应交税金	34	531	科研事业支出
16	230	代管款项	35	551	经营支出
		三、净资产类	36	561	上缴上级支出
17	301	事业基金	37	571	对附属单位补助
18	310	固定基金	38	581	结转自筹基建
19	320	专用基金			

2. 学校会计的会计基础

目前学校在处理收入和支出时，同时存在收付实现制和权责发生制。现行制度规定，预算资金的收支采用收付实现制，经营性收支业务的核算则采用权责发生制。

事实上，这两种核算基础并存的局面已难以适应现行教育制度：

第一，对于自收自支的非公有制学校而言，其实质是教育企业单位，应当合理计算盈余，而收付实现制无法合理、真实地反映它们的经营成果。

第二，从合理、真实地反映教育支出这一观点出发，学校应该计算教育成本，而收付实现制无法达到这一要求。

基于以上两方面的问题，将目前学校会计基础的双重性改为单一的权责发生制成为改革趋势。

二、我国学校会计的资产与负债

鉴于事业单位会计核算的一些共性，本节重点介绍学校会计中特有会计科目的核算和管理。

(一)资产

学校资产，是指为了开展专业业务活动和辅助活动的需要，必须拥有或能够控制的各种资产，主要包括各种财产、债券和其他权利。

1. 借出款

本科目核算高等学校借给附属单位的周转金。"借出款"科目借方登记向附属单位借出的周转金,贷方登记收回转为投资的周转金,期末借方余额表示学校借给附属单位的各类周转金总额。本科目应按借款单位进行明细核算。

借出周转金时,借记本科目,贷记"银行存款"等科目;附属单位归还所借的周转金时,借记"银行存款"科目,贷记本科目。将借给校办产业的周转金转为投资,借记"对校办产业投资"等科目,贷记本科目;同时借记"事业基金———一般基金"科目,贷记"事业基金———投资基金"科目。本科目期末借方余额为高等学校借给附属单位的各类周转金总额。

【例16】 某高校将校办厂的借款20 000元,转为对校办厂的投资,会计分录如下:

借:对校办产业投资 　　　　　　　　　　　　　　　　20 000
　　贷:借出款 　　　　　　　　　　　　　　　　　　　　　　　20 000
借:事业基金———一般基金 　　　　　　　　　　　　20 000
　　贷:事业基金———投资占用基金 　　　　　　　　　　　　20 000

2. 对校办产业投资

本科目核算高等学校以货币资金、实物、无形资产等向校办产业的投资。借方登记对校办产业投资的增加额,贷方登记对校办产业投资的收回额,借方余额表示高等学校对校办产业投资总额。本科目按投资对象设置明细账进行明细核算。

以货币资金向校办产业投资,借记本科目,贷记"银行存款"等科目;同时借记"事业基金———一般基金"科目,贷记"事业基金———投资基金"科目。

以材料向校办产业投资,借记本科目,贷记"材料"等科目;同时借记"事业基金———一般基金"科目,贷记"事业基金———投资基金"科目。

以固定资产向校办产业投资,应按评估价或合同、协议确认的固定资产价值借记本科目,按固定资产账面原价贷记"固定资产"科目,按其差额借记或贷记"事业基金———投资基金"科目;同时,按固定资产原价借记"固定基金"科目,贷记"事业基金———投资基金"科目。

用已入账的无形资产向校办产业投资,按评估确认的无形资产价值借记本科目,按账面原值贷记"无形资产"科目,按其差额借记或贷记"事业基金———投资基金"科目;同时按无形资产账面原值借记"事业基金———一般基金"科目,贷记"事业基金———投资基金"科目。以未入账的无形资产向校办产业投资,先按评估确认的无形资产价值借记"无形资产"科目,贷记"事业基金———一般基金"科目;同时借记本科目,贷记"无形资产"科目,并借记"事业基金———一般基金"科目,贷记"事业基金———投资基金"科目。

收回对校办产业的投资,借记"银行存款"、"材料"、"固定资产"等科目,贷记本科目,按收回投资与投资成本账面数的差额,借记或贷记"其他收入———对校办产业投资收益"科目;并按投资实际成本,借记"事业基金———投资基金"科目,贷记"事业基金———一般基金"科目;同时按收回的固定资产价值,借记"事业基金———一般基金"科目,贷记"固定基金"科目。

【例17】 某高校以固定资产向其附属校办工厂投资,固定资产账面价值200 000元,评估价230 000元。会计分录如下:

借:对校办产业投资　　　　　　　　　　　　230 000
　　贷:固定资产　　　　　　　　　　　　　　　　　200 000
　　　　事业基金——投资占用基金　　　　　　　　　30 000
同时,
借:固定基金　　　　　　　　　　　　　　　200 000
　　贷:事业基金——投资基金　　　　　　　　　　　200 000

（二）负债的核算

代管款项,是指高等学校接受委托代为管理的各类款项,包括党费、团费、学生会会费、学会会费、工会会费,以及"挂靠"学校的各类专业学会、协会的款项等。此类款项的所有权和使用权不属于学校,而是属于委托代管的单位、团体或个人。

为了核算代管的收、支、结存情况,应设置"代管款项"总账账户。该账户属于负债类账户,贷方反映收到的代管款项数额,借方发生额反映代管款项的实际支出数,期末贷方余额反映代管款项的实际结存数。本科目应按项目进行明细核算。

收到代管款项,借记"银行存款"等科目,贷记本科目;实际支出时,借记本科目,贷记"银行存款"等科目。本科目贷方余额为各类代管款项的数额。

【例18】 某学校收到本月党、团员个人缴纳的党费16 000元,团费4 000元。

借:现金　　　　　　　　　　　　　　　　　20 000
　　贷:代管款项——党费　　　　　　　　　　　　　16 000
　　　　　　　　——团费　　　　　　　　　　　　　4 000

三、学校会计的净资产

高等学校的净资产是指学校所拥有的全部资产扣除全部负债后的余额。包括事业基金、专用基金、固定基金以及事业结余和经营结余等。

这些科目的核算内容与一般事业单位的相关科目一致,详细解释参见事业单位的相关章节。

四、学校会计的收入与支出

收入是学校为开展业务及其他活动依法取得的非偿还性资金。它包括教育经费拨款、科研经费拨款、其他经费拨款、上级补助收入、教育事业收入、科研事业收入、经营收入、附属单位交款和其他收入等。

（一）收入类核算

1. 教育经费拨款

教育经费拨款是学校为开展教学专业活动,从各级财政部门获得的各类经常性和专项性教育经费拨款。所谓经常性教育经费拨款,是指为维持教学专业活动的正常进行而获得的拨款。专项性拨款是指具有特定专门用途,必须按规定才能使用而获得的经费拨款。

为了核算高等学校教育经费拨款的领拨和核销情况,应设置"教育经费拨款"账户。该账户为收入类账户,贷方登记领取的教育经费拨款,借方登记教育经费拨款的核销,平时贷方余额表示拨款的累积数,年末结账后应无余额,如有余额,表示尚未核销的教育经费拨款。本科目按项目和国家财政预算级次进行明细核算。

收到各类教育经费拨款,借记"银行存款"等科目,贷记本科目;拨款退回,借记本科目,贷记"银行存款"科目。当专项项目完成结账时,将专项项目支出转入本科目,借记本科目,贷记"教育事业支出"等科目,收支差额借记或贷记"事业结余"科目。

年终结账时,结转经常性教育经费拨款,借记本科目,贷记"事业结余"科目;将当年未完成专项项目的支出转入本科目,借记本科目,贷记"教育事业支出"等科目。年终结账前,本科目贷方发生额为高等学校从各级财政取得的教育经费拨款;结账后,本科目贷方余额为尚未核销的专项教育经费拨款。

【例19】 由财政部门拨入的经常性教育经费拨款53 000 000元,存入银行。

借:银行存款　　　　　　　　　　　　　　　　　53 000 000

　　贷:教育经费拨款——经常性拨款　　　　　　　　　　53 000 000

2. 科研经费拨款

科研经费拨款是高等学校为开展科研活动,从各级财政部门获得的专项和非专项科研经费拨款。专项性是指拨款用途有明确规定性,必须按规定的专门用途使用资金。非专项性,则不具有专门用途,在一般科研业务中均可使用的资金。

为了总括核算科研经费的领拨和核销情况,设置"科研经费拨款"账户,该账户为收入类账户,贷方登记领取的科研经费拨款,借方登记核销的科研经费拨款。本科目贷方余额为尚未核销的专项科研经费拨款。本科目按项目和国家财政预算级次进行明细核算。

收到各类科研经费拨款,借记"银行存款"等科目,贷记本科目;拨款退回,借记本科目,贷记"银行存款"等科目。当专项科研项目完成结账时,将专项科研项目支出转入本科目,借记本科目,贷记"科研事业支出"等科目,收支差额借记或贷记"事业结余"科目。

年终结账时,结转非专项科研经费拨款,借记本科目,贷记"事业结余"科目;将当年未完成专项项目的支出转入本科目,借记本科目,贷记"科研事业支出"等科目。年终结账前,本科目贷方发生额为高等学校从各级财政取得的科研经费拨款。

【例20】 某高校收到财政部门拨付的专项科研经费拨款30 000元,存入银行。

借:银行存款　　　　　　　　　　　　　　　　　30 000

　　贷:科研经费拨款——专项性拨款　　　　　　　　　　30 000

3. 其他经费拨款

其他经费拨款是高等学校从各级财政或有关部门获取的除上述教育经费拨款和科研经费拨款以外的其他各类专项和非专项拨款。

为了总括核算高等学校的其他经费拨款,应设置"其他经费拨款"账户。该账户为收入类账户,贷方登记领取的其他经费拨款,借方登记其他经费拨款的核销。平时贷方余额表示其他经费拨款的累积,年末结账后应无余额,如有余额则表示尚未核销的其他经费拨款。本科目按项目和国家财政预算级次进行明细核算。

收到其他经费拨款,借"银行存款"等科目,贷记本科目;拨款退回,借记本科目,贷记"银行存款"科目。当专项科研项目完成结账时,将专项科研项目支出转入本科目,借记本科目,贷记有关支出科目,收支差额借记或贷记"事业结余"科目。

年终结账时,结转非专项其他经费拨款,借记本科目,贷记"事业结余"科目;将当年未完成专项项目的支出转入本科目,借记本科目,贷记有关支出科目。年终结账前,本科目贷方发生额为高等学校从各级财政取得的其他经费拨款;结账后,本科目贷方余额为尚未核销的专项其他经费拨款。

【例21】 收到上级财政部门拨入的其他经费拨款(专项拨款)230 000元,存入银行。

借:银行存款 230 000
    贷:其他经费拨款——其他专项拨款 230 000

4. 教育事业收入

教育事业收入是教育事业单位通过开展专业业务活动和辅助活动取得的收入。专业活动,是指高等学校根据本单位专业特点开展的教学服务活动。辅助活动是指与专业活动相关,直接为专业活动服务的行政管理活动和后勤服务活动。

为了核算高等学校教育事业收入的获得和核销情况,应设置"教育事业收入"账户,该账户为收入类账户,贷方登记收入的取得,借方登记收入的核销,平时贷方余额表示获得的收入的累积数,期末结账后应无余额,如果有余额,表示尚未核销的专项教育服务收入。高等学校收到的从财政专户核拨的预算外资金和部分经财政部门核准留用的预算外资金,也在本科目核算。但收到应返还所属单位预算外资金,应通过"应付及暂存款"科目核算。本科目设置以下三个明细科目:(1)专户核拨预算外资金;(2)核准留用预算外资金;(3)其他教育事业收入。

实行预算外资金按比例上缴财政专户办法的高等学校,收到预算外资金收入,借记"现金"、"银行存款"等科目,按规定的比例分别贷记"应缴财政专户款"科目和"教育事业收入——核准留用预算外资金"科目。实行预算外资金结余上缴财政专户办法的高等学校,收到预算外资金收入,先全额通过本科目核算,借记"现金"、"银行存款"等科目,贷记"教育事业收入——核准留用预算外资金"科目;定期结算出应缴财政专户资金结余时,按应缴财政专户数借记"教育事业收入——核准留用预算外资金"科目,贷记"应缴财政专户款"科目。

收到核拨的预算外资金，借记"银行存款"等科目，贷记"教育事业收入——专户核拨预算外资金"科目；年终结转，借记本科目，贷记"事业基金——一般基金"等科目。收到其他教育事业收入，借记"现金"、"银行存款"等科目，贷记"教育事业收入——其他教育事业收入"科目。当专项项目完成结账时，将专项项目支出转入本科目，借记本科目，贷记有关支出科目，收支差额借记或贷记"事业结余"科目。

年终结账时，结转非专项教育事业收入，借记本科目，贷记"事业结余"科目；将当年未完成专项项目的支出转入本科目，借记本科目，贷记"教育事业支出"等科目。年终结账前，本科目贷方发生额为高等学校本年度教育事业收入总额；结账后，本科目贷方余额为未完成的专项教育服务项目的教育事业收入。本科目按项目进行明细核算。

【例22】 某高校开展有偿后续教育服务活动，获取收入 640 000 元，核定上缴比例35%，其余为教育事业单位留用。

借：银行存款 640 000
　　贷：应缴财政专户款 224 000
　　　　教育事业收入——核准留用预算外资金 416 000

5. 科研事业收入

科研事业收入是高等学校开展科研及其辅助活动所取得的专项和非专项收入，包括通过承接科技项目、开展科研协作、转让科技成果、进行科技咨询所取得的收入和其他科研收入。

为了总括核算高等学校的科研事业收入，设置"科研事业收入"账户。该账户为收入类账户，贷方登记收入的获取，借方登记收入的核销，平时贷方余额为收入的累积数，年末结账后无余额，如果有余额，表示尚未核销的单项科研事业收入。本科目设置以下四个明细科目：(1)科技开发与协作收入；(2)科技成果转让收入；(3)科技咨询收入；(4)其他科研事业收入。

取得科研事业收入，借记"现金"、"银行存款"等科目，贷记本科目。当专项科研项目完成结账时，将专项科研项目支出转入本科目，借记本科目，贷记"科研事业支出"科目，收支差额借记或贷记"事业结余"科目。

年终结账时，结转非专项科研事业收入，借记本科目，贷记"事业结余"科目；将当年未完成专项科研项目的支出转入本科目，借记本科目，贷记"科研事业支出"等科目。年终结账前，本科目贷方发生额为本年度科研事业收入总额；结账后，本科目贷方余额为未完成科研项目的科研事业收入。本科目应按类别和项目进行明细核算。

【例23】 某高校将一项自主研发的科研成果有偿转让给 A 企业，取得转让收入320 000元，存入银行。做如下会计分录：

借：银行存款 320 000

贷:科研事业收入——科技咨询收入　　　　　　　　　　320 000

（二）支出的核算

1. 教育事业支出

本科目核算高等学校开展教育事业活动发生的各项支出,包括专项支出和非专项支出。本科目应设置工资、补助工资、其他工资、职工福利费、社会保障费、助学金、公务费、业务费、设备购置费、修缮费和其他费用等11个明细科目。本科目应按单位和项目进行明细核算。

发生教育事业支出时,借记本科目,贷记"银行存款"、"材料"等科目;发生设备购置费时,同时借记"固定资产"科目,贷记"固定基金"科目;按照规定提取修购基金、职工福利费、社会保障费和工会经费,借记本科目,贷记"专用基金"、"代管款项"等科目;支出收回,借记"现金"、"银行存款"等科目,贷记本科目。当专项项目完成结账时,将支出对应转入有关的收入科目,借记"教育经费拨款"等科目,贷记本科目,收支差额借记或贷记"事业结余"科目。

年终结账时,结转非专项教育事业支出,借记"事业结余"科目,贷记本科目;结转当年未完专项项目的支出,借记"教育经费拨款"等收入类科目,贷记本科目。年终结账前,本科目借方余额为高等学校本年度发生的教育事业支出总额;结账后,本科目总账无余额。

【例24】　某高校以转账支票购置教学多媒体设备43 000元,已投入使用。

借:教育事业支出——业务费　　　　　　　　　　43 000
　　贷:银行存款　　　　　　　　　　　　　　　　　　43 000

2. 科研事业支出

本科目核算高等学校为完成所承担的科研任务,以及所属科研机构所发生的费用开支,包括专项支出和非专项支出。借款科研支出也在本科目核算。本科目应设置工资、补助工资、其他工资、职工福利费、社会保障费、助学金、公务费、业务费、设备购置费、修缮费和其他费用等11个明细科目。本科目应按单位和项目进行明细核算。

发生科研事业支出时,借记本科目,贷记"银行存款"等科目;发生设备购置费,同时借记"固定资产"科目,贷记"固定基金"科目;提取科研项目管理费,借记本科目,贷记"事业金——一般基金"科目;按照规定提取修购基金、职工福利费、社会保障费和工会经费,借记本科目,贷记"专用基金"、"代管款项"等科目;支出收回,借记"现金"、"银行存款"等科目,贷记本科目。当专项项目完成结账时,将支出对应转入有关的收入科目,借记"科研经费拨款"等收入科目,贷记本科目,收支差额借记或贷记"事业结余"科目。

年终结账时,结转非专项科研事业支出和借款科研支出,借记"事业结余"科目,贷记本科目;结转当年未完专项项目的支出,借记"科研经费拨款"等收入类科目,贷记本科目。年终结账前,本科目借方余额为本年度发生的科研事业支出总额;结账后,本科目总账无余额。

【例 25】 某高校转让一项科研成果,研制成本 140 000 元,其中材料费 72 000 元,以银行存款支付工资 38 000 元,其他费用 30 000 元。做如下会计分录:

借:科研事业支出——科研成果成本　　　　　　　　　　140 000

　　贷:材料　　　　　　　　　　　　　　　　　　　　　　72 000

　　　银行存款　　　　　　　　　　　　　　　　　　　　68 000

五、学校会计的会计报表

(一)学校会计报表的分类

1. 按会计报表编制的时间可分为月报和年度决算两种

月报是反映高校截至报告月份资金活动和经营收支情况的报表。3、5、6、9 月报资产负债表、事业支出明细表、应缴财政专户明细表、收入支出表、经营支出明细表、基本数字表共计六份,4、10、11 月报资产负债表、事业支出明细表、应缴财政专户明细表共计三份。

年报,即年终决算表,要求全面、完整、系统地反映高校的财务状况及各项财务收支情况结果和净收益形成及其分配情况。包括:收入支出决算表、收入决算表、支出决算表、人员经费支出决算表、公用经费支出决算表、财政拨款支出决算表、固定资产变动情况表、资产负债表、事业单位基金增减变动情况表、专用基金增减变动情况表。除此之外,高校还需根据上级单位要求填制一些附加表。根据时间分为结账前和结账后两种。

2. 按会计报表反映的经济内容分为三类

反映某一特定期间财务状况的资产负债表;反映一定时期内收、支、余情况的收入支出表;反映收支构成情况的支出明细表。见表 21—5。

表 21—5　　　　　　　　　　　　　**高校主要报表种类**

编　号	会计报表名称	编报期
会高校 01 表	资产负债表	月、年报
会高校 02 表	收入支出表	月、年报
会高校 02—1 表	支出明细表	年报

(二)资产负债表

资产负债表月报表(见表 21—6)是在"资产＋支出＝负债＋净资产＋收入"的会计平衡公式基础上,分为左右两方。左方列示资产类和支出类,右方列示负债类、净资产类、收入类。

资产负债表年报见表 21—7 是在"资产＝负债＋净资产"的会计平衡等式基础上,分为左右两方,左方列示资产类,右方列示负债类和净资产类(年终结账后),年报中结账前的资产负债表格式和月报表相同。

会高校 01 表

编制单位：_____   ___年___月_____日   单位:元

项 目	行次	期初数	期末数	项 目	行次	期初数	期末数
一、资产类				二、负债类			
现金				借入款项			
银行存款				应付票据			
应收票据				应付及暂存款			
应收及暂付款				应缴财政专户款			
借出款				应交税金			
材料				代管款项			
对校办产业投资				负债合计			
其他对外投资				三、净资产类			
固定资产				事业基金			
无形资产				其中:一般基金			
资产合计				投资基金			
				固定基金			
				专用基金			
				事业结余			
				经营结余			
				减:结余分配			
				待分配结余			
五、支出类							
拨出经费				净资产合计:			
教育事业支出							
科研事业支出				四、收入类			
经营支出				教育经费拨款			
上缴上级支出				科研经费拨款			
对附属单位补助				其他经费拨款			
结转自筹基建				上级补助收入			
				教育事业收入			
				科研事业收入			
				经营收入			
				附属单位缴款			
				其他收入			
支出合计				收入合计			
资产部类总计				负债部类总计			

<h1 style="text-align:center">资产负债表(年报表格式)</h1>

会高校 01 表

编制单位:＿＿＿＿＿　　　　　　　＿＿年＿＿月＿＿日　　　　　　　　　　单位:元

项　目	行次	期初数	期末数	项　目	行次	期初数	期末数
一、资产类				二、负债类			
货币资金				借入款项			
应收票据				应付票据			
应收及暂付款				应付及暂存款			
借出款				应缴财政专户款			
材料				应交税金			
对校办产业投资				代管款项			
其他对外投资				负债合计			
固定资产							
无形资产				三、净资产			
资产合计				事业基金			
				其中:一般基金			
				投资基金			
				固定基金			
				专用基金			
				经营结余			
				未完项目收支差额			
				净资产合计			
资产部类总计				负债部类总计			

（三）收入支出表

　　收入支出表用于反映学校在一定会计期间的各种收入、支出及结余总体情况的报表,是一种动态会计报表。通过这一报表获取学校在一定期间内资金活动和经营收支情况,判断该单位的经营成果,评价业绩,预测未来发展趋势。

　　收入支出表揭示了学校在报告期内办学经费的来源和支出去向,了解上级拨款的进度,了解学校自身筹资能力,明确掌握经费支出的进度和结构,分析报告期间经费收支预算执行情况（见表21—8）。

表21—8 收入支出表

编制单位：_____ ___年___月___日 单位：元

项　目	行次	年(期)初数	本期数	本期累计数	年(期)末数
收入					
教育经费拨款					
科研经费拨款					
其他经费拨款					
上级补助收入					
教育事业收入					
专户核拨预算外资金					
核准留用预算外资金					
其他教育事业收入					
科研事业收入					
科技开发与协作收入					
科技成果转让收入					
科技咨询收入					
其他收入					
经营收入					
附属单位缴款					
其他收入					
投资收益					
捐赠收入					
利息收入					
收入合计					
支出					
拨出经费					
教育事业支出					
科研事业支出					
上缴上级支出					
对附属单位补助					
结转自筹基建					
经营支出					
支出合计					
收支差额					

第三节　国外的医院会计和高等院校会计

一、医院会计

　　医院可分为公立非营利、私立非营利和营利三大类,本节介绍的是美国的州及地方的公立非营利医院会计。医院会计与工商业会计中的特殊行业会计很相似。事实上,在资源没有被捐赠人和拨款人限定用途时,医院会计和企业会计的惟一重要区别在于医院某些收入的确认实务以及非营利医院没有投入资本和留存盈余的区别,但是当存在拨款人和捐赠人限定资产时,需要单独的基金核算这些资源。州及地方公立非营利医院主要受到政府会计准则委员会的文件和美国注册会计师协会保健审计指南的制约。医院会计一般包括两种主要的基金:普通基金和捐赠人限定基金。当一项资产被捐赠人或拨款者限定用于特定目标时必须作为捐赠人限定基金的一种,所有其他资产应作为普通基金核算。

　　1.普通基金

　　普通基金是记录医院日常经营活动的一种基金,包括 4 种资源:流动资产(运营资产)、固定资产、代理人持有的资产、被限定用途的资产(这里的被限定用途资产是指被董事会或债券契约、信用协议等限定用途的资产,不是被捐赠人或拨款人限定用途的资产,后者应在捐赠人限定基金中核算)。所有固定资产在普通基金中核算,除非它们与捐赠相关,或尚未用于服务;医院应将全部由医院负责偿还的、为医院利益产生的负债也在普通基金中核算。因此,医院普通基金的基本会计等式为:

　　流动资产＋长期资产－流动负债－长期负债＝基金余额

　　在医院会计中要区分收入和费用、利得和损失。收入和费用是由一个主体在其持续的主要或核心业务中产生的。利得和损失正好相反,是偶然发生的。利得和损失还可根据与主要、持续或核心业务的关系,进一步分为运营性或非运营性。医院固定资产应以历史成本记入普通基金并计提折旧。具体核算见下面例子。

　　某市医院20××年发生如下业务:

　　【例26】 本年中收到病人服务收费＄2 000 000,自助食堂销售收入＄45 000,电视租金收入＄30 000,其中有＄2 000 000 没收到现金。

借:现金		75 000
应收账款和票据		2 000 000
贷:病人服务收费		2 000 000
收入——自助食堂销售收入		45 000
收入——电视租金收入		30 000

　　【例27】 应收款中有＄50 000 被确认为慈善服务。

借:慈善服务 50 000
　　贷:应收账款和票据 50 000

【例28】　本年领用存货 $2 500 000,其中护理服务 $2 200 000,其他专业服务 $150 000,一般服务 $100 000,管理服务 $50 000。

借:费用——护理服务 2 200 000
　　费用——其他专业服务 150 000
　　费用——一般服务 100 000
　　费用——管理服务 50 000
　　贷:存货 2 500 000

【例29】　本年收到普通基金投资利息收入 $45 000。

借:现金 45 000
　　贷:非运营利得——普通基金投资收入 45 000

【例30】　本年专用基金投资的非限定收益 $25 000,转入普通基金。

借:现金 25 000
　　贷:非运营利得——专用基金非限定投资收益 25 000

【例31】　一套旧设备出售,成本为 $100 000,累计折旧 $80 000,出售价 $10 000。

借:现金 10 000
　　累计折旧 80 000
　　非运营损失——固定资产清理 10 000
　　贷:固定设备 100 000

【例32】　本年折旧费用 $400 000。

借:费用——折旧 400 000
　　贷:累计折旧 400 000

【例33】　年底转账。

借:病人服务收费 2 000 000
　　收入——自助食堂销售收入 45 000
　　收入——电视租金收入 30 000
　　非运营利得——普通基金投资收入 45 000
　　非运营利得——专用基金非限定投资收益 25 000
　　费用和损失比收入和利得超出数 815 000
　　贷:慈善服务 50 000
　　　非运营损失——固定资产清理 10 000
　　　费用——折旧 400 000
　　　费用——护理服务 2 200 000

費用——其他专业服务　　　　　　　　　150 000

費用——一般服务　　　　　　　　　　　100 000

費用——管理服务　　　　　　　　　　　50 000

借：基金余额　　　　　　　　　　　　　　　　815 000

贷：费用和损失比收入和利得超出数　　　　　　815 000

2. 捐赠人限定基金

捐赠人限定基金可分为：专用基金、固定资产重置及扩充基金、捐赠留本基金。

(1)专用基金

专用基金是由捐赠人限定为特殊运营目的的基金。医院需要根据捐赠人限定的特殊范围使用本金和收益。专用基金与学校的限定用途流动基金相类似。但不同的是，医院发生的所有费用记载在普通基金内，所有与专用基金有关的费用，也在普通基金中核算，作为普通基金的支出，同时在普通基金中确认同样金额的收入。若捐赠人规定基金必须保持完整，只有基金上的收益可以使用，这种捐赠就是留本基金。

用专用基金支付某项费用时：

普通基金：

借：现金　　　　　　　　　　　　　　　　×××

贷：收入——专用基金转账　　　　　　　　　×××

借：费用　　　　　　　　　　　　　　　　×××

贷：现金　　　　　　　　　　　　　　　　×××

专用基金：

借：基金余额　　　　　　　　　　　　　　×××

贷：现金　　　　　　　　　　　　　　　　×××

(2)固定资产重置及扩充基金

它是指捐赠人提供给医院仅用于增加固定资产的财务资源或其他投资增加医院的长期资本。董事会指定的用于购买固定资产的财务资源在普通基金中核算。当用固定资产重置及扩充基金购买固定资产时，借记这项基金的基金余额，贷记现金或其他资源账户，而固定资产在普通基金中反映。

用固定资产重置及扩充基金购买固定资产时，具体分录如下：

固定资产重置及扩充基金：

借：基金余额　　　　　　　　　　　　　　×××

贷：现金　　　　　　　　　　　　　　　　×××

普通基金中：

借：现金　　　　　　　　　　　　　　　　×××

贷：基金余额　　　　　　　　　　　　　　×××

借:固定设备(或其他固定资产)   ×××
　　贷:现金   ×××

(3)留本基金

留本基金是医院根据捐赠人的意愿,要求本金保持完整,本金上的收益应根据捐赠条款使用,当收益的使用不受限制的情况下,它通常作为非运营性收入在普通基金中核算。医院的留本基金与政府及学校的留本基金类似,定期捐赠的本金到期后,董事会可决定将其用于非限定或限定用途。

3. 医院会计的财务报表

医院为外部使用而编制的财务报表包括资产负债表、收入和费用表、基金余额变动表和现金流量表。资产负债表与学校会计类似,也是分层列示各基金的资产负债;收入和费用表是基于普通基金运营基础上的,其他基金增加和减少在基金余额变动表中列示而不在收入和费用表中列示,只有当这些金额影响普通基金时才报告为收入和费用(但用固定资产重置及扩充基金购买固定资产时,普通基金并不作为收入的增加,只记为基金余额的增加,具体核算见固定资产重置及扩充基金);基金余额变动表也是分层列示各基金的变动,但由于普通基金已有收入费用表,故普通基金的变动不在详细列示,而是汇总列示;现金流量表报告医院的所有现金,不管是影响普通基金现金余额还是捐赠人限定基金现金余额。

二、高等院校会计

本节以公立高等院校会计作为学校会计的代表进行介绍。在美国,州及地方的公立高等院校所遵从的规定有:政府会计准则委员会和财务会计准则委员会的文件、高等院校事务官员协会全国联合会《高等教育财务会计及报告手册》、已修正的美国注册会计师协会审计和会计指南等。高等院校会计一般包括 3 类基金:流动基金、固定资产基金、信托及代理基金。信托及代理基金又可细分为:贷款基金、留本和类似基金、年金及终生收益基金及代理基金。

1. 流动基金

流动基金又称为营运基金,可分为未限定用途流动基金和限定用途流动基金。未限定用途流动基金是高等院校主要的营运资金,可不受任何限制地运用于学校的日常经营中,类似政府的普通基金;限定用途流动基金必须在授予人和捐赠人指定的特定目的范围内使用,它类似于医院的专用基金。在高等院校的流动基金中不记录折旧费用,但可在固定资产投资账户中,记录累积折旧,类似于州及地方政府普通固定资产账户组中的普通固定资产累积折旧的处理。流动基金的收入和支出主要分教育及一般和附属企业两部分,教育及一般可进一步细分。下面介绍具体的账务处理:

(1)未限定用途流动基金

某高等院校未限定用途流动基金 20××年发生如下业务：

【例34】 收到学生的学费 $450 000，其中 $300 000 已收。

借：现金	300 000
应收账款	150 000
贷：收入——教育及一般	450 000

【例35】 通过附属企业收取其他收入 $100 000。

借：现金	100 000
贷：收入——附属企业	100 000

【例36】 本年使用残留及物料用品合计 $250 000，由教育及普通活动承担的为 $200 000，其余 $50 000 应由附属企业承担。

借：支出——教育及一般	200 000
支出——附属企业	50 000
贷：存货	250 000

【例37】 根据校董事会的决议，从未限定用途流动基金中向留本及类似基金组划入 $50 000。

借：向留本及类似基金非强制转账	50 000
贷：现金	50 000

【例38】 年底结清收入支出及转账账户。

借：收入——教育及一般	450 000
收入——附属企业	100 000
贷：支出——教育及一般	200 000
支出——附属企业	50 000
向留本及类似基金非强制转账	50 000
基金余额——未分配	250 000

（2）限定用途流动基金

对限定用途流动基金的捐赠或收益只有当用于它们指定的用途时才确认为收入。收到或应计的金额先贷记基金余额账户。在编制财务报表之前，适当的基金余额中减去等同于限定用途上的耗费的金额，并增加至适当的收入账户。因此，限定用途流动基金收入和支出是相同的。

某高等院校限定用途流动基金 20××年发生如下业务：

【例39】 20××年中收到的现金如下：联邦政府补助 $100 000，留本基金转入留本收益 $50 000。

借：现金	150 000
贷：基金余额——联邦补助	100 000

基金余额——留本收益 50 000

【例40】 本年发生教育及一般支出＄80 000，附属企业支出＄50 000。

借：支出——教育及一般支出 80 000

支出——附属企业 50 000

贷：现金 130 000

【例41】 年末按本年支出确认本年收入并调整基金余额。

借：基金余额 130 000

贷：收入——教育及一般支出 80 000

收入——附属企业 50 000

基金余额的明细按支出资金的来源分。

年底还应该结清收入、支出账户：

借：收入——教育及一般支出 80 000

收入——附属企业 50 000

贷：支出——教育及一般支出 80 000

支出——附属企业 50 000

2. 固定资产基金

高等院校固定资产及长期债务不是在流动基金组中核算，而是在固定资产基金组中核算。固定资产基金包括4个基金子组：未耗用固定资产基金、更新及重置基金、偿债基金、固定资产投资基金。

未耗用固定资产基金是核算从各个来源获得的用于资助新的长期固定资产取得的财务资源流入、使用和余额，该基金大部分支出在固定资产投资基金中资本化；更新及重置基金的核算与未耗用固定资产基金相同，仅有的差别在于该基金的支出是为了固定资产更新及重置，大多数应由基金余额负担，而非被资本化；偿债基金是核算和偿还与固定资产有关的债务的财务资源的积累和支出，债务本金、利息及财务机构手续费都从该基金支付，这些支付减少偿债基金的基金余额，当从该基金支付债务本金时，在固定资产投资基金组中同时增加固定资产投资净额；固定资产投资基金中的资产账户包括除留本及类似基金中核算的固定资产之外的机构固定资产账面价值。

某高等院校固定资产基金20××年发生如下业务：

【例42】 从未限定用途流动基金转入未耗用固定资产基金＄20 000。

未限定用途流动基金：

借：向固定资产基金非强制转账 20 000

贷：现金 20 000

未耗用固定资产基金：

借：现金 20 000

贷:基金余额——未限定用途		20 000

【例43】 用未限定用途流动基金转入的资金购买小拖车＄10 000。

未耗用固定资产基金：

借:基金余额——未限定用途	10 000	
贷:现金		10 000

固定资产投资基金：

借:非建筑物改良	10 000	
贷:固定资产投资净额		10 000

【例44】 为建造房屋支出贷款＄150 000。

未耗用固定资产基金：

借:现金	150 000	
贷:应付票据		150 000

【例45】 为建造房屋支出＄150 000。

未耗用固定资产基金：

借:在建工程	150 000	
贷:现金		150 000

【例46】 建造房屋竣工。

未耗用固定资产基金：

借:应付票据	150 000	
贷:在建工程		150 000

固定资产投资基金：

借:建筑物	150 000	
贷:应付票据		150 000

【例47】 为建造房屋而贷款的＄150 000到期,利息＄1 000。

偿债基金：

借:基金余额	151 000	
贷:现金		151 000

固定资产投资基金：

借:应付票据	150 000	
贷:固定资产投资净额		150 000

3. 贷款基金

贷款基金用于核算向学生、有时还可向教工发放贷款的资源。贷款基金可以通过外界捐赠或馈赠来建立,也可以由学校董事会从未限定用途流动基金中转出一部分来建立。贷款基金的本金和利息都可以用于向教职工和学生发放贷款。

【例48】 收到捐赠＄100 000,用于向学生贷款。

借:现金　　　　　　　　　　　　　　　　　　　100 000

　　贷:基金余额——限定余额　　　　　　　　　　　　　100 000

【例49】 发放贷款＄5 000。

借:应收贷款　　　　　　　　　　　　　　　　　　5 000

　　贷:现金　　　　　　　　　　　　　　　　　　　　　5 000

【例50】 有＄400贷款坏账,被注销。

借:基金余额——限定用途　　　　　　　　　　　　400

　　贷:应收贷款　　　　　　　　　　　　　　　　　　　400

4. 留本及类似基金

留本及类似基金用于核算至少现在不能被耗用的资产,虽然其收益通常可以使用。留本及类似基金又分为:留本基金(真正的)、定期留本基金、准留本基金。留本基金用来核算外界捐赠的永久给予的资产;定期留本基金用来核算外界捐款人指定在特别日期或事项后可耗用的资产,即一定日期或事项后可动用本金;准留本基金用来核算由学校董事会自行决定留本的资源。

《高等教育财务会计及报告手册》和美国注册会计师协会审计指南都对留本基金收益的核算进行了如下的规定:必须用于特定目的的收益应相应地增加到限定用途流动基金、贷款基金、留本及类似基金或固定资产基金的基金余额中去;如果收益没被限定用途,可确认为未限定用途流动基金收入;任何代表已实现或未实现、已耗用或向其他基金转账的增值金额应报告为转账。

5. 年金和终身受益基金

年金和终身受益基金是指授予人所提供的、对受益人终身支付款项而设立的基金,但在受益人死亡时,应将基金余额转入流动基金或留本基金。年金基金是捐赠人提供的按期支付一定金额款项给指定受益人的基金,基金收益不影响年金的支付。终身受益基金与年金基金不同,授予人规定只以基金的收益支付给受益人,受益人在世时终身享用,所以基金的收益会影响对受益人的支付。年金和终身受益基金的核算类似留本及类似基金。事实上,如果这些基金很小,可在留本及类似基金中核算。

高等院校一般编制三张财务报表:资产负债表,基金余额变动表,流动基金收入、支出及其他变动表。资产负债表和基金余额变动表都是分基金分别列报。只不过资产负债表是分层列报,而基金余额变动表是分列列报。

复习思考题

1. 什么是医院会计? 其特点是什么?

2. 我国医院流动资产的特征是什么?

3. 应收医疗款如何核算？

4. 药品如何计价？

5. 加工材料如何核算？

6. 应付保障金如何核算？

7. 我国医院会计报表包括那些内容？

8. 我国学校会计的特点是什么？

9. 校办产业如何核算？

10. 我国高等院校的结余分配如何核算？

11. 我国高等院校的科研事业收入如何核算？

12. 我国学校会计报表包括哪些内容？

附录

2007 年政府收支分类改革方案的支出功能分类中的类、款和项

一般公共服务	教 育	农林水事务
人大事务	教育管理事务	农业
行政运行	行政运行	行政运行
一般行政管理事务	一般行政管理事务	一般行政管理事务
机关服务	机关服务	机关服务
人大会议	其他教育管理事务支出	农业事业机构
人大立法	普通教育	农垦
人大监督	学前教育	技术推广
代表培训	小学教育	技能培训
代表工作	初中教育	病虫害控制
人大信访工作	高中教育	农产品质量安全
其他人大事务支出	高等教育	执法监管
政协事务	其他普通教育支出	信息服务
行政运行	职业教育	农村及农业宣传
一般行政管理事务	初等职业教育	农业资金审计
机关服务	中专教育	对外交流与合作
政协会议	技校教育	耕地地力保护
委员视察	职业高中教育	草原草场保护
参政议政	高等职业教育	渔业及水域保护
其他政协事务支出	其他职业教育支出	农业资源调查和区划
政府办公厅(室)及相关机构事务	成人教育	灾害救助
行政运行	成人初等教育	稳定农民收入补贴
一般行政管理事务	成人中等教育	农业结构调整补贴
机关服务	成人高等教育	农业生产资料补贴
专项服务	成人广播电视教育	农业生产保险补贴
专项业务活动	其他成人教育支出	农民合作经济组织

政务公开审批	广播电视教育	农产品加工与促销
法制建设	广播电视学校	农村公益事业
信访事务	教育电视台	垦区公共支出
参事事务	其他广播电视教育支出	垦区公益事业
其他政府办公厅(室)及相关机构事务支出	留学教育	农业发展基金支出
发展与改革事务	出国留学教育	新菜地开发基金支出
行政运行	来华留学教育	农业国有资产维护
一般行政管理事务	其他留学教育支出	农业前期工作与政策研究
机关服务	特殊教育	农民收入统计与负担监测
战略规划与实施	特殊学校教育	农业产业化
日常经济运行调节	工读学校教育	农业资源保护
社会事业发展规划	其他特殊教育支出	草原资源监测
经济体制改革研究	教师进修及干部继续教育	外来物种管理
物价管理	教师进修	农村能源综合建设
其他发展与改革事务支出	干部教育	农村人畜饮水
统计信息事务	其他教师进修及干部继续教育支出	村级组织支出补助
行政运行	教育附加及基金支出	村级债务化解
一般行政管理事务	教育费附加支出	其他农业支出
机关服务	地方教育附加支出	林业
信息事务	地方教育基金支出	行政运行
专项统计业务	其他教育附加及基金支出	一般行政管理事务
统计管理	其他教育支出	机关服务
专项普查活动	**科学技术**	林业事业机构
统计抽样调查	科学技术管理事务	森林培育
其他统计信息事务支出	行政运行	林业技术推广
财政事务	一般行政管理事务	森林资源管理
行政运行	机关服务	森林资源监测

机关服务	基础研究	自然保护区
一般行政管理事务	其他科学技术管理事务支出	森林生态效益补偿
预算编制业务	机构运行	动植物保护
财政国库业务	重点基础研究规划	湿地保护
财政监察	自然科学基金	林业执法与监督
信息化建设	重点实验室及相关设施	森林防火
其他财政事务支出	重大科学工程	林业有害生物防治
税收事务	专项基础科研	林业检疫检测
行政运行	专项技术基础	防沙治沙
一般行政管理事务	其他基础研究支出	林业质量安全
机关服务	应用研究	林业工程与项目管理
税务办案	机构运行	林业对外合作与交流
税务登记证及发票管理	社会公益研究	林业产业化
代扣代收代征税款手续费	高技术研究	技能培训
税务宣传	专项科研试制	信息管理
协税护税	其他应用研究支出	林业政策制定与宣传
信息化建设	技术研究与开发	林业资金审计稽查
其他税收事务支出	机构运行	林区公共支出
审计事务	应用技术研究与开发	林业贷款贴息
行政运行	产业技术研究与开发	林业建设基金支出
一般行政管理事务	科技成果转化与扩散	育林基金支出
机关服务	其他技术研究与开发支出	森林植被恢复费支出
审计业务	科技条件与服务	其他林业支出
审计管理	机构运行	水利
信息化建设	技术创新服务体系	行政运行
其他审计事务支出	科技条件专项	一般行政管理事务
海关事务	其他科技条件与服务支出	机关服务
行政运行	社会科学	水利行业业务管理

一般行政管理事务	社会科学研究机构	水利工程建设
机关服务	社会科学研究	水利工程运行与维护
收费业务	社科基金支出	长江黄河等流域管理
缉私办案	其他社会科学支出	水利前期工作
缉私警察	科学技术普及	水利执法监督
口岸电子执法系统建设与维护	机构运行	水土保持
信息化建设	科普活动	水资源管理与保护
其他海关事务支出	青少年科技活动	水质监测
人事事务	学术交流活动	水文测报
行政运行	科技馆站	防汛
一般行政管理事务	其他科学技术普及支出	抗旱
机关服务	科技交流与合作	小型农田水利
政府特殊津贴	国际交流与合作	水利技术推广和培训
资助留学回国人员	重大科技合作项目	国际河流治理与管理
军队转业干部安置	其他科技交流与合作支出	三峡建设管理事务
博士后日常经费	其他科学技术支出	灌溉水源灌排工程补偿费支出
引进人才费用	科技奖励	库区维护基金支出
公务员管理	核应急	库区建设基金支出
其他人事事务支出	转制科研机构	库区后期扶持基金支出
纪检监察事务	其他科学技术支出	库区移民后期扶持基金支出
行政运行	**文化体育与传媒**	库区移民扶助金支出
一般行政管理事务	文化	三峡库区移民后期扶持基金支出
机关服务	行政运行	棉花滩水电站库区后期扶持基金支出
大案要案查处	一般行政管理事务	中央水利建设基金支出
派驻派出机构	机关服务	地方水利建设基金支出
中央巡视	图书馆	水资源补偿费支出
其他纪检监察事务支出	文化展示及纪念机构	水资源费支出

人口与计划生育事务	艺术表演场所	砂石资源费支出
行政运行	艺术表演团体	信息管理
一般行政管理事务	文化活动	水利建设移民支出
机关服务	群众文化	其他水利支出
人口规划与发展战略研究	文化交流与合作	南水北调
计划生育家庭奖励	文化创作与保护	行政运行
人口和计划生育统计及抽样调查	文化市场管理	一般行政管理事务
人口和计划生育信息系统建设	其他文化支出	机关服务
计划生育、生殖健康促进工程	文物	南水北调工程建设
计划生育免费基本技术服务	行政运行	政策研究与信息管理
人口出生性别比综合治理	一般行政管理事务	工程稽查
人口和计划生育服务网络建设	机关服务	前期工作
计划生育避孕药具经费	文物保护	南水北调技术推广和培训
人口和计划生育宣传教育经费	博物馆	环境、移民及水资源管理与保护
流动人口计划生育管理和服务	历史名城与古迹	南水北调工程基金支出
人口和计划生育目标责任制考核	其他文物支出	其他南水北调支出
其他人口与计划生育事务支出	体育	扶贫
商贸事务	行政运行	行政运行
行政运行	一般行政管理事务	一般行政管理事务
一般行政管理事务	机关服务	机关服务
机关服务	运动项目管理	农村基础设施建设
对外贸易管理	体育竞赛	生产发展
国际经济合作	体育训练	社会发展
外资管理	体育场馆	扶贫贷款奖补和贴息
国内贸易管理	群众体育	"三西"农业建设专项补助
招商引资	体育交流与合作	其他扶贫支出
其他商贸事务支出	其他体育支出	农业综合开发

知识产权事务	广播影视	机构运行
行政运行	行政运行	土地治理
一般行政管理事务	一般行政管理事务	产业化经营
机关服务	机关服务	科技示范
专利审批	广播	贷款贴息
国家知识产权战略	电视	其他农业综合开发支出
专利试点和产业化推进	电影	其他农林水事务支出
专利执法	广播电视监控	**交通运输**
国际组织专项活动	其他广播影视支出	公路水路运输
知识产权宏观管理	新闻出版	行政运行
其他知识产权事务支出	行政运行	一般行政管理事务
工商行政管理事务	一般行政管理事务	机关服务
行政运行	机关服务	公路新建
一般行政管理事务	新闻通讯	公路改建
机关服务	出版发行	公路养护
工商行政管理专项	版权管理	特大型桥梁建设
执法办案专项	出版市场管理	公路路政管理
消费者权益保护	其他新闻出版支出	公路和运输信息化建设
信息化建设	其他文化体育与传媒支出	公路和运输安全
其他工商行政管理事务支出	文化事业建设费支出	公路还贷专项
食品和药品监督管理事务	宣传文化发展专项支出	公路运输管理
行政运行	国家电影发展专项支出	公路客货运站(场)建设
一般行政管理事务	其他文化体育与传媒支出	公路和运输技术标准化建设
机关服务	**社会保障和就业**	养路费支出
食品、药品及医疗器械检验	社会保障和就业管理事务	公路运输管理费支出
注册审评事务	行政运行	公路客货运附加费支出
标准事务	一般行政管理事务	燃油附加费支出
认证事务	机关服务	车辆通行费支出

食品药品评价	综合业务管理	转让政府还贷道路收费权支出
药品保护	劳动保障监察	车辆购置税支出
执法办案	就业管理事务	港口设施
食品药品安全	社会保险业务管理事务	航道维护
其他食品和药品监督管理事务支出	金保工程	安全通信
质量技术监督与检验检疫事务	社会保险经办机构	三峡库区通航管理
行政运行	劳动关系和维权	航务管理
一般行政管理事务	公共就业服务和职业技能鉴定机构	船舶检验
机关服务	其他社会保障和就业管理事务支出	救助打捞
出入境检验检疫行政执法和业务管理	民政管理事务	内河运输
出入境检验检疫技术支持	行政运行	远洋运输
质量技术监督行政执法及业务管理	一般行政管理事务	海事管理
质量技术监督技术支持	机关服务	港口建设费支出
认证认可监督管理	拥军优属	航标事业发展支出
标准化管理	老龄事务	水运客货运附加费支出
信息化建设	民间组织管理	内河航道养护费支出
其他质量技术监督与检验检疫事务支出	行政区划和地名管理	水路运输管理费支出
国土资源事务	基层政权和社区建设	下放港口以港养港支出
行政运行	部队供应	其他公路水路运输支出
一般行政管理事务	其他民政管理事务支出	铁路运输
机关服务	财政对社会保险基金的补助	行政运行
国土资源规划及管理	财政对基本养老保险基金的补助	一般行政管理事务
土地资源调查	财政对失业保险基金的补助	机关服务
土地资源利用与保护	财政对基本医疗保险基金的补助	铁路路网建设

国土资源社会公益服务	财政对工伤保险基金的补助	铁路还贷专项
国土资源行业业务管理	财政对生育保险基金的补助	铁路安全
国土资源大调查	财政对其他社会保险基金的补助	铁路专项运输
国土整治	补充全国社会保障基金	铁路建设基金支出
地质灾害防治	用国有股减持收入补充基金	铁路建设附加费支出
土地资源储备支出	用其他财政资金补充基金	其他铁路运输支出
地质及矿产资源调查	行政事业单位离退休	民用航空运输
地质矿产资源利用与保护	行政单位离退休	行政运行
地质转产项目财政贴息	事业单位离退休	一般行政管理事务
国外风险勘查	离退休人员管理机构	机关服务
矿产资源补偿费支出	其他行政事业单位离退休支出	机场建设
探矿权采矿权使用费和价款支出	企业关闭破产补助	空管系统建设
其他国土资源事务支出	就业补助	民航还贷专项支出
海洋管理事务	劳动力市场建设	民用航空安全
行政运行	职业培训补贴	民航专项运输
一般行政管理事务	职业介绍补贴	民航政策性购机专项支出
机关服务	社会保险补贴	民航基础设施建设基金支出
海域使用管理	岗位补贴	民航机场管理建设费支出
海洋环境保护与监测	小额担保贷款贴息	其他民用航空运输支出
海洋调查评价	补充小额贷款担保基金	其他交通运输支出
海洋权益维护	对农民工的就业服务支出	公共交通运营补助
海洋执法监察	职业技能鉴定补贴	其他交通运输支出
海洋防灾减灾	特定政策补助支出	**工业商业金融等事务**
海洋卫星	其他就业补助支出	采掘业
极地考察	抚恤	行政运行
海洋矿产资源勘探研究	死亡抚恤	一般行政管理事务
海港航标维护	伤残抚恤	机关服务

海域使用金支出	在乡复员、退伍军人生活补助	煤炭勘探开采和洗选
其他海洋管理事务支出	优抚事业单位	石油和天然气勘探开采
测绘事务	义务兵优待	黑色金属矿勘探和采选
行政运行	其他优抚支出	有色金属矿勘探和采选
一般行政管理事务	退役安置	非金属矿勘探和采选
机关服务	退伍军人安置	其他采掘业支出
基础测绘	军队移交政府的离退休人员安置	制造业
航空摄影	军队移交政府离退休干部管理机构	行政运行
测绘工程建设	其他退役安置支出	一般行政管理事务
其他测绘事务支出	社会福利	机关服务
地震事务	儿童福利	纺织业
行政运行	老年人福利	医药制造业
一般行政管理事务	假肢矫形	非金属矿物制品业
机关服务	殡葬	通信设备、计算机及其他电子设备制造业
地震台站、台网	社会福利事业单位	交通运输设备制造业
地震流动观测	其他社会福利支出	电气机械及器材制造业
地震信息传输及管理	残疾人事业	工业品及其他制造业
震情跟踪	行政运行	散装水泥专项资金支出
地震预报预测	一般行政管理事务	其他制造业支出
地震灾害预防	机关服务	建筑业
地震应急救援	残疾人康复	行政运行
地震技术应用与培训	残疾人就业和扶贫	一般行政管理事务
其他地震事务支出	残疾人体育	机关服务
气象事务	残疾人就业保障金支出	墙体材料专项基金支出
行政运行	其他残疾人事业支出	其他建筑业支出
一般行政管理事务	城市居民最低生活保障	电力
机关服务	其他城镇社会救济	行政运行

气象事业机构	流浪乞讨人员救助	一般行政管理事务
气象技术研究应用与培训	其他城镇社会救济支出	机关服务
气象探测	农村社会救济	电力监管
气象信息传输及管理	五保供养	电力稽查
气象预报预测	特困生活救济	争议调节
气象服务	精简退职老弱残职工救济	安全事故调查
气象装备保障维护	其他农村社会救济支出	电力市场建设
气象台站建设与维护	自然灾害生活救助	电力输送改革试点
气象卫星	中央自然灾害生活补助	信息系统建设
气象法规与标准	地方自然灾害生活补助	三峡工程建设基金支出
其他气象事务支出	自然灾害灾后重建补助	中央农网还贷资金支出
民族事务	其他自然灾害生活救助支出	地方农网还贷资金支出
行政运行	红十字事业	能源基地建设基金支出
一般行政管理事务	行政运行	电源基地建设基金支出
机关服务	一般行政管理事务	三峡库区移民专项支出
民族工作专项	机关服务	其他电力支出
其他民族事务支出	其他红十字事业支出	信息产业
宗教事务	其他社会保障和就业支出	行政运行
行政运行	**社会保险基金支出**	一般行政管理事务
一般行政管理事务	基本养老保险基金支出	机关服务
机关服务	基本养老金	邮政政策性业务
宗教工作专项	医疗补助金	战备应急
其他宗教事务支出	丧葬抚恤补助	信息安全建设
港澳台侨事务	其他基本养老保险基金支出	专用通信
行政运行	失业保险基金支出	无线电监管
一般行政管理事务	失业保险金	信息产业战略研究与标准制定
机关服务	医疗补助金	信息产业支持
港澳事务	丧葬抚恤补助	电子专项工程

台湾事务	职业培训和职业介绍补贴	邮政补贴专项资金支出
华侨事务	其他失业保险基金支出	行业监管
其他港澳台侨事务支出	基本医疗保险基金支出	军工电子
档案事务	基本医疗保险统筹基金	技术基础研究
行政运行	医疗保险个人账户基金	其他信息产业支出
一般行政管理事务	其他基本医疗保险基金支出	旅游业
机关服务	工伤保险基金支出	行政运行
档案馆	工伤保险待遇	一般行政管理事务
其他档案事务支出	其他工伤保险基金支出	机关服务
共产党事务	生育保险基金支出	旅游宣传
行政运行	生育保险金	旅游行业业务管理
一般行政管理事务	其他生育保险基金支出	旅游发展基金支出
机关服务	其他社会保险基金支出	其他旅游业支出
专项服务	**医疗卫生**	涉外发展
专项业务	医疗卫生管理事务	行政运行
其他共产党事务支出	行政运行	一般行政管理事务
民主党派及工商联事务	一般行政管理事务	机关服务
行政运行	机关服务	外经贸发展专项资金
一般行政管理事务	其他医疗卫生管理事务支出	外贸发展基金支出
机关服务	医疗服务	国家茧丝绸发展风险基金支出
参政议政	综合医院	外商投资环境建设补助资金
其他民主党派及工商联事务支出	中医医院	对外承包工程保函风险专项资金支出
群众团体事务	传染病医院	援外合资合作项目基金支出
行政运行	口腔医院	其他涉外发展支出
一般行政管理事务	精神病医院	粮油事务
机关服务	其他专科医院	行政运行
厂务公开	福利医院	一般行政管理事务
工会疗养休养	行业医院	机关服务

其他群众团体事务支出	处理医疗欠费	粮食专项审计
彩票事务	其他医疗服务支出	粮食信息统计
彩票公益金支出	社区卫生服务	粮食专项业务活动
福利彩票机构经费支出	社区公共卫生服务	国家粮油差价补贴
体育彩票机构经费支出	社区卫生专项	储备粮油利息费用补贴
市场监管支出	其他社区卫生服务支出	储备粮油差价补贴
其他彩票事务支出	医疗保障	储备粮食移库费用补贴
国债事务	行政单位医疗	储备粮（油）库建设
国库券还本	事业单位医疗	粮食财务挂账利息补贴
向国家银行借款还本	公务员医疗补助	粮食财务挂账消化款
其他国内借款还本	优抚对象医疗补助	处理陈化粮补贴
向外国政府借款还本	城市医疗救助	粮食风险基金
向国际组织借款还本	农村合作医疗	其他粮油事务支出
中央其他国外借款还本	农村医疗救助	商业流通事务
地方向国外借款还本	其他医疗保障支出	行政运行
国内债务付息	疾病预防控制	一般行政管理事务
国外债务付息	疾病预防控制机构	机关服务
国内外债务发行	突发公共卫生事件应急处理	棉花储备
补充还贷准备金	重大疾病预防控制	食糖储备
其他一般公共服务支出	其他疾病预防控制专项	肉类储备
国家赔偿费用支出	其他疾病预防控制支出	化肥储备
其他一般公共服务支出	卫生监督	农药储备
外交	卫生监督机构	边销茶储备
外交管理事务	卫生监督专项	羊毛储备
行政运行	其他卫生监督支出	处理商业物资挂账补贴
一般行政管理事务	妇幼保健	处理供销社挂账利息补贴
机关服务	妇幼保健机构	消化供销社挂账本金补贴
专项业务	妇幼保健专项	棉花专项补贴

其他外交管理事务支出	其他妇幼保健支出	农业生产资料专项补贴
驻外机构	农村卫生	食品流通安全补贴
驻外使领馆(团、处)	乡镇卫生院	市场监测及信息管理
其他驻外机构支出	农村卫生专项	民贸网点贷款贴息
对外援助	其他农村卫生支出	其他商业流通事务支出
对外成套项目援助	中医药	物资储备
对外一般物资援助	中医(民族医)药专项	行政运行
对外科技合作援助	其他中医药支出	一般行政管理事务
对外优惠贷款援助及贴息	其他医疗卫生支出	机关服务
对外医疗援助	**环境保护**	铁路专用线
其他对外援助支出	环境保护管理事务	护库武警和民兵支出
国际组织	行政运行	物资保管与保养
国际组织会费	一般行政管理事务	专项贷款利息
国际组织捐赠	机关服务	物资收储
维和摊款	环境保护宣传	物资转移
国际组织股金及基金	环境保护法规、规划及标准	物资轮换
其他国际组织支出	环境国际合作及履约	仓库建设
对外合作与交流	环境保护行政许可	仓库安防
出国活动	其他环境保护管理事务支出	医药储备
招待活动	环境监测与监察	石油储备
在华国际会议	环境监测与信息	其他物资储备支出
其他对外合作与交流支出	环境执法监察	金融业
对外宣传	建设项目环评审查与监督	行政运行
边界勘界联检	核与辐射安全监督	一般行政管理事务
边界勘界	其他环境监测与监察支出	机关服务
边界联检	污染防治	货币发行
边界界桩维护	大气	金融服务
其他支出	水体	安全防卫

其他外交支出	噪声	反洗钱及反假币
国　防	固体废弃物与化学品	重点金融机构监管
现役部队及国防后备力量	放射源和放射性废物监管	金融稽查与案件处理
现役部队	辐射	金融行业电子化建设
预备役部队	排污费支出	从业人员资格考试
民兵	其他污染防治支出	中央银行亏损补贴
国防科研事业	自然生态保护	政策性银行亏损补贴
专项工程	生态保护	商业银行贷款贴息
其他现役部队及国防后备力量支出	农村环境保护	补充资本金
国防动员	其他自然生态保护支出	风险基金补助
兵役征集	天然林保护	其他金融业支出
经济动员	森林管护	烟草事务
人民防空	社会保险补助	行政运行
交通战备	政策性社会性支出补助	一般行政管理事务
国防教育	职工分流安置	机关服务
其他国防动员支出	职工培训	烟草行业发展资金支出
其他国防支出	天然林保护工程建设	烟草税改亏损补贴
公共安全	其他天然林保护支出	烟草打假
武装警察	退耕还林	烟草商业税后利润支出
内卫	粮食折现挂账贴息	其他烟草事务支出
边防	退耕现金	安全生产
消防	退耕还林粮食折现补贴	行政运行
警卫	退耕还林粮食费用补贴	一般行政管理事务
黄金	退耕还林工程建设	机关服务
森林	其他退耕还林支出	国务院安委会专项
水电	风沙荒漠治理	安全监管监察专项
交通	京津风沙源禁牧舍饲粮食折现补助	其他安全生产支出

其他武装警察支出	京津风沙源治理禁牧舍饲粮食折现挂账贴息	国有资产监管
公安	京津风沙源治理禁牧舍饲粮食费用补贴	行政运行
行政运行	京津风沙源治理工程建设	一般行政管理事务
一般行政管理事务	其他风沙荒漠治理支出	机关服务
机关服务	退牧还草	国有企业监事会专项
治安管理	退牧还草粮食折现补贴	中央企业专项管理
国内安全保卫	退牧还草粮食费用补贴	其他国有资产监管支出
刑事侦查	退牧还草粮食折现挂账贴息	中小企业事务
经济犯罪侦查	其他退牧还草支出	行政运行
出入境管理	已垦草原退耕还草	一般行政管理事务
行动技术管理	其他环境保护支出	机关服务
防范和处理邪教犯罪	**城乡社区事务**	科技型中小企业技术创新基金
禁毒管理	城乡社区管理事务	中小企业发展专项
道路交通管理	行政运行	其他中小企业事务支出
网络侦控管理	一般行政管理事务	可再生能源
反恐怖	机关服务	能源节约利用
居民身份证管理	城管执法	其他工业商业金融等事务支出
网络运行及维护	工程建设标准规范编制与监管	黄金事务
拘押收教场所管理	工程建设管理	建设项目贷款贴息
警犬繁育及驯养	市政公用行业市场监管	煤代油基金支出
信息化建设	国家重点风景区规划与保护	技术改造支出
其他公安支出	住宅建设与房地产市场监管	中药材扶持资金支出
国家安全	执业资格注册、资质审查	清洁生产专项支出
行政运行	其他城乡社区管理事务支出	其他工业商业金融等事务支出
一般行政管理事务	城乡社区规划与管理	**其他支出**
机关服务	城乡社区公共设施	预备费
安全业务	城乡社区住宅	年初预留

其他国家安全支出	公有住房建设和维修改造支出	住房改革支出
检察	廉租住房支出	住房公积金
行政运行	其他城乡社区住宅支出	提租补贴
一般行政管理事务	城乡社区环境卫生	购房补贴
机关服务	建设市场管理与监督	其他支出
查办和预防职务犯罪	政府住房基金支出	**转移性支出**
公诉和审判监督	管理费用支出	返还性支出
侦查监督	廉租住房支出	增值税和消费税税收返还支出
执行监督	购房补贴支出	所得税基数返还支出
控告申诉	住房专项维修资金	财力性转移支付
"两房"建设	其他政府住房基金支出	原体制补助支出
其他检察支出	国有土地使用权出让金支出	一般性转移支付支出
法院	前期土地开发支出	民族地区转移支付支出
行政运行	土地出让业务费用	调整工资转移支付支出
一般行政管理事务	城市建设支出	农村义务教育补助支出
机关服务	土地开发支出	农村税费改革补助支出
案件审判	农业土地开发支出	缓解县乡困难转移支付补助支出
案件执行	耕地开发专项支出	结算补助支出
"两庭"建设	其他土地使用权出让金支出	原体制上解支出
其他法院支出	城镇公用事业附加支出	出口退税专项上解支出
司法	其他城乡社区事务支出	其他财力性转移支付
行政运行		专项转移支付
一般行政管理事务		专项补助支出
机关服务		专项上解支出
基层司法业务		政府性基金转移支付
普法宣传		政府性基金补助支出
律师公证管理		政府性基金上解支出
法律援助		彩票公益金转移支付

司法统一考试		彩票公益金补助支出
仲裁		彩票公益金上解支出
其他司法支出		预算外转移支出
监狱		预算外补助支出
行政运行		预算外上解支出
一般行政管理事务		调出资金
机关服务		一般预算调出资金
犯人生活		政府性基金预算调出资金
犯人改造		其他调出资金
狱政设施建设		年终结余
其他监狱支出		一般预算年终结余
劳教		政府性基金年终结余
行政运行		社会保险基金预算年终结余
一般行政管理事务		预算外年终结余
机关服务		其他年终结余
劳教人员生活		
劳教人员教育		
所政设施建设		
其他劳教支出		
国家保密		
行政运行		
一般行政管理事务		
机关服务		
保密技术		
保密管理		
其他国家保密支出		
其他公共安全支出		

参考文献

1. 刘虹、廖爱兰:《政府预算》,中山大学出版社 1998 年版。

2. 王雍君:《政府预算会计问题研究》,经济科学出版社 2004 年版。

3.《财政总预算会计制度》1997。

4.《财政总预算会计制度暂行补充规定》2001。

5.《财政部关于政府收支分类改革后财政总预算会计预算外资金财政专户会计核算问题的通知》2006.4。

6.《行政单位会计制度》1997。

7.《事业单位会计制度》1997.7。

8.《民间非营利组织会计制度》2004.8。

9.《上海市市本级项目资金会计核算办法(试行)》2005.11。

10.《上海市市本级项目支出预算管理暂行办法》2005.11。

11. 薛健主编:《预算会计实务》,高等教育出版社 2000 年版。

12. 财政部网站:2006 年预算报告专题背景资料。

13. 李海波、刘学华编著:《新编预算会计》,立信会计出版社 2000 年版。

14. 财政部预算司编:《政府收支分类改革问题解答》,中国财政经济出版社 2006 年版。

15. 周立宁等编著:《政府与非营利组织会计》,经济科学出版社 2002 年版。

16.《政府采购资金财政直接拨付核算暂行办法》2001.2。

17. 李逸卿、孙朝山主编:《财政总预算会计实务》,中国审计出版社 1998 年版。

18. 郭立田主编:《政府与非营利组织会计》,经济科学出版社 2002 年版。

19. 罗绍德主编:《预算会计》,西南财经大学出版社 2002 年版。

20. 马国贤主编:《预算会计》,中国财政经济出版社 2003 年版。

21. 赵建勇主编:《预算会计》,上海财经大学出版社 2003 年版。

22.《新编预算会计》编写组:《新编预算会计》,经济科学出版社 2004 年版。

23. 王庆成:《政府与事业单位会计》,中国人民大学出版社 2003 年版。

24. 王宗江:《预算会计》,高等教育出版社 2002 年版。

25. 拉扎克、霍布、艾夫斯:《政府与非营利组织会计导论》,机械工业出版社 2003 年版。

26. 邬励军、潘敏虹:《预算会计》,暨南大学出版社 2005 年版。

27. 王国生:《民间非营利组织会计》,经济管理出版社 2004 年版。

28. 袁志:《民间非营利组织会计实务》,经济科学出版社 2004 年版。